知音动漫图书·漫客小说绘
ZHI YIN COMIC BOOK 以梦想之名 点燃阅读

可摘星

一两 ◎ 著

贰

中国致公出版社　　知音动漫

知音动漫图书 · 漫客小说绘出品

目录

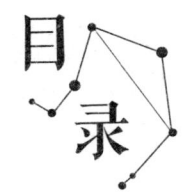

第一章	太学	001
第二章	射礼	023
第三章	集贤院学士	041
第四章	失窃	063
第五章	祭酒署	085
第六章	游仪木样	103
第七章	相亲	123
第八章	铜铸黄道游仪	145
第九章	测量子午线	163
第十章	设浑天仪	185
第十一章	水运浑天仪	207
第十二章	大衍历	229
第十三章	太史局少监	249
第十四章	太史令	275
第十五章	五星二十八宿真形图	303
番外	江南雨	309
后记		326

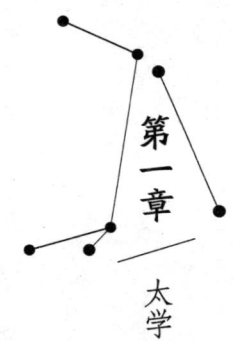

第一章　太学

一

　　蓝天晴朗，雪光耀眼，梁灵瓒怎么也找不到陈玄景。

　　被野狼拖走了？不像啊。先走了？也不对啊，好端端的为什么不辞而别？

　　就在这时，马蹄声传来，一群皂衣捕快策马而来。当先一人眉眼冷峻，正是严安之。

　　宋其明也在其中，老远就在挥手："小瓒！小瓒！"

　　冲到近前，滚鞍下马，一把抱住梁灵瓒："呜呜呜，有个猎户说这里有野狼出没，我还以为你被野狼吃了……"

　　话没说完，被严安之拎着后衣领，一把拖开。严安之双目如电，将梁灵瓒从头到脚扫了个遍："可有受伤？"

　　"啊！"宋其明惨叫起来，看上去快要晕过去，"血血血血血，小瓒流了好多血！"

　　"是狼血。"梁灵瓒见众人的脸都颇为憔悴，眼里全是血丝，一看就是一晚上没睡，忙把怀里的早饭贡献出来，"你们是来找我的？"

　　"可不是！"宋其明眼疾手快挑了只兔腿，咬得一嘴含糊，"只知道你在西郊，这一晚我们把西郊的每一寸地皮都快翻过来了……"

　　梁灵瓒连忙道谢，问道："你们来时可有看到陈兄？"

"看到了呀，还是他告诉我们你在这儿的！"宋其明啃完兔腿，又捞了块野天麻，细细地去皮，"他说他有要事先走一步，让我们来接你。"

还真是先走了……梁灵瓒悬着的一颗心放下了，又莫名地有些怅然若失。

严安之没有再说什么，领着手下人稍做休整，便护送梁灵瓒与宋其明回国子监。

两人自然是迟到了，梁灵瓒更因衣衫不整形容狼狈被周司丞罚了三天静室。

三天静室而已，对梁灵瓒来说完全不在话下，三天后又是一条生龙活虎的好汉。

过了几天，旬休又至。这一日，苍伯捧着文书来接梁灵瓒。签过字，画过押，梁灵瓒就成了平康坊那所宅子的新主人。

房子收拾得妥妥当当，池水清澈静谧，几名仆人齐齐整整地立于阶下，同时鞠躬："公子好！"

梁灵瓒吓一跳："不必客气不必客气。"

领头管家模样的上前来，拱手道："小的们的身契，原主子已经一同转卖给了公子，从今以后，小的们就是公子的人了，要做什么但请公子吩咐。"

梁灵瓒这回是真吓着了，吃惊地问苍伯："还有这回事？"

苍伯示意她在那卷文书里找一找，果然，梁灵瓒找到了好几份身契。

"这、这、这、这怎么行？"光房子都已经是她抢来的好吗？

"你们公子在家吧？我去找他。"

苍伯却摇摇头，打着手势。手势梁灵瓒没看懂，摇头却是看得懂的："不行不行，这断断不行，这些人我不能收……"

"公——子——"蓦地，管家长号一声，跪下来，"公子啊，我们这些人上有老，下有小，手脚麻利、做事勤快、心眼老实，只知道忠心服侍主人，别的一概不知。公子赶我们走，以后我们在人前怎么抬得起头来，怎么活得下去啊……啊啊，我们不如死了算了……"

说着就要往池子里跳，梁灵瓒连忙拉住他。

可她只有两只手，拉得住这个，拉不住那个，众人前赴后继，直往池边冲，她只好大吼一声："我收了我收了我收了！"大伙儿瞬间安静了，行了礼之后各干各的去了。

梁灵瓒抹了一把汗，心想这帮人干活的本事不知如何，寻死觅活的本事倒是很了得。

"陈兄在家吗？"她问苍伯。

苍伯打手势，见她不懂，折了根树枝，在地上写下两个字："远游。"

远游？这寒冬腊月的？

"到什么地方去？"

苍伯摇头。

第一章·太学

"可有说什么时候回来？"

还是摇头。

无论如何，总归是喜迁新居，管家还殷勤地问她要不要请客，厨子的手艺很是不错的。梁灵瓒赶紧又去看身契书，惊恐地发现不单是厨子，陈玄景把侍女嬷嬷全都配齐了，都在内院等她呢。这些人的身价银子得多少钱啊……

梁灵瓒气若游丝："你们的工钱……多少一个月？"

管家笑眯眯道："好叫公子得知，陈家转卖奴仆有定例，除非犯事的，否则有十个月月例相赠。这次原主子心情好，给我们发了十年份的。十年内您不必掏一枚铜钱。"

梁灵瓒顿时惊呆了。

她上次虽说来住过一晚，但是深夜来天明走，除了这片池塘也没留下什么印象。管家领着她将屋子一间间打开，细细地告诉她这儿原是做什么的，这些桌椅布设又是什么讲究什么来历。但在最后一扇门前，管家推开门又关上了，一脸尴尬地转过脸来："这个……公子莫怪，这里头是原主子小时候用过的东西，原说今天收拾好了送过去的，我这就让人送走——"

梁灵瓒原本已经看得头昏脑涨，这会儿忽然心里一动，对这间屋子产生了极大的兴趣："我能看看吗？"

一般主子这样跟下人说话，多半是可怕的反讽。管家悚然一惊，连忙弯腰将新主请进去，战战兢兢地跟在后面。是到了好些天之后，管家才明白这位新主子压根儿不知道什么是反讽。

里面堆着些箱子与包袱，箱子里大多是书，梁灵瓒拿出一本翻了翻，放回去，做出评语："书呆子。"

包袱里是些衣物，梁灵瓒发现其中一件圆领袍只有自己的手臂长，虽然小，做工却极是讲究，用料也极佳，颜色到今天也依然鲜亮。管家见她有兴趣，忙道："这是原主子五个月时穿的。"

五个月……五个月大的陈玄景？梁灵瓒惊讶地瞪大了眼睛，穷尽全部的想象力也无法将时光倒回，看到陈玄景那时的模样。

小时候的衣服、器玩装了好几箱子，梁灵瓒真想每样都掏出来看看。但有管家在侧，她也不太好意思尽情翻陈玄景的老底，爱不释手地看了几件，便强迫自己起身离开。

出门之际，她忽然在门框上看到一条淡淡的墨痕。画在离地一尺多高的位置，旁边歪歪扭扭地写了个"景"字。在这一瞬，心脏被某种柔软的东西猝不及防地击中。

尘埃在空气中飞舞，视线穿透了缥缈的光阴，她看到一个两三岁大的小男孩，踮起脚尖，提笔颤巍巍地写下自己的名字。是他学会的第一个字吧？一定是写得全神贯注无比郑重吧?不知为何,泪光泛到了眼角上。

"公子?"管家忍不住出声。

"咳咳,"梁灵瓒深吸一口气,压下满怀奇情怪绪,深情地摸了摸门框,"这木料可真好。"

管家心想:任谁得了这么大宅子,可不得高兴得想哭?

二

梁家的第一批客人是宋其明、源重叶和捧香。梁灵瓒原本还请了春水大娘和李司业,但李司业早已回洛阳国子监,春水大娘在两地绣坊间来回,前两天刚离开长安。

捧香全程如同梦游,不停地问:"这宅子真是你的吗小瓒?"

宋其明则压低声音问:"小瓒,你老实说,陈玄景到底有多少把柄在你手里?"

如果说有什么把柄的话,那一定就是陈玄景温文尔雅底下喜怒无常的真面目了。

可要真为这个,源重叶岂不早就是坐拥豪宅的人生大赢家?

"不可能……"源重叶满脸困惑,"这是玄景母亲最喜爱的宅子,玄景小时候常来住的,别说一千两,一千万两他也不会卖啊……小瓒你到底给他灌了多少迷魂汤?"

梁灵瓒答不上来。她仔细回忆了相识以来陈玄景的每一句话、每一个动作,试图找出某种玄机。可想来想去,唯一的可能就是——陈玄景正在暗处露出狐狸笑,等着跳出来大喊一声:"交易完成!现在给我当一辈子奴才来还债吧!"总觉得这样才合情合理。她一直在等着,陈玄景却始终没有跳出来。

很快到了年关,学中放假,闺中也停了针黹,梁灵瓒和捧香跟着春水大娘回洛阳,在家里同婆婆与爹爹过了个团圆年。大年初三梁灵瓒便借口绣坊忙回了长安。梁婆婆的相亲大法是她这么早回去的原因之一。另一个则是会考在即,她早就和刘学录约好趁着年假苦读了。

教学场所从藏书楼换到了平康坊梁宅,梁灵瓒还把闵学录接了过来,再加上常住人口捧香、时不时便过来蹭住的宋其明和源重叶,梁宅已经变得很是热闹了。

这日正月十五,是年节里没有宵禁的最后一天,街上的喧哗热闹几乎是通宵达旦。刘学录直教到亥时才离开,梁灵瓒要送刘学录回家,刘学录推辞,梁灵瓒道:"我驭车的本事很不错的,一会儿就能把您送到家门口。"

刘学录道:"我一会儿还要去拜访一位朋友,不忙回家。"

"那我送您去朋友家——"

刘学录把眼一瞪："有这工夫不如去把书温熟。你从算学馆升太学馆，以为是容易的？"

刘学录和闵学录不同，闵学录喜欢叫叫喳喳，再大的脾气吼一顿也就完了，刘学录却是轻易不动怒，一瞪眼便很是吓人。梁灵瓒只得依言，把刘学录送到巷门口，看着刘学录走远了才回来。

刚回来，便有一把娇滴滴的声音在门外问："此处可是梁画师府上？"

梁灵瓒把门打开，门外停着一辆马车，低垂的帘帷挡住了视线，却挡不住怡人的香风。叩门的丫鬟相貌十分俏丽，轻盈盈地向梁灵瓒行了个礼："公子万安。我家姑娘久闻梁公子丹青之术妙绝天下，一直无缘相见，今日特来拜会，恳请公子赐画。"说着，捧出一只托盘，"一点儿心意，为公子润笔之资，还望公子不要嫌弃。"

入云楼是平康坊有名的青楼，比起天上居也不遑多让。托盘上是白花花的二百两银子，在元宵佳节不断升空的烟花中闪过一阵又一阵的光芒。

梁灵瓒当惯了穷鬼，丝毫不晓得"矜持"二字怎么写，正要满面笑容接过，有人轻轻一咳，淡淡道："二百两银子就想求画，这位姑娘是不是搞错了行情？"春水大娘自夜色中走来，裹着狐裘，十二万分的艳色都裹在倦色里。

丫鬟道："我家姑娘打听过了才敢来的，不知道这位姑娘是哪家的？"

春水大娘道："我是哪家的不重要的，重要的是，你家姑娘若是想求画，就把银子添上十倍再来吧。要不然像我一样把银子换成金子也使得。"

她身后的老妈妈手中捧着一只锦匣，揭开来，码着齐齐整整的金锭，一只只圆圆滚滚，金光灿灿。那丫鬟一看，脸色都变了，回到马车上，不一会儿，下来向梁灵瓒行了个礼告辞，随着马车走了。梁灵瓒眼睁睁看着二百两银子飞走，肉疼道："大娘你何苦捉弄我？"

闪闪发光的金子固然好，但那是春水大娘进货的本钱，跟她并没有半枚铜子的关系呀。

春水大娘携了她的手进去："你且别慌。你知不知道，天上居最近添了个观画选美人的新花样，一来赏画，二来赏美人，既风雅又趣致，来客如云。其他楼子里也想照搬这套。只是美人固然都是美人，画出来的画却要么是画技不佳，画不出美人真正动人心处，又或是过分美化，客人先看画再看人，不免失望。看来看去，只有天上居的画无一幅不美，且是本人身上出挑的那种美，即便本人姿色稍弱，画中也能画出美人最美的那一面，姑娘们有意往那一面去靠拢，竟是越来越美，所以呀……"春水大娘嫣然一笑，"梁画师你可是要名满京城了哦！替你定价二百两黄金，那是怕你累着，还不快去做点儿好吃的谢谢你大娘我。"

梁灵瓒后面又去了几次天上居学乐，每次都被拉着作画，所得也很是不菲。但她从来没当那是什么画资，只当是小姐姐们送的礼物，这么一想，还是吓着了："这么贵，谁来呀？"

"傻小瓒，有些东西越是贵越有人来。"

梁灵瓒对此将信将疑。这么多钱已经够买一所上好的宅院了，拿来买一幅画，疯了吗？

三

刘学录离开梁宅，穿过热闹的人群。在天上居的雅间里，有人已经在等着了。

酒醇而清，暖得恰到好处，鼎里焚着香，烟气袅袅，悠扬乐声隐隐传来，刘学录在席上坐下，不是太自在。

"选在此地，是不想学录奔波，还请学录见谅。"执壶斟酒的手修长如玉，酒香四溢，陈玄景仿佛已经喝了不少酒，但神情仍十分清明，他举杯道，"学录多日来辛苦了，学生敬您一杯。"

"不敢当，若不是你，我母亲只怕熬不过这个冬天，该是我谢你才是。"

这一杯饮过，两人方进入正题，刘学录道："梁灵瓒底子虽然单薄，但胜在勤勉，肯下苦功，会考应当无碍，你可以放心。"

"能否进入率性堂？"

刘学录沉吟："要看运气。她机敏过人，不乏才思，只是吃亏在起步晚，读书不多，若是题目出在读过的书里还罢了，若是没读过的，只怕就要干瞪眼。"

"若是能进率性堂，可有望前三名？"

"这个就不要要想了。别的不说，单是你与南宫季友两个就稳占前二，还剩一个人，怎么轮也轮不到梁灵瓒。"刘学录道，"她能学到这一步，已经是日夜苦读才得来的奇迹，不要再苛求了。"

陈玄景颔首，谢过刘学录。苍伯准备好马车送刘学录回家，马车上备着上好的补品与药材，刘学录回头望向那雅间的位置，喟然一叹："我一直以为像他这样出身的人，所谓贤名只不过是众人奉承，现今才知道，这般尽善事而不显名，实是古之真君子者也。"

这话苍伯回来后打着手势说给陈玄景，陈玄景桌上已经空了几个酒壶，他斟出最后一杯，慢慢送入口中，轻轻笑道："真君子？呵呵。他错了，我是这世上最大的伪君子。"

从这里望下去，可以看到热闹的大厅，厅上四壁悬着美人图，一幅幅别具妍态，画上没有落款，客人们纷纷猜测是出自哪位名家之手。

"是梁灵瓒。"陈玄景轻声道，他想起身去告诉那些人，他们所夸赞的人是怎样一个横空出世的天才，他们所欣赏的笔触只是那人随手涂抹，那人几笔画成的小人儿也像是能从纸上舞蹈起来……他想告诉他们那个人的名字叫作梁灵瓒。

可是他喝了太多酒，身体一晃，险险跌倒。苍伯扶住他，他靠在苍伯身上笑了："苍伯，他们好蠢啊，他们不知道他叫梁灵瓒……"

四

和洛阳国子监不同，长安国子监会考之前会放三天假。

有人用这三天苦读就是抱佛脚，比如梁灵瓒和宋其明；有人用这三天流连花丛，美其名曰战前誓师，比如源重叶。还有人连影子都看不到，比如陈玄景。

帖子送到陈家的时候，已经是假期最后一天的晚上。苍伯正要扔掉，陈玄景接了过来。

拜帖考究而清雅，与他的拜帖花纹样式十分相似。每年的会考前一天他都会收到这一样份帖子。"走，去赴约。"陈玄景吩咐道。苍伯明显地一愣。

天上居的雅间里，南宫季友含笑起身："我还以为陈兄这次一如既往不会赴约呢。"

"那南宫兄岂不又要白等？"陈玄景道，"从正义堂到率性堂，每次会考前南宫兄都约我相见，我因埋头苦读，以致一再错过。今年是最后一年，我再不来，岂不是太过失礼？"

南宫季友深施一礼："多谢陈兄赏光。"

陈玄景还礼："多谢南宫兄盛情。"

两人弯腰行礼的模样像是拿尺子量出来一般，宛如照镜子。

短暂的一顿后，两人同时抬起头，脸上有着完全相同的、尺寸完美的微笑。

两人互道"请"字后分头落座，南宫季友提起酒壶，将两人面前的酒杯满上。酒色殷红，盛在杯中，如血一般。陈玄景拈起杯子，皱了皱眉。

南宫季友眉头一跳："怎么了？"

"这上等的乾和葡萄应该用玉杯玉壶，用瓷的稍差了些味道。"

南宫季友笑道："果然还是陈兄有雅趣，姑娘们送来时用的是玉壶，可惜被我失手打碎了，只得换了瓷壶，还请陈兄莫要怪罪。这冰瓷洁白如雪，颜色类玉，勉强也能当得玉壶用了。"

陈玄景没说话，伸手探向酒壶，一时没拿动，看了南宫季友一眼。

南宫季友顿了顿才松手，五指在袖中，紧紧抓住衣袖。

壶在陈玄景手中，陈玄景就在灯火下细看，半响，微微一笑："确实是好瓷，洁如冰雪，比玉壶也不差多少了。"

南宫季友暗中松了一口气："陈兄果然好眼光，再尝尝这酒如何？"

陈玄景端起杯子,再观酒色、闻酒香,正欲饮时,忽然顿住,笑道:"南宫兄不喝吗?"

"喝,喝,自然是喝。"南宫季友举杯,"我先干为敬。"说着便一口饮尽,杯底在灯下晶莹闪亮。陈玄景迎着他的目光一仰头喝完杯中酒,微微一笑:"果然是好酒。"

南宫季友看着他喝完的酒杯,眼中几乎涌现狂喜的神采,正要再斟一杯,陈玄景接过酒壶,替两人斟满:"明日就是会考,下次再坐在一起喝酒,南宫兄已经不知在何处高就了,来,这一杯我敬你。"

南宫季友从来没有和陈玄景喝过酒,实在不曾想平日里那样冷淡高傲的陈玄景喝起酒来竟像是变了一个人,酒到杯干一点儿都不带含糊的。一壶酒很快喝完了,陈玄景提着酒壶倒不出酒来,嚷道:"上酒,上酒!"

南宫季友连忙接过酒壶:"我这就去添些。"

陈玄景含糊道:"让下人去便好……"

"给陈兄备酒自然是我亲自去才够诚意。"南宫季友说着起身,微微一晃,大约是喝得有点儿急了吧,抑或是这葡萄酒就是比清酒要烈一些,他觉得脑子有些昏沉。用力甩了甩头,他提着再次装满的酒壶回来,陈玄景的头已经俯在桌上,宽大的衣袖差不多覆住了半张桌面。

"陈兄,陈兄?"南宫季友压抑着声音里的喜悦,低声唤。

"再……再来……"陈玄景无意识挥了挥手。

"你喝多了,陈兄。"南宫季友一晃,在他席边坐下,看着醉得一塌糊涂的陈玄景,他的脸上露出了笑容。这个笑容不是平日里从陈玄景身上学来的那一款,而是混合着贪婪、妒忌与狂喜的笑容。这是他真正的笑容。

"陈兄啊陈兄,知道我为什么总要在会考前请你吗?因为在会考里只有你一个人压在我头上,要没有你,我就是太学第一!哈哈,什么'太学双璧',你不喜欢听见这四个字,你以为我喜欢?我比谁都讨厌好吗?那些人当着我的面叫什么'太学双璧',一转眼就说我只是你的跟屁虫,什么都要跟你学!你以为我愿意啊?你笑得这么假,站得这么直,连翻一页书都跟旁人不一样,你以为好学?你惺惺作态也就罢了,偏偏我那个顽固老爹一心想要我成为第二个你。好像只有成了第二个你,我才能像个贵公子,我只好学你,学你的一举一动,学你的一言一行……"

南宫季友说着,摩挲着酒壶,眼中有异样的光:"不过从今以后我用不着再学你了……因为从今以后我就是太学头名,而你什么都不是……哈哈哈……"

一定是太兴奋了,他感觉到脑子一阵阵晕荡。这就是胜利的喜悦吧?

这个他最讨厌的人终于被他踩在了脚底下,哈哈哈哈哈……

五

梁灵瓒人生第一次坐进了太学馆，靠在窗边。

知道今年会考有个跨考的傻子后，每个生徒进来时都向她行注目礼。

宋其明离她有三五人的席位，开始脸色发白两眼无光。

监场学正行过礼，除去试卷蜡封。

窗外有夫子和卫军来回走动，不知是出了什么事，众人都是一脸忧急模样，甚至南宫祭酒也来了。

"怎么还不来？"

"迟了便算缺考了……"

隐隐有这样的议论声。

谁没来？梁灵瓒有一丝分神，不会是陈玄景吧？他一直远游，也不知道回来没有……应该回来了吧？毕竟是会考，对于率性堂来说更是格外重要……

"收心。"试卷发下，监场学正提醒。

梁灵瓒立刻坐正来，展开试题一瞧——

"《周礼》言农政最详，诸子亦有农家之学。试陈教农之策。"

六

"怎么样怎么样？"闵学录一直在考场外守着，一见刘学录出来连忙问。

刘学录摇摇头，把试卷拿给他看。

闵学录对此道一窍不通，但看刘学录的神情，已经有了不祥预感："你没教过？"

"时间还是太短了，《周礼》是教了，诸子却只读了零星几篇，唉……"

闵学录呆了半响，喃喃："我就说这孩子胡来，算学馆待得好好的，偏要去太学馆，太学馆岂是那样容易进的？"刘学录也是愁眉不展。

忽然一队卫军经过，急匆匆直奔大门，刘学录问了一句，卫军说明缘由，闵学录诧异至极："你说什么？陈玄景没来考试？"

他嗓门大，风把这一句话清晰地送到了窗内。正苦思冥想的梁灵瓒一怔，"嗒"的一下，蘸饱墨的笔落在纸上，留下浓黑的一坨墨渍。

七

南宫季友艰难地睁开了眼睛，脑仁儿一跳一跳的，头疼欲裂。

还是在天上居的雅间，但蜡烛已经熄灭，桌上汪着一摊烛泪。

他发现自己的手脚不听使唤，用尽力气强撑着起身，跌跌撞撞地过去推开窗子。

窗外一片明亮，太阳已经升到头顶。他眼前发白，几乎晕过去。

身后传来流水声，一人坐在帘后，只瞧见衣袖微微晃动，酒壶在逆光处发着淡淡的玉光。

"醒了？"帘后人一手提壶，一手执杯，走了出来，长发随意披在身后，轻袍缓带，飘然若仙。

同样是宿醉，南宫季友脸色发青，面目狰狞，而他除了脸色稍有些苍白外，与平时没有任何不同。他将酒杯放到南宫季友面前的桌上，另取了一只酒杯，自斟自饮，一杯喝完，见南宫季友那杯没动，道："放心，这把不是鸳鸯壶，不管把壶盖拧向哪一头，倒出来的酒都没掺药。"

"你……你早就知道了？！"南宫季友面容扭曲。

陈玄景又给自己斟了一杯，迎着日光，闲闲地欣赏着杯中酒胭脂般的颜色："这长安城里的种种花活，还真没什么我不知道的。"

"知道你还喝？"

陈玄景笑了一下，笑容里毫无温度："我要是不喝，你怎么会喝？"

"你——你——"南宫季友忍不住后退一步。从进入太学的第一天起，他就观察这个人，研究这个人，模仿这个人。可就在这一瞬间，他猛然发现他从来没有了解过这个人，这个人根本就是个——

"疯子……疯子……疯子！"南宫季友咬牙切齿，抓起身边的花瓶，就要向陈玄景砸下去，"你他妈就是个疯子！"

就在这时，雅间大门"哐当"一声被撞开，护监卫军闯了进来。

卫军们当场愣住。长安国子监中最出色的两名生徒混迹烟花之地错过会考，已经是让人震惊的奇闻，这会儿看上去其中一位正打算朝另一位动手，更是让卫军们怀疑自己的眼睛。领头的僵了片刻，才颤巍巍高声喊道："祭、祭酒大人请二位速速回监！"

南宫季友跟着卫军走了，陈玄景却没有。

苍伯打着手势劝他："误了半日，还有下半日，还有之后诸艺，现在赶去还来得及。"

陈玄景背靠在帘后，半张脸隐没在幽暗中，声音轻得像一缕幽魂："不，来不及了。"

苍伯僵立片刻，打着手势："是为了梁灵瓒？"

陈玄景没有说话，良久，道："苍伯，出去好吗？我想一个人待着。"

苍伯无声地叹了口气，带上门离开了。

室内重新安静下来，酒从壶里流到杯子里，声音像在山涧里奔流的小溪那般清脆悦耳。他放慢了速度，斟得很慢，很慢，于是声音便小了下来。时间一点一点消磨，窗外渐渐显出昏黄的颜色。"把酒送黄昏，点滴是泪痕。"忘了是什么时候听过的小曲，无端地浮上心头。他已经决定把心事抛远，心便长久地处于一种空洞的状态，什么悲伤忧愁都是空的。

门再一次被推开，窗外已经全黑了，他道："苍伯，出去……"

话没说完，衣襟被人握着拎起来，源重叶道："好你个陈二，这是发哪门子疯？会考也敢缺席，你不要命了！"

陈玄景一点一点把衣襟从他的手里抽回来，理了理，姿势堪称端雅，语气也十分平静："爬墙出来的？"

"不是，我装着犯了急病，她送我回家服药。"

这声音入耳，陈玄景整个人僵了一下，视线扫向源重叶身后，在那里站着一个纤小的人影，一双大眼睛闪着幽暗的光，迟迟疑疑地问道："你这是……出什么事了……"

陈玄景静了半晌，蓦然道："出去！"

声音大得吓了梁灵瓒一跳，他好像下一步就要冲上来把她扔出去似的。

源重叶拦着陈玄景："别发疯啊，关心你还关心错了是吧？你缺考还有理了是吧？太学一贯以来的头两名统一缺席，我是亲眼看见你在这儿才知道你是在享受人生，不然还以为你是豁出自己的前程给梁灵瓒铺路呢，我说，就算是卫灵公待弥子瑕也不过如此吧——"

话没说完，肩上一股大力袭来，他连退几步，直跌在地上，才讶异地反应过来，陈玄景狠狠地推了他一把。推得这样用力，好像要把他推出视线之外才甘心。

什么叫亲如手足，梁灵瓒是从陈玄景和源重叶身上看到的，这一下变故来得突然，她愣了一下，扶起源重叶，才望向陈玄景。

没有点灯的屋内被黑暗所笼罩，在热闹的天上居仿佛是突然陷下去的一块，檐下红灯笼的光芒隔着窗纸映出稀薄的一层，在这暗陈的红色里，陈玄景站立着，像一道孤独的剪影。红光在他的衣袖上微微反着光，梁灵瓒看到那片光在微微闪动，忽地，她明白了，那是陈玄景在发抖。

"出去……"陈玄景的声音像是从牙缝里挤出来的，"统统给我出去！"

"陈兄，你又不是不知道源兄的性子，他胡说八道惯了的，你别往心里去，跟我们一起回监中吧,明天还要考射和御——""

陈玄景一声暴喝,打断她:"给我滚!"

梁灵瓒僵在当地,这不是她第一次挨陈玄景骂,却是第一次从陈玄景的语气与神情中感受到如此强烈的厌恶与抗拒。

底下那些话被堵在胸口,哽得她无法呼吸。

"算了,走吧。"源重叶从地上爬起来,"由他去。"

梁灵瓒挣了挣,挣不过他的力气,给他拖了出去。两人才出不远,房门"砰"的一声关上。

这种待遇梁灵瓒也不是第一次享受,可是,和以前不同,她觉得这门好像是"砰"一声直接砸在她的脸上,不,是直接砸在她的心上,心上重重一疼。

源重叶自言自语:"糟糕,真生气了……"

她挟怒瞪他:"把我们比作卫灵公和弥子瑕,他能不生气吗?"

"你第一天认得我?看不出来我是开玩笑吗?"

"我知道你开玩笑有什么用?他当真了啊!"

"就是这点不对,你都知道是玩笑话,他居然当真了……"源重叶摸着下巴,皱眉,忽地,目光投到梁灵瓒身上。

梁灵瓒正暴躁不安,一瞪眼:"看什么看?"

源重叶没有说话,神情却是前所未有的认真,眸子亮得出奇。

梁灵瓒正要开口,忽听一声门响,源重叶一把捂住她的嘴,把她拖进转角处。

门开处,陈玄景走了出来,长袖、长袍、长发披散,红灯笼在他脸上投下浓重的光,他缓缓从走廊经过,留下一道长长的影子。

胸膛里不知哪一处传来强烈的疼痛,梁灵瓒的手指死死抠着围柱,才控制住自己没有冲出去追上他。到底发生了什么?陈玄景为什么会变成这个模样?

他是行走在云端的神仙人物啊,为什么此刻却活得像一个见不得光的幽魂?

八

坊外已经宵禁,坊内却是歌舞升平、处处笙歌。也亏得有这般热闹,陈玄景的马车走不快,两人才能跟上。

"我们不是应该把他绑回国子监吗?这么跟着干什么?"梁灵瓒忍不住问。

源重叶道:"我就不信了,他在天上居待了一天一夜,还有本事再战第二家,他一定是有什么地方——"

一语未了,他不知看到了什么,猛然顿住。

梁灵瓒正要顺着他的视线望过去,被他一把捂住眼睛,拉到街角,一脸严肃地道:"我忽然想起来,小瓒,你想进太学对不对?"

梁灵瓒点点头,有点儿奇怪他突然间说起这个。

"那你还不赶快回监里温书?"源重叶义正词严,把腰间一块乌木牌子交到她手里,这是国子监的公事牌,可以应付金吾卫查禁,"你先回,我明天一早回去。"

梁灵瓒明白了:"那家名气很大?姑娘很漂亮?"

"什、什么姑娘?没有的事!"源重叶大手一挥,"你快回吧!"

梁灵瓒捏着令牌,走出几步,回过头:"不管怎么样,你得把他带回来。"

"我尽力!"源重叶冲她挥手。

不是尽力和美人厮混吧?梁灵瓒暗暗怀疑。

她再次回头,源重叶已经进了一间院门,院门前停着陈玄景的马车,明晃晃的灯笼挑出四个大字:听风书馆。书馆?看书的地方?还是说书的地方?

不过冲源重叶那神情,大概是美人们都知书达礼的地方吧,会吟诗作赋,会风花雪月,会红袖添香,有那样的美人陪伴,陈玄景……心情会好一些吧?

希望她们能束好陈玄景的头发,希望她们能让陈玄景的神情不那么寂寥,希望她们能让陈玄景脸上重新有微笑……这些都是她做不到的,希望那些美丽又温柔的姐姐们能做到。

她走在热闹的街头,一阵风来,忽然觉得脸上冰凉刺痛,一摸,竟是湿的。

哭了?她对着手上的泪痕发了会儿呆,不晓得这眼泪是为什么而流。她现在哪有空流眼泪呢?六艺才考了两艺,还有四艺在后面等着呢。

可是心好像听不懂这道理,它沉沉的,像吞了石头一样,一直往下沉,腿脚也跟着发沉,一抬脚像是有千斤重。坊门就在不远处了,她却发现自己没有力气走过去。

九

源重叶进了听风书馆。

梁灵瓒只看见他一往无前的背影,却没看到他脸上的视死如归。

在平康坊一向宛如蝴蝶入花丛的源二公子,进了听风书馆,却像一只受惊的鹌鹑,每一根头发丝都充满着戒备。

"公——子——"这娇声拖着长长的尾音而来，换以往源重叶骨头都能酥掉半截，在这里却是听得鸡皮疙瘩抖出来三层。

——招呼他的这位"美人"描着眉毛，涂着胭脂，只是身段修长，胸前一片平坦，喉结明显隆起，是正儿八经的男儿身。

源重叶反射性后退三步，避开他的手，向他比画："前面进来的那位客人在哪里？和我一般高，披散头发——"

他话没说完，"美人"就发出一声让他毛骨悚然的娇笑，道："那位客人可真是天上难有地上无双的俊俏人儿啊！原来公子是同他一起的呀，我还说他一个人把我们这儿当红的哥儿全点了，怎么那么大手笔，原来是有伴儿呀。你们一共几位呀？来来来，我带您去。"

他一面说，一面来拉源重叶，源重叶连忙道："我自己能走！"

他要了隔壁的雅间，想找窗子或门缝什么的一窥隔壁的动静。这时那"美人"朝他眨了眨眼，揭起墙上的一幅画，露出一个指头大小的孔洞。

源重叶抛出一锭银子，把那人打发了，然后深吸一口气，做了好一番心理建设，才把眼睛对上孔洞。才一对上，他就觉得眼睛被辣着了。

孔洞正对着主位的后背，只看见陈玄景一头披散的长发，瞧不见脸上表情。迎面倒是环绕着一圈"美人"，有浓妆艳抹一身红衣的，有脂粉不施以清纯取胜的，有柔弱清冽宛如少女的，还有斯文俊秀如同书生的……各式各样都有，种类相当齐全。

他们使尽浑身解数，一一给陈玄景敬酒，一只妖娆的手搭上陈玄景的肩，源重叶明显看到陈玄景的肩僵住了。

源重叶想象一下那只手搭上自己肩头的感觉，顿时一阵恶寒，心说"兄弟你这是何苦"。

下一瞬，那人一声惊呼，跌在地上。

"都出去。"陈玄景压低声音对身旁的人说："你，留下。"

被点名的少年瘦瘦小小，巴掌大的脸上有一双大而明亮的眼睛。真像。陈玄景绝望地想。眼睛清晰地区分得出，这少年脸虽小，轮廓却更为硬朗，眼睛虽大，神采却少。可心是糊涂的，固执地将那个人的影子往相似的人身上套，越看越觉得，真像。

"抱我。"他开口。

少年呆了呆，然后轻手轻脚地走过来，壮着胆子抱住他。

有一瞬间，陈玄景想后退，但忍住了，只是这忍耐太艰难，一股说不出来的难受直涌上来，在他反应过来之前，少年已经被甩在了一边，吃痛地捂住手臂。

不行。只能是她，不能是别人。

一时间，酒气全往上涌，全身的力气都消失，他颓然倒回座席，忽地瞥见一样小而白的东西，是少年拴在腰间的玉佩，小小一团，远看是只桃，近看是只抱着自己尾巴的小猴子。

在少年眼里，陈玄景的脑子无疑很有些毛病，眼见他这样直勾勾地盯着自己跌落的玉佩，心里不由发毛，只想捡起来走人，却被陈玄景快了一步，拾起玉佩。

"客……客人，这是我在西市小摊上买的，不值什么钱的小玩意儿……"

是啊，不纯之玉，确实只是个小玩意儿。

"几两银子买的？"

"五……五两。"

五两……确实不值什么，可对那个穷光蛋来说，已经是全部的家当吧？可那样一份礼物却被他扔了。

"苍伯！"陈玄景蓦地大声道，"回家！"

苍伯终于等到这句话，长舒一口气，隔壁的源重叶也跟着松了口气——这疯算是发完了？

玉佩被掷回来，少年连忙接住，然后一愣。跟着玉佩一起掷回的，是一片金叶子。真是奇怪的客人啊……

源重叶站在窗前，看着陈玄景的马车离开听风书馆，放下心，想着自己也该找个地方歇一歇了……正当他在考虑是去天上居还是入云楼的时候，马车一个拐弯，直接从坊门方向拐向了坊内更深处。

梁灵瓒的宅子不就在那个方向？源重叶猛地跳起来。陈二你这场疯要撒到什么时候才算完啊！

十

梁灵瓒回到梁宅的时候，管家也刚回来，两人险些撞在一起。

自从年后开学，梁灵瓒就没离开过国子监，家里的事情多半是由捧香做主。但捧香白天都在绣坊忙碌，所以管家等人基本处于无组织无纪律状态，日子过得很是逍遥。这回被主人撞了个正着，管家连忙告罪："我跟捧香姑娘说过的，亲戚过寿，我去吃了顿饭，实在不知道公子您今天会回来……"

梁灵瓒没有说话，死死盯着他，眼睛一眨不眨。

管家吓个半死，心想这主子莫不是那种平时好说话、发起脾气来吓死人的类型？梁灵瓒颤巍巍地伸出手，指着他腰间的玉佩："这是哪儿来的？"

"这是原主子赏的呀。"管家连忙摘下来给她看，"去年年底老夫人过寿，我们都去大宅那边帮忙，正好二公子有件衣裳被酒污了不要了，我就赶紧捡起来了，这玉佩就是跟衣裳一起的。您看这玉质虽说不上多好，但经过陈二公子之手的能有不好的东西？您看看这雕工，看看这款型！"

梁灵瓒怔怔道："他不要的？"

"自然。老吴我一向老实本分，不是正正当当来的东西绝不能上身。公子您一眼都能瞧上，可见它真是不俗，跟您般配！"管家说着把玉佩往梁灵瓒手里一塞，"既然公子喜欢，这只玉佩就算小的孝敬您了！"说完便碎步跑去张罗，吩咐着备热水备饭食，呼呼喝喝以壮声威，偌大的宅院顿时热闹起来。

梁灵瓒站在原地，玉佩就躺在她的掌心，是条镇作一团的小蛇，正是去年冬天自己倾尽所有买下，然后托宋其明送进陈家的那只。

"小瓒！"一人从后面扑过来抱住她，是捧香，头发已经解散了，只包了条帕子，笑道，"今天怎么回来了？才备好热水你就来，真会挑时候！一个人站这儿发什么呆？"忽然注意到她手里握着的东西，"——这是什么？"

"没什么。"梁灵瓒手一转，把玉佩收进了袖子，叹了口气，扯了扯嘴角，苦笑道，"我只是突然明白一个道理，不单成亲要门当户对，交朋友也是要门当户对的。"要不然啊，就会被嫌弃。可那晚他又为什么会去西山救她？在雪光中微笑的脸和厌恶地对她说"给我滚"的脸重叠在一起，把她的脑仁都绞痛了。

"什么对不对的？"捧香推着她，"走走，快去泡个热水澡，瞧你这一脸魂不守舍的样子！冷着了吧？"

卧房中，浴斛里热气腾腾，水呈一种淡淡的胭脂色，十分美丽。捧香道："大娘教我的法子，洗澡水里放玫瑰香膏，洗完后肌肤又香又滑，好用得不得了，你试试看。"一面说，一面替梁灵瓒解衣带，梁灵瓒想反抗一下："我不洗，我来是想……想……"

"想什么想？看看你这脸色，拧得出绿汁来！会考这么累吗？"捧香把梁灵瓒按进浴斛里，门外老吴来请捧香决定菜色——在老吴心里，捧香已经是这院子里的女主人了。

捧香把几道大菜都删了，添了几道清淡菜色，想了想，决定去厨房给梁灵瓒熬个粥。老吴跟在她身后亦步亦趋，心里想着这位女主人着实是贤惠。

屋内，热水包围着梁灵瓒的身心，却包不住心里的念头。

她之所以回来，不是为了休息也不是为了泡热水澡，她是想……去那间屋子看看。

那间屋子里的东西早已经被送回了陈家,但是门框上那道线还在,那个"景"字还在。

心中不知为何有那样强烈的念头,又强烈又怪异——她想去看看那道线,看看那个字,就像一个饿昏头的人想看见白馒头,像一个快冻死的人想看见火光。

她起身披上衣服,胡乱擦了擦头发,推门出去。

经过池塘时,她站住了。星光淡淡,池塘安静又乖巧,像镜子一样照出那个夜晚。那一晚,她和陈玄景坐在这边大石上,他揽着她的肩,对她说看她越来越顺眼了……

一切好像就是从那晚开始变得不同的……在那之前,他教她诗文,带她学乐,高兴了会替她戴幞头,不高兴了就弹她脑门……当时不觉得怎么样,现在回头看看,那真是一段晴好的时光。可在那之后她好像连见他一面都难了……

她用力甩了甩头,接着往前走,把池塘抛在身后,把大石上坐在一起的影子抛在身后。她好像把什么很重要的东西丢在了后面,只是说不不上来那是什么。

院子太大了,这所屋子位于最角落,日常就是闲着,东西搬走之后更显得空寂,梁灵瓒发现自己干了件蠢事——她忘了带灯笼,什么线什么字,什么都看不清了。

可心却满足了。像是饿的人吃上了白馒头,像是冷的人烤上了暖炉,像浪迹的船终于泊进了港湾,她靠在门内坐下,头挨着门框。

四下寂寂,星子在头顶横陈,她一个人安安静静地坐着,那些奇怪的难过和眼泪好像都变得遥远了。

忽地,有人声传来:"吴管家说了,这里最僻静,平时谁也不会来,您既然不想遇见人,在这儿等最好不过,吴管家打发梁公子用完饭马上就来——"

这是老吴要背着她搞什么名堂?梁灵瓒支起了耳朵,就听一个声音道:"梁灵瓒在?"

四个字从耳朵落进心腔,她的心猛地摇动了一下。竟是陈玄景。

"是,梁公子平时很少在,今儿个不知怎么回来了,因为没有提前说,所以厨房里正忙着呢,吴管家一时也走不开。要不小的还是给您说一声吧,梁公子很好说话的,自然让吴管家即刻过来——"

"你去告诉老吴,他来不来都无妨!他拿走的那件玉佩马上给我送过来!"陈玄景的声音里像是压抑着极大的火气。

下人吓了一跳,连忙去传话。

苍伯向陈玄景打着手势,大约是劝陈玄景进屋子避风,陈玄景耐着性子转身过来。他的步子迈得又急又大,迈过门槛时,忽然顿住。

两人一高一低,在黑暗中两两对望。远处的灯火投在陈玄景的脸上,眉眼清俊至极,梁灵瓒整个人都缩在黑暗里，只有一双眼睛闪闪发光，再浓的黑暗也盖不住。

陈玄景的身体仿佛僵成了冰块，良久之后，他目光一震，转身便走。

"哎，等等！"

几乎是同时，陈玄景一个趔趄，险险扑倒，百忙中用手撑住门框才稳住身形。

梁灵瓒从黑暗里扑出来，抱住了他的大腿，一张脸暴露在星光下。这张脸占据了陈玄景全部的视野，明知该转头，明知该把人踹开，视线却顽固地落在上面，不肯挪开。

是看到这张脸才知道自己错得有多厉害。在听风书馆，眼睛能清晰地区分得出，那少年脸虽小，轮廓却更为硬朗，眼睛虽大，神采却少。可那时心是糊涂的，固执地将眼前这个人的影子往相似的人身上套，越看越觉得，真像。现在才明白，哪里会像？怎么会像？这个世间，到哪里再去找这样一双仿佛满天星辰都倒映其间的眸子？

"你要找的玉佩是这块吗？"梁灵瓒手心里托出那一小团蛇。

"不是。"陈玄景冷硬地道。完全是色厉内荏。衣料无法隔绝身体的温度，被抱着的那一部分身体好像自发脱离了他的控制，变得酥麻、柔软，仿佛要像蜡一样被融化。

梁灵瓒的声音里也有几分倔强："我觉得就是。"

"我说不是就不是。"陈玄景冷冷道，"我难道会为这种五两银子的货色而来？"

"你怎么知道它是五两银子买的？"

"在我看来它只值五两罢了。"陈玄景清楚地知道自己应该马上拂袖而去，而不是在这里讨论这种愚蠢的问题，他咬牙道，"给我松手！"

"五两银子怎么了？你不要看不起五两银子，我告诉你，五两银子够穷苦人家用好几个月！"也不知是哪里来的怒气，混合着委屈，梁灵瓒的声音不争气地发颤，"你以为五两银子容易攒吗？我那时本来想买只烧鸭带出城，想想还是舍不得，全省下来买它，就带了两块胡饼！"

梁灵瓒说完就后悔了。这都是些什么乱七八糟的？她说这些干吗？她深深呼吸一下："总之！五两银子虽然不多，也是我的一番心意，你就这么扔了实在有点儿过分吧？不过看在你回头找它的份儿上，我勉勉强强就原谅你这次，喏，收好了。"她把玉佩托到他的面前。

她的眼睛那么亮，里面的暖意和祈盼那么明显，陈玄景绝望地发现已经快要无法抵挡了，他压低声音道："你先松手！"

梁灵瓒从他的眼神里看到一种她所不了解的、极其脆弱的迷茫，又有一股混合着厌恶与抗拒的痛苦，这样的表情像极了在天上居时让她滚出去的那一幕。

"我不管，你不收我就不松。"梁灵瓒有一种非常笃定的感觉，一旦她松手，陈玄景就

第一章·太学

019

会消失得无影无踪,然后她连见他一面都难,她仰着脸认真地问:"我们是不是朋友?"

陈玄景真想说不是,然而星光下这张小脸泛着玉一样的光,眸子里全是紧张。

在自己反应过来之前,一个"是"字已经出口了。

这个字仿佛是火种,顿时点亮了梁灵瓒的眼睛。

对啊,他们是朋友!只有朋友才会在对方最需要的时候出现!

压根儿没什么嫌弃也没什么讨厌,他只不过心里有事,心情不好。

而现在轮到他需要她啦!

她跳了起来,拉起他就走:"跟我来!"

陈玄景一阵恍惚。她拉着他的手,她的手小而暖,牵着他在迷宫般的宅院里奔跑起来,因为前面这个人,熟悉的庭院好像变成了一个新奇又陌生的所在,像一场迷离的梦境。

一定是酒喝得太多了,从昨晚到今晚,他已经记不得自己喝了多少酒,却是求一醉而不能,但现在他知道,这场醉终于来了。

如果还有一丝清醒,他早该甩脱这只手,转身离去,再也不踏进这里一步。

梁灵瓒拖着陈玄景一路跑进书房,她很少用大厅和花厅,一日三餐要么在书房,要么干脆就在厨房吃,这会儿捧香果然带着人在书房上菜,圆桌当中还有一只黄铜小锅,正"咕嘟咕嘟"冒着热气。

"梨浆换了,不要!上酒!"梁灵瓒一迭声说着,把陈玄景按在桌前,然后把人都推出去,关门,落下门闩,回身望向陈玄景,双目炯炯。

让我来拯救你吧朋友!就像以前你拯救我一样!

她大步过来,提起酒壶,斟了两杯,递过去之前,体贴地确认一下:"你还能喝吗?"

陈玄景接过来,一饮而尽。

"这就对了!"梁灵瓒满意道,"朋友就应该拿来喝酒呀!虽然你不说,但我知道你有心事,所以你喝酒,你发脾气,你心情不好。来,我陪你!"

她仰头一口闷了杯中酒,酒的辛辣出乎她的意料,嗓子辣得直咳:"乖乖,我总算知道人为什么心情不好就喝酒了,心情好的时候,谁喝得下这玩意儿啊!"

她接着把两人的杯子满上,陈玄景道:"你不会喝,就不要喝。"

她皱着眉毛又喝了一杯,苦着脸道:"可看你这样子,我心情也很糟糕,很需要借酒浇愁。"

陈玄景的手覆在她的杯口上,灯火映在他的眼中,在眸子深处燃起两朵小小的火焰,他道:"梁灵瓒,这种话不要随便对我说。"

"是真的！我骗你是小狗！"几杯酒下肚，梁灵瓒的脑子一阵晕乎，但目光认真，"陈玄景，我喜欢看你笑的样子，你不开心，我心里也是难过的。好朋友有福同享，有难同当，你的心事不愿出口，没关系，陪酒我还是可以的，来，再来一杯——"

"朋友……"陈玄景低低地笑了，"是啊，终其一生，我们都只是朋友……"

酒意比任何时候都来得强烈，他提起酒壶，灌下一大口，挑起眉："不是要喝酒吗？这才叫喝酒！"

"哇，够味！"梁灵瓒叹为观止，抱着学习的态度接过酒壶，仰起头，酒泉成一线，倾入口中。

仰起的脖颈宛如一柄玉如意，散乱的头发上还带着一抹湿意，灯光下肌肤细腻如凝脂，眸子清亮似晨星，就连身边的空气都透着淡淡的香气……酒气、热气、香气，将书房的空气染成微微的柔粉色，陈玄景轻轻捉住梁灵瓒的手腕，近在咫尺，天地神明都阻挡不了这一瞬的意乱情迷。

梁灵瓒的唇被酒沾得湿亮，看着陈玄景凑近，已经近到息息相闻的程度，她露出一个大大的笑容，举起酒壶，铿锵有力地道："喝！"

醉了。

陈玄景顿住，她的笑容比婴儿还要无邪，还要灿烂，如此美丽，他却松开了手，跌坐在席上，忽然笑了。起初笑得低低的，渐渐越笑越大声，好像听到了什么了不得的笑话，笑得直不起腰来。

梁灵瓒歪着头，跪坐在他身边，仔细地瞅着他："你怎么了？"

"我没事，没事……"陈玄景抬起头来，脸上有清晰的泪痕，他依然是笑着的，道，"梁灵瓒，我给你讲个笑话好不好？我喜欢上了一个人，可那个人不是我能喜欢的，我想见她，又怕见她，见了她就想赶她走，因为我怕她会发现我喜欢她……你说好笑不好笑？"

梁灵瓒深思了一会儿，从怀里掏出一块手帕，替他把脸上的泪痕拭去："不好笑，你看你都哭了。"

那块帕子陈玄景很眼熟，是当初他的那一块，放在她的怀里，沾上了郁郁的玫瑰甜香，它看起来可真像一块女孩子用的香帕。

梁灵瓒眼睛睁得圆圆的，又大又黑又亮又乖，跪坐着细声细气说话的样子，真像一个女孩子。

心中的爱与绝望一起泛滥，有多爱就有多绝望。陈玄景悲伤地看着这个人，再也忍不住，一把抱住了她："梁灵瓒，为什么你不是一个女孩？"

为什么？为什么？为什么？他生来就拥有世间最好的一切，从来没有问苍天要过什么。可此时此刻他真要求上天回答他，这是为什么！

"我是一个女孩啊。"梁灵瓒在他的怀里，乖乖巧巧地道。

陈玄景笑了，笑得凄凉："原来你喝醉了是这个模样。"

"我没醉，我真的是个女孩。"梁灵瓒认认真真地道。

陈玄景想笑，一股泪意却先涌上来，他强自忍住，轻声道："好，你是个女孩，难怪一行大师不肯再教你了——"

声音到这里猛然顿住，像是有什么巨大的东西在神魂最深处的地方炸裂开来，他紧紧抓住梁灵瓒的肩，心跳剧烈，两耳快要失聪："你……你……你老实跟我说，一行大师为什么不再教你？"

梁灵瓒还是那副呆头呆脑乖宝宝的模样，愣愣地瞧着他，过了好一会儿，他的声音仿佛才抵达她的大脑，她的嘴巴一扁，"哇"的一声哭了出来："师父……师父不要我了，他说我是个女孩，女孩不能学天文，他不要我了……"

——"我说一百遍，还是那句话，我的错只是我的错，你绝对不会犯上，所以真的不用知道。"

——"这个错，就算我认了，也改不了……改不了！"

陈玄景已经分不清心疼与狂喜哪一个来得更猛烈些，他的耳边似有电闪雷鸣，眼前却有吉祥天起舞。心中狂乱，天崩地裂、山河倒流，一时想将这人护在怀里任洪水滔天也不容一丝伤害加诸她身上，一时又恨不得捏碎这人的骨头将之锉骨扬灰："你……好你个梁灵瓒，你瞒得我好苦！"

梁灵瓒抬起头来，满面都是泪痕："你生气了吗？你也生气了吗？你是不是也不要我了？"

她脸色煞白，全是凄惶惊惧。这一个瞬间，强烈的心疼压倒了一切，陈玄景轻声道："我生气，但我不会不要你。"

醉中的梁灵瓒智商约等于零，只知道"生气等于不要"，"不生气等于要"，她无法理解"生气加不会不要"这种搭配，眼睛睁得大大的，大量的水汽在眼底汇聚。

"不生气，不生气！"

在她的嘴巴扁起来之前，陈玄景一把抱住了她，笑意占据了整张脸，如明光般灿烂。

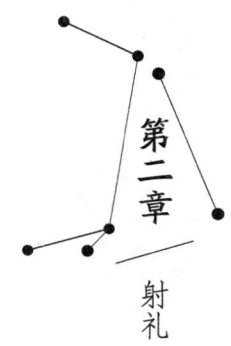

第二章　射礼

一

梁灵瓒早上被叫醒时，头疼欲裂。

"还不起？今天的会考还要不要考啦？！"捧香简直是扯着她的耳朵叫，嗓门好比骂街的大妈。

"会考"两个字一入耳，身体就有了自动的反应，梁灵瓒一跃而起，然后又捧着脑袋倒下去："我……我头怎么这么疼？"

"还好意思说！自己会不会喝酒不知道吗？也不掂掂自己的斤两就上桌了！快把汤喝了，吃些东西好起身！"

捧香捏着梁灵瓒的鼻子，把汤往梁灵瓒嘴里灌，梁灵瓒挣扎："我说，你当喂猪吗咕咕咕咕……"

这一通汤喝下去，昨晚的零星记忆才被唤醒。对，她陪陈玄景喝酒来着，还喝了不少，但然后呢？她捧着脑袋，脑袋像是被十八个壮汉暴揍过，又或是给四五匹马一起踏过，昨晚的记忆仿佛一起被踏进了地底，除了"酒真难喝"这个记忆之外，什么都不记得了。

"陈玄景人呢？什么时候走的？走的时候怎么样？愁眉苦脸吧？不对，是面无表情吗？"

"我清早过来，就你一个人在这儿，也不知道他什么时候走的，高兴、难过什么的就更不知道了。不过他那样的人还有什么难过的事吗？"捧香一面说，一面往梁灵瓒嘴里塞包子。

时间已经不早，梁灵瓒衔着包子就出门了。

今天考射艺。太学的六艺会考是极为隆重的大事，皇帝或派朝中重臣主持阅卷，或派王公贵胄亲自监考，会试结束之后，阅卷官与监考官要回宫面圣述职，品学兼优的生徒运气好说不定还可以得到皇帝的召见。因此会考之时，众人之间的比拼较洛阳国子监更加激烈，据说生徒之间还会用上一些不入流的手段，比如给对手下巴豆啦之类的……用源重叶的话来说，就是"一片腥风血雨"。

梁灵瓒赶到国子监的时候，晨钟已经响起。她飞也似的赶到号舍，抓起弓箭就走，完全来不及整装，只能一面跑一面束箭袖，就这样还跑丢了弓，正要捡起来的时候，忽然听到"扑通"一下的入水声，仿佛伴随着一声惊叫。再拐个弯，前面就是被称为"雷池"的荷池了。算学馆、书学馆和律学馆的人不会越雷池一步，太学馆的人也很少往这边来，这一带可以算是国子监里最冷清最僻静的地方，会有人来吗？该不会是她紧张过头产生了幻听吧？

梁灵瓒一面嘀咕一面跑了过去，就见对面廊下好像有一袭青衫一闪而过，而池面上水花翻涌，涟漪一阵阵扩散，显然是有人落水。

"哎呀！"梁灵瓒失声，扔下弓箭，跳了下去。

初春的水很冷，骨头都刺痛了。荷池比她想象得要深，幽暗的水底，她看见一个人，四肢渐渐停止了挣扎，静静地向水底沉下去。她猛地用力，划向那人，抓着那人的腰带，"哗啦"一声水响，把人带上了岸。

那人剧烈地咳嗽。能咳就好，梁灵瓒长出了一口气，这几下真是把吃奶的力气都使出来了，累得瘫在一旁直喘气，还没喘完，风往身上一吹，整个人冷得哆嗦，打了个大大的喷嚏。

那人穿着内侍服，咳嗽了好一会儿才止住，也冷得发抖，梁灵瓒捡起自己的弓箭："你是跟主子来观射的吧？赶快回去吧，别乱跑，再掉下去可没人来了——"一语未了，她惨叫一声："完了！"钟声停了。

钟声停了，即射礼开始。

"梁灵瓒！"被他救起的内侍抬起头，脸色被冻得青白，却是一张秀丽的瓜子脸，沉静的眸子里浮现惊喜之色，"太好了，我原本想着，既来了国子监，就去算学馆瞧瞧你。"

"小瑛子！"梁灵瓒也吓了一跳，"你怎么在这儿……哦，今天来观礼的是太子吗？"

"嗯嗯。"小瑛子胡乱应着，上下打量她，"你这是要去参加射礼？你不是算学馆的吗？

为何要参加射礼？难道你想跨考？"

梁灵瓒苦笑一下，完全说不出话来。辛辛苦苦准备半年，竟在这种紧要的时候功亏一篑，脑子里有一瞬间荒谬的空白，远远已经听到了鼓声，射礼开始了。

"算是吧。"她的声音有点儿虚弱，站了一会儿，道，"走，去我号舍，给你换件衣裳，别冻坏了。"

小瑛子乖乖地跟在她后面，去了算学号舍。梁灵瓒先找了几件干净衣裳给小瑛子，然后点上热茶的小炉子，一边烧了壶水，一边让小瑛子就着炉子烤一烤，看着小瑛子脸色青白，不由道："你来就来，怎么不跟着小潘子？到处乱跑，也不看路，这可怎么行……"

"我不是自己掉下去的，是有人推我下去的。"小瑛子捧着茶杯，低声道。

梁灵瓒一呆："谁？"谁在这样的天气里推一个小孩子下水？玩笑也不是这么开的！

小瑛子摇头："不知道，没看清。"

"我看到了，那人穿着青衿，又是往太学那边去了，一定是太学生徒！"梁灵瓒愤愤道，"你放心，今天太学生徒都在，一会儿我们去找南宫祭酒，你一个一个仔细瞧，一定能把人找出来！这么坏心眼儿，一定要好好罚他不可！"

小瑛子看着她，眼中有一丝诧异，这诧异很快变成暖意，他摇头道："不用。我已经习惯了。"梁灵瓒愣住，习惯什么？习惯被人推下水？

小瑛子脸上没有一点儿血色，头发漆黑，整个人似水墨画成："即便去查了，要么查不出什么名堂，说不定还被有心人拿来做文章，牵扯出一堆无关的人，何必呢？既然我没事，就不用再追究了。"说着，他苍白的脸上浮现一朵笑容，"多谢你，梁灵瓒，你又帮了我。"

梁灵瓒还没从他前面那一段话里回过神来，愣愣道："我顺便而已……等等，我以前帮过你吗？"

小瑛子微微一笑："你帮了小潘子，也就是帮了我。"

他年纪非常小，笑容却好像比谁都深沉。梁灵瓒呆呆地看着他，忽然又打了个喷嚏。

小瑛子提醒她："你该把这身湿衣裳换下来。"

"哦。"梁灵瓒说着，却没动，人在屋子里坐下，手撑着膝盖，抱着头，巨大的失落和疲惫这才向她压下来，让人透不过气来。

一百多个日夜，不管白天还是晚上，不管是她擅长还是不擅长的，不管有多苦多累，她都咬紧牙关拼了命去努力。她把所有的精力变成火把在燃烧，要在这场会考里尽力一搏，可是，她甚至还来不及张开双翼，就被迎面一拳打翻在地。

居然是因为迟到……居然是因为这种小事……她简直不敢相信这就是她的结局。

二

这次射礼，司射的是陈玄理，正宾为太子。太子在不久前走开，不知为何，钟声都快停了，还没回来。

"就算要出事，也别在咱们太学出事啊。"源重叶喃喃道，"我可不想在射礼上被叫进金吾卫官署去问话。"

因为王皇后和武惠妃相持不下，李瑛才登上储位，这都是人们心照不宣的事实。而随着王皇后倒台，武惠妃在宫中一家独大，太子的位置越发是风雨飘摇、岌岌可危。但凡带了脑袋出门的人，都会尽量绕着东宫走，免得一不小心就要给东宫陪葬。

陈玄景的视线却没有望向礼宾席，而是不停地望向校场入口处。

那儿除了卫军还有金吾卫把守。悠扬钟声中，不时有一两名生徒匆匆而来。最后一人进来的时候，视线笔直地和陈玄景撞在一起，然后向陈玄景走了过来。

"陈兄。"南宫季友施礼，风度翩翩。

陈玄景脸色微变。钟声停了，梁灵瓒还没有来。

"我向你行礼，你该向我还礼才是，陈二公子怎能如此傲慢失礼？"南宫季友脸上含笑，凑近一步，低声道，"你已经错过两艺会考，今天再来，又有什么意思？"

"你也是错过会考的人，却还能这般喋喋不休，想必是有了什么挽回的法子。"陈玄景冷冷道，"一个人若是干了什么见不得人的事，除非是想闹到人尽皆知，否则还是将嘴巴闭牢一些的好。"

南宫季友脸色一僵。陈玄景不再理会他，将弓交给源重叶，往校场入口走去。

南宫季友道："陈兄，你若是在等梁灵瓒，恐怕要失望了。这会儿就算她插上翅膀，也赶不过来了。"

陈玄景回头，眼中的杀气几乎成形："你对她做了什么？"

南宫季友举起双手："不敢。我对天发誓，我没有动她一根毫毛，可她要自毁前程，别人又有什么办法？"

那一刻陈玄景的脸色难看到极点，再也不说一个字，转身跑向入口。

"南宫季友，以前我只觉得你有点儿恶心罢了，现在怎么才发现你这么欠揍呢？"源重叶淡淡道，"你只不过仗着老子的名头在国子监里能混一混罢了，可别叫我在外面碰见你，见一次我揍一次，揍到你喊爷爷为止。"

南宫季友回视他，目光阴冷："哼，他日在长安城中相逢，究竟是谁跪谁，还犹未可知！"

哟！源重叶给他气着了。平时不是很能装吗？怎么这会儿把爪子露出来了？胆子很壮了嘛！

"咚"的一声，司射鸣鼓，各堂迅速列队。队伍之中只有陈玄景一人逆行，冲到了入口处。

两名卫军拦住他的去路："射礼开始，不得出入。"

"烦请几位通融。"陈玄景道，"我有急事要出去一趟，片刻即回。"

两名卫军彼此看了一眼，犹豫了一下，还是站到了一旁。但两柄银枪却是依然交错在陈玄景面前，两名金吾卫笑道："二公子请回。我们兄弟会在这里守门，守的不是别个，就是二公子您。大将军吩咐了，您要是再离开考场一步，就打断您的腿。"

陈玄景想了想，道："我惯用的扳指忘在了号舍，既然如此，就烦请二位去替我取来。"

一人领命而去，另一人还在原地守着，脸上虽赔笑，手上却是戒备。

陈玄景嘴角带着淡淡的笑意，温文尔雅、人畜无伤，但袖中的手却已经握拳，蓄力。

规矩从来都是因人而异。他出去再回来，人们只会睁一只眼闭一只眼，但对于迟到的梁灵瓒，这停歇的钟声却如同一条天堑，横亘在她通向集贤院的路上。

"哥，抱歉了。下次要守住我，记得要多派几个人。"陈玄景心里暗道。

就在这时，远远有人道："来了来了，等我，等我！"

陈玄景抬头，就见一个小小的个子拖着一张长长的弓往这边跑来，正是梁灵瓒。

她手里晃着块玉佩，给卫军过目："我能进去吗？"声音非常不确定，简直有点儿可怜兮兮，但卫军仔细看了玉佩，顿时肃然起敬，往旁边让开，梁灵瓒大喜："真的管用！"

那是块蟠龙团日玉佩，系着杏黄丝绦，质地温润，莹莹生光。

陈玄景脸色一变："这块玉佩你是从哪儿来的？"

"小瑛子给我的，说拿着这个，就算迟到了也能来参加射礼！"梁灵瓒一脸兴奋，"你也来晚了？咱们快走！"

她拖起他的手就走，陈玄景给她一拉，身子顿时不归自己管束，云里雾里一般跟她回了校场。陈玄景在率性堂，梁灵瓒在正义堂，两人之间的位置隔出老远，梁灵瓒跑进了自己的队伍，却发现陈玄景没有松手。

他握着她的手，忽然凑近，贴在她耳边道："用心！"凑得太近了，梁灵瓒的脑子"嗡"的一下，几乎听不清他说了什么，只瞧见他漆黑的眸子里全是明亮笑意。

他一笑即转身，向率性堂队伍走去。人群都成了虚化的背景，他的背影挺直，笑容明朗、丰采照人，和昨天那个一蹶不振的陈玄景判若两人。

果然是她的陪酒起到了作用！梁灵瓒由衷欣慰，觉得自己这个朋友当得还不错。

射艺分四项，一曰白矢，二曰参连，三曰剡注，四曰井仪。白矢者，箭穿过靶子而箭头发白，表明发矢准确而有力；参连者，前放一矢，后三矢连续射出，每一矢相连，仿佛连珠一般；剡注者，考射箭者出箭之迅疾，计时之内射完四支箭；并仪者，四矢连贯，全都正中靶心。

很快轮到梁灵瓒，她走到场中，对准靶心，拉开弓。

箭离弦而去，穿透靶心，箭尖发白。司射陈玄理验视过后，一声鼓响，意味考核过关。

梁灵瓒力气有所不足，但胜在速度过人，参连箭一支连一支，连珠不断，即便是陈玄理也不能不点头。然而就在最考验速度的第三射剡注时，她刚刚张满弓，就听"啪"的一声响，弓弦断了。

弓弦是牛筋做的，经久耐用，不可能说断就断。梁灵瓒讶然地拉起断弦，发现切口处光滑平整，只有一丝错筋。很明显，有人在她的弓弦上划了一刀，却又没有完全割断，留下最后一缕，算准了它会坏在时间最为紧张的剡注这项。

腥风血雨，果然名不虚传。

然而剡注计时已经开始，她只能死马当活马医，咬牙准备将弓弦强行打结，至于能不能用，只能用了再说！就在这个时候，几个声音同时叫道："梁灵瓒，接着！"

三张弓，从不同的方向扔过来。

梁灵瓒一个旋身，抬手接住其中一张，搭上箭，箭矢接二连三，在计时结束之前，最后一支刚好射入靶心。

"好！"宋其明叫了一声，见周司丞凌厉的眼神射来，赶紧将脑袋一缩。

梁灵瓒退下来，抱起其他两张弓，一一归还，还到陈玄景的时候，陈玄景含笑道："不赖。"

从前要陈玄景夸她一声好，可真比登天还难，这会儿不单夸了，还夸得这样自然自在，简直叫梁灵瓒受宠若惊。而且，不知道为什么，她总觉得陈玄景的眼神里好像多了一丝别样的东西，这东西没办法用言语来形容，却又比言语更具有杀伤力，只要被瞧上一眼，心就开始怦怦乱跳，脸上也莫名其妙胡乱作烧。

她一低头，赶紧回正义堂。

每一堂的学生都考过，轮到率性堂的时候，已经将近午时。源重叶是梁灵瓒的教习师父，上场之前朝她挑了挑眉毛，那意思是："看为师的。"

射艺是他的长项，每年的射艺会考都是他大出风头的时刻。旋身、拧腰、倒射……姿势花样百出，就差没有当场来出胡旋舞，就这样，照样能箭箭射中靶心。众位生徒虽然碍于监规不敢大声喧哗，但眼中惊艳却是忍也忍不住。

陈玄理将手中"极优"的牌子挂在他的名下，学正记录在册。

下一个便是陈玄景。梁灵瓒看过野狼身上的箭，箭矢没入野狼体内，直接穿透心脏，只剩外面一点儿尾翎，是可以想见得稳、准、快、狠。

和源重叶比起来，陈玄景抬弓、扣箭、瞄准、松弦，箭矢"笃"的一声，箭尖透出靶心，完成得中规中矩，却似乎留了点儿力。

他身形挺拔，姿势潇洒，老天爷仿佛格外偏心，将最温暖柔和的光洒在他的身上，他整个人看起来好像会发光一样，梁灵瓒的目光渐渐凝在他身上，至于箭射去了哪里，准不准，压根儿没空去看了。

她吃亏在个子小，不得不踮起脚，伸长脖子，还得极力小心，以免被周司丞发现，形象颇近于伸长脖子吃食的呆头鹅，但当时顾不得，眼睛像是被谁施了迷魂药，追着陈玄景的身影挪不开。不知道是不是这视线太执着太热烈，陈玄景借着旋身之机，目光扫了过来。

两人的视线越过无数人头在半空中相撞，梁灵瓒露出一个灿烂的笑容。

这笑容仿佛比此时的阳光还要明亮。就像一个人沐浴在阳光中自然而然便觉得舒适一般，他看到那样的笑容，便自然而然地，嘴角浮上一丝笑意，又生生止住。但笑意另寻出路，满满地漫出了眼睛。最后一项井仪的鼓声响起，他手中的箭连珠射出。

不知是谁第一个惊呼出声的，转即，生徒们已经忘了监规，叫好声轰然响起。周司丞大怒起身，正要喝止，自己却也怔住。

场面太过热闹，苦了梁灵瓒，她得跳起来才看得清发生了什么——

陈玄景第一支刚射中靶心，第二支就尾随而至，"啪"的一声，将前一支劈开，攒入靶心，第三支随后而至，如法炮制，四支箭出，在箭靶上扎出一朵箭矢之花。

井仪一项的极优，也不过是四支箭都在靶心范围，像这种四箭扎在同一点上的，简直是闻所未闻。但这才是陈玄景真正的射术啊！梁灵瓒觉得从心里到头皮都一阵战栗，又骄傲又激动，比自己通过考核还要开心。

三

射艺结束，陈玄理捧着案卷回厅上，太子已经回来了，只不过像是身体不适，一直坐在绢丝屏风后，只瞧见一道模糊的人影。

众人对这位前途堪忧的太子也不甚在意，散场之后，源重叶"哇哇"叫："喂喂喂，说好射艺头名不跟我抢的呢？！"

陈玄景不理他，向着梁灵瓒走去，梁灵瓒也拉着宋其明穿过人流往这边来。

她满脸是笑，正想问最后那一手是什么名堂，陈玄景一把将她拉过来，她一个趔趄，险险撞进他的怀里，手撑着他的胸膛才稳住身形。陡然之间离得这样近，鼻间几乎可以嗅到他衣料上淡淡的气息，那是一种混合着阳光、松柏与青草的芬芳。

"小心。"陈玄景道。

原来是怕她被别人撞上呀，梁灵瓒在慌张之中生感激，正要开口，只听不远处周司丞一声大喝："梁灵瓒！"

梁灵瓒头皮一麻，再看到含笑站在周司丞身边的南宫季友，麻得就更厉害了，迟迟疑疑迈步过去，陈玄景眼中有锐利光芒一掠而过，跟上她，低声飞快道："把玉佩给我。"

"呃？"虽然有点儿莫名其妙，梁灵瓒还是照做了，陈玄景刻意借着人群的遮挡，接过玉佩，收入怀中，然后，他做了一件梁灵瓒万万没有想到的事。

他抓住梁灵瓒的胳膊，往背后一折，梁灵瓒完全没有反应过来，脑袋就被他按下，整个人宛如罪犯，被他押着走向周司丞。

"喂！陈玄景你干什么啊？"这是发哪门子疯啊！

"听话，我说什么就是什么，不许多嘴。"陈玄景低声道。

他就这么押着梁灵瓒到了周司丞面前。周司丞对他自然是和颜悦色："比试辛苦了，去陪陪陈将军吧，他也劳乏了。"

陈玄景道："谢司丞大人关怀。学生发现梁灵瓒在射艺上迟到，特地带她前来领罚。"

梁灵瓒一面怀疑自己的耳朵，一面怀疑自己的人生，梗着脖子想抬头："我明明有……"

"你虽然有解说情由，但错了就是错了，司丞大人虽不会取消你的比试成绩，却也不能就这样放任你，否则国子监监规何在？"陈玄景打断她，跟着向周司丞道，"不如就在会考后罚他三日静室，司丞大人以为如何？"

只是一次迟到便罚三日静室，不可谓不重了。周司丞拈须点头，表示满意。

梁灵瓒要疯了，拼命想抬起头来，却被陈玄景的手押住，再怎么挣扎也动弹不得，视野里只有两双黑靴。怒气正冲胸口，就在她准备大喊出声的时候，忽然发现，其中一双黑靴靴尖上颜色似乎比别处深些，千层靴底上沾了少许青苔。

她的瞳孔猛然放大，身子僵住。

众人注意到这边的动静，渐渐有人围过来。南宫季友开口道："梁兄似乎有话要说，陈兄你这样是否太不客气了？我远远看见梁兄进来，手中仿佛拿着块玉佩，卫军见了玉佩才放行的，虽是迟到，想必另有因由。梁兄，你把玉佩拿出来给司丞大人过过目，是非曲直，司丞大人自有分晓。"任谁听到这样的话，都会认为这人善良又体贴，并且还满怀正义吧？

一个人怎么可以这样？用伪善做面皮，底下却全是邪恶与残忍！梁灵瓒蓦地爆发，挣

第二章·射礼

脱了陈玄景的控制，直直地盯着南宫季友，大声问："你是不是去过荷池？"

南宫季友脸上僵了一下，这显然不是他期待中的话，停了停才摇头道："不曾。"

梁灵瓒一问接一问："那你的鞋子为什么会湿？为什么会有青苔？"

南宫季友神情自若，款款道："我在开考前发现箭有问题，便回号舍去换，因为怕时间来不及，所以在花园里抄了近路。大约就是在那时鞋子被草尖的露水打湿了吧，沾上些青苔也是自然。"

"如果是露水，不会只打湿一只鞋，这青苔也不长在花园，而只长在水边，整个国子监只有荷池边才有，是你——"是你推小瑛子下水的！这句话挟着怒气，像岩浆一样从胸膛里冲出来，可惜还没到嘴边，就给陈玄景一把捂住。梁灵瓒愤怒地瞪着他，想要再度挣开他的钳制，可他的手那么用力，她挣不脱，干脆一口咬在他的手掌上。

陈玄景疼到皱眉，却没有松手，低声喝道："梁灵瓒！"声音里有三分惊，三分怒，三分惶急，还有一分无可奈何。就是这一丝无奈，像咒语一样制住了小兽般挣扎的梁灵瓒。

他的眼中满是关切。是啊，她怎么忘了呢？他是陈玄景啊，是那个无论做什么、无论起初怎么使坏到最后依然会为她着想的陈玄景啊。很多时候她虽然起初闹不明白，但最终一定会发现，他是在帮她。

"闹够了没有？"周司丞大喝，"什么玉佩？什么荷花池？到底怎么回事？"

梁灵瓒安静地回道："禀司丞，并没有什么玉佩。"

"有就有，有就拿出来！什么玉佩这么大面子？"

"我想大概都是误会吧。"感觉到梁灵瓒放弃了挣扎，陈玄景也松开了她，"南宫兄看错了玉佩，梁兄看错了荷花池，南宫兄，你说是不是？"

南宫季友脸色不大自然，嘴角的笑意有几分僵硬："当时隔得远，我看得也并不是很真切。"

四

"为什么不让说？我明明有玉佩，为什么还要去静室？"回了藏书楼，梁灵瓒忍不住问道。

"因为那是太子的玉佩。"

"那又如何？太子的玉佩不是更好用吗？一拿出来就可以镇住周司丞！"

"你拿出太子的玉佩，岂不是当众承认你是太子的人？一旦你成了太子的人，再别提'前途'二字！这便是南宫季友的目的。"

还有一重陈玄景没说出来，若梁灵瓒是太子的人，他不可能不维护梁灵瓒，势必也会成为亲太子的那一拨，更严重的甚至会影响到陈家的未来。

梁灵瓒一愣："太子这么惨的？"难怪小瑛子在给她玉佩时，再三告诉她不要声张，能不让人知道就不让人知道。她原以为是小瑛子偷偷用太子的玉佩怕挨罚，现在才明白原来还有这一层意思。

"那南宫季友推小瑛子的事，为什么又不让我说？"

说起这个，陈玄景之前就想问了："小瑛子是哪一个？"

"就太子身边的内侍，跟小潘子一起当差的，小小年纪，人又乖，又可怜，被推下水也不敢吱声，南宫季友这人真是太混账了，到底为什么要跟个孩子过意不去，这么冷的天推他下水！"

"等等，你说的这小瑛子是不是十三四岁年纪、脸色有几分苍白、生得颇为秀气的少年？"

"是啊。"梁灵瓒点头。

陈玄景："你过来。"

梁灵瓒过去，陈玄景抬手便在她脑门上弹了一指头。梁灵瓒"嗷呜"一下跳到老远，捂着脑门："干什么！"讲不讲理！他拦着她替小瑛子伸张正义，应该他挨这一下的好吗！

陈玄景看着她，招招手："过来。"

过去再给你弹吗？梁灵瓒才不傻呢。

她不动，陈玄景便走近了一步，梁灵瓒连忙后退，护住脑门："你敢！你再弹我跟你急，我——"

"我"字底下的话全没了。

陈玄景拉开她的手，端详着额头那一点红印子，轻轻对着它吹了口气，问："还疼吗？"

这语气太过低沉太过轻柔，简直能拂进人的心里去，梁灵瓒拼命告诉自己——心，不要乱跳！脸不要发红！给我该干吗就干吗去，正常点儿！这位仁兄只不过是又换了个方式发疯而已，你不要放在心上！

"即便是南宫季友做的，单凭你一面之词也没人会相信。即使有人相信，也没有人会过问——你记住，太子是一个漩涡，靠近它的人注定悲惨，聪明的人都会站在他的对面，懂吗？"

梁灵瓒感到困惑。

"知道你不懂，但一定要记得，以后离东宫的人远一些。"陈玄景说着，忽然贴近一步，梁灵瓒下意识想后退，可惜身后已经是书架，退无可退，只能尽量假装自己是只壁虎，贴在书架上，努力和陈玄景拉开一点儿距离，再悄悄往侧边移动，企图闪到一旁。

陈玄景的手却撑在书架上，刚刚好挡在了她的脸颊旁边，好巧不巧，她被圈在书架与

第二章·射礼

陈玄景之间，身体里喷发出来的高温几乎能煮熟鸡蛋。

"好端端跟你说正经事，脸怎么这么红？"陈玄景声音低低的，尾音里带着一丝笑意。

对、对啊……为什么要脸红？梁灵瓒也好绝望啊！她第一次痛恨藏书楼二楼的清净。生徒们，不要因为下午考御艺就不来看书啊啊！毕竟明天还要考礼艺啊！还有仆役们，快来扫扫灰尘啊！可惜无论生徒还是仆役，都没有听到她心中的呼唤，二楼依然静悄悄，静到她清晰地听到自己如雷的心跳，她结结巴巴道："我……我……有点儿热……"

"这种天气？"陈玄景声音里带着明显的闷笑，"你要不要宽衣？放心，现在大家都在为下午的御艺做准备，没人会上来，谁也不会发现你的身份。"

"我的身份？"梁灵瓒僵了一下，"我……我什么身份？"

陈玄景静了静，低下头，仔细审视她的脸，慢吞吞道："昨天晚上，你舍命陪君子，不单陪我喝酒，为了让我向你倾诉心事，还告诉了我一个极大的秘密……"

梁灵瓒脸上的血色顿时褪得干干净净："我……我哪有什么秘密？呵呵呵呵呵……我没有秘密，真的，没有！"她僵硬地笑，笑了半响，小声问道，"我……我说什么了？"

陈玄景居高临下看着她，一脸的高深莫测："你不记得了？"

"我……我喝醉了喜欢胡说八道，哈哈，不管我说了什么，你都不要当真，全是胡说八道！"

陈玄景拖长了声音："你说……"

梁灵瓒紧张到直咽口水，她不会说了自己是女孩吧？酒后吐真言什么的不会是真的吧？

"你说你是上天的星宿下凡，不能被凡人看见真身，一旦看见，就再也回不到天上了。"陈玄景说着，一本正经地道，"原来只是醉话？"

梁灵瓒简直要被陈玄景给吓死了！打哈哈道："哈哈哈哈，这种话你也信啊哈哈哈……"

"你还说，你是个女孩子。"冷不丁地，陈玄景冒出这一句。

梁灵瓒的笑声戛然而止，像是被刀切断一样，笑容兀自残留在脸上，诡异而僵硬。

陈玄景看着她，目光很深很深，深得仿佛有什么东西要从里面流淌出来。

靠得这样近，隐隐闻得到她身上的玫瑰香气，清甜，混在淡淡的酒气里，像是一坛开封许久的茵陈玫瑰。昨天晚上那个醉态可掬的梁灵瓒不见了，取而代之的是一个谨慎戒备的梁灵瓒，死死守护着自己最柔软最痛楚的秘密，就像蚌那样守护着自己体内的珍珠。

他伸出手，在她脑门上弹了一记，声音里带着一丝低笑："骗你的。"这一记又轻又柔，像一片羽毛拂过梁灵瓒的额头。梁灵瓒热泪盈眶，差点儿就哭出来了。

"能不能不要开这种玩笑啊陈兄！"会出人命的！还有，"咱们……能不能换个姿势说话？"

"行，如果你不挡着我的书的话。"

梁灵瓒回头，愣住。一卷《诗》静静地躺在她背后的书架上。

五

今天考了射与御，明天要考书与乐。御和书梁灵瓒都不在话下，就剩一个"乐"是头等大事。诗以乐合，考乐艺时，除了乐舞与乐音之外，要考的就是诗了。

陈玄景挑了几首考核，发现梁灵瓒已经能倒背如流，不由想到她最初背《论语》的磕绊劲儿，笑了："几时这么长进了？"

"这些东西虽然拗口，但背着背着也就顺了。"何况她一不惜力二不惜时，背不下来的，抄也要抄到会背为止。梁灵瓒用手指头拨弄着笔架上的笔，其实有几分心不在焉，趁着陈玄景翻书选诗的工夫，忍不住问道："你昨天……跟我说你的心事了？"

陈玄景头也没抬，"唔"了一声。梁灵瓒心痒难耐，觉得自己真是亏大了："我都不记得了……要不你再说一遍？"话一出口就后悔了，她怎么就学不会迂回婉转些呢？也太直白太生硬了，打死陈玄景也不会说的……

然而陈玄景抬起头："想知道？"

这一抬眼的模样真是眉目如画，眸子里又带着浅浅的笑意，初春的阳光仿佛专为他而生。梁灵瓒的眼睛忍不住变得贪婪，想要将这安静的午后、幽深的藏书楼、清冽的春光与眼前的人一起留住，永永远远留住，永永远远不忘记。

她不知道她的眸子有多明亮，这样专注望来的时候有多清澈，陈玄景毫无阻碍地在其中看到自己的倒影，情不自禁想近一些，再近一些，好看得更清楚些……他轻声道："我喜欢上了一个人。一度我以为她只是我生命中一个微不足道的过客，后来发现不是；一度我以为自己很讨厌她，后来发现不是；一度我以为和她永远不可能在一起，后来发现不是。就在昨晚，我才知道上苍有多厚待于我，我已经决定，从今往后，此生此世，绝不放手。"

他的声音这样悦耳，他的眼神这样温柔，他这样定定地瞧着她，好像她就是那个人似的。

当然，这是不可能的。梁灵瓒可不会这么胡思乱想，她轻轻地叹了一口气："这人真是好福气……"她早该想到的吧？论家世、论才学、论前程，老天爷已经给了他最好的，如果说还有什么能让他痛苦买醉的话，只有感情了。

"只可惜，她还不知道。"

"为什么？"梁灵瓒微微意外，"你既然喜欢，为什么不去提亲？"

陈玄景直直地看着她的脸，像是要从她脸上找出些什么："你让我向她提亲？"

"既然你喜欢人家，那接下来……不就是要提亲了吗？她一定会答应的……"梁灵瓒的声音越说越低。

酒真是好东西啊，喝醉了的她好厉害，居然有能耐安慰他鼓励他，这会儿她只觉得心一直在往下沉，沉到了一个无底深渊，却怎么沉也沉不到底，光是说了这么几句，就觉得用光了全身的力气，她努力露出一个真诚的笑容，用力道："到时候可别忘了请我喝喜酒！"

这个笑容很灿烂，只是这灿烂像是纸糊的，一戳就能戳破。

陈玄景问："我若成亲，你高兴吗？"

"高……高兴！"梁灵瓒继续用力地笑，只是笑得有点儿过头，反而像是要哭出来。

陈玄景心情很是愉悦，幽幽道："很可惜，我提不了亲。"

"为什么？"

"因为不能提。"

"为什么不能提？"

"因为提不了。"

梁灵瓒眨巴着眼睛，脑子被他绕成了糨糊。陈玄景再也忍不住，伸手捏了捏她的脸。

——因为那个她一心想进集贤院，就算提了她也不会答应的，只怕还会吓着她。

碰到了手底下的软弹嫩滑是才知道自己的手有多怀念这种触感。

他的脸上露出了笑容，这笑容出卖了他，梁灵瓒觉得这笑容过于幸福了，幸福得像要满溢出来了。

"陈、陈兄，"梁灵瓒发现不该提这个话题，而且她也真心想换个话题了，"咱们接着背？"

"咳，好。"陈玄景收回手，瞬间端庄了起来，"郑风子衿。"

梁灵瓒便背道："青青子衿，悠悠我心。纵我不往，子宁不嗣音？青青子佩，悠悠我思。纵我不往，子宁不来？挑兮达兮，在城阙兮。一日不见，如三月兮。"

陈玄景道："不对。"

梁灵瓒一愣："哪儿不对？"

"语气不对。"陈玄景道，"'青青子衿，悠悠我心。'若你心中在思念一个人，必然不会将这句读得像背书一样。"

这八个字从陈玄景口中出来，当真是荡气回肠，梁灵瓒心中莫名一跳，喃喃道："可我们不正是在背书吗？"

陈玄景合上书，认真地问她："梁灵瓒，你知道是什么是乐吗？"

"就是……乐理、乐律、乐舞、乐情，种种。"

"凡音之起，由人心生也。人心之动，物使之然也。感于物而动，故形于声。乐，是人的心里受到某种感触，动摇而发声。你这背书，能算是乐吗？"

梁灵瓒肃然起敬："受教了。"

她清了清嗓子，试着吟诵："青青子衿，悠悠我心……"

"等等。"陈玄景打断她，"这篇说的是什么？"

"讲一个女子思念她的心上人。"

"你有心上人吗？"陈玄景问，语气太过自然，仿佛这只是教学过程中一个极其普通的学术问题。

"没有。"好好学生梁灵瓒想也不想便答。

虽然极力克制，陈玄景的语气里还是有了一丝丝波动："当真没有？再想想。"

"真没有。"梁灵瓒答，猛地，她想起来了，她应该有的！"哦，有，有。"

陈玄景的眸子微微一亮，声音有一丝发紧："谁？"

"捧香。"梁灵瓒觉得自己好生机智，充分地利用了陈玄景当初的误会，就地取材，顺便证实自己"纯爷儿们"的身份。

陈玄景的表情十分微妙："她既不在眼前，就不提她了。这样吧，你看着我的眼睛，假想我是你的心上人，再诵一遍。"梁灵瓒想说心上人这个东西应该是在心上，而不是在眼前，在不在都是心上人，再者这个东西也没办法假想，两个男人，怎么假想呢？她的大脑经常会忘记自己是个女孩的事实，但心好像不会。

眼睛对上陈玄景的眸子，那双眸子漆黑温润，里面全是期待。在这一瞬，她的心"怦"的跳了一下，这一下跳动是异样而奇妙的，仿佛直接振动了声带，声音微微发颤："青青……子衿……"他穿的岂不刚好是青衿？

"悠悠……我心……"她的心岂不正在悠悠荡荡？

一千多年前的诗，穿越了光阴，仿佛为此时此刻而生。

这个……虽说乐要动情，但太动感情好像也不好啊……梁灵瓒拼命把那四散的奇异情绪拉回来，接着背下去："纵我不往，子宁不嗣音……"

一首背完，对面悄无声息，她抬头一看，陈玄景正瞧着她，眸子隐隐发亮，几乎让她怀疑那里面有泪光。

"只有前两句还差强人意。"他点评。梁灵瓒不由对明天的考试充满怀疑，她大概是学不好乐了……前两句磕磕绊绊成什么样了啊！

陈玄景后面又考了她几首，不过没有再逼着她"想象着心上人"来背诵了。

下午的御艺会考在即，两人不多时便下楼，离开之际，梁灵瓒经过陈玄景的座席，忽然瞥见案上写着一首诗。

投我以木瓜，报之以琼琚。匪报也，永以为好也！

投我以木桃，报之以琼瑶。匪报也，永以为好也！

投我以木李，报之以琼玖。匪报也，永以为好也！

梁灵瓒学过这首，这是写男子与意中人同心定情的诗，有着美好的期许与炙热的深情。

这是什么时候写的？她方才低头背诗的时候吗？

永以为好也……他，一定很喜欢很喜欢那个人吧？

六

太学中有五御，分别是鸣和鸾、逐水曲、过君表、舞交衢、逐禽左。

鸣和鸾，指行车时和鸾铃的声音相应；逐水曲，指车沿着弯曲的河岸行驶而不坠水；过君表，指经过天子居所之地要有礼仪；舞交衢，指在人群拥挤的街头也能驱驰自如；逐禽左，指驾着车打猎时能从左面射获。

梁灵瓒还很小的时候，就因为偷偷驾着赵大叔的马车出去玩而被梁天年骂过不止一次了。五御之中她只对"逐禽左"一项有些发愁。毕竟在山间打猎，恐怕车不好走。结果事实证明她想太多了，国子监根本没有把生徒们拉去山里的打算，把校场围起来放了几只兔子便算数。

"极优！极优！是极优！"梁灵瓒才下考场，宋其明就飞奔过来，一脸兴奋，"我看到了，学录在你的名字下面放了极优的牌子！"

"多谢。"梁灵瓒大喜，"那你呢？"

"中上！"宋其明手无缚鸡之力，射与御一向是弱项，但今年他射有源重叶、御有梁灵瓒两位明师双双指点，生生把中下提至了中上。他一脸兴奋，"明天晚上一定要找个地方好好庆祝一下！话说昨晚你们去哪儿了？小叶子明明一身熏香味回来却说哪儿也没去，我才不信呢，一定是有什么好地方藏着掖着不让我们知道，啊，不知道是美成什么样的美人呢……"

"听风书院。"

"好的，后天一早咱们就去！"

"不成，会考完我还得蹲静室。"

这事儿宋其明也听说了："那就等你出来。"两人愉快地说定。

第二天一早，晨钟还没响起，一个仆役就带着梁灵瓒的口信来太学号舍，把陈玄景等三人都请到藏书楼。

梁灵瓒不在惯常待的二楼，而是在后面的小院，闵学录正据案大嚼，一脸幸福："都来啦？快来尝尝小瓒的手艺。"

桌上一锅奶白色的汤，发出浓郁的香气，宋其明先尝了一口："哇，好鲜！"赶紧给自己来了一碗，源重叶尝了也赞不绝口，陈玄景问："她人呢？"

闵学录朝厨房努了努嘴："还有好吃的呐。"

蒸笼架在锅里，热气在小厨房里弥漫，梁灵瓒背对着房门正在埋头剁馅。她的头发已经长了不少，可以高高地扎起一根马尾辫，身上系着围裙，袖子高高地挽起来，听到有人进来，头也不回："快帮我添点儿柴！"

君子远庖厨。这是陈玄景第一次进厨房这种地方，左右看了看，先找到柴，拾起柴，再找到灶口，这才将柴扔进去。扔的力道有点儿大，碰到了锅底，发出沉闷的一声。梁灵瓒回过头来，这才发现进来的人是陈玄景，一身青衿优雅出众，站在烟熏火燎的厨房也自带三分出尘气度，他向她微微一笑："早。"

"早。"梁灵瓒脑子里觉得好像有什么地方不大对，只是忙着手里的活儿一时没反应过来，顺口道，"你可以用火钳啊。"

陈玄景又找了一下，才在灶口找到一样黑黝黝的物什，握手处似剪刀，剪嘴又极长，大约就是火钳了。他便坐下了，用火钳夹起一块柴，送进灶里。

梁灵瓒稀里糊涂地又回去剁馅，剁好了开始包包子，一面包一面不住回身看，终于，她知道哪里不对了！"陈玄景"和"厨房"这两样八辈子也打不着一块儿的东西，居然搞在了一起！陈玄景居然在烧火！而且在这方面也颇有天资，烧得还不错，火势正好。

"那个，你出去喝汤吧，放着我来……"梁灵瓒干巴巴地道。

"你包吧，我来。"陈玄景一脸再正常不过的样子，仿佛手里握的不是火钳而是一支笔或者一卷书。居然把陈二公子抓来烧火……长安城的小姐们会想把她拿来当柴烧吧？

可这人怎么这么有本事呢？烧火时也坐得端端正正，火光映在他的脸上，五官被镀上璀璨的金红色，太好看了……简直可以入画。梁灵瓒手里包着包子，脑子里胡思乱想，偶尔回头，陈玄景也抬头朝她望来，视线一撞，微笑便不受控制地浮现到脸上，又像镜子一样投映到对方脸上。厨房里热气蒸腾，倒像是另一种别致的仙境。

很快包子们便出了锅，一个个变得白白胖胖，梁灵瓒先夹了一个给闵学录，再夹了一个给陈玄景："有劳了。"

陈玄景接过："辛苦了。"

话都是平平常常的话，但这一给一接间，两人彼此一笑，笑容浅而清澈，像阳光下的溪流一般闪闪发亮。源重叶看着两人，伸向包子的手忽然顿住。宋其明浑然不觉，自顾自给自己拿了一个，看源重叶的手停在半空，再拿了一个塞他手上："快，趁热吃，晨钟响了。"

一面说，一面"啊呜"一口，一个包子去掉半边，只觉得这肉馅清甜鲜美，前所未有，忍不住道："哇，这是什么馅？"

"蛇肉的。"梁灵瓒答。

宋其明僵住，一口包子塞在嘴里，顿时咽不下去了。

陈玄景问："哪儿来的蛇？"

"它自己跑到我号舍里来的！"梁灵瓒眉飞色舞，"它半夜爬到我床上，还想咬我一口，哈哈哈，这可真是天上掉下来的馅饼！我拿蛇骨熬汤，蛇肉蒸包子，味道不坏吧？"

陈玄景皱眉："国子监里怎么会有蛇？"

宋其明吃吃道："有……有毒吗？"

"有啊，这可是五步蛇，深山里常有，给它咬着，五步之内必死无疑。"

宋其明的脸立刻白了。

梁灵瓒笑眯眯道："不过蛇毒只在牙齿里，肉是好端端的哟，去掉头就成啦——"

她的话没说完，手忽然被陈玄景捉住，陈玄景的目光异常锐利："可有被咬？"

他的手掌温热，被碰到的那一片肌肤格外敏感，她不太自在地收回手："当然没有，被咬着我还能站在这里？"

陈玄景的眉头好像皱得更紧了些："今晚到我房中睡。"

"噗"，那边厢，源重叶一口热汤全喷了出来。

梁灵瓒也觉得奇怪："为什么？"

"你也说了，这蛇是活在深山里的，为什么会出现在你的号舍？"陈玄景一字字道，"这是有人故意放进来的，想对你下毒手。"

"有这等事？"闵学录吃了一惊，"这得好好告诉周司丞。"

源重叶抚额："有人放蛇咬梁灵瓒，结果周司丞来了问蛇在哪儿呢？我们怎么说？说吃了？"

梁灵瓒有点儿不敢相信。一条蛇，只不过是厨房的原材料吧？算什么毒手？

陈玄景看着桌上的蛇汤和蛇包子，其实也想扶额。

这条蛇大概死都想不到吧？它进来准备收割人命，结果却成了别人的一顿美餐。

第三章　集贤院学士

一

　　三个人吃完饭奔赴考场，梁灵瓒走在最后，前面的陈玄景渐渐落后了几步，走在她的身旁。"紧张吗？"他问。
　　梁灵瓒呆了呆，然后苦笑："我以为别人看不出来呢……"
　　"别人是看不出来。"
　　"那你怎么看出来的？"
　　陈玄景并没有看她，眼望前路，嘴角有丝淡淡笑意："我自然看得出来。考试当天早上会跑去做饭的，要么是心中十拿九稳，一场考试不在话下；要么是心中打鼓，不做点儿别的事情就紧张得不行。"陈玄景说着，在她脑门轻轻弹了一下，"你自然不会是前者。"
　　他像是转了性子，弹人脑门都换了力道，梁灵瓒一点儿也不觉得疼了，却还是习惯性地摸了摸脑门，叹了口气："紧张得要死。"
　　陈玄景道："我紧张的时候……"
　　梁灵瓒睁大眼睛："你也会紧张？"
　　"自然。"比如现在，比如我想替你整一整幞头；比如方才，我的手指碰到你的脑门。不管是做了的还是没做的，只要出现在脑海中，只要关乎你，我便会紧张。

"我紧张的时候，深吸一口气，彻底放松，然后闭上眼睛。"

梁灵瓒照做了。

"现在，浮现在你眼前的是什么？"

"星星……一大片的星星，"梁灵瓒说着，嘴角有了一丝笑容，"很亮很亮的星空。"

陈玄景看着那丝笑容，声音有点儿轻："以后当你紧张的时候，便像现在这样，去想象一片星空吧。"

梁灵瓒在片刻后睁开眼睛："哇，真的有用诶！这是什么道理？"

"人在放松后第一个浮在眼前的东西，一定是最喜欢的东西。多想想自己喜欢的东西，便有了对抗一切的勇气。区区紧张，又岂在话下？"

"多谢你！"梁灵瓒张开双手就向他扑过来。

这是一个拥抱的姿势！她要抱他！

陈玄景全身上下每一丝神经都做好了被她拥抱的准备，他记得那该死的美好的感受，像阳光一样直接融化他的心……

可是，想象中的拥抱迟迟没有来临。

因为想起了他不喜欢被抱，梁灵瓒在最后一刻控制住了自己，僵硬地缩回了手。好险，看！他都吓得闭上了眼睛！

一直走到太学学舍，陈玄景都没有开口说话。

梁灵瓒心中有个问题一直想问，看他脸色不大对，又不敢问，但正义堂已经到了，她实在忍不住，问道："陈兄，你闭上眼睛看见的是什么？"

陈玄景脚步顿了一下，回过头来看了她一眼。

那一眼里带着化不开的温柔，连他自己都感觉到心中过分柔软。他微微一笑，拍了拍她的肩以示加油，然后转过身，走了。

初春的阳光洒在他的肩头，柔和的春风停在嫩绿的新芽上，那个答案回响在心里——

是你。

二

时间有一个绝佳的好处，那就是不论你愿不愿意、紧不紧张、高不高兴，它都会推着你往前走。

会考的最后一天结束了。还要在国子监再歇上一夜，等到明天，苦熬了许久的生徒们才能等到彻底的放假。

这样的日子，监内对生徒们的看管要比平时松懈一些。梁灵瓒借着夜色的掩护，躲过卫军的巡逻，来到天字甲号房。

进门就见窗下榻上的棋枰已经移开，上面铺着崭新的被褥，枕头又松又软，散发着一股太阳晒过之后独有的清香。

"哇，早说呀，我就不用抱着被子枕头了。"梁灵瓒把肩头扛着的一大堆东西放下，一屁股坐在榻上，"其实我觉得一条蛇没什么大不了的，你不用这么紧张，我睡觉会说梦话，可别吵着你……哎你说这回是不是又是南宫季友？你说这家伙到底想干什么呀？"

她一面说，一面脱了鞋子，解腰带，还准备脱外衣，动作流畅自然，没有半点儿尴尬或是停顿。

陈玄景看了半天，忍无可忍，拿被子往她身上一罩："梁灵瓒，你知不知道自己是什么身份？"

梁灵瓒从这突如其来的被子里钻出头来，十分愕然："什么身份？"问完，才猛然想起自己的秘密，声音开始有点儿打战，"什、什么身份？"

现在才想起来自己是个女孩子会不会太晚了些？陈玄景强忍住扶额的冲动："君子立身持正，怎能在他人面前宽衣解带？"

原来是这个，梁灵瓒松了口气，笑嘻嘻道："陈兄你也太板正了吧？难怪天上居那些姐姐们都不敢近你的身哦。其实这有什么？你又不是外人，再说我以前和小明住一个屋，天天都是这样的啊——"

话没说完，就连人带被子让陈玄景攫住，陈玄景眉头皱得紧紧的，那句"你又不是外人"在心里引发的甜味还未散开，后一句就把他劈头盖脸打蒙："你……和宋其明共处一室？"

"是啊，"梁灵瓒答得自自然然，"在洛阳国子监的时候，一直住一起啊。怎么了？"

怎么了？怎么了？还怎么了！陈玄景只觉得心头有火烧，偏偏还发作不得，咬牙道："他有没有对你怎么样？"

"没怎么样啊。"梁灵瓒说着，想了想，猛然道，"哦，有的有的！"

陈玄景心头一惊："如何？"

梁灵瓒丝毫没发现他声音里的杀气，在被子里一拍大腿——因捂着手，拍不响，略有点儿遗憾——大声道："他比我还会说梦话！太过分了，有时候能背半夜的书啊！不过他夜里背得好好的，醒来就全忘了，也是够惨，我也就不跟他计较了。"

陈玄景凝视她良久，心中生出一个冷酷的冲动——捏死她，或许他能活得长命一点儿。

梁灵瓒给他看得心里有点儿毛毛的，试探着道："陈兄你不困吗？还不睡？"

"你进去睡。"陈玄景松开她，起身，别过脸，补充一句，"衣服进去脱。"

梁灵瓒讶然地看了看屏风内，那是陈玄景的床铺，整整齐齐，一丝不乱，忍不住道："那你睡哪儿？"

"我睡这儿。"

梁灵瓒半天没动，陈玄景道："怎么？不乐意？"

"不不不不，不敢不敢。"哪是不乐意，她这是……叫什么来着？对，受宠若惊。

她知道陈玄景是对她好的，可是，居然好到把床位都让出来的地步……是不是有什么阴谋啊？

她拎着鞋子，犹犹豫豫地往里走，她带来的被子又冷不丁飞身上头，将她整个人罩了起来。

陈玄景挟着怒气的声音隔着被子传来："裹上！衣衫不整，成什么样子！"

老古板！梁灵瓒默默地在心里回了一句。今天晚上是吃什么了？火气这么大……

叩门声在此时响起，梁灵瓒立刻裹着被子去开门，源重叶和宋其明站在外面。宋其明一手举着棋盒，一手提着捧箱，露出一个大大的笑容："休沐快乐！小叶子把他的消夜都贡献出来了，说要跟大家通宵玩掷卢！"

"砰"的一声，房门在他面前关上，差点儿砸着他的鼻子。

"干什么啊？！"房内，梁灵瓒吓了一跳。

陈玄景面沉如水："穿好衣裳。"

天呐，陈玄景居然是这样一款老古板！

梁灵瓒胡乱穿妥了外衣，陈玄景犹嫌她腰带没有系紧，想替她整理一下，手刚刚碰到衣料，便像是被烫着了一样收回手，双手负在背后，走开了。

这是可以开门的意思了？梁灵瓒有点儿看不懂他，思量一下，试着拉开了一条门缝，如果他没反应，再拉开门。结果就听宋其明趴在门缝上向源重叶道："好像是说什么要穿好衣裳……"

源重叶跌足："糟糕，还是来晚一步！"

这是什么跟什么？梁灵瓒听得稀里糊涂，感觉今晚怪怪的好像不止陈玄景一个人。

掷卢又叫樗蒲，共有五枚，都是两头圆锐，中间平广，像压扁的杏仁。每一枚都有正反两面，一面涂黑，一面涂白，黑面上画有牛犊，白面上画有野鸡。因是五枚，又称"五木"，据说在长安很是流行。

"五枚子可以掷出六种彩,全黑叫'卢',是最高彩,四黑一白是'雉',就比卢差一点儿,这两个是贵彩。其余的或是'枭'或是'犊',都称杂彩。"

梁灵瓒头一回玩,宋其明兴致勃勃地把规则解说给她听:"不要说兄弟不照顾你,十文钱一注,就算是输也输不到哪里去!千万小心小叶子,他是老手!"

然而半个时辰后,他就被打脸了。源重叶经验丰富,赢多输少,那也罢了。梁灵瓒开始是输,后面弄懂了规则,就开始如有神助,一把接一把地赢,赢到宋其明快要哭了:"你怎么做到的?"

"简单啊。总共五枚子,掷来掷去也只有三十二种彩,其中六种是有用的,其余是没用的,稍微算一算,控制一下力道,就可以啦。"梁灵瓒把十文钱从宋其明面前捞过来,吹了口气,幸福地听着响。

宋其明真的流泪了。呜呜,再也不跟你们学霸玩掷卢了。

至于陈玄景,从上桌起,就没输过。

对此,源重叶淡淡地解释:"我当年就是在家老输给他,才决定出门赢别人的。"

是夜,宋其明以一输三,血本无归。

三

会考之后会有三日休沐,梁灵瓒的三日尽付静室。

第三天的晚上,晚饭照常从小窗口递进来,梁灵瓒熟门熟路地接过来准备开吃,忽听门外有声音道:"梁灵瓒。"

"陈兄?是你啊!"梁灵瓒一喜,"多谢你送的被子,我还想着明天出去谢你呢,不过我觉得真心贵了点儿……"

这几天虽然在静室,但被子枕头一应俱全,全程睡觉卫军也不说半个"不"字,显然是有人打点好了,她猜多半是陈玄景。

果然,门外没有否认,只是问:"睡得可好?"

这话本身再寻常不过,但因为声音低沉悦耳,听上去好像有了一丝不寻常的意味。梁灵瓒咬着馒头:"嗯,好,自然是好。"

陈玄景没有再开腔,门外一时一片安静。

明天一早生徒才返监,按说这时候他应该还在陈家才对,特意跑过来,难道只为问她睡得好不好?

"你……找我有什么事吗？"梁灵瓒一边吃，一边问。

"没什么。"陈玄景的声音顿了顿，"昨日是上祀节，我在曲江遇见了瞿县大人……"

对啊，会考完就是上祀节了，苦命的她居然是在静室里度过的，都不能去瞧一瞧曲江池边的风光。不过，他说起的是瞿县悉达，梁灵瓒想到的却是长安第一贵公子名扬天下那一次，差点儿忍不住问他有没有遇见咸宜公主。幸好是忍住了，因为陈玄景接着道："据瞿县大人说，集贤院里进展缓慢，新游仪尚没有眉目，新历更是遥遥无期。看来你不必着急，可以慢慢来了。即便是按部就班读完六堂，说不定都来得及。"说到后面，他的语气有刻意的轻松。

也许在看不见人的时候，耳朵会格外灵敏，梁灵瓒的心往下沉了一下，捏着馒头，慢慢问："陈兄，你是不是知道我的名次了？"

门外沉默了片刻，道："御、书、数，三门极优，其余优。诗文因有策论，照例有大臣和祭酒一起阅卷，这一次的阅卷官是宋璟大人，他政务繁忙，只怕要等明天，结果才会出来。"

早春的晚上，风还是有点儿冷，馒头很快便被吹凉了，咬在嘴里有些发硬，梁灵瓒靠在冰凉的石壁上，没有说话。结果出不出来都没什么差别了……她到底还是吃亏在读书不多，作文时不能引经据典，别说优，能有中上就不错了。

她早就打听过了，率性堂头名基本是六艺皆是极优，第二名的至少也有五个极优，第三名再次一等，四个极优是打底的，三门极优在率性堂虽不能说一抓一大把，但只怕连前十都进不了，前三是想都不用想了。

"梁灵瓒？"石门内久久无声，陈玄景的心忍不住悬了起来。

"我没事。"里面的人道，仿佛带着一丝低哑，转即又笑了，"三门极优，我可以去读率性堂了对不对？我还是蛮厉害的嘛！"

她没能藏住尾音里的最后一丝发颤，好在陈玄景没有听出来，脚步声往楼下去，他离开了。她的泪水涌了出来。可不一会儿，脚步声又响起，还夹着钥匙碰撞的声音。

石门打开，陈玄景向卫军道："多谢。"

卫军道："可不能多待啊，叫上头看见了不好。"

陈玄景点头，进来关上门。

静室内一片黑暗，梁灵瓒悄悄抹了抹脸，正要做出一副平常脸色，就见陈玄景大步走来。他的腿那么长，步子那么大，好像是眨眼间就到了她的面前，然后，他一把将她揽进怀里。

梁灵瓒还没反应过来，脸就撞进他的胸膛，独属于陈玄景的气息淹没了她。

"想哭就哭。"陈玄景的声音从头顶落下来，还是素日的语调，只是多了三分低沉，"你是个什么性子我又不是不知道，在我面前何必逞强？"

梁灵瓒没有哭。

陈玄景很快发现怀里的人僵得像块木头，把她的脸抬起来一看，眼睛晶亮，被泪水洗过，是偷偷哭过了，却不是现在。现在她两眼发直，也不知是伤心过度，还是受惊过度，完全傻掉了。

脸被泪水打湿过吧？细腻湿滑，好像会在手底下化掉似的，最最上等的丝绸也不过如此吧？就这样拥她在怀里，是个极其危险的姿势，许多唐突的念头闯进脑海，他的身体也僵了一下，声音发沉："梁灵瓒，要哭就哭，过时不候。"

梁灵瓒还是没有哭。

他将她推开一些，正要抽身而退，腰却被猛然搂住，刚刚拉开的距离转瞬消弭于无形，梁灵瓒把头埋进了他的怀里，声音闷闷的："再借我抱会儿吧，就一会儿……"

她喜欢这样靠在陈玄景胸前，身体有自己的意识和喜好，觉得冷的时候自然会想去寻找温暖的地方。陈玄景的怀抱就是这样的温暖。

"就一会儿。"陈玄景努力板着脸，想使声音生硬一点儿。但大约是失败了，因为他清晰地感觉到一颗心柔软得不可思议。

是谁发明了拥抱？令这黑暗冰冷的静室温暖如春、柔情似水。

"你怎么不哭？"陈玄景问怀里这只爱哭的猴子。

"本来是想哭的，这样抱着你好像就不想哭了。"梁灵瓒道。

陈玄景笑了，胸膛微微震动："你这油嘴滑舌的本事是跟谁学的？"

"是真的。"一会儿的时间很快就到了，梁灵瓒离开他的怀抱，抬起头，认真地看着他，"谢谢你。"

谢谢你，特意回监打听我的名次。谢谢你，第一时间过来安慰我。谢谢你，借我你的怀抱。

四

既然已经知道了结果，第二天在博士厅前排队听宣时，心情就比较平静了。

"你怎么这么镇定？"宋其明盯着一脸淡然的梁灵瓒，十分狐疑，"别告诉我这次你又准备连升六堂。"

梁灵瓒道："怎么可能？"

宋其明想想也是："你要还能升，我就去跳曲江。"

他和源重叶一样，只知道梁灵瓒想考太学，皆以为她的目标是进正义堂。为避免受到像陈玄景一样的嘲笑，梁灵瓒机智地保持了沉默，这会儿忍不住道："话不要乱说，六堂升不了，说不定可以升个四堂五堂什么的……"

宋其明完全当她开玩笑，拍拍她的肩道："你有一项是极优，其他的只要不是太差，入正义堂没问题。唉，菩萨保佑，虽然我不介意留在正义堂跟你当同窗，但要是升不了崇志堂，我爷爷只怕要先打断我的腿……"说着他就发愁，"好死不死，竟然是我爷爷阅卷！他这人最难伺候，文章写得精巧了，说你失于雕琢；写得大气了，说你粗莽。左不是右也不是！唉，这回不知道有多少人完蛋！"

对于宋璟大人的板正与严苛，大家都颇有耳闻，一个个跟着摇头叹气，满是忧心。有人抱怨："宋大人已经是吏部尚书了，这么个大忙人，日理万机都忙不过来，干吗要来阅卷啊！"

抱怨归抱怨，大伙儿都知道，宋璟管着天下官吏的选用擢拔，常常抱怨虽然眼下选用了九品中正制，有才学的皆能举荐，但一来贵族子弟还是占据了绝大一部分，二来文章写得花团锦簇，不代表真有本事治理百姓，因此向来注重青年才俊的选拔，往年春闱开科必当主考官，只是没想到他今年还将魔爪伸向了太学。

因此太学馆里是哀鸿遍野，直到南宫平与周司丞等人入座了，才渐渐安静下来。

排名照例是从后往前报，宋其明竖起耳朵，在第十二名听到了自己的名字，差点儿流下激动的泪水。呼，总算能顺利升堂，这条腿是保住了。再竖起耳朵关注梁灵瓒，心中半是艳羡半是哀怨，心想梁灵瓒这小子的名字现在还没听见，名次居然还在他之前！算学厉害也就罢了，六艺这么强是不是有点儿不给人留活路啊……

但正义堂的名字全报完，他都没有听到"梁灵瓒"三个字。他的心悬了起来。此情此景，和去年在洛阳国子监是多么相似。难道这家伙又要连升？这回是升到哪儿？到崇志堂跟他当同窗吗？但是接下来的崇志堂、广业堂都没有梁灵瓒的名字。

宋其明甚至抱着最后一丝不可能的希望听完了诚心堂，依然没有梁灵瓒。

他忍不住同情地望向梁灵瓒。这只有一种可能，梁灵瓒跨考失败了。

梁灵瓒感觉到他的视线，回过头对他笑了笑。

还笑！宋其明简直心疼，开始考虑一会儿结束之后该怎么安慰她，买点儿好吃的？去天上居？送块新的星盘？

陈玄景四艺极优，南宫季友五艺极优，但因为都有缺考，两人名列末席，尤其是陈玄景，从头名掉到最后一名，引来人人侧目。

梁灵瓒的眼睛像是具有了某种异能，从无数个穿着同样青衿的生徒中，找到了一小片陈玄景的侧脸。其实只看得到一点儿鬓角，如同刀裁出来的一样整齐。

他为什么会缺考？是因为那个提不了亲的心上人？为什么提不了亲呢？因为那个心上人不喜欢他吗？什么样的人能拒绝这样的陈玄景呢？初春的太阳底下，梁灵瓒开始胡思乱想了，这一走神，错过好些个姓名。她马上扭过头去看宋其明，宋其明没有瞪着眼珠子瞧她，就说明还没报到她的名字。

可是，名次越来越靠前了。已经报到了三个极优兼中上。

接着是三个极优兼优。

梁灵瓒发誓自己没有错过一个名字，但确确实实没有听到自己的。

再然后是四个极优。四个极优已经进入前十，没她的份了。

她的心里"咯噔"一下，额头有冷汗渗出来。

她昨天晚上已经做好了准备，再多花一年时间去追赶师父。师父做得是快是慢都不要紧，只要一年后新历没出来，师父就会继续待在集贤院，她就可以赶上。

可是她没有想过，如果她跨考失考了呢？

她将失去国子监生徒的资格，永永远远不可能踏进集贤院一步。

"梁灵瓒！"

就在快要结束的时候，她好像听到有人在叫她。

她下意识地抬头，茫然地张望。但脑子里嗡嗡响，辨不清声音的来处。

视线无意中扫到宋其明，她吃了一惊。宋其明僵硬的视线投到她的身上，眼睛瞪得铜铃般大，下巴已经快要掉到地上了。

五

"你真的听到了？"一直到结束，人都散了，梁灵瓒还是不确定。

"废话！我又不是聋子！"宋其明绝望地看着她，咬牙切齿，"我不管，你要送我好吃的，带我去天上居，还要送我星盘！"

前面两条都好，第三条让梁灵瓒有点儿讶异："你要星盘做什么？"

"我不管！我就是要！"宋其明好想哭。

苍天啊！为什么要让他认识这种浑球！跨考直接跨进率性堂，还是第二名！

四个极优，两个优。

这样的成绩以往或许顶多只能到第三名，又或许根本进不了前三，但这次第一名和第二名双双缺考，五个极优便得了头名，四个极优便能得第二。

梁灵瓒精神恍惚，无论如何也不敢相信自己的诗文得了极优，十分怀疑宋璟年纪大了，一时老眼昏花判错了卷子。

陈玄景穿过人群，向她走过来。

梁灵瓒正想抓住他的衣袖，问问他是不是听见了，陈玄景忽然长施一礼，一躬到地，半晌，直起身，冲她微笑。

梁灵瓒一呆："这……这是干什么？"

"向你赔不是。"陈玄景笑道，"当初我说这是不可能的，现在我知道我错了。"

太学，率性堂，前三名。每一个对于寻常人来说都是一道巨大的关卡，那个时候，他真心认为她做不到。

确切地说，他认为任何人都做不到，但她做到了。

他不觉得震惊，也不觉得意外。他见识过她付出的时间，一天睡不到两个时辰；他见识过她的决心，不论多难都一往无前；他见识过她的努力，再忙再累她都能一点一点啃下那些毫不感兴趣的东西。这样的人若做不到，还有谁能做得到呢？

阳光洒在他的脸上，他的眼睛焕发出最明亮最最温暖的神采，梁灵瓒被这样的眼睛注视着，脑子里那些纷乱的迷雾、心里面那些不确定的犹疑，都像雾气一样在阳光下消散了。

喜悦清晰地从心脏流向血脉，抵达身体每一个地方。

"陈玄景！"她大叫一声，扑到了他的身上，"我做到了！我竟然做到了！我是头三名！我是头三名！哈哈，不用再等一年了，我可以进集贤院啦！"

可想而知，这话会招来多少仇恨。不说别人，宋其明就很想一脚把她踹飞到天上去。

但上届头名、本届垫底的陈玄景同学却毫无不忿，他笑吟吟地抱着她。不少率性堂生徒发誓，同窗六载，从来没有见到陈二公子笑得如此开心过。

"放肆！搂搂抱抱，拉拉扯扯，成何体统！"周司丞一声大喝传来，把梁灵瓒吓得一僵，赶紧撒手。

周司丞瞪着她，不知是在遗憾再也罚不了她，还是怀疑她这样怎么考的第二名，半晌，道："什么集贤院？想也不要想，宋璟宋大人已经把你的学籍提到吏部去了。"

六

"朝廷选官，是要选出来替天子牧养百姓的，不是选出来吟诗作对的。有些人觉得自己写得一笔好字、一首好诗、一篇好文章，便能做官了。但那不是能做官，那是能做梦。"吏部衙门里，宋璟从案头那一叠文稿里取出最上面一份，"老夫为官数十载，锦绣文章见过无数，真心实意为民着想的，却是屈指可数。梁灵瓒，你这篇算得上一个。"

"大人过誉了，晚辈才疏学浅，实在当不起。"这不是客气，这是梁灵瓒的真心话。

"嗯，文理确实是粗糙了些，学浅是不假。但字字句句都在替百姓们打算，教农条例一条条清晰有理，没有一句官话虚话。有几条现拿出去就可以交给地方官当农政，尤其是'历法指点农时'这一条，写得尤为详尽，才干着实不疏。"宋璟慈眉善目地看着她，"我老了，不知道还能为这大唐百姓打算谋福祉多久，我盼着天下能多几个像你这样的年轻人，替百姓干些实事。说吧，你想从什么职位干起？是想先在吏部学规矩，还是外放当几年父母官，体察体察民情？"

当年宋璟延请一行大师上门，亲自赶回洛阳迎接他，两人曾经见过一面，只是梁灵瓒那会儿是个小毛孩，宋璟是无论如何都不记得她了。

那个时候她觉得宋大人十分高大，即使笑着也自有一股威严。几年时间过去，繁重的政务染白了宋大人的鬓发，额上也多了好几道皱纹，使他看上去明显是个老人了。

这位老人身上肩负着大唐的重担，殷切地盼望选出得力的人才将这副重担接过去。

梁灵瓒几乎无法面对这样满是期盼的目光，她低下头，跪了下来："大人恕罪，大人的好意晚辈心领了。但晚辈不能留在吏部，恳请大人赐还学籍。"

"哦？"宋璟脸上的笑意不见了，"你这是有了更好的去处了？"

"晚辈……晚辈想去集贤院。"

"集贤院……"宋璟点点头，"确实是个炙手可热的好地方。"

他没有为难她，命人将学籍文书拿来还给梁灵瓒，只是脸上有些淡淡的失落，随后又严肃道："在集贤院是为天子办事，万事要谨慎小心，切记利欲熏心，以那些子虚乌有之言迷惑君上。若你敢做这样的事，虽是我亲手选出来的，一样要处置你。"

"是。"梁灵瓒乖乖应着，快退下时，忍不住回过头，重又跪下来。

"干什么？"

"给您认错。"梁灵瓒说着就磕了个头，然后抬头道，"晚辈之所以写得出这份文章，是因为晚辈在山间长大，见惯了农人的辛苦，才知道四时、风雨、历法、赋税、人丁、虫害等等对农事的影响。您要换一个题目，晚辈可能搜肠刮肚也写不出这么多来。晚辈这个极优，纯属运气好。您放晚辈走，其实是替地方百姓除了一害，不然晚辈这样的去当父母官，不知道要祸害多少百姓。"

宋璟怔住了。不管是下属还是同僚，家人还是朋友，包括他最疼的亲孙子宋其明，在他面前无一个不是战战兢兢，每说一个字都要掂量三五遍的。这还是头一回有人在他面前这样说话。

他脸上的皱纹宛如刀刻出来的，没有表情时尤为可怕。梁灵瓒心道一声"糟糕"，她老是管不住自己这张嘴，可话不说明白又觉得自己在欺骗这位老人。

"去吧。"半晌，头顶传来宋璟的声音，"你也知道历法对农事之重要，农事是百姓的根本，也是国家的根本。去了集贤院，好生跟着一行大师制定新历，也一样是造福百姓了。"

梁灵瓒抬头，眼睛晶亮，大声道："是，晚辈谨遵大人教诲！"

七

走出吏部衙门，就见阶下一株海棠结满了密密的花苞，正铆足了劲头预备怒放，海棠后，陈玄景一身青衿，背身而立，正在等她。

梁灵瓒站住了脚步。好像无论什么时候看到他，他都站得这么直，仿佛永远不会倒下。看着他，就觉得很暖，很安心，打从心眼儿里亮堂。

她轻轻走过去，还没到近前，陈玄景就听到了脚步声，回过身，看到了她手里的学籍文书，脸上的神情一松："拿到了？"

"嗯。"梁灵瓒点头，"宋大人很好说话的。"

陈玄景失笑："整个大唐怕是只有你一个人会这么说。"顿了顿，问道，"你怎么拿回来的？宋大人可有怪罪你？神情有没有不悦？他会先提走你的学籍文书，着实是看重你，如今你来拿回，可是拂了他好大的面子。过几日我替你安排一场席面，请宋大人过来，你好好赔礼……"

他一路说，一路走，回头才发现，原本并肩走在自己身边的梁灵瓒落后几步，没跟上来。

她站在三月的阳光里，枝条在她身边抽芽，花朵在她身边吐蕊，燕子在她身边飞来飞去筑巢，她朝他微微一笑，然后，恭恭敬敬地弯下腰，向他鞠了个躬。

这个躬鞠得端端正正，一如之前他朝她行的那一次。

"多谢你，陈兄。"

如果没有你，就没有今天的我。如果不是你，即便我再努力，最多只能考上正义堂。多谢你，让我和梦想之间省去了六年光阴。

　　许许多多的话，都在喉咙里，不知为何，她说不出口，同时又觉得，并不一定要说出口。

　　这些没说出来的，她会全部记在心里，她也相信，他会全部懂得。

　　陈玄景走向她。

　　梁灵瓒发现自己真喜欢看他走向自己，时光都被放慢，他衣摆上每一道波动的皱褶都看得清清楚楚。

　　然后脑门上就被弹了一下。不疼，柔柔的。

　　"傻子，你已经谢过了。"

　　"咦？"她怎么不知道。

　　陈玄景却不再说，转身往外走。

　　"哎，我什么时候谢过你了？没有吧？"梁灵瓒连忙跟上，在他面前，一边倒退，一边道，"要不我再抓条蛇给你炖汤吧？现在天暖了，蛇多了呢……再不然我们就去打猎，我烤兔子也是一流的……等等，为什么说我谢过了？我都不知道哇……你怎么不说话……"

　　她絮絮叨叨，啰啰唆唆，一路说个没完。

　　陈玄景嘴角一直带着一丝笑。这丝笑比此时的春风还要柔和。

　　——你抱过我了。

　　——你的拥抱就是最好的谢礼。

　　——比世上任何的东西都好。

　　他抬头望着红墙外的天空，天空蓝得让人心醉，空气中充满花草的芬芳，春天真的来了。

八

　　梁灵瓒站在集贤院的大门前。

　　去年，她跟着南宫祭酒走到这扇门前，看着里面的人安静而忙碌。

　　现在，集贤院还同去年一样，人来人往。

　　所不同的是，她已经换上了深青色官服，授侍读学士，官职正八品。

　　改制新历固然炙手可热，但天文历法并不是人人精通。这一年国子监的头三名里，只有她一个人自请入集贤院。其余两位，一个入了工部，一个入了户部，俱是肥差。

　　"你要在这里站多久？"身后忽然有人道。

梁灵瓒讶然回头，就见一人站在身后不远处，身穿浅绿官服，在渐暖的春风中向她微笑。

"陈兄？你怎么在这儿？！"梁灵瓒又惊又喜，打量他身上的服色，"七品呀，看来补考过了？你也来集贤院了？"

会考之后有一场小型补考，算是给那些缺考或成绩极差的生徒最后一次机会，只是考得再好，顶多免除留堂之苦，却不会被记入结业名次。

"嗯，我有都尉官身，再得了一份荐书，就来了。"他说得轻描淡写。

那时候梁灵瓒还不知道这两样东西有多难弄到手，只是替他高兴，也替自己高兴："太好了，我们又能在一起啦！"

深青色官服衬得她面色极为白皙，笑起来眉眼弯弯，无比灿烂。陈玄景忍不住有一刻的恍神，想不明白老天爷到底是玩了怎样的戏法，让以前那只猴子长成了现在这副模样。

他凝望得太久，让梁灵瓒不禁忧心，摸了摸自己的脸："我没洗干净吗？"她一大早就起来了，捧香光是给她梳头就花了一炷香工夫，就差给她涂脂抹粉了。

"嗯，这里有一点儿灰。"陈玄景抬起手，在她脸颊上轻轻蹭了一下，又捏了一下，煞有介事道，"嗯，现在没了。"

腻滑的手感残留在指尖，他的嘴角弯起一抹止不住的笑："别发呆了，进去吧。"

然而他进去了，才知道梁灵瓒还在门外站着，低着头，瞧着自己的鞋尖，活像个犯了错不敢进家门的小孩。心底涌起一丝细碎的心疼，他的声音轻柔："你现在是从八品侍读学士，集贤院便是你当差的官衙，谁也不能轻易赶你走，知道吗？"

"我……我有点儿害怕，"梁灵瓒无意识地在地上蹭了蹭鞋底，"你不知道，我有天大的错处……"

"你是真害怕这错处吗？"陈玄景打断她。

梁灵瓒抬头，有些愕然。

"真害怕这错处，你便不会再来这里了，也不会参加会考，更不会进入前三。你害怕的不是你的错处，而是一行大师会像上次一样，赶你走。"

这话准确地命中梁灵瓒的胸口，她感到胸口一阵空洞的疼痛。

"怕便怕了，但你会因为怕便掉头回去吗？"

梁灵瓒看着他，慢慢地摇了摇头。

不会，当然不会。她花了多少努力才走到这里？怎么可能回去？

"既然不能回头，那便只有勇往直前。"陈玄景站在门内，向她伸出了手，"过来。"

风从他身后涌来，衣袖与衣摆轻飞，这一瞬，梁灵瓒觉得他像是从云端上向他伸手的天神。

她将自己的手交到他的手里。肌肤相触,暖和的体温从他手中传来,驱走了她的恐惧与挣扎。对,既然不能回头,那便只有勇往直前。

九

新官上任,照惯例是要先拜见知院。但张说正职是中书令,知院只不过是兼任,十天里只有一两天在集贤院,或是有事了才过来,大部分时间是不在的。

瞿昙悉达早已经看到了两人的学籍文书,此时站在檐下,已经等了半日,看见两人进来,笑眯眯地向他们招招手:"来来来,官长在这儿,别拜错了山门。"陈玄景是七品撰修馆,隶属太史局。

然后望向梁灵瓒,上上下下打量:"看见文书,我还以为是同名同姓之人,没想到还真是你这猴子。有你的啊,追师父追到京城来了。"

梁灵瓒有点儿紧张:"晚辈年幼无知,犯过大错,大师已经将我逐出师门,我……不敢再称师父了。"

"哟,当真?快跟我说说,你都干了些什么,你师父当初那么宝贝你,居然没带你进京,我当初可是好奇了大半年呢!"

梁灵瓒心道"您看上去可不止只好奇了大半年"……

陈玄景道:"大人,我和梁兄初来乍到,先容我二人去拜见诸位官长如何?"

瞿昙悉达歪头瞅着他:"你这么帮着他干吗?他是你媳妇啊?"

"咳咳咳……"梁灵瓒被口水呛得脸上发红。陈玄景看了梁灵瓒一眼,笑道:"梁兄面嫩,开不起玩笑,大人请自重。"

"这可稀奇了,这小猴子以前的脸皮可厚着呢,怎么越大反而越薄了?"瞿昙悉达道,"倒是你,学会护人了?哎呀,我老了,孩子们一个个都长成奇奇怪怪的样子了……"

梁灵瓒终于发现跟这位大人扯下去根本就是浪费时间,也不管他怎么叽叽歪歪,胡乱行了个礼就算拜见完了,然后拉着陈玄景强行告辞。

去右偏殿的路上,陈玄景笑道:"梁兄,你脸红什么?莫非真想给我做媳妇?"

梁灵瓒狠狠地瞪了他一眼。

陈玄景脸上的笑意却更深了。

梁灵瓒觉得奇怪,这人以前的笑容像是有个框子框着,再怎么笑也不会超出那个无形的尺度，一向都是在"浅浅的笑容"和"冷冷的笑容"之间徘徊。近来不知是吃错了药还是怎的，已经越过"大大的笑容"，直接向着"傻傻的笑容"一去不复返了。

不过经过这么一打岔，她的紧张倒缓解了不少。

两人都是从国子监出来的，南宫平既是他们现在的上峰，又是昔日的恩师，礼数比别人更加不同。南宫平勉励了两人几句，又交代两人要恪尽职守、忠于朝廷等等，是祭酒大人一贯严肃正统的风格。

两人告辞出来，才到门口，陈玄景忽然站住脚，梁灵瓒顺着他的视线望过去，吃了一惊。

一人沿着檐下长廊走来，身后跟着个小内侍，抱着高高一叠文书。他穿深青色八品官服，一派斯文，见了两人，施施然行了一礼："陈兄，梁兄，二位好啊。"赫然是南宫季友。

梁灵瓒大是意外："你怎么在这儿？"

"陈兄怎么在这儿，我就怎么在这儿。"南宫季友微微笑，"昔日是同窗，而今是同僚。二位，看来咱们的缘分不浅呐。"

"正是。"陈玄景笑了，笑得比他还要温文尔雅，正是以往招牌式的浅笑，"在监中承蒙南宫兄诸多照顾，我还以为今后无法报答，深以为憾。现在看来你我缘分着实匪浅，以往种种，有望回报一二，我心甚幸之。"

一旦这两个人这样文绉绉聊天，且配以含笑对望，梁灵瓒头皮上便掠过一阵寒意，仿佛又一次看到了微笑底下的刀光剑影。

南宫季友先收回了这刀剑般的假笑，和两人擦肩而过之际，轻飘飘道："陈兄，你老带着这么个蠢货，小心总有一天要被她拖下水，永世不能翻身。"

梁灵瓒大怒，正要扯住他理论，陈玄景拉住她："现在不是计较的时候。"

梁灵瓒看着他的背影，恨恨道："总有一天，我要给他套上麻袋，拉到平康坊揍成猪头。"

陈玄景自然不会反对南宫季友被揍成猪头，但地点值得商榷："为什么是平康坊？"

"这样全长安的漂亮姑娘们都见到他的丑态了！"

陈玄景差点儿在殿门口大笑出声。多么奇怪，他原来觉得笑这种东西要去学习才能维持，现在却是止也止不住。他伸手在她脑门上弹了一下："梁兄这招好狠，若是用来对付小叶子，他一定早就吓得跪地求饶。"

源重叶结业后去了金吾卫，在自家大哥源重华手底下当了一名校尉，前两天已经上任了。

两人一面说一面上了三楼，那扇门近在咫尺，梁灵瓒又一次停下了脚步。

只是这一次，不等陈玄景开口，她便深深吸了一口气。

春日的空气温暖而芬芳，除了淡淡的墨香外，还有一丝熟悉的味道——檀香。

这丝味道恒久地为她带来温暖与镇定，像母亲的怀抱般让她充满眷恋。

这口气充盈在她的胸膛，强行将胸中的胆怯与恐惧挤出去，定定地看着门内，她朗声道："下官梁灵瓒，拜见一行大师！"

门隔了一会儿才打开。开门的是元太。他满脸都写着"又惊又喜"四个字，拼了命克制着声音不要太激动："二位大人请进。"

屋子最当中放的还是去年那架游仪的雏形，比当初的已经有所改动，且添了不少部件，看起来已经将近完满。

一行大师坐在案后，僧衣如旧，容颜如昨。

梁灵瓒一见到这张熟的面庞，就发现自己错了。她的演技多么拙劣，眼泪下意识就要进出来。整个人直接退回成那个八岁大的小孩，在外面受了委屈，一看到师父，就想嘴巴一扁，往师父怀里扑过去。

但是不能了。她拼命提醒自己，不能了。

她现在终于不是闲杂人等，她现在是侍读学士梁灵瓒，不再是师父的小瓒了。她不能像小时候那样直扑进师父怀里，也不能像弟子那样在师父面前跪下，她只能像个普通的官吏拜见上峰那样，恭恭敬敬地躬个躬。

弯下腰，泪水跌出眼眶，渗入地砖里。地砖上凿着繁复的花纹，那一滴眼泪转眼消失不见。

"二位大人不必多礼。贫僧是方外之人，只负责历法之事，人事调任由张大人主理，二位听从张大人调拨便好。"

一行的声音听不出一丝情绪。

"师父，张大人好几天没来呢，您就给小瓒安排个差事呗，反正张大人安排人，总是要带人给您过目……"

元太说了半天，才迟钝地发现师父连眼睛都没有抬一下，对他的话完全是恍若未闻。他便给梁灵瓒使眼色，让梁灵瓒拿出当年的马屁大法，好好哄师父开心。结果梁灵瓒一个躬鞠到半天直不起身，好像要天长地久地躬下去，全没有当年的机灵劲儿。

这么僵着好像也不是个事儿啊，元太苦恼地和大相对望一眼，大相咳了一声，清了清嗓子，道："张大人虽然不在，但郭公公在啊，我去请郭公公来。"

"站住。"一行喝住他，"郭公公乃五品大太监，岂有让他来见两位下官之理？陈大人，梁大人，郭公公这会儿只怕还在武惠妃处侍候，午后他就会来了。你们先去南宫大人处听差，到时再听郭公公安排吧。"

梁灵瓒是跟着陈玄景走到了屋外，才意识到自己跟师父告辞了。

陈玄景没有下楼，反往另一边走去，她浑浑噩噩地跟着走，忽然间眼前豁然开朗，天气晴好，天蓝如玉，微风如薰。三楼栏杆外，整片皇宫尽收眼底，琉璃瓦在阳光下闪耀着夺目的光辉。

这世上最最辉煌巍峨的宫殿就在他们脚下，这一刻他们仿佛离开人世很远，离人世的烦恼也该远一点儿才是。

可是并没有。她的心沉甸甸的，一点儿轻松不起来。

"梁灵瓒，你想来集贤院，是为了你师父，还是为了天文？"陈玄景问道。

梁灵瓒苦笑："有什么不同吗？"

是师父将她领进星空，没有师父哪来的天文？师父和天文是一体的。师父就是天文，天文就是师父。

"不一样。"陈玄景道，"若是为了你师父，你应该想尽一切办法去哄得你师父回心转意，若是为了天文……"他顿了一下，望着她的眼睛，"你已经进来了，这里有着大唐最庞大最精密的仪器，最详尽的书册，你所有的疑惑都可以在这里找到答案，所有你想到达的地方，都可以从这里出发。你可以名正言顺地做那些你想做的事情了，再也不用偷偷摸摸了，因为不会有任何人来阻止你。"

他的眸子黑而静，他的身后是远处的宫殿以及更远一些的天空。天地像是在这一瞬间恢复了色彩，她恍然发现这宫城与天地如此壮美。

她跳了起来，一把抱住他。然后，她就觉得自己飞了起来，陈玄景抱着她一个旋身，转向了柱子与墙壁之间的夹角，隐藏住两个人的身形。

陈玄景的低笑在耳畔传来："要抱可以，避一避耳目成不成？楼上楼下可都是人。"

十

郭公公四十来岁，面皮白净，眉眼细长，笑起来慈眉善目的。

集贤院位处宫城，内中使用的仆役皆是由内侍充当，因此武惠妃拨了他来管理庶务。原本只是管管院中的茶水、点水、纸张笔墨、冬日的炭火、夏天的冰块等物，再就是每有新人进来，由他给排桌案座席及一应用品用具就完了。

但集贤院里的几位大人，张说是国之宰辅，少有在的时候，一行大师是方外之人，瞿昙悉达懒得管这摊子事，南宫平认为名不顺则言不顺，自己的权职只在右偏殿，不会多管一步。郭公公却是极勤快极有能耐的人，对集贤院上下了如指掌。除了天文历法外，凡有拿不定主意的事，在郭公公这里一准能妥妥当当办齐了，因此在集贤院里可谓是举足轻重，张说与一行都多有依赖。

郭公公每天上午一准要去给武惠妃请安，伺候完午饭才回来。一回来就带着人来找陈玄景，笑眯眯着意奉承："昨儿个就看到文书啦，知道二公子要来，东西全都备下了，就看公子要在哪一处。"

陈玄景还没说话，瞿昙悉达站在左偏殿门口，大声道："这还用问？几年前我就把人订下了，还不快把东西搬过来！"

郭公公望向陈玄景，陈玄景点点头，一拉梁灵瓒："梁兄与我一处。"

"是是是。"郭公公一迭声答应，片刻工夫，左偏殿临窗的两桌席案就归了陈玄景和梁灵瓒，外面是一株粗大的芭蕉，刚刚冒出一点儿新绿。

这个春天，梁灵瓒回到了最初在玄都观的时光，完全不知道时间是如何流逝的，偶然一抬头，就发现窗外的芭蕉已经是绿意盈天，把已经开始灼热的阳光尽数挡住了。

为着入宫方便，陈玄景和源重叶都搬到了平康坊梁宅——当然后者是为了当值还是为了其他，就只有老天爷知道了。

三个人都入宫得了差事，四人组仅剩了宋其明一个在国子监里苦熬，他自然是万分怨念，硬逼着梁灵瓒也给他收拾出一间屋子。

闵学录在梁宅也住得舒舒服服，大有在此养老之势。这日休沐，大家都在，梁灵瓒亲自下厨做了一桌子好吃的，大伙儿行着酒令，吃得热火朝天。闵学录不跟年轻人一块儿闹，他自己悠闲地选了园中最修长坚韧的竹子，做了根钓鱼竿，问捧香要了根绣花针，然后让吴管家的小儿子帮他掏出一罐子蚯蚓，施施然去池塘边，预备钓鱼。

走到池边，吓一大跳。

原本风起来波光粼粼、风静时平滑如镜的水面不见了！取而代之的，是石泥横陈的池底，被分割成好几处小小的浅水洼，昔日风光不再，水浑浊如泥浆。

"梁灵瓒！"闵学录大惊失色地冲回厅上，"池塘、池塘……"他刚想说"池塘"里的水不见了，就见厅前檐下，陈着好几只巨大水缸，闵学录终于知道这水是去哪儿了。

然后就看到一件木头雕成草片形的物件在水中缓缓浮起，一片、两片、三片、四片……不一时悉数浮起，总共三十片。

"瑞、瑞轮蓂荚……"闵学录的声音轻得像呻吟。

时光把他带回许久许久以前，还是在他少年的时候，在太史局幽深的书阁里，他和雅然师姐一人捏着一块糕饼，窝在书架间翻出一本陈年的古籍，上面说起过这远古的神话中的日历，以及七百多年前的张衡曾经将之复原，但在漫长的时间里，做法又一次失传，它又一次成为传说。

现在，他亲眼见证，这传说变成了现实。

"成啦。"梁灵瓒注视着最后一片蓂荚浮出水面，这么多年的心愿就算实现了，可满足的欢喜只持续了那么一小会儿，心里面涌上的居然是空荡荡的感觉，像是……空虚。

蓂荚做好了，接下来做什么呢？

"小瓒，了不起啊！"源重叶笑道，"把这个献给陛下，就能升官发财啦！"

"不行。"

同一句话出自三人之口。分别是梁灵瓒、陈玄景，还有闵学录。

闵学录抓着梁灵瓒的肩："小瓒，你这么聪明，不该去集贤院的，这东西更不能带进去……木秀于林，风必摧之，那种地方，你越是厉害，便越是倒霉啊！"

"我知道，我知道。"这道理闵学录说了不下八百遍，梁灵瓒连连点头，举手发誓，"我在宫里一定老老实实的，一句话也不多说，一步也不多走。"

闵学录这才满意，拿鱼竿敲了敲梁灵瓒的脑袋："既然知道，还做这劳什子干什么？"

"好玩啊。"

"好玩你个头！你把水都折腾光了，我怎么钓鱼！"

"陈兄说那是从曲江引来的活水，很快就会满啦！"

闵学录这才平息了怒气，点点头："这还差不多。"

梁灵瓒看看他手里的鱼竿："你老人家今日怎么这么有空？"以往他不是管着他那些宝贝书籍，就是替南宫祭酒做测算，就算是回到梁宅，也是要挑灯夜战的。

闵学录瞪着她："你在集贤院莫不是个傻的？你们总做不出新历，皇帝已经打算启用《九执历》，新历的测算自然暂且不用做了。"

梁灵瓒虽然人在集贤院，但不知道是看她自己钻研太入神，瞿昙悉达不愿打扰，还是一行大师交代过，瞿昙悉达很少教给她差事。她做着自己想做的东西，学着自己想学的东西，两耳不闻窗外事，一问三不知。

这会儿不由回头望向陈玄景，陈玄景点点头："新历进展太慢，旧有的《麟德历》岁差越来越大，农人们照着上面的节气播种，不是迟了就是早了，有时甚至颗粒无收。陛下忧心农事，打算启用《九执历》。"

梁灵瓒讶然："什么《九执历》？听都没听说过。"

"它没有面过世，你这小子自然没听过。"闵学录说着长叹了一口气，"其实早在二十多年前，还是则天皇帝时，便已经命太史局制新历了，后来长安四年……"他说到这里，顿了一下。

是这么些日子，和梁灵瓒混在一起，以这个年轻人的热闹与温暖驱散了他对那一年的恐惧与伤痛，他才没有像以前那样发狂般跑开去。他默默地顿了一会儿，接着道："那一年出事之后，中宗继位，太史局里只剩大师兄。大师兄便找到我，要我和他一起完成师父留下来的《九执历》，以慰师父在天之灵。可《九执历》修成的那一年，中宗暴毙，先皇继位。先皇扶持瞿昙悉达入主太史局，大师兄被调任国子监，《九执历》的事便再也没了下文。大师兄只好带着它到了国子监，跟着前尘往事一起收进库房。

"前几日，大师兄取出了《九执历》，上献给陛下。我和他一起去西郊拜过师父，告诉师父，它终于有了再见天日的机会。师父在天之灵，想必也会很欣慰吧？"

那次祭拜还发生了一件事。

两人去祭拜的时候，发现温岚父女俩的坟上青草除得干干净净，被雨水冲塌的地方也修筑一新，碑前还有残留的香烛。

"一定是二师兄来过了……"闵学录有几分感伤，喃喃道，那一刻他无比怀念少年时清澈的时光，"大师兄，我们去洛阳找二师兄吧！"

"难得你有这个勇气，看来，你已经从当年的事情里走出来了，为兄很是欢喜。"南宫平叹了口气，"只是，天年身在洛阳，还能将长安的坟茔料理得这样整齐，你可知道这意味着什么？"

"什么？"

"意味着他尚未忘怀啊。"南宫平对着荒草中的两座墓碑，怅然叹息，"我们又何必去打扰他，去揭他过去的伤疤？"

闵学录无言以对，唯有默然。

此时此刻，他看着梁灵瓒，一个念头突如其来——要是二师兄能认得这小子，像他一样，跟着这小子过活一段时日，想必也会慢慢放下往昔，放下伤痛吧？

第四章

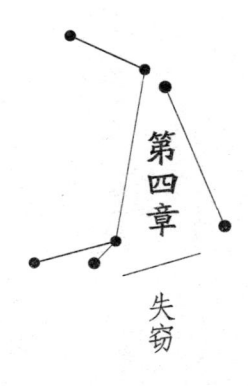

失窃

一

"这《九执历》我看过，它和《麟德历》一样没办法避免岁差的问题，而且又是在中宗时期编制，已经过去二十来年。这年限越长，岁差越明显，即使要用它，也撑不了几年，依然会出像《麟德历》一样的情况。陛下也是死马当活马医，拿来凑合着用。"

梁灵瓒问起此事时，瞿昙悉达这样说。

身为集贤院最大的闲人，梁灵瓒在做成瑞轮蓂荚后陷入了无所事事的空虚之中。好几天后才想明白，令她高兴的不是瑞轮蓂荚，而是做的过程中一道又一道拦住去路的难题，她积蓄力量与方法，一道一道将它们打倒。她喜欢的是打倒那些难题的感觉。

她帮着做过一些测算，但被原封不动地退了回来，后来她用陈玄景的名字递上去，依然被退了回来——师父认得她的笔迹。

集贤院的第二位闲人就是瞿昙悉达了。身为太史令，他原本没有在午后端着茶碗发呆的福气，可谁叫老天给他派来了陈玄景？只花了几个月工夫，瞿昙悉达就毫不负责任地把差事丢到了陈玄景头上去。他说完，往嘴里丢了一块荷花糕，喝了口茶，舒服地叹了口气："你小子手艺可真不赖啊。"

梁灵瓒却是百无聊赖地叹了口气。

"干什么？闲还闲得不高兴了？我告诉你，一旦游仪做好，开始测量子午线，到时别说坐下来喝茶了，连喝口水的工夫都没有。"

梁灵瓒抬起了头："测量子午线？"

瞿昙悉达这才意识到自己对着不该说的人说了不该说的话，他咳了一声："呃，今天的天好热啊……"作势就要起身。

"师父竟然要测量子午线！"

"子"为正北，"午"为正南，子午线，即从大地的最南端到最北端的距离。

师父他要……测量出脚下的土地，测量出整个人世间的大小！

刹那间，梁灵瓒只觉得一阵战栗从脚底心直顶天灵盖，她一把抓住瞿昙悉达的袖子，一迭声问："什么时候？去哪里？怎么测？"

瞿昙悉达见她眼中神采夺目，整个人像是重新活了过来。他努力把自己的袖子从她手里拯救出来："不知道！我什么都不知道！想知道，问你师父去！"

梁灵瓒不放手："大人，你有没有听过一句古话叫'吃人的嘴软'？"

"没有！我是天竺人！听不懂！"瞿昙悉达一甩袖子，扬长而去。

梁灵瓒顿时无语。

"测量子午线……测量子午线……"梁灵瓒满脑子都是这个声音。

时光在记忆里追溯到很久很久以前，在玄都观的听风轩里，寒冬的风呼呼地从窗外刮过，室内却温暖如春。她用树枝戳着炭盆里的芋头，以便挑选出最先被烤软的那一个，剥好送到师父手边。就是在那个时候，师父说起这个的。

日影一寸，地差千里。即在同一条子午线上南北两个地方，在夏至这一天的中午，测得的日影长度相差一寸，那么就说明两地相距一千里。

自古以来，大多数人都是这样认为的，当然也有少数例外，譬如前朝的刘焯就曾经向炀帝建议进行一次大规模的天文测量，只可惜未能实行。

"那师父你是信还是不信呢？"当时她刚刚跟在师父身边不久，对于这些其实是一知半解。

"我不信。"一行把那个最软的芋头递还给她，"小瓒，你记着，凡是没有验证过的，都不要轻易相信。真相来自测量出来的数字，若没有测量，数字就没有意义。"

"那咱们就去量一量！"她说。一行笑了，笑容明净而温暖，伸手摸了摸她的头："好，等小瓒长大了，我们一起去量上一量。"

她放下手里的茶杯，起身时太过急促，撞翻了茶壶。茶壶在地上跌得粉碎，她却完全没听见。她穿过忙碌的大殿,穿过明亮的长廊,穿过烈日暴晒的庭院,跨进了主殿大门,直接往楼梯上跑。心像是被什么东西吹得膨胀,整个人轻得要飞起来。

不料在三楼转角的时候和一个人狠狠撞了个满怀,头顶传来一声低喝:"毛毛躁躁,成何体统!你是国子监出来的,怎能如此失仪?"是南宫平。南宫季友就在他的身边,还有好几位集贤院学士。陈玄景也在其中,走过来道:"梁兄大约是有急事找我,这才冲撞了大人。"梁灵瓒怔怔地站住,有那么一个瞬间,大脑分不清回忆与现实,好一会儿才清醒过来。

她已经是侍读学士,当着众人,南宫平给她留了几分颜面,只提醒她小心行止,便走了。

陈玄景拉她到一旁,问:"怎么了?"

梁灵瓒摇摇头:"没什么。"

她跑上去又能怎么样?师父难道会带着她去测量子午线?她早已经不是当初的小瓒,她只是集贤院中的梁大人。她垂头丧气,一面下楼梯,一面问:"今天议得如何了?"

这次轮到陈玄景摇头:"昨天交上去的测份有五份要重做,其中缺失一部分,最后数据对不上。"

梁灵瓒忍不住问:"为什么会缺失?"

"有的是别人漏算错算,有的是算完之后丢失了。"

"丢失?"梁灵瓒诧异,"谁会这么不小心?"

"小声些。"陈玄景看她一眼,"文书算纸最后都要送到一行大师处,在那之前它们都是好好的。"

梁灵瓒睁大眼睛:"你是说师父弄丢了测算资料?"

陈玄景一把捂住她的嘴:"这么大声,是怕人听不到吗?"手掌心是温热的双唇,柔软如花瓣,掌心那一点儿肌肤像是被烧灼了一样,他很快收回了手。

"不可能,不可能!"梁灵瓒喃喃说着,接着握拳,"一定是大相和元太这两个笨蛋!"

陈玄景没办法作答,也没办法反驳。手掩在袖子里,掌心那一点儿灼热却沿着肌肤渗入血脉,再沿着血脉直逼心口。于是心中灼热,如有猛虎,欲出笼柙。

二

"冤枉啊!那些东西我们看也看不明白,怎么会去乱动?更加不会搞丢!"大相和元太齐齐喊冤。

梁灵瓒了解之下,才发现资料丢失的事情已经不是一日两日。正是因为资料总是丢失,新历的制作速度才一再慢下来。若只是慢些还罢了，集贤院里竟渐渐有些传言，说一行大师只是虚名在外，实际上根本挑不起这副大梁，又怕被人戳破，所以才总是弄丢数据，拖延进度。

按梁灵瓒的意思，说这种话的人就该被抓起来打死，全部打死。但是很可惜，她根本抓不到人，只好将一腔怒火都发泄两人身上："不管看得懂看不懂，收拾东西不会吗？不就是一些纸！纸又不会跑！好端端的怎么会不见？一定是你们两个偷懒，马虎大意，东西随手乱放，害师父背上无能的骂名！"

元太一喜："咦，小瓒，你叫师父了。哎呀，都肯认师父了，怎么不知道把师父哄上一哄啊？"

大相一惊："谁说师父无能？"

梁灵瓒扶额，总算有一个注意到了正题。她道："别小看那些纸卷文书，那关系着新历，关系着师父的脸面，你们一定要好好守牢了呀。"

元太想了想说："师父说，太要脸面，便是'执'，执念太多，不得解脱……"

话没说完，梁灵瓒抽出架上一支卷轴，打了一下他的脑袋："听不听我的？"

"听，听。"大相摸着头，连声道，感觉好像又回到小时候被梁灵瓒统治的时光。

两人回去之后，以十二万分的谨慎对待那些高深莫测的纸张。初入长安时，一行动过念头教两人天文，但被两人痛苦的眼泪打败了，最终放弃。两人对这类测算恒久敬畏，酉时离殿前，又细细核验过，才收进柜子里锁上。然而第二天，资料还是少了几张。

大相和元太搜遍了屋子里每一个角落，不仅将所有的柜子打开，还挪离了墙面，以便查看是不是夹在缝隙里，但那几张算纸却像是凭空消失了一样，不见踪影。

元太和大相两人指天发誓："佛祖在上！我们昨天真的是收得妥妥当当才走的！"

"算啦算啦，资料冗杂繁多，有遗失也是常事，没什么大不了的。二位且放宽心，我们再算就是了。"有人这样说。

但下了楼，转脸又是另一套说辞："一行大师天文上的本事有多高，这么久了咱们也没福见识到，但演戏的本事一定很不错，观其弟子就知道了。"

"你这话什么意思！"梁灵瓒正好抱着文书经过，之前就攒着的火气猛然爆发，踏进殿来，"有本事再说一遍！"

"我道是谁，原来是左偏殿的大闲人啊。"那人瞟了她一眼，他是右偏殿的老学士路正全，说话时带了一脸鄙夷，"被人家束之高阁，还要替人家打抱不平？就这脑子，也难怪一直闲在那儿发霉了。"

"路大人，我们都知道您一贯是刚正不阿，有什么说什么，但这位梁大人虽然天天什

第四章·失窃

么事也不干,和陈二公子却是交情匪浅。得罪了梁大人就是得罪了陈二公子,咱们可都要吃苦头的。"闲谈的几人里,南宫季友也在其中,说着向梁灵瓒笑道:"梁兄,大家只不过是说笑而已,一行大师都不当一回事,你又着急什么?"

他的语气又文雅又舒缓,好像是世上最有诚意的和事佬。梁灵瓒却深深知道他每一个字都不怀好意,怒道:"你又打什么主意?凭什么诋毁一行大师?一行大师主持新历,兢兢业业,哪一点儿对不起你们,你们要这样在背后议论他?"

南宫季友道:"我也是一番好心,不想把事情闹大,所以劝你几句。大家只不过是闲谈几句,哪来什么诋毁?诋毁他人的是梁兄你吧?硬要把大伙儿的闲谈捏造成诋毁,好去讨好一行大师?真这么想往上爬,直接上主殿三层去岂不更快?在这里叫嚷半天,上面也听不见,何必白费功夫?"

他环顾四周,抬高了一点儿音量:"再说,大伙儿又没说错什么。真兢兢业业有本事,这么久过去了,新历怎么还一点儿影子也没有?"

"你胡说!"梁灵瓒气得浑身发抖,南宫季友脸上挂着淡淡的笑,里面有浓得化不开的恶意。微弱的理智提醒她,她不能在集贤院闹起来,那就真如了他所愿,"新历又不是大师一个人在做,进展慢怎么能怪大师一个人?你们难道就没有责任?"

"我们有什么责任?"路正全怒道,"头天算过的东西,第二天又让人算一遍,说是东西丢了。做好一份备份给他,还能丢了!天知道是真丢还是假丢!真做不出来就做不出来,这世上有几个人有制历的本事?可别硬撑面子把我们拘在这里。大家不像他那般无牵无挂,都是要养家糊口的俗人!原说制定新历是功在千秋利在百代的大事,制成之后是大功一件,大家也能有个前程。可现在算什么?日子一天天过去,什么名堂也没有!就这还好意思说对得起我们?"

这话触动了众人的心肠,纷纷道:"当初听说跟着一行大师制新历,我家老母亲还特地去祠堂拜祖宗,说祖宗显灵,才有这份好运道。现在想想,什么运道,根本就是倒了八辈子霉,还不知道要给他耽搁到什么时候!"

"就是就是!早知道要用南宫老大人的《九执历》,我们还在这里修什么?我看再修下去也不过浪费时间!"

众人你一言,我一语,每个字都像是刀子一样扎在梁灵瓒的心上。她的耳边嗡嗡直响,待回过神来的时候,已经将怀里的文书一甩,向这帮人冲了过去。

"胡说八道!全是胡说全道!"

她一头撞翻了路正全,甩开了一个试图扭住她胳膊的人,再一脚踹开一个扑上来的家伙。这些学士大人满腹经纶,但在打架这件事情上毫无缚鸡之力。梁灵瓒重拾当年大闹学堂的矫健身手，把每一个想攻击她的人揍得鼻青脸肿。

"啊啊啊！"路正全的帽子歪了，鼻子里挂着鼻血，他举起窗下的矮几，狂喊着向她砸过来。

她往旁边一闪，矮几砸了个空。但就在这个时候，脑后沉闷地响了一下，剧痛过了片刻才蔓延开来。她缓缓转身，一只花瓶已经碎了一地，南宫季友站在她的面前，见她没有倒下，一脸吃惊。

"你……"有什么热热的东西淌下来，眼前有片刻的模糊，梁灵瓒抓起了案上的镇纸，"好，咱们新账老账一起算——"

"住手！"耳边传来一声高喝，梁灵瓒转过脸，就见殿门前站着一个人。雪白的阳光明亮到刺眼的地步，白色的衣摆逆着光，分不清哪儿是阳光，哪儿是白衣。这景象何其相似，像极了师父丢下她的那一日。

"师父……"她轻轻开口，又或者根本没有开口，声音虚弱到接近于无，手里的青瓷镇纸应声而落，"啪"的一声，断成两截。

"跪下！"一行厉喝。

梁灵瓒从来没有听过师父如此严厉的声音，就算是再生气，师父的声音也是舒缓平和的。

"我叫你跪下！"一行再次开口，声音里仿佛挟着更多的怒气。

梁灵瓒身子一晃，跪下来。

"哎呀，怎么伤成了这样？"瞿昙悉达推开围观的人群，挤进来，"还跪什么跪啊？快找御医啊！"

一行冷着脸道："梁灵瓒，你以下犯上，殴打上官，大闹集贤院，给我去庭中跪着，跪不满两个时辰，不要回来。"

瞿昙悉达吃了一惊："这么大太阳，她又受了伤，会出人命的！"

一行冷冷道："那也是她咎由自取！"

"就算要罚，一个巴掌拍不响，也不能只罚梁灵瓒一个人吧？"瞿昙悉达道，"看看这一屋子人……尤其是你，路正全！你的年纪已经够做人家父亲了，怎么跟这样一个后生小辈动起手来？也不怕别人笑话！"

路正全还没有说话，一行道："路学士与诸位身上皆有测算差事，罚他们便是耽误测算，耽误测算便是耽误新历。再说此事全由梁灵瓒而起，自然该罚她。"

瞿昙悉达急道："就算要罚，罚点俸禄就好了，刑不上大夫，梁灵瓒已经是八品正阶——"

"二位……别吵了……"梁灵瓒已经颤巍巍起身，"大师说得对，我耽误了测算……耽误了新历,我……我这就去……领罚……"

她颤巍巍地往殿外去,瞿昙悉达一把拉住她:"傻小子,新历被耽误也不是一天两天了!哎,别动!快坐下!我这就让人去请御医——"

梁灵瓒轻轻摇了摇头,这样的动作让她的头更晕了,她只是笑了一下,轻轻挣脱瞿昙悉达的手,表示自己没事,请他放心。

她走了出去。从殿中走到庭中,约有几十步。有好几次,她身影晃动,所有人都以为她要倒下,但她没有。她在青石板上跪了下来,因为无力,膝盖骨重重地跌在石板上,发出一声令人牙酸的闷响,殿内众人都忍不住别开脸。

即便是挨揍最厉害的路正全,也忍不住开口道:"大师,她年轻气盛,一时冲动,我们也有不是的地方,不该同他一般见识,不如叫御医来吧……"

"不行。"一行的声音坚硬如铁石,"等跪够了两个时辰,你们再去叫御医也不迟。"

瞿昙悉达顿足:"你就不怕她撑不了两个时辰?"

"那就请诸位做个见证,这位梁大人再也不必回集贤院了。"一行扔下这一句,转身上楼。

这是,要将梁灵瓒赶出集贤院?所有人面面相觑。这……罚得也太重了吧?

三

"我说你是不是吃错药了?当初是谁疼那孩子疼得跟心肝肉似的?现在怎么就变成眼中钉肉中刺了?逼死她对你有什么好处?"在下面的时候,瞿昙悉达顾着一行的颜面,到了主殿三楼,就再也忍不住了,"你是佛门高僧啊老友!出家人慈悲为怀,就算是个素不相识的陌生人,你也会怜他病痛,这是你一手带大的孩子!你怎么就能忍心!"

一行跪坐在案前,翻阅卷宗,头也不抬:"若砸着要害,她早已晕死过去。"

瞿昙悉达跳脚:"就算没被砸死,也要跪死!你也不看看现在太阳有多大——"

"佛友,你再多说一句,我会立刻收拾行李离开长安。"

瞿昙悉达死死地盯着他,他是认真的,无可救药地认真。

"造孽!造孽!真是造孽!"瞿昙悉达摔门而去,"集贤院里还没死过人,我可不想第一个死的就是那小子!"

他直接回了左偏殿,一迭声问:"陈玄景呢?怎么还没回来?"

小内侍回道:"尚在丽景殿呢。咸宜公主说睡不着觉,请陈大人画星命符定神,只怕还有一会儿才能回来。"

"这里眼看要出人命了，哪里还管得了睡不睡得着觉？"瞿昙悉达吼，"给我快去把他找回来，告诉他，回来晚了，就来给梁灵瓒收尸吧！"

"师父……"元太看着烈日下那小小的身影，泪水流了满面，"师父，那是小瓒啊师父！小瓒她流血了！"

一行大师置若罔闻，无动于衷。

大相跪下，道："师父你饶了小瓒吧！我们不知道小瓒到底做了什么惹您生气，可再生气，这么多年了，难道还不能消散吗？您修习佛法，境界高深，为何对于小瓒犯的错却这么执着呢？万一小瓒真出了什么事，您真的能原谅自己吗？"

"出去。"一行道。

"师父！"元太也扑过去跪下，连连磕头，"从前您是最疼小瓒的，现在怎么能眼睁睁看着她这样受苦？她流了好多血呀！她不可能跪得足两个时辰，她会死的！"

"出去！"一行怒喝。

元太不敢置信地盯着师父，最终一咬牙站了起来，冲过去开门。

"你们若是敢救她，就再也不是我的弟子！"

两人愕然回头。到这一刻，他们才听出了师父声音里的颤抖，案上的书册长久地停在其中一页，被师父拿在手里，一直没有翻动过。师父的脸苍白得吓人，看上去仿佛比下面的小瓒还要虚弱。

四

丽景殿四下拢着水晶帘，冰块置于银盘中，扇子用凉风把整座宫殿变成清凉世界。

"这些日子我也不知道是怎么了，整晚整晚的睡不着，母妃替我求神拜佛都没有用。我想起从前母妃睡不好的时候，是玄景哥哥你的星命符帮了大忙，所以也想讨要一张……"咸宜公主穿着半透明的冰绡上襦，丰盈的肌肤在其下若隐若现。她的美貌如同花儿一般开始盛放，武惠妃的娇艳丝毫没有浪费，全数遗传到了她的身上。她还学会了许多对付男人的手段，懂得了以柔克刚的道理。她偎依在桌案旁，声音低低的，娇柔宛转，"玄景哥哥你不会怪我吧？"

"自然不会。"陈玄景的声音与神情都如同冰风一样清凉、冷静，丝毫没有其他王孙公子看见她时的仰慕与狂热。

咸宜咬了咬唇，一个失手，身子一歪，"哎哟"一声，跌在陈玄景怀中。

陈玄景扶起她："公主，怎么了？"

"大概是没睡好，头有些晕……"咸宜公主娇娇怯怯地坐正来，羞涩地掀了掀眼皮，想在陈玄景脸上发现半丝脸红或喜悦，但失败了，陈玄景的脸宛如美玉雕成，美则美矣，却是一丝表情也没有。

被诸般耽搁，陈玄景花了好些工夫才把星命符完成，交代了咸宜公主注意事项。咸宜公主苦留不住，只好起身相送。

陈玄景起身时，腰畔垂下的玉佩轻轻碰到桌边，他以手按住，似是怕碰坏了。

咸宜公主认得这玉佩，忍不住道："玄景哥哥你怎么把这块戴在身边呀？这样的玉如何配得上你？我这里有顶顶好的和田玉，只有这样的玉才配得上玄景哥哥的身份与人品。"说着便要让人去取。

陈玄景阻止她，温言道："此乃友人所赠，是在下心头爱物。世上的美玉虽多，在我心里，却没有哪一个比得上这件。公主好意，在下心领了。"

咸宜公主掩嘴笑："你同宋公子交情真好。宋公子若是女孩子，呵呵，只怕半座长安城的人都要吃他的醋呢。"

陈玄景手上拈着那小小的团蛇玉佩，忽然低头一笑。

咸宜公主看过他无数次笑容。他的笑容永远有着恰到好处的弧度，多一分就太灿烂，少一分就太冷淡，嘴角微微勾起，永远笑得那般温和优雅，让人想靠近，却又无法靠太近。在他从冰冷的曲江里救她时是如此，在后来无数次二人相对时，也是如此。

她从来不知道，他的笑容可以温柔到这种程度。春风化开雨丝，就是这样温柔吧？蝴蝶吻上花朵，就是这样温柔吧？这样的陈玄景她从未见过，仿佛是玉像裂开一条缝，露出内里柔软又真实的内核。不知道是不是女孩子特有的敏锐，这一瞬间她知道，这是真正的陈玄景，这是她从未碰触过的陈玄景，她离他再也不会这样近了。

"玄景哥哥！"她一把抓住了他的衣袖。

他回头。她颤声道："玄景哥哥，你知道吗？父皇已经开始给我议婚了……"

陈玄景的神色恢复了淡然，点点头："如此说来，很快便能听到公主的喜讯了。"

"喜讯？"咸宜公主的脸一阵发白，"玄景哥哥，自从当年你在曲江上救了我，这么些年了，我一直……"

陈玄景忽然抬起头，止住她的话头，侧耳细听："什么声音？"

咸宜公主也听到了殿外有遥远的争吵声，但她不想再拖下去了，这样一句话，她藏在心里这么多年，无数次她都想说出口，今天，她再也不想忍了。

"玄景哥哥……"她抓紧了陈玄景的衣袖，正要再次开口。就在这时，内侍独有的尖细嗓音传进来，"陈大人，陈大人！瞿昙大人让小的来传话，说您再不回去，就只能给梁大人收尸了！"

咸宜公主只觉得一阵天旋地转，然后全身上下一阵剧烈的疼痛，待回过神，她发现她竟然摔在了地上！

即便是在蹒跚学步时，她也没有摔过跤。因为一旦公主的身体沾到一丁点儿灰尘，武惠妃就会把侍候的宫人拖出去砍头赎罪。她掉下曲江那一次，原本身边所有人都要处死，是因为陈玄景一句话，他们才得以活命。现在，她竟然摔在了地上，手肘碰到地板，疼得撕心裂肺。比疼痛更明显的是意外和愤怒，陈文景竟然一声招呼也不打，就这样走了！

走得又急又快，毫不停留，身影转眼消失，完全不顾他的袖子还在她的手里，完全不顾她还有那么多的心里话没有说完。

"还愣着干什么！一群蠢货！"咸宜公主怒吼，"扶我起来！"

吓得不知所措的宫人们这才回神，几个胆大的连忙扶起公主，他们想解释一下，让公主摔倒的人是陈大人，而不是他们，但是没有人敢在公主盛怒的时候开口。咸宜公主美丽的面庞几近扭曲："去集贤院！我倒要看看，那个叫梁灵瓒的是何方神圣！竟让他这样着紧！"

五

太阳太极了，后脖颈那一点没有衣服的遮挡，一片灼热。汗水伴着血水滴下来，在石板上留下一滴又一滴的水渍，带着淡淡的红色。应该是很疼吧？但大脑非常机灵，它把自己变成了一团糨糊，于是连疼痛都变得迟钝。她跪在那里，一动不动。心中只有一个念头：跪下去。她的膝盖会撑住身体，她的脖颈会撑住头颅，无论如何她都会跪下去，跪够两个时辰。

猛烈的阳光忽然被挡住，视野的右边多了一截衣摆。她没有力气抬头，但也不用抬头，浅绿色的官服在集贤院里有很多个，但无论发生什么事都会站在她身边的，只有那一个。

"别管我……"她的喉咙干哑，声音轻如蚊蚋，"这是师父的交代，师父他……很久很久没有交代我做什么了……"

陈玄景弯下腰，凝望她："是不是跪到死，你也要跪？"

梁灵瓒想抬头看着他的眼睛，但后颈僵硬，她费了极大的力气，也不过将视线往上挪了半分，只看见他的嘴角紧抿。

"别担心，我……撑得……住……"

"好。"他点了点头。

梁灵瓒松了一口气,然而下一瞬,后颈一疼,她的眼皮无法阻挡地闭上了,人软软地倒在陈玄景怀里。陈玄景抱起她,脸上是一片冰冷至极的肃杀之气。

事后,瞿昙悉达心有余悸地向梁灵瓒描述陈玄景当时的表情:"我还以为他要去杀了你师父。"

咸宜公主还没等落辇就看到陈玄景出来,他脸上的神情让她一惊,盛气先丢了一半,再看到他怀里抱着一个人,满头是血,不知死活,另一半也丢去了爪哇国。

她连忙下辇,迎上来:"玄景哥哥,用我的车辇吧!"

陈玄景的眼珠子动了动,才有了一分活人气,他将梁灵瓒放上车辇,动作轻极了,好像害怕稍一用力,怀里的人便要散架。

咸宜公主忍不住道:"我以为你最好的朋友是源重叶和宋其明,原来这位梁大人也是啊……"

陈玄景道:"多谢。"

他经常向她道谢,那多半是出自客气与礼貌,只有这一次,咸宜公主觉得他是真正地感激自己。心中顿时一喜,再看这位梁大人都顺眼了许多,还莫名觉得有几分眼熟,好像在哪里见过。

六

梁灵瓒在自己的屋子里醒来,一睁眼就觉得脑袋疼得好像不是自己的,像极了那次宿醉。案上搁着一只小炭炉,炭炉上隔水温着一只药碗,浓重的药味充满了整间屋子。隔着一道半卷的垂帘,传来轻微的划刻声。

自从陈玄景搬过来后,她就对这声音很熟悉了,这是千星在玉料上滑过的声音,陈玄景在刻章。据源重叶说,这是陈玄景打小的喜好,从很小的时候就能一个人在屋子里捣鼓半天,谁也不让进。

梁灵瓒听完觉得那该多寂寞啊。所以自打陈玄景搬过来,她有事没事便在他屋子里晃悠,翻翻书,下下棋,吃吃糕点,总之要尽到朋友之义,将朋友从孤单中拯救出来。但很快她就发现自己错了,陈玄景刻章跟她做瑞轮蓂荚是同一性质,都是自己喜欢。

"什么时候给我刻一个呗。"发现自己不用替他操心后,梁灵瓒心情一阵轻松。

"我从不给别人刻。"陈玄景闲闲道。

这话后来在源重叶处得到了证实,源重叶从十岁起就想要一枚章,至今还没到手。

但当时梁灵瓒不知道，她豪气地道："一百两银子一枚章，刻不刻？"

陈玄景笑着摇头："料钱都不够的。"

"那就五百两！"

春水大娘预料得没有错。二百两黄金的酬劳不但没有吓跑人，求画者反而络绎不绝，除了青楼楚馆的美人，连长安贵女都以求得梁画师一幅画为荣。梁画师收入不菲，于是敢于挥霍了。

陈玄景还是摇头："不够。"

"一千两！"梁灵瓒说。说完之后，感觉到了一阵肉疼，后悔了，却听陈玄景道："成交。"

"别！别！我再想想，再想想！"

"君子一言，驷马难追。晚了。"

"一千两啊大哥！"

"梁兄是缺钱的人吗？"

……

明明头疼欲裂，脑子里却还想起了这有的没的，梁灵瓒也是服了自己。窗上一片黯淡的青光，不知道是天明时分还是暮色降临……脑子一转到时辰上，她就猛地坐了起来，这一用力，脑袋一阵晕眩，身子一晃，向后倒去。

垂帘一动，陈玄景急步过来，她倒进了一个温暖的怀抱中。

"现在是什么时辰？"她记得她跪在太阳底下，她记得陈玄景来了……她紧紧地攥着被子，"我有没有跪到两个时辰？"

陈玄景的声音从头顶传来："没有。"

梁灵瓒脸上的血色褪得干干净净，身体开始发抖："我……被赶出来了？"

"对。"

这个字太过残忍，梁灵瓒把脸埋进被子里，连头疼都不觉得了，只剩下心里撕裂一般的难受。

陈玄景将被子拉开一些，露出一张满是泪水的脸，她抢过被子，叫道："不要管我！不要管我！你出去！出去！"声音里已经带着呜咽。

"是我敲晕的你，我怎能不管？"

梁灵瓒一怔："不，我记得你答应让我跪的，你说好的……"

"骗你的。"陈玄景的声音无比冷静。

梁灵瓒抬起头，呆呆地看着他，想在他脸上找出点儿什么，好证明他是撒谎。

"颈椎为人体要害，只要手法与力道得宜，就算是八尺壮汉，也是重敲则死，轻敲则晕。"

第四章·失窃

陈玄景抓着她的肩头，一字一字道，"梁灵瓒我告诉你，不管是什么时候，不管在什么地方，只要我看到你拿自己的性命犯险，我一定会敲晕你，拖回来！"他的眼中全是阴郁与杀气，以及无法掩饰的痛楚。他不能去回想那一幕——她跪在烈日下，满头是血，摇摇欲坠，拼命强撑。

"这个世上，还有什么比得上性命重要？你如果死了，就什么都没了！在你一个人去揍人的时候，在你咬牙跪着的时候，你有没有想过别人？"手底下的肩膀弱小而消瘦，好像力气再大一点儿，就能一把将其捏得粉碎。他真想捏碎她！眸子里迸出一点儿灼热，他咬牙道，"在你心中，是不是谁也比不上一行大师重要？为了他，你命也可以豁出去，死也不怕，谁也不想！"

梁灵瓒呆呆地看着他，半明半暗的光线里，她好像瞧见了他眼角一点晶莹的光。然而不等她看得真切些，他猛然松开她，摔门而去。

梁灵瓒愣在床上，半天才反应过来——喂，该发火的那个人是她吧！她千辛万苦进的集贤院，就这么被赶出来了！所有的努力都白费了！

可是，他的力道仿佛还残留在她的肩头，他愤怒的样子仿佛还在眼前，它们顽强地盘踞在她的脑海，把原本就已经够疼的脑袋挤得乱七八糟。

糟心！她愤愤地躺下，被子拉过头顶，动作略快了些，她感到一阵剧烈的头晕，更糟心了。

门"吱呀"一声响，有人走进来，梁灵瓒强忍着不适，豁地掀开被子，咬牙道："姓陈的，有本事你就——"

声音戛然而止，捧香拿布巾垫着托起药碗，叹了口气："你也真是的，人家好心好意救你回来，你倒一肚子火，难怪人家生气。"

"他还生气——"梁灵瓒才说一句，就捂着脑袋，以免自己晕过去——被气晕！"就因为他，我被师父赶出集贤院了！"说到最后一个字，声音里带上了一丝哭腔。

"在不在集贤院我不知道，我只知道，陈公子把你活着带回来了。饶是生气，出门还喊我来给你喂药。对你能到这个分上，算是够朋友了。"捧香说着，试了试药温，"好了，起来，喝药。"

梁灵瓒一团恼怒没地儿撒，被子一盖："不喝！"

捧香叹了口气："我没用，喂不了，那只能回去告诉婆婆和爹爹，让他们来喂了。"说着便要起身，梁灵瓒掀了被子，恨恨道："回来！"

药又烫又苦，喝下去整个人都变成苦的了。

七

伤势看着挺吓人，但还好没伤到要害，将养了几日，梁灵瓒就能下床了。

期间闵学录和源重叶每到晚间都来探望，宋其明放旬假也过来，看她把脑袋包得像只粽子，吓了一跳，立刻表示等她好了带她去天上居压压惊。

这个建议立刻得到了源重叶的热烈附和。事实上，这建议根本就和源重叶想得一模一样。梁灵瓒在心中默默替宋璟大人点了根蜡。

不过源重叶转了话头："呃……话先说明白，那个小瑛子，你可不准再带了。"

话说会考之后，梁灵瓒三天静室期满，几个人为了庆祝她荣升率性堂前三，准备去天上居欢宴达旦。正出门的时候遇上小潘子和小瑛子。原来太子也听说了前三中有梁灵瓒，特意备了一副文房当贺礼，要两人趁着天刚亮人少，悄悄送来。

梁灵瓒道过谢，因想起当初答应带小瑛子出宫玩的，便问两人要不要一起来，小瑛子眼中闪过喜悦的光彩，问："可以吗？"

"当然啊！"梁灵瓒再自然不过地答道，然后就见陈玄景脸色有几分僵硬，源重叶的表情更像是大白天见了鬼。梁灵瓒奇怪，要陈玄景露出这般表情可不容易，源重叶更是向来好热闹的，她不由问："怎么了？"

小瑛子长施一礼："还请二位公子多多包涵。"

这一礼下来，陈玄景躬身还礼，源重叶腿脚一软，直接跪下来了，被宋其明笑话了半天。

后来直到天上居，源重叶的脸色都一直怪怪的，即使是美人在旁，也不能叫他开怀。他一杯接一杯地喝着酒，不到一个时辰就把自己灌醉，眼一闭，睡死过去之前，喃喃道："不是我干的，跟我没关系……"

陈玄景那天倒不像梁灵瓒头一回来天上居时那般难伺候，但不知怎的，梁灵瓒总觉得他看向她和宋其明的眼光，很像在看两头蠢驴……

这会儿源重叶这样问起，梁灵瓒忽然觉得有点儿奇怪："源兄，你不喜欢小瑛子吗？"

源重叶解释："你想想，如果你不是男人，你待在天上居那样的地方，难道不会难过吗？"

梁灵瓒道："不会啊。"

"你会发现自己不是男人啊！"

"那又怎么样？"她不是男人也一样可以玩得很开心啊。

"笨蛋！"源重叶耐性耗尽，"带两个小太监去青楼，会让他们很难受啊！"

梁灵瓒仔细回忆一下当天的情况："没有吧？他们那天玩得很开心呢。"尤其是小瑛子，他第一次来到宫外的花花世界，对每一样东西都好奇，每一件事情都觉得有趣，后来还去西市吃了麻家胡饼，又带了两瓶三勒浆回去。

"总之！我死也不会和他一起去天上居的！反正有他没我，有我没他，你自己选！"源重叶吼道。

梁灵瓒叹了口气，选了小瑛子。原因很简单，源重叶可以自己去玩，并且有一万一千种玩法，但如果她不带着，小瑛子什么也不会。

源重叶临走之前发誓要和梁灵瓒绝交。

但梁灵瓒也没去找小瑛子，一来伤势没有痊愈，脑袋包得像个粽子，实在难以见人；二来，她也没有心情玩。一切仿佛回到了原点，她又变成了那个被师父扔下的小孩。她想爬上屋顶看星星，她想离天空近一些。她心里有空落落的一块，不知道该用什么东西填满。

陈玄景一直没回来。有时候一阵风吹过，树影摇动一下，或是帘子晃了一下，她都以为他回来了，但是他没有。回头处，空空如也。

八

长安城的另一处，胜业坊，陈宅。

"咸宜公主到了适嫁的年纪，陛下正打算为她挑选夫婿。这消息已经放出来大半个月，宫里却连茶会都没有举行过一次，惠妃也没有宣召任何家中有适龄男子的命妇入宫……"

在家中时，陈玄理卸了甲胄，只穿单衣，袖子挽起，露出精瘦而结实的胳膊。刚刚练完一路刀法，他的额发微湿。下人捧上丝帕，他接过来，却没有用来擦汗，而是细细地擦拭刀身："你知道这是为什么吗？"

"不知道。"陈玄景眉目端凝，将煮好的茶托到他面前。

陈玄理接过茶，凝视他的眼睛："陛下和惠妃在等你上门求娶。"

"我不会。"陈玄景的声音与眉眼一样平静，"大哥，我最后再说一遍，我不会娶咸宜公主。"

"玄景，陛下与惠妃属意你尚咸宜公主，在朝野上下早已不是什么秘密。再尚一位公主，我陈家便是烈火烹油，蒸蒸日上，你也娶到了天底下最尊贵的女子，何乐而不为？"

陈玄景油盐不进，水火不侵："不娶就是不娶。我已心有所属，不会再娶任何人。"

陈玄理皱眉，忍着气，问道："谁家的姑娘？"

陈玄景握杯的手紧了紧，垂下眼睛："对方尚无意于我，我也不便告诉大哥，免得毁人清誉。"

"你不敢说，必然是因为那姑娘的家世地位没有一样能配得上你，对不对？"

"我喜欢一个人,从不是因为她的家世地位。"

"果然如此!"陈玄理一声长叹,"玄景啊玄景,像我们这样的人家,是没有什么喜欢不喜欢可言的。你既享用了家族给你的荣华富贵,就必须要为它付出代价。为了陈家,没有什么是不能放弃的——"

"——就像你放弃春水如意一样?"陈玄景截住了他的话头,"大哥,你位极人臣,名满天下,圣眷盛隆,可是你快乐吗?春水如意来了长安,为什么你不敢去找她?你甚至不敢赶她走,你不敢面对她,你害怕她……"

陈玄理怔了一下,然而只有一瞬间,仿佛是从坚硬的外壳里无意中露出一丝柔软的缝隙。然而很快,这丝缝隙仿佛刺伤了他,他蓦然暴怒:"住口!"茶碗连汤带水向着陈玄景砸过来,陈玄景没有避让,任茶水在自己身上炸开了花,淋淋漓漓半身都是。

"你不快乐。"陈玄景的脸上露出了同情之色,"从前我觉得二哥为了一个人什么都不顾,实在是离经叛道,不可原谅。但当我遇到了那样一个人之后,才明白了他的选择。大哥,我心意已决,不会再走和你同样的路。"他说着,起身便要离开。

"站住。"陈玄理压下剧烈的喘息,在后道,"你若不娶咸宜,梁灵瓒便永远休想得到他的七品官身。"

陈玄景猛然回身,几乎无法相信自己的耳朵:"大哥!"

"我早说过,你继续留她在身边,早晚会酿成大祸。现在你知道祸从何来了吧?"陈玄理盯着他,"你一旦有了软肋,便有了破绽,敌人便有隙可乘。"

陈玄景仍不住抬高了声音:"可你不是我的敌人!"

陈玄理的目光丝毫没有退让:"若你执意站在陈家对面,我便是了。"

九

"真是的,自家亲兄弟,有什么话不能好好说,非要动手?"陈家后院上房,陈老夫人一脸心疼,"快,快去换衣裳,天热,衣裳单薄,茶汤又热,没烫坏吧?"

老夫人身边的房嬷嬷已经领着人在服侍陈玄景了,解腰带的解腰带,捧荷包的捧荷包,换衣衫的换衣衫。片刻后,再从屏风后出来时,陈玄景重新变得齐齐整整,光鲜照人。老夫人瞧着,一脸爱意,"说,你哥哥怎么砸你了?说出来,祖母替你出气。"

陈玄景道:"我有一位同窗,想谋一份官身,托到我这里,我因此想求大哥帮忙,结果大哥便发火了。"

"哦？不是因为大哥要你娶咸宜，你不愿娶吗？"

陈玄景顿了顿，起身绕到老夫人身后，替老夫人捏起了肩："老太太真是明察秋毫，什么事都瞒不过。"

老夫人一脸笑眯眯："那你倒是说说，你喜欢上的姑娘是哪家的呀？"

"老太太您在大哥屋子里到底安了多少个眼线？"

"哼，我嫁到陈家几十年了，这宅子就是我的窝。蜘蛛还得守着自己一张网呢，我难道还守不住一个窝？我告诉你吧，我不用什么眼线，这宅子里全是我的人！"老夫人说着，拍了拍陈玄景的手，"你自己最好老实交代，莫要等我去查。我告诉你，这宅子是我的小窝，长安城是我的大窝，只要是窝里的事，我什么都清楚。"

"是。老太太您千眼千手，是观世音化身。"

老夫人笑了："别以为拍几句马屁就哄住我了，快说，哪家的姑娘？我见过没有？"

"您什么都知道，难道没听见我是怎么跟大哥说的？"

"会有女人看不上我小孙子？那都是扯谎，我才不信呢！"

"是真的。"陈玄景声音里有一丝黯然，"我在她心中，不知道要排到什么位置去……"

老夫人端详他半晌："竟是真的？世上还有这般瞎眼的人？"

"祖母您别说笑，我是真有事想求您，这朋友刚刚因为我的缘故丢了差事，于情于理我都该帮他要回来……"

老夫人却沉吟："挑丈夫连你都看不上，这样的姑娘，要么是眼高于顶，想往宫里去，要么有眼不识泰山，是个傻的。要来何用？至于咸宜……那孩子虽被她母亲惯得很不成样子，不过胜在对你一片痴心，将来对你应该是千依万顺的。再者眼看东宫要易主，自然是她兄弟夺位，娶了她，再保陈家五十年荣华富贵不在话下，你在仕途上也能平步青云……"

"祖母，我不娶。"陈玄景低声道。

老夫人看着他长大，自然听得懂他这一声里的抗拒与坚持，连忙道："好好好，咱们不说这个，说说你朋友的事，那个人叫什么名字来着？"

十

梁灵瓒迎风打了个大大的喷嚏，喃喃道："这是谁在想我？"

捧香道："自然是婆婆和爹爹，半年之期快到了，他们要来接咱们了。"

梁灵瓒只觉得头更疼了。

正好吴管家这时候过来，道："公子，门上有两位客人求见……"

梁灵瓒一听，差点儿吓得半死，不会吧？来得这么快？不过她很快想起，爹爹就算来长安，也不可能找到这里来啊！

果然，吴管家接着道："一个客人说姓潘。看起来像是从宫里来的。"

"小潘子！"而另一位自然是小瑛子了。

梁灵瓒迎出来，捧香不放心，在旁边扶着她，她的脑袋上包了一圈又一圈，显得脑袋巨大。小瑛子和小潘子一见之下，都吃了一惊，小瑛子更是心疼得眼圈儿都红了："我只听说你在集贤院挨了罚，却没想到被罚得如此之重，一行大师怎么会……"

梁灵瓒忙道："不关大师的事，是我跟人家打架打的。"

"早知道就给你带些药出来了……"

"没事没事，我好得差不多了。"梁灵瓒说着，拉起两人就走，一面让吴管家备马车去天上居，小瑛子道："我们出来不是为了去天上居的……"

"我知道，你们自然是来看我，可我们都去，你们既能看我，又能去玩，多好！"

"包成这样你怎么去天上居啊，"捧香简直哭笑不得，替她摘了纱布，只裹了小小一圈，再戴上幞头，便看不大出来了。

梁灵瓒忽然想起来，当初陈玄景被她砸伤后，也是这样做的。

心里骤然疼了一下。好像是不提防，一脚踏空一般。她用力吸气，努力把这点儿疼挤出去，撺掇着捧香也去。捧香脸都羞红了，连连摇头说不要。到底奈何不了梁灵瓒，且对青楼多少有一丝好奇，她最后被拉着换上了男装，上了马车。

梁画师在天上居已经是极上等的恩客，被安排了最好的屋子、最红的姑娘、最新的歌舞，小潘子和捧香两个人看得目不暇接，小瑛子却没有要姑娘陪，一心问起当时集贤院的详情。

梁灵瓒越说越发现小瑛子所知不少，比如她揍的那几个人，她有些还叫不上名字，小瑛子却清楚得很，问她与其说是了解详情，倒不如说是验证他所了解到的情形是否有误。她越说越愁，丢开滤梨浆，开始喝酒。

小瑛子沉吟了半晌，问她："你还想回去吗？"

梁灵瓒苦笑："这还用问吗？"

"若是我有法子让你回去，但所有人都会冷淡你、疏远你，甚至针对你，你怕不怕？"

"怕什么啊！"冷淡、疏远、针对……她见识得还少吗！她一把抓住小瑛子的手，几乎是狂喜，"你当真有法子？！"

她的掌心暖暖的，真像母亲的手。小瑛子一时恍神："我……还没想好……"

第四章·失窃

梁灵瓚顿时懂了："是不是很难办？难办就罢了。"他小小年纪，在宫里只怕都自顾不暇。

"不，不难办。只是我不知道，这是帮你，还是害你……"

"你傻啊小瑛子，只要能回集贤院，我做什么都愿意！别说只是有人看不懂我，就是有人要我脑袋，我也肯的！"

小瑛子从来没看到过这样坚定的信念，这样强烈的向往。他在朝堂上听过无数次"百折不挠""万死不辞"，说话的人慷慨激昂，言语却空洞无比，是到了梁灵瓚面前，他才懂了这两个词。

"好。"他道，"我帮你。"

他向旁边伸出了手："小潘子。"

小潘子被身边的热闹迷了眼，并未像往日那样言到身随，好一会儿才反应过来，连忙从怀里掏出一只信封，上面盖着朱砂印，梁灵瓚仔细一瞧，好像是"东宫率府"四字。

她正想撕开来瞧瞧里面是什么，小瑛子按住她的手："别拆……"

话没说完，就听窗外一阵喧哗，连乐歌之声都压不住，有丫鬟出去了一圈回来，笑道："这可真是稀奇，有人被盖了麻袋，在坊里被揍了一顿！"

这和梁灵瓚的某一个创意不谋而合，她不由问："是谁？"

"就是这个稀奇，是南宫祭酒家的公子！好端端地，也不知道得罪了谁，这一下，满长安都要看他的笑话了。"

"南宫季友，不就是砸了梁公子的那个？"小潘子先是讶然，继而惊喜，"我还说怎么就他没事，原来在这里等着他呢！"

梁灵瓚听这话不大对劲："怎么？其他人有什么事吗？"

"梁公子你还不知道吗？那天跟你动手那几个，我家主子原说要寻寻他们的晦气。结果他们一个个乌云罩顶，不是在宫内犯事，就是在宫外被人寻仇，哪怕是走在路上，好端端也能跌上一跤！"

梁灵瓚不由眨眨眼："老天爷原来是这么明察秋毫、赏罚分明的吗？"

小潘子道："老天爷真要有眼，我家主子也不至于沦落到如今的境地。这是有人在替你出气啊梁公子！"

替她出气？梁灵瓚撑着脑袋寻思，谁呢？是陈玄景吗？只有他知道她想给南宫季友套麻袋，也只有他，无论遇上什么事总是站在她这边……可他不是生她的气了吗？

想了半天，也没想出个名堂，她有点儿苦恼地捞起酒杯，正要喝，手上一空，有人夺走了她的杯子。陈玄景就站在她的面前，手里捏着她的酒杯，眼底深处的情绪晦暗不明。

咦？什么时候来的？梁灵瓒有一种冲动——想去摸一摸这人是不是真的。或者根本就是她喝多了，眼花了？

陈玄景放下杯子，向小瑛子施了一礼，然后绕过几案，伸手揽住梁灵瓒的肩头，下一瞬，梁灵瓒眼前天旋地转，忙不迭抱住他的脖子，已经被他打横抱起来了。

"失礼了。"陈玄景向小瑛子一点头，"告辞。"

他不是还在生气吗？来找她干什么？等等，她的气也没有生完啊，怎么能就这样被带走？那天在宫里，他也是这样把她抱走的吧？梁灵瓒想想就来气："喂——"

"闭嘴。"陈玄景冷冷道，"一喝醉就会胡说八道的人，居然敢在这里灌酒？嫌命长吗？"

"我……我、我既然是胡说八道，就不会有人信啊。"梁灵瓒强词夺理，"你快放我下来，两个大男人抱成这样像什么样子？"

陈玄景看着她，这一刻彻底明白了为什么他一直都没看出她真身的原因——她是完完全全发自内心地当自己是男人。

他没好气地把她扔上马车——说是扔，实际上仍顾及她头上的伤，手托着她的脑袋，留了份力。梁灵瓒却以为他来真的，为免自己真被摔散架，猛然用力抱紧了他的脖颈。陈玄景猝不及防，跌在她身上。

更要命的是——脸对着脸，唇对着唇，四目相对，息息相闻。刹那间，梁灵瓒心跳如雷。冲向心脏的血液变成了洪荒巨流，心脏快要鼓裂，耳边嗡嗡响。

就在这个时候，马车外传来齐刷刷的吸气声。梁灵瓒猛然推开陈玄景，坐起来。

源重叶站在车外，袖子挽到手肘，衣摆扎在腰间，三五个金吾卫跟在他的身后，和他差不多打扮，看样子像是刚和谁动过手。

源重叶算是反应快的，一口气没抽完，立刻回身赶人："走走走，都走，刚才什么也没看见！"然后再回过头来，看着陈玄景，他一脸痛心疾首："玄景，你怎么能做这种事？"

陈玄景没说话。他现在不想说话，一个字也不想。

唇上还沾着她的气息、她的温度、她的柔软……嘴唇这种东西原来有这样奇妙的作用，他要用很大的力气才能克制住自己不再扑上去重温。

"误……误会！完全误会！陈兄是不小心摔在我身上的！"梁灵瓒连忙解释，再看源重叶的模样，蓦地明白了，"揍南宫季友的人是你？！"

"唔。"源重叶胡乱点头，内心受到的冲击太大，瞧着他们，将信将疑，"回家是吧？我也回。"腿一迈就上了车，强行挤到中间，隔开两人。

梁灵瓒揽着源重叶的肩："嘿嘿，谢啦兄弟……"

第四章 失窃

话没说完,手就被拍开。

不是源重叶,而是陈玄景。他靠着车壁坐着,脸陷在一阴影里,看不出脸上的神情。

视线一碰到他,梁灵瓒又一次觉得心脏要给冲爆了。

她开解自己:首先,这完全是个意外;其次,她在天上居看过好几个恩客亲美人的嘴,说明亲嘴这个事情不是什么见不得人的;再者,嘴唇也不过是身体的一部分,碰一碰并不会少一块肉,没什么好稀奇的。

可心不吃这一套。心里面鼓鼓胀胀的,本来塞着的一肚子气全给这奇怪的感觉挤没了。

啊,可恶,明明打算跟他大吵一架,好好把账算清楚的!

源重叶坐在中间,一脸的大义凛然。但心里却有一种非常奇怪的感觉。这两人虽然被他隔开了,他们碰不到对方,连看也没有看对方,可他却觉得有什么无形的东西从两人的发丝衣摆生长出来,宛如春藤抽枝,向着对方纠缠过去,在他的周围织成一道看不见的、密密麻麻的网。情况好像比自己想象的还要严重一些。

他忧思了一路,回到梁宅,在梁灵瓒回房前叫住她:"小瓒。"

梁灵瓒回头,眸子清亮,神情坦荡。源重叶犹豫半晌,还是开不了口。

陈玄景在这时道:"梁灵瓒,明天早起。"

"干什么?"

"有事。"

"什么事?"

"起来就知道了。"陈玄景说着,转身回房,进门前,交代一句,"收拾得齐整些。"然后"砰"的一声关上了门。

"奇奇怪怪。"梁灵瓒做出评论,然后也"砰"的一声关上了门。

源重叶夹在两扇门中间,心里面想,算了,这两人好的时候蜜里调油,翻脸的时候又像是天生的冤家对头,也许马车上那一幕真的是巧合,他想太多了。

他伸了个懒腰,决定好好去睡一觉,明天一早再跟陈玄景好好汇报盖麻袋揍人的详情。

他看不到,在面对面的两扇门内,陈玄景与梁灵瓒背靠在门上,不约而同,指尖碰了碰自己的唇。然后,陈玄景的嘴角慢慢勾起来,笑了。梁灵瓒却皱着眉。她发现不管怎么开解自己,嘴唇这个东西从此以后好像就有点儿不一样了。

它一直以来负责说话和吃饭,本本分分、安安静静、乖乖巧巧。今天破天荒突然干了另一件事,具备了另一项本领,好像就变得了不起了,不停地向她提醒着它的存在。

她沿着门板坐下去,忍不住捂住了自己的脸。

第五章

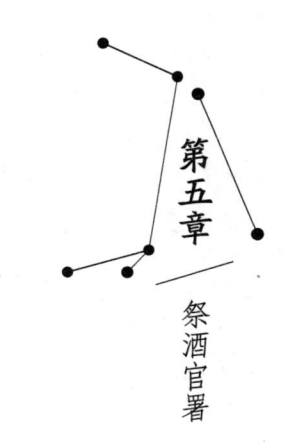

祭酒官署

一

　　第二天去陈家的时候，其实不算早了，太阳已经高高升起，知了已开始叫嚷。

　　梁灵瓒原本就是夜猫子，加之又闹了一晚上失眠，天亮才睡着，没一会儿陈玄景就来敲门了。

　　陈玄景倒是神清气爽，气色好得不得了，让她一看就忍不住有气，正要哐当关上门，陈玄景道："你还想不想重回集贤院？"

　　这是她的死穴。她立刻梳洗，换好了衣裳，火速出门。

　　马车上，陈玄景道："过来。"

　　她脑袋已经习惯性低过去一半，才猛然顿住，贴着属于自己的一边壁角："干……干吗？"

　　陈玄景的声音里有丝笑意："你说干吗？"

　　"我……我自己会整。"梁灵瓒说着，抬手理了理自己的幞头。

　　"左边歪了。"

　　梁灵瓒把幞头往右转了转。

　　"右边歪了。"

梁灵瓒又把幞头往左转了转，还没转好，陈玄景忽然欺近，手扶住了她的幞头。

她全身僵直，背脊贴着车壁，一动也不敢动，大气也不敢出一口。

陈玄景慢条斯理地端正她的幞头，也不知道她的幞头是有多歪，半天也没整理好。

他的袖子轻轻碰到她的衣裳，衣料摩挲，发出轻微的沙沙声，她又听到了自己剧烈的心跳，她努力控制着呼吸，但好像越控制越急促，最后差点儿快要把自己憋死。

"好……好了吗？"她忍不住问。

"还没有。"陈玄景开口，声音里有浓浓的笑意，梁灵瓒讶然抬头，才发现他的笑容灿烂到极点，简直胜过夏日的阳光。

"你……你你……"

一句"你耍我"还在喉咙里，就被陈玄景一句话给堵住："自从上了马车，你每一句话都在口吃。这是为什么？"

"我……我打小就口吃……"

"不，你只有紧张的时候会口吃。"陈玄景好整以暇，手指轻轻滑过她的脸颊，托起她的下巴，声音轻得像蛊惑，"你紧张什么？"

"我、我、我、我不紧张！"

再也没有哪一句有这么色厉内荏了。她紧张，紧张得要死，因为一上马车，昨晚那一幕就清晰地回到了眼前。

陈玄景仰天大笑，松开了她。

梁灵瓒很少看他笑得这样肆意欢畅，忍不住呆了呆。他抬起手指轻轻地弹了弹她的脑门："梁灵瓒，你跟宋其明在一起，可会这样紧张？跟源重叶在一起，可会这样紧张？你有没有想过这是为什么？"

梁灵瓒捂着脑门，开始思索这个千古难题。

然而直到进了陈家大门，这个难题也还没有解开。

事实上，它将困扰梁灵瓒很长一段时间。

二

后来，每当听人说起"深宅大院"四个字，梁令宅就会想起陈家。

从大门走到二门，就花了一炷香的时间。

大长公主，也就是陈老夫人，她的正房大屋就在这深深庭院的最深处。

陈老夫人和梁婆婆差不多年岁，因为养尊处优，保养得宜，看上去不过五十许。笑起来却和婆婆一样慈祥，拉着梁灵瓒的手，问她喜欢吃什么，喜欢玩什么，多大了，说个不休。

梁灵瓒从小跟着婆婆，对于老人家有股天然的亲近感，一五一十有问必答。陈老夫人听说她才十九岁，便点点头道："还小，个头还能长呢，现在还像个孩子，再过两年就像个男子汉了。"

说到个头，梁灵瓒心中一痛，脸上一红。

陈老夫人体贴地把她的脸红视为羞赧，告诉她无数个本朝名人二十岁前都不高二十岁后噌噌长高的事例，又吩咐下去好好置办宴席，在席上不停地劝梁灵瓒多吃。

梁灵瓒哪里要别人劝？何况每一道都是山珍海味，吃了一个横扫千军，陈老夫人笑眯眯："好，好，好，饭量好，将来一定可以长得高。"

饭后，陈老夫人要午睡，梁灵瓒告辞而去，陈玄景将她送上马车，她忍了忍没忍住："你不是说，我跟你出门，就能回集贤院吗？"

陈玄景笑："放心，事情已经办妥了。"

"哈？"梁灵瓒临去时脸上犹挂着一头的雾水，陈玄景目送马车远去，才回来找老夫人，问："老太太可还满意？"

陈老夫人歪在榻上，点点头："嗯，虽稚嫩了些，但心地纯良，是个好孩子。若是真像你所说的那般擅长天文，倒是根好苗子，值得栽培。"

陈玄景大喜："老太太最英明不过。"

官场惯例，前者为后者求得了官身，后者便被视为前者的门生。大长公主出面，梁灵瓒将来便是陈家的门生。

也是因为事关陈家，陈老夫人一定要亲自见梁灵瓒一面。

"其实我从不怀疑你的眼光，我想见她一面，只是想知道她是哪点好，值得你这样为她上心。"老夫人说着，感慨地拍了拍陈玄景的手，"你这孩子自幼性子清冷，可是今天这顿饭，她是从头吃到尾，你却是从头看到尾，脸上的笑一直没有断过，可见她是真得你的心。"

陈玄景低声道："在认得她之前，孙儿确实从来没有这样快活过。"

陈老夫笑道："那这个忙我帮定了。"

以祖母的效率，估计两三天事情就能办成了。陈玄景这样想着，回了集贤院。

他身前的桌案空着，笔悬在架上，砚台卧在案上，静等主人归来。

从前那些个晨昏，只要一抬头，就能看见她坐在席上，奋笔疾书。青绿官袍束在腰带里，坐姿不算端正，脑袋总是半歪。有时也想提醒她，但这念头太微弱了，脑海全被这个身影占满。

端不端正又如何，歪不歪又如何？她是梁灵瓒，她就在他跟前，一抬眼就可以看到，足够了。

这些日子，虽然也恨她恼她，但每每抬头不见她的身影，总觉得心里空下去一块。

好在，她很快便可以回来了。想到此，陈玄景微微含笑。

"哈，陈兄，我回来啦！"他的耳边仿佛已经可以听到她兴奋的声音。

等等，一角青绿官服闯入他的视野，他愕然抬头，就见梁灵瓒站在他的面前，笑得眉眼弯弯，像往常一样，没骨头似的顺势往他的桌案上一趴："哇，你真是神机妙算！我跟你回了趟家，回来的时候，捧香就把小瑛子给我的信带给我了！你猜怎么着？我现在是东宫率府兵曹参军啦！正七品官身！"

那只朱砂封缄的信封里，装的是太子的亲笔荐书，盖的是东宫宝玺，举荐正七品东宫率府兵曹参军梁灵瓒入集贤院。

梁灵瓒带着它找到郭公公，郭公公利落地给她重开了文书。她开心得简直不知如何是好，一路强忍，才没有仰天欢呼。

陈玄景吃惊："你……用了东宫的荐书？取了东宫的官身？"

"哈哈哈，你是不是也吓了一跳？我自己都不敢相信，是想着死马当活马医，才拿着它入宫一试的！"

陈玄景恨不得将她的脑袋拧下来："我告诉过你多少遍，离东宫远一些，远一些！你竟全没往心里去！用了东宫的荐书，你就是东宫的人了，你可知道，将来你在官场上就是举步维艰！你——"

——你为什么不能等我一下？这句话就要冲出口，他生生止住。

他太贪婪了。他想将官身送到她的手里，亲口告诉她，她可以重回集贤院。他想亲手制造她灿烂的笑容，点亮她眸中的神采，所以他什么也没说。

"我知道。但是不要紧，只要能回来，怎么样我都愿意。"梁灵瓒认真地道，"太子他帮了我大忙，将来要是能为他做点儿什么，我绝无二话。"

这就是最可怕的地方。如果她是背信弃义的小人，肯过河拆桥，还能扭转局面，可她不是。她就是这样的蠢货，认定的事情绝不回头。

陈玄景真想将这人揉碎了捏烂了请女娲重新再造，可最终也只能是无奈地在她脑门弹了一指甲："你啊你，可知道这会是多大的麻烦……"

梁灵瓒不知道。梁灵瓒只知道，她重回集贤院，重新回到了师父身边。这就是最重要的。

第五章·祭酒官署

她揉了揉脑门，虽然无话，却还是趴在陈玄景的案上没有回身，陈玄景看她一眼："还有什么事？"

"那个……"梁灵瓒有点儿支吾，"对不起。"

陈玄景已经做好准备再接受一个噩耗，不料从她嘴里冒出来的却是这个，不由一愣。

"其实我明白，你那日带我走，是为我好，我……我就是心里又难过又生气，也不知道怎么搞的，就把气撒你头上了……"梁灵瓒越说声音越低。

"哦，现在你不难过也不生气了，所以就想起自己的不是了？"陈玄景声音淡淡的，但眼睛出卖了他，浅浅的笑意在眼睛里涌动，眸子温润极了，"口说无凭，要赔礼道歉总得有点儿诚意。"

梁灵瓒一下子看懂了，笑嘻嘻："那你说，要什么？"

陈玄景想了想："荷花都开了吧？"

"好的，我晚上就做荷花糕！"

看着她盈盈的笑脸，陈玄景忍不住道："梁灵瓒，你可知道你为什么会冲我发脾气？"

梁灵瓒顿时有些惭愧："我下次再也不这样了……"

"不，再有下次、下下次，也无妨。"笑意再也止不住的扩散，陈玄意柔声道，"因为人们最常发脾气的那个人，往往是最亲近的人。"

梁灵瓒深深思索了一下，发现果然如此，她对源重叶绝不会如此发脾气，对宋其明会发脾气但也有所克制，只有对陈玄景，那一瞬间的情绪是全无保留的。

她恍然大悟，重重在他肩上一拍："原来我最好的朋友是你！"

梁灵瓒喜滋滋地转过身去，陈玄景对着她的背影，提笔在空气中描了两个字——蠢货。

三

梁灵瓒这回不再轻忽冒进，她已经知道吵架和打架是没有用的，只有找出失窃的原因，才能洗去师父的污名。

她和大相、元太约在后殿相见。这里是去年梁灵瓒和小瑛子相遇的地方，据说从郭公公来了之后，太子便很少来集贤院了，这后殿于是彻底冷清下来，非常适合密谈。

"你们点过资料之后，就放进了柜子？"梁灵瓒问。

"嗯嗯，"大相答，"还上了锁。"

"钥匙在谁手里？"

大相从衣领里拉出一根细麻绳，绳子上拴着钥匙。

"没离过身？"

大相道："洗澡都戴着！"

也就是说，头一天资料被完整地收进柜子，锁好之后，到第二天开柜子，钥匙都在大相手上，没有第二个人碰过。

"别人有没有钥匙？"

"没有。"元太道，"郭公公再三交代的，这钥匙就一把，要我们千万别弄丢了。"

"这还真是奇怪了……"梁灵瓒皱着眉毛，摸着下巴，"难道世上真有什么奇怪的东西不成？"

元太的身子一抖："其实我和大相趁师父不在，偷偷做过一场法事……"

"然后呢？"

"没有用呀，第二天还是接着丢！我想着，可能这个东西着实是太厉害了，也许要师父亲自出马才行。"

大相敲了他一记脑袋："你什么时候见师父做过法事？"

三个人蹲在地上发愁，忽然，门被轻轻叩响，不紧不慢的三下。

大相、元太顿时一惊，梁灵瓒道："别怕，是陈玄景。"她听得出他的叩门声。

果然是陈玄景，他见梁灵瓒离开位置大半日，便寻了过来。大相、元太对他那日仗义出手抱走梁灵瓒的事甚为感激，这会儿见了他都精神一振，问陈玄景有没有什么法子。

陈玄景想的却是另外一件事："资料无端失窃，如此异样，为什么一行大师却不闻不问，任其发生？"

元太道："陈公子，你不知道我师父。我师父六根清净，什么事都不会放在心上的，别说丢了几份资料，便是集贤院被人一把火烧了，我师父眼睛也不会眨一下。"

陈玄景道："若是没有隐情，我们追查下去便无妨了。"

梁灵瓒一听他说出"我们"两个字，就知道这事有望了，一脸期待地看着他："怎么查？"

四

这天，"陈大人"和"梁大人"离开集贤院的时候，已是华灯初上，差点儿被宵禁拦在了路上。

"梁大人"因为前些天受了伤，是由"陈大人"半扶半抱着带出宫的。守门的金吾卫隐约觉得两位大人的身形好像和平时略有不同，但一来暮色渐浓，二来"陈大人"一迭声地嚷着要快点儿送"梁大人"回去敷药，便没有多问。

大相和元太原本打算出演这两位大人，奈何两个人一般的高高胖胖，实在不能蒙混过关，便找源重叶假扮成陈玄景，再找了个小内侍扮成梁灵瓒，出了宫门。

真正的陈玄景与梁灵瓒则成了巡逻的金吾卫和打扫的小内侍，悄悄溜进了集贤院。

晚上的集贤院空无一人，两人躲在一行大师的书案下，静待那莫测的奇怪"东西"出现。

夜色静谧，金吾卫巡逻时整齐的脚步声每隔一阵便会由远及近传来，然后又走远。时间相当规律，大约两炷香一次。

"守卫这么严密，什么样的人能进得来？飞檐走壁的高手？"梁灵瓒脖子上挂了一串佛珠，那是元太强行给她戴上的，以免她和某些不干净的东西正面冲撞，发生危险。四下里太安静，她不由压低了嗓音，"陈兄，你说这世上真有鬼神吗？"

"有。"陈玄景声音清朗，"就在人心中。"

"就是信则有，不信则无咯？"

"不，是人心之善与恶，远胜于神与鬼。"

窗外有淡淡的星光，将他的脸照出模糊的轮廓，他的声音轻而淡，仿佛一声叹息。

梁灵瓒不是太明白，正想问问时，楼下忽然传来响动。

这响动还不小。开门声、脚步声、说话声……不一而足，其间还有搬动桌椅的声响、流水的声响，整个集贤院顿时变得热闹起来。梁灵瓒讶然，这……这是闹鬼了吗？

不过很快，一个尖细的嗓音隐约传来："都给我仔细着些！那些文书莫要碰，留心砚台里的墨汁，可别洒了出来！"

是郭公公，他正趁着诸位大人不在，领着小内侍做洒扫。

两人忘了还有这一茬，听到脚步声往楼上走，一团光晕从门缝里洒进来。

只要内侍进来一抹桌子，就一定能看见他俩。

梁灵瓒着急四顾，陈玄景拉起她的手，钻进了隔壁小间。

朦胧星光下，未完成的游仪静静伫立，将梁灵瓒的目光深深吸引过去。她立刻注意到它缺了阳经双环、天顶单环以及玉衡望筒，随后她在四周搁架上找到了它们，它们分别有好几种大小与构造，一同躺在搁架上的还有游仪中的其他部件，整整齐齐，像一道未解的谜题，等待着有人找出最正确的方式为它们找到最合适的位置。

陈玄景拉着梁灵瓒藏在搁架后，这是一行大师组装游仪的地方。整个将作局供一行大师差遣，按照图纸做出部件，大小与细节分毫不差，稍有损耗便有可能衔接不上，因此平时都是一行大师亲自领着大相与元太打理，很少有人进来。

外间的房门"吱呀"一声打开，两个小内侍进来，一个提着灯笼，一个拎着水桶，两人肩头都搭着抹布，将外间仔细打扫了一遍。

梁灵瓒的心扑通扑通乱跳，搁架不能阻挡视线，也不能阻挡身形，只要他们举着灯笼往里一照，他们立刻便无所遁形。

但两个小内侍一眼也没有多看，打扫完了便往外退，走到门口的时候齐齐弯腰行礼："公公。"

郭公公负着手踱了进来："打扫好了？"

"是。"

"这可是一行大师的屋子，你们可得仔细打扫才行。"

"回公公，小的们无不尽心。"

郭公公点点头："行，你们做事小心，回头自然有赏，但若是哪一外收拾得不干净，那是一定要挨板子的。去吧，把灯笼留给我，待我查验查验。"

两个小内侍满脸堆笑，一个道："公公真是尽心尽责。"另一个道："那是，要不然娘娘也不会特地把公公派过来。"好一番恭维，才退了开去，下楼了。

郭公公办事确实是以认真出名。别说是这三楼，便是楼下左右偏殿，在他的打理下，那也是窗明几净，纤尘不染。此时郭公公伸出手，抚过桌面，看了看有无灰尘，再将案上的书册理得更整齐一些。

梁灵瓒只盼他早点儿检查好，然后早点儿走开。然而郭公公偏偏无比细心，检查完了书案，又来到了柜子前，连柜子上的锁也不放过。

他弯腰在锁前看了半晌。

然后从袖中掏出一物，仔细地插进了锁孔。

灯笼的光芒映过去，在那东西上面投出一小片反射出来的亮光，梁灵瓒看得清楚分明——那是一把黄铜钥匙！

——"郭公公再三交代的，这钥匙就一把，要我们千万别弄丢了。"

元太的声音还响在耳畔，柜子上的锁却已经发出"咔嗒"一声，开了。

梁灵瓒的热血直往上涌，脑子一热，就要冲出去，被陈玄景死死按住。

外间，郭公公打开了柜子，再关上柜门时，他手上已经多了几份文书，折了折，塞进怀里，然后重新锁上柜门。

梁灵瓒死死盯着他的每一个动作，每一个神经都想在他出门前拦下他，可身体却动弹不了，陈玄景紧紧地按住了她。到了这一刻她才知道两人力气的悬殊，她在他的禁锢里连动一下指头的可能都没有。

郭公公提着灯笼，随手带上了房门，施施然下楼，好一会儿，才领着打扫完毕的内侍们离开。

陈玄景这才松开了梁灵瓒，梁灵瓒冲到柜子前，郭公公办事果然小心谨慎，这把锁连歪斜的角度都和元太留下的一模一样。

难怪能轻易避开金吾卫的防守巡逻，难怪能透过这锁得好好的柜子拿走数据，难怪万无一失的东西会失窃……一切想不通的地方都有了答案。

什么不翼而飞，原来根本就是有内贼！

"为什么要拦着我？为什么不把他拿下？！"梁灵瓒的心头像是被怒火炙烤，"人证物证俱在，为什么要放他走？"

陈玄景侧耳细听外面的动静，顿了顿，道："现在可以下去了。"

那家伙完全可以把东西撕了、烧了，甚至吞了！罪证一旦毁灭，他们再下去还有什么用？！梁灵瓒气得直想挠陈玄景一顿，陈玄景轻轻道："论脑子，你还是差了点儿。"

他转身下楼，梁灵瓒只得跟上，他的脚步虽快，却不失从容，走到集贤院门外，远远可以看见小内侍排成两条长队，跟着郭公公刚拐过一道弯。

他跟了上去，保持着不远不近的距离，在第二个分岔口的地方，郭公公一个人拎着灯笼走向了另一条甬道。

梁灵瓒跟到了这里，忽然明白过来。"你这是引蛇出洞？"她压低声音问，"你怀疑他有同谋？"

"他若只是想使坏，偷完东西之后完全可以烧了，用不着藏起来。而且，他一个内侍，偷这些东西干什么用？这么做有什么好处？"

"莫不是武惠妃让他这么做的？"梁灵瓒对那个高高在上的艳丽妇人心有余悸。

"若是武惠妃主使，他现在应该回丽景殿复命了。可你看这路……"他说到这里顿住了。

梁灵瓒也很快发现了，这是出宫的路。再往前一点儿，就是那一座令梁灵瓒记忆深刻的宫门了。

那个夏季的记忆瞬间在脑海复苏，这段路他们一起走过，后来他把灯笼交给她，然后将她背了起来……记忆很遥远，有点儿分不清是梦是真；记忆又很亲近，仿佛昨天才发生。这一瞬梁灵瓒走神了。

郭公公掏出宫牌，守门的金吾卫验过，放行。

梁灵瓒走到门边才回过神，连忙提醒自己不要想东想西，办好眼下正事要紧。她跟着陈玄景如法炮制，一路跟着郭公公。

越跟梁灵瓒越是疑惑，郭公公七拐八拐，路线却越来越眼熟。

最终，郭公公叩开了一扇大门。进门后，大门转即合上。

梁灵瓒追上前，不敢相信地仰起头，看着那扇大门的门楣上刻着三个熟悉的大字：国子监。

梁灵瓒和陈玄景互相看了一眼，都在彼此的眼底看到了同样的震惊。

"怎么办？"

别的地方都好用宫牌混进去，独独国子监不行。他们两个，一个是国子监里的天之骄子，一个是静室里的常住宾客，卫军一开门就认得出他们，这身行头根本蒙混不过去。

他们也没时间去换身衣裳重新来，国子监里门户无数，郭公公一旦进了某扇门，他们就很难再找到了。

梁灵瓒心跳加速，手心紧张得出冷汗，在衣服上蹭了蹭，忽地，碰到了衣袍下一块硬硬的东西。她眼睛一亮，一把把那东西掏了出来。是一块温润无瑕的团龙玉佩。

陈玄景变色："你怎么还留着它？"

当初事了之后，他把玉佩还给她，要她务必还回去。

"我原本是要还的，但小瑛子不收。"确切地说，小瑛子见她要还玉佩，脸上首先掠过的是一阵失落，然后是一缕哀伤："……这是我第一次送别人礼物……唉，也罢，它给你惹麻烦了吧？"

此言一入耳，梁灵瓒连忙拍胸脯道："不麻烦，一点儿也不麻烦！多亏了它我才能参加太学会考，它帮了我大忙呢！"

小瑛子苍白的脸上方露出一抹笑容："若如此，可太好了。那你收住它可好？只要不给别人瞧见，就不会有麻烦的。"

于是玉佩便给梁灵瓒收了起来。梁灵瓒入集贤院当官后，捧香给梁灵瓒做了好几身体面衣裳，又给她配各种腰带、幞头、荷包、扳指、玉佩、扇坠，总之宫里那些大人们有的，梁灵瓒也务必要有，绝对不能让梁灵瓒丢面子。

捧香在宋家待过，眼光着实不坏，一眼就看中这块玉佩，觉得成色胜过旁的许多，因此便常常同衣裳一起抱过来放在梁灵瓒床边，给梁灵瓒第二天穿。梁灵瓒一来不愿拂捧香好意，二来也很感念小瑛子待自己的情分，就日常贴身带着，不过都是系在衣裳底下，连陈玄景都没瞧见过。

第五章·祭酒官署

陈玄景皱眉："这不是寻常物件，梁灵瓒，不能用它——"

"不用就来不及了。"梁灵瓒一咬牙，叩响国子监门环，在大门缓缓打开的那一刻，向他道，"我受过太子的恩，就已经是太子的人。这一点，又何必撇清，何必否认？"

开启的大门内涌出灯笼的光芒，这光芒照在梁灵瓒的脸上，仿佛给她镀上了一层金漆。

陈玄景恨极了她这点固执，可又无比清晰地知道，这便是梁灵瓒，这才是梁灵瓒。

五

卫军果然认出了两人，对于两人这一身打扮很是起疑，但在那块玉佩面前，不管是什么疑惑都吞了下去，卫军恭敬地让开。

梁灵瓒急忙问："之前有位公公往哪里去了？"

卫军指了指方向："由东边那条路去了。"

东边通往博士厅、绳愆厅和祭酒官署。

梁灵瓒就要往那条路上冲，陈玄景一把拉住她，向卫军道："诸位赶快召集人手。那位公公盗窃宫中财物，赃物就在身上，我奉大哥之命前来缉拿。诸位若是能助一臂之力，在下必有重谢。"

守门卫军之前的些许疑虑顿时消失无踪，心想原来如此！大功在前，连忙召集附近人手，跟着两人一路悄悄往前。

梁灵瓒不知道这紧要关头陈玄景为什么要招人手，但现在她已经知道，陈玄景这样做必然有他的道理，她一时不明白又何妨？反正到后面就明白了。只是怕追丢了郭公公，心中急得火烧火燎，好容易一拐弯，前方灯笼隐隐一闪，消失在一扇门后。

那是……祭酒官署。

梁灵瓒再一次愣住。怎么会是祭酒官署？

南宫祭酒的官声之佳，誉满两京。就拿上次的事来说，梁灵瓒被赶出集贤院之后，一行大师没有惩治南宫季友，南宫祭酒却斥责南宫季友出手伤人，让南宫季友在庭中跪够了两个时辰，还要在南宫季友头上也来一花瓶，让南宫季友尝尝被砸得头破血流是什么滋味，众人齐齐劝解求情，南宫祭酒才勉强按下怒火。

后来南宫季友在平康坊被揍了一顿，南宫祭酒也只是教训南宫季友不该去平康坊那种地方，不得惹是生非。

这样一个人，怎么可能和郭公公有关？怎么可能和集贤院资料失窃之事有关？

"各位，封住前后门路窗户，不得让任何人出入。再来一队人，随我们入内。"陈玄景调兵布将，声音冷静清晰，"这贼子意图栽赃南宫祭酒。"

南宫平清正廉明，克己奉公，在国子监上下深得人心。卫军们顿时生出一股严惩贼子报效祭酒大人的热血，迅速将官署团团围住。

个中有几个机灵的，还怕人手不够，打着手势将巡逻中的兄弟们招了过来。一时，官署前前后后被围得水泄不通。

梁灵瓒站在大门前，手按在门环上，一时不敢发力，手微微发颤。

"别怕。"陈玄景低声道，"不论事实如何，我都会在你身边。"

梁灵瓒望向他，这一刻，真的无比感激他在。无论什么时候都在。

她的手一用力，铜环叩在门板上，"当"的一声，划破长夜的寂静。

过了好一会儿，里面才有人来应门。南宫幸珠提着灯笼，身上披着外裳，待看清了门外是陈玄景时，蓦然"呀"了一声，脸上发红，窘迫地紧了紧衣裳，很努力才保持住了一贯的文雅气质："诸位深夜造访，有什么事吗？"

"幸珠姑娘有没有看到人进来？有个——"

"有人偷盗宫中之物，潜入祭酒大人的官署。"陈玄景截住梁灵瓒的话头，"请姑娘恕罪，为了祭酒大人的清誉，让我等进去搜上一搜。"

南宫幸珠愣了一下："这……并没有外人进来……"

"南宫姑娘，真有的！那贼子提着宫牌，我等只好放他进来，还是陈公子赶来告知，我们才知道他不怀好意！"那卫军道，"大伙儿亲眼看见他进了这屋子，快让我们进去把他逮出来吧，他藏在里头还不知道要干出些什么事呢！万一伤了祭酒大人可怎么办？"

南宫幸珠迟疑："可义父刚刚歇下……"

"事情紧急，在下得罪了。"陈玄景推开了门，南宫幸珠一时不防，险险摔倒。梁灵瓒连忙扶住她。这一扶才发现她手心满是冷汗，看来吓得不轻，忙安慰道："不要怕，我们这么多人，一定会没事的！"

卫军们一拥而入，过了前衙正堂，穿过一间小小天井，便是后院内室了。就在这时，里面传出一声咳嗽："深更半夜，何事喧哗？"

是南宫平。

那卫军有心抢功，连忙把话又说了一遍，最后道："属下们生怕祭酒大人有意外，心急如焚，这才闯了进来，还望祭酒大人不要怪罪。"

南宫平在里面沉吟半晌："门窗你们都守住了？"

第五章·祭酒官署

"守住了!"那卫军信心满满,"保管连只苍蝇也飞不出去!"

屋子里静了片刻,接着点亮了灯烛,南宫平走了出来,梁灵瓒道:"祭酒大人,您不也在为集贤院资料失窃一事日夜悬心吗?这贼子不是别人,就是集贤院的郭公公,偷的不是别的,正是集贤院的资料!"

"竟有此事?"南宫平吃了一惊,"他偷了资料,为何会到这里来?"

"他这是要嫁祸给您呐!"那卫军一脸担忧,"祭酒大人,让我们进去搜一搜吧!这么多双眼睛都看到他进了这里,前前后后都围得水泄不通,他插翅也难飞了,不尽快将人搜出来,只怕要对大人不利!"

南宫平皱眉道:"此事关系重大,你们莫要惊动旁人,暂且先退下,我自会处置。"

"万万不可!"陈玄景上前一步,"国子监上下岂是这等无情无义之徒,绝不会眼看着大人以身犯险!"

众卫军也齐声道:"我等绝不能让大人以身犯险!"这帮三大五粗的汉子,齐声一喝,声振屋宇,该惊动的不该惊动的都惊动了。

号舍里的生徒们精力无限,好奇心又重,又发现舍外没有卫军守着,都呼朋唤友地循声而来,不一时就将祭酒官署围得里三层外三层,并且从守门的卫军嘴里把事情打听得差不多,一个个血气方刚,义愤填膺,纷纷去抄家伙,口里嚷道:"反了天了!竟敢跑到国子监来栽赃嫁祸!好胆别走!咱们一人一脚也能把那阉狗踩成肉泥!"

卫军们死命抵挡,才没让他们进门,但声势已经越来越大,连更远一点儿的书学馆、算学馆与律学馆都一盏盏亮起了灯。

南宫平听着外面的动静,眉头皱得越发紧了,他将陈玄景与梁灵瓒唤进屋内,道:"你们可知道,失窃之事这样久了,一行大师为何一直不曾处置?就是因为宫中各方关系错综复杂,牵一发而动全身,所以大师不想把事情闹大,你们两个却是一意孤行,当真是胆大包天!"

梁灵瓒抬头,目光笔直:"大人您是怕丽景殿的武惠妃吗?"

"胡说!"南宫平厉声道,"我和一行大师所想的,岂是你们这些小辈能领会的?不管是武惠妃还是旁人,一旦牵扯到宫廷争斗,这新历能不能做得下去就两说了!"

最后一句话,语气不可谓不严厉,后果不可谓不严重,但梁灵瓒眸子朗朗,一丝也没有退让:"学生冒失,不管大人如何责罚,学生甘愿领受。可今天晚上不抓到姓郭的,抓不到他的同谋,我绝不会离开一步。"

南宫平震了震:"你说什么?什么同谋?"

"嫁祸之辞，只不过是学生为了调度卫军而想出来的权宜之计。郭公公来这里显然不可能是嫁祸，若是嫁祸，他犯不着亲自来。"陈玄景的目光和梁灵瓒如出一辙，一样的冰雪夺目，他一字一字道，"祭酒大人，他有同谋，而且他的同谋就在这间官署里。"

南宫平的脸色猛然大变，重重一拍案："这孽畜！"

他急步出了房门，穿过走廊，停在一间房门前，一脚将房门踹开。南宫季友的声音从里面传出来："父亲……"

南宫平一声断喝："给我搜！"

卫军们提着灯笼一拥而入，翻箱倒柜，四处寻找。南宫季友一脸惊惶："父亲，父亲，这是做什么？"

南宫平咬牙道："你做的好事，还有脸问我做什么！你给我闭嘴！再多说一个字，等着你的就是天牢！"

明明夜已深，南宫季友的衣裳却穿得妥妥帖帖，半点也没有被人自床上惊醒的样子，脸上的青肿未消，在灯光下看起来有几分可怖，他死死地瞪着梁灵瓒与陈玄景："是你们……你们又——"

"找到了！在这里！"卫军一声欢呼，从床幔后扯下一个人来，四十五岁年纪，白白胖胖，不是郭公公是谁？

卫军们将他押到南宫平面前，梁灵瓒动作极快，瞅准了郭公公藏资料的位置，伸手就掏了出来，果然是历法测算资料，就是今日送上去的一部分！

她狠狠瞪了郭公公一眼，将资料递给南宫平："大人，您看！"

南宫平接过来，脸色难看到极点，抬手就给了南宫季友一记耳光："孽畜！谁给你的胆子？！"

南宫季友捂着脸，跪下来抱着南宫平的腿，声音里全是惊慌："父亲……您想干什么，父亲？"

南宫平面冷如冰："来人啊，将这两人给我捆起来！"

"南宫大人，我这是为谁办事，你可是清清楚楚啊，你可不能这样对我，不能这样对我……"

"你为谁办事，我自然看得清清楚楚。便是告到陛下面前，我也不怕！"南宫平怒道，"给我将他的嘴堵上！还有这不争气的东西，一同给我堵上！"

郭公公和南宫季友拼命挣扎，但哪里是卫军们的对手？很快便被堵上嘴，五花大绑，押了下去。

第五章·祭酒官署

南宫平站在房中，闭上了眼睛。这一瞬间，他仿佛老去了十岁。

但所有人望向他的目光，都充满了发自内心的敬佩。

这便是南宫祭酒，誉满两京的南宫平。

六

"祭酒大人当真了不起……"梁灵瓒喃喃道，"南宫季友是他唯一的儿子，他也能做到半点儿不徇私……"

陈玄景走在她身边，没有出声。

梁灵瓒拿手肘顶了顶他："怎么不说话？"

"我在想，若是有一天，你和南宫季友易地而处，而我和南宫大人易地而处，我会怎么做……"

梁灵瓒脑子转了几转才明白他在说什么，倒也有些好奇："怎么做？"

"一、在把我们叫进屋子的第一时间，南宫大人就杀了我们，然后伪装伤痕，说我们不知道受了谁的蛊惑，竟然要杀他，他迫不得已自卫；二、在闯进南宫季友屋中时，用言语提醒藏在暗处的郭公公毁去证据，然后郭公公嗜棋，总是约南宫季友下棋，这并不是什么秘密。而只要没有证据，我们就算有一百个理由，也不能带走郭公公；三、现在趁着夜深，把他们两人放了，明天对外只说两人逃了。卫军全都对他死心塌地，在这国子监地界，他只要豁得出去，做什么不行？"

"……你，想得真多……"梁灵瓒瞠目结舌，"可你有没有想过，无论哪一个法子，你都会犯下大错，后患无穷呀。"

"自然想过。"夏夜的晚风清凉极了，远远送来荷花的香气，陈玄景道，"但想来想去，我都愿意。"这四个字轻得像一声叹息，落在梁灵瓒心上却像是一记重锤，心中悠悠地一荡。

陈玄景走出几步才发现她没跟上来，回身，就见她站在原地，一双眼睛莹莹亮。

卫军们从官署退出，南宫幸珠在内安慰南宫祭酒，听说了消息的周司丞急步而来……官署内人来人往，但每个人好像都快成了一道幻影，他们好像另隔出一个奇妙世界，两两相望，仿佛可以一直这么望下去。

"小瓒！小瓒！哎，陈玄景！陈玄景！"门外聒噪的声音传来，梁灵瓒率先回神，就看见宋其明在人群里跳起来向两人招手，"快出来啊！里面怎么样了？"

七

皇城已经落钥，两人是出不去了，只好在宋其明的屋子里凑合一晚。

源重叶离开前将自己的消夜套装留给了宋其明，三人就在灯烛下喝了两盏小酒，梁灵瓒极有说书的天分，语气抑扬顿挫，叙事环环入扣，宋其明听得半天合不拢嘴。

梁灵瓒把事情从头到尾讲了一遍，倒想起一件事来："你说，南宫季友为什么要这么做？制新历他和南宫大人都有分啊。耽误新历难道不也是在耽误他自己吗？"

"笨！"宋其明道，"为了《九执历》啊！新历要是早制出来，哪有他爹的《九执历》什么事？"说完才发现自己语气不恭，连忙改口，"总之，祭酒大人是好的，南宫季友这小子一定是巴望祭酒大人荣升，他好跟着沾光，所以出此下策。"

梁灵瓒微怔："所以，祭酒大人捆了南宫季友，不单是捆了自己儿子，还……断送了自己的前程吗？"

宋其明想了想道："说断送也不对，毕竟将来新历出来，功劳也有祭酒大人一分子。只不过主持新历的是一行大师，他怎么着也得排在一行大师后面，再加瞿昙大人，还有集贤院上上下下，这么分一分，哪比得上独自一人撰修出来的功劳大呢？我听祖父说，《九执历》一颁行，陛下就有意升祭酒大人为集贤院副知院，吏部已经在做准备了，只等圣旨下来呢……"

他们三个都走了，宋其明一个人留在国子监，他人缘不坏，同谁都聊得来，但若论交情，旁人到底比不上梁灵瓒。现在梁灵瓒回来，宋其明越聊越兴奋，大有通宵达旦之势，陈玄景"嗒"的一声搁下杯子，道："很晚了，明天还要忙，早些睡吧。"

"……好吧，"宋其明只得停下来，"姓陈的，你睡榻上，小瓒，咱俩睡……"

一个"床"字还在喉咙里，就见陈玄景猛然抬眼，冷冷道："梁灵瓒睡床，我睡榻，你睡地上。"

"为什么啊？"这可是他的屋啊，为什么他要睡地上？"我不介意和小瓒挤一床啊……"

话没说完，陈玄景已经站了起来，眸光直逼刀光："我介意。"

"你……"宋其明很想据理力争，但陈玄景的眼神太可怕了，让他恍然有种被长刀逼在脖子上的错觉。忽地，他迟钝地想起了，当梁宅还是陈宅的时候，好像也有过一次相当复杂的分床事件。

"好啦，"梁灵瓒道，"小明睡床，陈兄睡榻，我睡地上。"

"不行！"陈玄景和宋其明一起道。

"有什么不行的？我连静室都睡过，这里可比静室强多了，天又热，地上正好凉快……陈兄你别欺负小明，这是小明的屋子，我们怎么能抢主人的床？"梁灵瓒一面说，一面已经找好地方准备躺下了。

宋其明感动，果然还是小瓒讲道理！然而下一瞬，他就呆住了。

陈玄景一弯腰，将躺到一半的梁灵瓒打横抱了起来，越过屏风，直接扔上床，然后转身出来，吹熄了灯，在书案前坐下。

这、这、这……宋其明努力分析，再将脑袋探过屏风和梁灵瓒惊异相望：这是让他宋其明睡榻上，而他陈玄景准备枯坐一晚？什么毛病啊！

不过呢，既然小瓒不用睡地上，自己也不用睡地上，姓陈的想睡哪儿就睡哪儿，管他呢。

宋其明怡然地上榻，舒舒服服地躺下睡了，不一会儿就见周公去了。

屏风外，陈玄景如老僧入定，纹丝不动。屏风内，躺在床上的梁灵瓒却是翻来覆去，没个消停。

"想什么？"陈玄景忽然开口。

"你没睡着啊？"

"问你想什么？有事吗？"

"也没什么……"梁灵瓒叹了口气，"我就是想来想去，也不知道该怎么救你……可能只有拉着你一起跑路吧。"

陈玄景这才知道她在说什么，寂静无边，黑暗无边，有什么东西涌上来，庞大又深沉，淹没他的心。

"好主意。"他低声道。声音里带着掩不住的笑意。

梁灵瓒直接把这笑意当成了对她的笑话。这主意确实挺蠢，所以被笑话也没办法了。她又在床上翻了一阵，问："你坐着睡不着吧？要不要上床来？"

"我不能。"他的声音依然低低的，只是这次不是笑意，而是另有一些她说不上来的东西，有些低哑。

"怎么不能了？"

"我不知道自己会做出什么事来。"

梁灵瓒懂了："没事，我睡相也糟糕得很，咱俩还不知道谁踹谁呢。"

陈玄景没说话了，在黑暗中坐直了身体，头微微扬起来，靠在椅背上——

笨蛋。才不是这个。

第六章

游仪木样

一

　　梁灵瓒做了个美梦，梦见师父烤了山一样多的芋头，笑眯眯地夸她铲除内奸，立下大功一件，要她重新拜师，他再收她为徒。

　　她在芋头堆里高兴得直打滚，醒来脸上都是笑的。

　　梦自然不能当真。但她既然为师父解决了这个大麻烦，师父想必会很高兴，师父一高兴，她就多了一分指望。

　　天刚蒙蒙亮，宋其明还在呼呼大睡，陈玄景睁开眼便看到她眉眼全是笑，她悄悄道："走，我们去提人。"

　　郭公公和南宫季友昨晚被关在静室，但当两人赶到，静室里却空无一人。卫军道："天还没亮，祭酒大人便将人带走了。"

　　梁灵瓒愣了一下，不由想起了陈玄景昨天说的第三条。

　　"我们走吧，小叶子应该已经在等我们了。"陈玄景说着，拉着她离开，梁灵瓒一路有些迟疑："祭酒大人是不是……"

　　"人总有私情，南宫季友是他唯一的儿子，他这么做，无可厚非。"

"……也对。"梁灵瓒想了想,"反正揪出了郭公公,只要他不在,资料就不会再失窃,这下再没什么能耽搁新历了。"

陈玄景思吟了一下:"我总觉得,一行大师好像是故意拖延……"

梁灵瓒讶异:"怎么会!"

"李淳风大人那座黄道游仪虽然年久日深,但若是开模再铸,锈蚀与失灵等问题便不存在了,即便缺失了赤道观测环,也可以在原游仪上改进。一行大师却选择了从头再来,另外设计新的游仪……费工费时不说,制历不就全耽搁下来了吗?还有资料失窃之事,瞿昙大人不知提过多少次,一行大师都当没听见。"陈玄景说着,轻轻叹了口气,"我一向自诩能猜透别人的心思,可这位大师的心思我却是一回也没有猜中过。"

当年在宋家如此,现在在宫中还是如此。

梁灵瓒也皱起了眉毛:"师父虽说并不乐意进京,但既然来了,一定是想尽心尽力将新历制成,绝不会无故推诿……"

两人一路聊,一路进了宫城,源重叶果然已经在宫门口等着两人了,老远就道:"哎哟喂,人都跪到紫宸殿门口去啦,你们这会儿才来!"

梁灵瓒一愣:"谁跪到紫宸殿门口?"

"南宫祭酒啊!"源重叶道,"他带着南宫季友,跪在殿门口请罪,说自己教子无方,无颜再担任国子监祭酒一职,请陛下发落。要我说,南宫季友确实不是个东西,可南宫祭酒真是大公无私……"

他话没说完,就见梁灵瓒胡乱把官服往身上一披,往里就跑。

他忙道:"喂,喂,你们去干吗?你才七品啊,进不了紫宸殿的!"话没说完,另一位七品官也冲了过去。

二

虽然进不了紫宸殿,但远远看一眼已经够了。

初升的阳光洒在紫宸殿前的白玉石阶上,将这座巍峨殿宇装点得宛如天上宫阙。

上朝的官员们络绎不绝,南宫平身穿官服,直挺挺跪着,官帽搁在身前三尺之地。南宫季友跪在他的身边,双手被捆在身后,发丝凌乱,低垂着头,一脸灰败。

梁灵瓒回到集贤院,在自己桌前坐下,还觉得这一幕贴在眼前,神情有些恍惚。

陈玄景道:"莫要胡乱自责,造成这一境地的不是你,而是南宫季友。"

梁灵瓒叹了口气。道理她都知道，但看着南宫祭酒跪地请罪，还是有点儿不忍心，咕哝道："其实也不是非要南宫季友怎么样，只要他下次不再添乱不就好了吗……"

陈玄景正色道："此言差矣。做错事就一定要受到惩罚，不然规矩何在？"

新的消息很快传来，皇帝怜惜南宫仅此一子，又敬他大义灭亲，特意从轻发落，只削去南宫季友的功名，勒令南宫季友回去闭门苦读，把圣贤书读好了，再出来应试。

郭公公则被武惠妃打入掖庭，武惠妃自责于识人不清，委小人以重任，内疚不已，痛哭一场，头疼病发作，皇帝在退朝后即刻便去探望了。

梁灵瓒松了一口气，忽见元太飞跑过来，一脸喜色："小瓒，快上去！师父叫你！"

梁灵瓒顿时喜出望外，拉着陈玄景："陈兄你听到了吗？师父叫我了，师父叫我了！"

"听到了。"瞧着她乐不可支的模样，陈玄景不自觉露出一个笑容，"快去吧。"

梁灵瓒飞也似的上了楼，该怎么说话都想好了，一定要让师父知道，她是真心想找出耽误制历的人，而不是单纯为了自己重回师门的私心……当然，师父若能收她自是再好不过，师父若是不收，她能留在集贤院已经很开心了……

元太的兴奋一点儿也不比梁灵瓒少，把人领了上来，大声道："师父，小瓒来啦！"

大相正在给一行大师研墨，也笑嘻嘻地向梁灵瓒眨了眨眼睛。

"你俩先出去。"一行大师笔下不停，头也没抬。

当年在玄都观，师父教导小瓒时，他们就是常年处在"出去"的状态，因此对这话可是相当熟悉，倍感亲切。两人脆生生"哎"了一声，麻溜地走了，还体贴地关上了房门。

室内安静下来，晴朗的阳光透过窗棂照在一行身上，他的白衣仿若半透明。

梁灵瓒站在门边，一颗心怦怦跳，颇有点儿紧张，但渐渐便习惯了这样的安静，这便是待在师父身边的感觉啊，云和月到此仿佛都会慢下来。她的视线扫过一行低垂的眉眼，扫过一行提笔的指尖……师父喜欢用羊毫，因为羊毫柔软，书写时需要以力扶持，写出来的字柔中有刚，中正平和。在玄都观的时候，师父曾经带她去选羊毛，制笔的羊毛须在夜里选，因为只有在黑暗中才能看出羊毛的光泽，而光泽越好的羊毛，做出来的笔便越是好用。

记忆呼啦啦飞得很远，飞到了好些年前，飞到了玄都观里，飞到了当年的师父和小瓒身上。

中间的分离与隔阂好像全都不见了，好像她一直这样留在师父身边，她不自觉道："师父，我给您做的磨墨机呢？怎么不用？"

一行抬起了头。他一抬头，所有的时间与距离都回来了，因为他的目光不再是记忆中的温和，而是以前从未有过的失望："梁灵瓒，我离开洛阳时对你的交代，你都忘了吗？"

梁灵瓒脸上的笑容霎时怔住。她怎么会忘？怎么能忘？一股酸热从心头涌到鼻腔，再从鼻腔涌到眼睛，她咬着牙忍住："师父，到底是为什么？"

一行的声音里有叹息："因为你是个女孩！"

"女孩子……为什么不行？"

这话她在寒冷无眠的夜晚问过，在做刺绣无数次扎到自己手时问过，在洛阳算学馆外的假山里偷学时问过，在长安国子监的静室里思过问过……可是从来没有得到过答案，她就是想不明白，为什么女孩子不可以？

"我在洛阳国子监里做杂役，偷学算学，半年时间连升六堂；我在长安国子监里恶补诗文，跨考太学馆，名列前三，举荐入集贤院……"梁灵瓒的声音颤抖，再怎么强忍，泪水还是夺眶而出，她干脆不忍了，大声道，"我一步一步走到您的面前，就是想告诉您，男孩子做得到的事，我可以，男孩子做不到的事，我也可以！您能不能告诉我，我到底是哪里不行？"

"你是女孩子，便是不行，越是卓越，越是不行！"一行深深吸了一口气，却压不下胸膛中翻涌的情绪，多年的清修与定力，在面对这个孩子时总是败北，他摇头道，"小瓒，你知道你学的是什么吗？是天机，是天命，是历朝历代以来天家独有的秘术！我是一个方外之人，尚逃不过被招揽，你以为你能逃得过吗？"

"我……我为什么要逃？师父您不是说过吗？天文事牵扯动用的人力与物力，根本不是哪一个人承受得起的，有时候甚至一个国家都承受不住，现在天下太平，国库丰足，正是大力发展天文的好时机啊！我为什么要逃呢？我在这里可以学更多的东西，可以做更多的事，我还可以帮您——"

"住口！"一行重重拍案，脸上显出怒容，"当今天子的权柄是从武氏手中夺回来的，他绝不想看到任何一个女子再出现在朝堂上，何况你学的还是天机一途，事关天命！你的身份一旦暴露，便只有死路一条！你越是超群绝伦，便越容易暴露，越容易走上绝路！"

梁灵瓒从来没见过师父这样生气，呆住了，半晌，喃喃道："我……我不会暴露的，您看，谁也不知道我是女孩子，有时候我自己都忘了自己是女孩子……"

"现在你还是个少年，不容易分辨，再过几年，你的身形还是如此，声音还是如此，旁人还不会起疑吗？你瞒得了一时，难道能瞒得了一世？"一行走过来，看着这个自己最疼爱孩子，眼中全是悲伤，"小瓒，我不要你帮我，我只要你安安稳稳地过好这一世，相夫教子，一生和顺。我希望等到我将要离开人世的时候，你已经有儿女绕膝，幸福安稳，如此，我才能走得心无挂碍……"说到后来，一行的声音也微微轻颤。

梁灵瓒第一次看到师父的眼眶泛红。师父精通佛典，修为精深，向来风清云淡，无障无碍，她知道这丝红对于师父来说意味着什么。

她扑通一声跪在了地上，仰头望着师父。许久之前，当她还是个什么都不懂的孩子，她在松软的泥土上随意画着仪图，某一天一抬头，看到的就是这样一道身影，望见的就是这样一双眸子。泪水沿着她的脸颊淌下来："我试过的，师父。我把瑞轮蓂荚锁进柜子里，然后去学做衣裳，去学刺绣，我很努力地去做了，即使做得不好也接着做……师父，您知道过着自己不想过的生活是一种什么感觉吗？我那个时候不知道自己想要什么，也不知道不想要什么，我只知道那段日子，每一个白天都那么长那么长，要很费力才能过完一天，并且在上床的那一刻，就知道明天睁开眼，又将是同样漫长的一天。我以为您走了，我就只能过这样的日子，我以为我会这样一直过到死。直到有一天，我发现自己可以去算学馆……师父，您知道我那时的感觉吗？我觉得，我又重新活过来了，我才发现之前那段日子我根本不叫活着，我只是没死而已。

"您要我不再碰天文是吗？您要我去相夫教子做衣裳鞋袜操心一日三餐吗？我会做的，我做得来。您知道我手艺还挺好，就算女红糟糕，捧香也一定会帮我的忙，我的日子想必过得不会差。也许等到您哪一天来看我，我还真生了七八个小孩子，一个比一个顽皮，围着我喊娘。您便觉得我幸福了吗？不，不会的，我心里会永远空下去一块，不管用什么都填不满，我度过一个又一个漫长的一天，直到死的那一天才解脱。师父，您说过的啊，人的一生何其短暂，和星辰的寿命比起来，稍纵即逝。这么短暂的时光，我要是不拿来做自己真正想做的事，怎么对得起来世上这一遭啊？"

一行仰起头，泪如雨下："可你会死，一旦身份暴露，你会死啊！我不能……我不能眼看着你往死路上走……"

梁灵瓒仰起脸，想笑一下，泪水却接连涌出，她道："师父，您以前说过，生即是死，死即是生，生生死死，死死生生。我从前以为这是绕口令，现在倒有点儿明白它的意思了。若不是照自己想要的样子去活，和死了又有什么分别？就算有一天我因此丧命，我也不会后悔，因为在那之前，我已经活过了，反而是照您说的去活，我和死了并没什么两样……"

"住口！"一行喝道，只是声音里已不再有怒火，而只是痛心。

世上还有比梁灵瓒更了解师父的人吗？她就像水面了解风一样了解师父的情绪，她跳进来扑进一行的怀里，紧紧抱住一行："师父，让我留下吧，别赶我走！我答应你，我乖乖的，我听你的，什么事也不出头！我不会让别人看穿我的身份！我不会有事的！"

心心念念的孩子就在眼前，就在怀中，一行心中又是酸楚，又是感慨："你还不出头，你事事都出头——"

"我保证以后再也不会了！以后我不管做了什么，都记在陈玄景名下，人前呢，我就负责装傻，让人以为我就是靠陈玄景的关系混饭吃的，这样就谁也不会在意我啦！"梁灵瓒抱着师父，一摇一晃，"师父，你就留下我吧，留下我吧，别再赶我走了，真的，你赶不走的，你赶我一遍，我下回还来……"

三

大相和元太守在三楼楼梯口，宛如两尊罗汉，打发掉好几拨人，以免里面重要的师徒会谈受到打扰。

大相悄声问元太道："你猜会怎样？"

"这么久还没被赶出来，就是有戏了！"元太信心满满，"小瓒这个马屁精，但愿旧日拍马屁的本事没有忘光，抱着师父哭个稀里哗啦，管他犯过多大的错，师父一准都会心软！"

"说起来，师父到底为什么这么生小瓒的气啊？"

这是个千古之谜。

正说着，楼下又传来脚步声，两人正要起身拦住，却见来人风姿出众，却是陈玄景。

自己人！两人连忙招呼他过来，示意他小声，陈玄景点点头，和他们一起等。

好容易等到门从里面打开，梁灵瓒走了出来。

大相和元太连忙围过来："怎么样怎么样？成了没有？"

陈玄景没有过去，只看一眼，他就已经知道答案了。不知是从什么时候起，他有了这样一种能力。一眼扫过去，梁灵瓒每一根头发丝都会告诉他，她是高兴还是难过，是得意还是失望。

"师父让我去后殿管理藏书。"梁灵瓒有气无力地道。

那基本上是集贤院里最冷的冷板凳了。

"恭喜你。"陈玄景道。

"这有什么好恭喜的？"一行门下三人组异口同声道。

陈玄景微笑："至少这次你没被赶出去。"

梁灵瓒眼睛一下子就亮了起来，像太阳跃出云层，像霞光照耀大海。

师父不是拒绝，师父只是还没想好。她会等的！

四

冷板凳也有冷板凳的好处，那就是不论你做什么，别人都不会过问。

梁灵瓒关起门来，把所有书架向四壁靠拢，在中间腾出一块巨大的空地，然后铺开图纸，身边堆着从将作坊抱来的木料，架子上有斧头、锯子、墨斗、棉线、尺子以及刨子刀子各几把。梁灵瓒每日穿着官服，戴着官帽，体体面面地进宫门上值，但一进门，马上就把官帽一摘，官服一挂，露出里面一身粗布短打，挥汗如雨，干起木匠的勾当。

郭公公不在，小瑛子和小潘子便会时常过来。小瑛子对这活计很是好奇，主动表示要帮忙，抢起斧子，帮梁灵瓒将长长的木块劈成两半。

小潘子吓得丢了七魄："祖宗，小心着些！"上去就要抢斧子。

小瑛子道："起开，小瓒能干的，我难道干不得？"

梁灵瓒自己抢惯了斧子，确实没想过这活儿会有谁干不得，等到歇下来喝茶吃点心的时候，才发现小瑛子握着茶杯的水微微发颤，将他的手翻过来一看，指根下起了好几个水泡，掌心全红了。

"小瑛子你的手怎么比女孩子的还嫩啊！"梁灵瓒吓了一跳，"快别动了，等我回去拿玉魄膏给你，那膏药极管用，包你一搽就好。"

小瑛子有点儿失落："我真是没用，连这点儿忙都帮不上……"

"谁说的？要不是你的点心，我哪有力气干活啊？"

"笃笃"，门在这个时候被敲响，不是她同自己人约好的三长一短，一个粗哑嗓门响起："梁学士可在里面？知院大人来此巡查！"这声音好耳熟，是被她揍过的路正全。

"怎……怎么办？"小潘子吓得两股战战。

梁灵瓒诧异："怕什么？"

"唉，我们是偷偷来的，不合规矩，只怕会给主子添麻烦。"

想到那位身处麻烦漩涡中央的太子殿下，梁灵瓒也立刻紧张起来，赶紧推开窗子："快，爬出去！"

小瑛子立刻照办，只是他对翻窗这件事情显然不比抡斧头在行多少，努力半天愣是没爬上去。梁灵瓒和小潘子一人抱着他一条腿，才把他弄上窗台。然后小潘子火速从另一扇窗下去，在外面接着他。

在此期间，路正全把门拍得震天响："梁学士！在不在里面？知院大人巡查此地，听到没有？"

梁灵瓒飞快关好窗子，急忙来开门，只听门外南宫平道："路大人，我只是副知院，知院大人是张大人，莫要搞错了。"

路正全笑道："大人何必太过较真？不管是正是副，都是知院大人。"

"君子名不正则言不顺，言不顺则事不成。虽说是一字之差，却也不能等闲视之啊。"

路正全恭声道："是，下官受教了。"

郭公公被收押之后，皇帝擢升南宫平为副知院，辖治集贤院上下庶务。集贤院副知院是正四品，国子监祭酒是正五品，可谓荣升，但南宫平不骄不喜，一如往常，在测算之余打点庶务，比郭公公还要谨慎仔细，集贤院上下无不赞叹。

梁灵瓒是国子监出身，在南宫平面前自然又更老实了一层，只是打开门她才想起一件事，心里的一声"糟糕"还没说完，路正全的吼声便已响起："梁学士！你这是在干什么？你以为这是什么地方？木匠作坊吗？！"

刚才只顾着藏小瑛子他们，殿中的场子摊了一地，当场被人赃俱获。

梁灵瓒挠挠头："这个……"

"你年纪轻轻行事冲动，一行大师才让你在这里静心思过韬光养晦，结果你这都干了些什么？"路正全痛心疾首，"这里是集贤院！天下士子，有多少人不得其门而入，你身在福中却不知福，这是什么？这些是什么？"他拎着一截略带弯曲的木头，指到梁灵瓒鼻子上，"竟敢如此糟蹋集贤院，你罪无可恕！"

梁灵瓒十分诧异："你……不知道这是什么？"

"你别以为我真想知道这是什么！"

"可……你该知道啊……"集贤院里的博士与学士们，每天测来算去的，不都是它吗？

"你以为我和你一样？这种粗贱鄙陋的东西，正人君子怎么可能知道？"路正全完全把梁灵瓒的反应当成了挑衅，越发怒了，几乎控制不住想用手里这东西抽这小子一记耳光。

然而就在这个时候，南宫平把他手里的东西接了过去，翻来覆去，仔细验看，又将一旁架子上相似的半成品——拿起来，对比一番，再望向梁灵瓒时，目光里透着讶然："你在做游仪？"

"……是。"梁灵瓒说着，恳求道，"我闲来无事，自己做着玩儿，您能不告诉一行大师吗？"

路正全大吃一惊，不敢相信自己的眼睛。

一直以来，天文如此高贵，研究它的人们也都身价不凡。他们摆弄算筹，在字与笔间做出最复杂的测算，画出最精密的图纸，然后交给将作监，等着工匠把图纸变成木制游仪，试用过关之后，再开模铸造，变成铜制游仪。

而在此期间，无论哪一项有微小的误差，都要再造，再造以及再造。所以任何天文机械的制造都异常繁琐，费时也十分漫长。

和绝大多数集贤院学士一样，路正全熟悉数据与图纸，熟悉完整拼全的游仪，但对于单独的元件，尤其是这粗糙的雏形，就完全没有辨识能力，这东西在他眼中和一根木柴没有任何分别。

南宫平神情温和："为何不告诉大师？你有此能耐，堪为大师的左膀右臂。"

"这个……我是胡乱做的，大师知道了，一定不高兴……"说不定，又要赶她出去。而且她已经在师父面前保证过再也不乱出头了，现在却自己做起了游仪，偷偷做还罢了，竟然还让人发现……她自己都觉得无言以对。

南宫平拿着那件半成品，先让路正全出去在门外等，然后让梁灵瓒坐下，和颜悦色道："集贤院中会画图纸的不少，将作监里照着图纸造东西的也不少。但既能画图纸，又能做出来的，你是唯一一个。来，好孩子，告诉我，你还会做什么？"

这些年来，梁灵瓒做东西要么是偷偷摸摸见不得光，要么是被斥之为奇技淫巧不当一回事，如今得到这样堂堂正正的官方认可，还是头一份，当即心头一热，道："我还会——"

"梁大人！"一个小内侍急急忙忙跑过来，"瞿昺大人让您过去一趟，说是有要紧的急事！"

他神情如此急切，让梁灵瓒吓了一跳，连忙向南宫平告罪，南宫平点点头，她便跟着小内侍往外走。小内侍走得又急又快，她不得不加快步子，在游廊拐弯的时候，一只手蓦地里从旁伸出，将她拽了过去，顺便捂住她的嘴。

其实这个动作多余了，因为她闻到了独属于他身上的气息。

而原先还急急如奔命的小内侍停下来，向他行了一礼，轻轻巧巧地退下了。

梁灵瓒大约明白了："你搞的鬼？"

陈玄景手指在她脑门弹了一记："才答应大师凡事不出头，现在就要成为独力制作游仪第一人，梁灵瓒，你胆子不小嘛。"

梁灵瓒摸摸头："也不是独力，这不是你每天把数据默给我吗，不然我一个人哪有这么大本事？再说我只告诉南宫大人，应该没事吧？"

"若是做出来了，你的风头将一时无两，若是你做不出来，你的野心也一定会被上下人等嘲笑。事情未成之前，知道的人越少越好。不管是谁，能不告诉就不告诉。"

梁灵瓒想起师父的交代，以及自己的保证，点点头："好，我谁也不说。"说着就要走，陈玄景拉住她："笨蛋，你前脚走，后脚回，什么事能有这么快？坐下，待会儿再回去。"

阳光炽热，晒得绿树青草俱泛白，但有屋顶遮阴，又有穿堂风过，梁灵瓒闭上眼睛，张开五指感受着风从指间穿过，喃喃："真舒服啊……"

手腕却猛然被人握住。她睁开眼，就见陈玄景紧紧盯着她的食指边缘，那儿有一道见红的伤痕，不算深，血已经止住了："怎么弄的？"

"哦，刀子划的。"

"怎么划的？"

"就这么划的啊……"梁灵瓒道，"做游仪不比劈柴，要修的地方自然是需要精细了又精细，可木头又挺硬，不用力吧削不动，用力吧，就这样咯。"

陈玄景皱眉，拉着她就走，眼看要出了集贤院，梁灵瓒一头雾水："去哪儿？"

"御药房。"

就这样，这么点简直不配称之为伤口的伤口，在御药房得到了妥善的包扎。梁灵瓒看着自己被包成萝卜的食指，向他请教："陈大人，你让我怎么干活？"

"伤好了再干。"陈玄景的语气丝毫没有商量的余地。

"这算哪门子伤啊……"梁灵瓒琢磨着怎么拆了纱布。

陈玄景一把捉住她的手，寒着脸："你敢拆我就——"

梁灵瓒等了半天也不见他有下文，不由问："就怎么样？"

陈玄景脸色阴晴不定，心中恼恨交织，他竟然一时想不起来有什么办法可以拿捏她！思索了半天，道："我就告诉一行大师你在偷偷做游仪，还被南宫大人发现了。"

"你！"梁灵瓒大惊，"好卑鄙……"

陈玄景终于找回了当年智商凌驾她之上的熟悉感觉，睥睨她："还拆吗？"

梁灵瓒屈辱地收回了手，转身回后殿。

"等等！"陈玄景追了上来，拉起她没划伤的那只手，塞了一样东西到她的掌心。

梁灵瓒本来想回他一句"还想怎么样"的，看到这样东西之后愣住了。

一把小刀躺在她的手心，刀鞘错金，精致至极。千星，他从不离身的千星。

"你你你肯给我？"梁灵瓒小心翼翼地捧着它，激动得话都不会说了。天知道她从见它的第一面起就梦想得到它，可从来没敢想过这梦想会变成真的。

"笨蛋，对你还有什么不肯的？"陈玄景的声音里有一丝溺死人的温柔，听得梁灵瓒心尖尖都颤了颤，又觉得自己可能是听错了，陈玄景怎么会对一个男人这样说话呢？一定

第六章·游仪木样

不是她想的那个意思吧？

她的眼神又是感动又是困惑，陈玄景忍不住笑了起来，他知道这个笑容一定很大，很傻，他捉住她的肩头，将她转过身去，轻轻推了一把："走吧。有了这把好刀，你要再敢弄伤自己，我就真的去告状了。"

不知道是不是因为这一推之力，梁灵瓒脚下轻飘飘的，好像走在云端。

直到回到家，人还有点儿恍恍惚惚的。捧香洗好了澡，让她去洗，她便把自己泡进水里，半晌，忽然"啊呀"一声，匆匆忙忙爬了起来，胡乱披上衣裳就走。

捧香正端了井水镇的西瓜来，险些跟她撞在一起："干什么去？"

"有事！"梁灵瓒直奔陈玄景的屋子。

几个人的屋子都离得很近，陈玄景的在斜对面，与她隔了一座青葱庭院。源重叶也刚洗完澡，一身轻松地走出来，从捧香手上拿了块瓜吃："他在洗澡呐！老吴才送了水进去！"

"哦。"梁灵瓒只好刹住脚，然而还没等她回完身，背后的门就"吱呀"一声打开了："什么事？"

陈玄景的衣裳随意披在身上，发梢上还滴着水，显然和她一样，也是匆忙从澡盆里爬起来的。

"哟，洗得挺快呀！"源重叶把瓜接了过去，在庭中石桌边坐下，"来来，过来一起吃，又甜又脆又多汁，咱们捧香妹子买瓜真是一把好手！"

但梁灵瓒和陈玄景好像完全没听见他在说话，梁灵瓒道："也没什么事，我就是突然想起来，你把千星给我了，你拿什么刻章呢？"

"你就问这个？"陈玄景笑了，"我又不像某人那般笨手笨脚，什么刀都能用，什么刀也不会弄伤自己。"

"我再说一遍，那不是伤！"梁灵瓒说完就走，却没走成——被陈玄景用一根手指勾住了后衣领，拎了进去。

"干什么？"屏风后就是浴斛，他果然在洗澡，等等，不会是邀请她一起沐浴什么的吧？

梁灵瓒被自己的想象吓得头皮发麻，差点儿就要落荒而逃。还好陈玄景已经松开她，自己去里间开了柜子。

从她这个角度只看见他的半边背影，长皮披散，下半截犹湿，宽袍大袖，原本满满都是仙气，但就因为这截湿发，不知怎的就多出一丝别样的味道，和平时束冠或是戴幞头时截然不同。

她的心跳莫名加快了一点儿，轻手轻脚，一步步走近他，正要抬手的时候，陈玄景回过了身，瞧着她伸到自己面前的爪子，一脸疑问。

"我……我帮你梳头吧？"梁灵瓒随机应变，"我梳头的手艺不坏，帮捧香都梳过的！"

"不必。"

"来嘛，不要客气，我看你发质这么好，随便梳梳都行……"梁灵瓒一面说，一面就要动手撩开他的头发，然而吃亏在身高相差悬殊，蹦上蹦下都差着一截。

陈玄景由着她闹，只在最后关头挡住她的手，让她功亏一篑。原是怀着玩闹的心情，但这样近，他嗅得到她周身散发出来的、新沐后的清香，看到她头发湿漉漉的，眸子清亮，衣领半松，颈上肌肤细腻湿润，整个人真像一盆清水洗净了又冰镇过的葡萄，放在这火热天气里，让人忍不住想一口吞掉。

他一把握住她的手，声音微微低哑："别闹了。"

梁灵瓒干脆直说："给我看看行不行？"

"不行。"

"为什么啊？看一眼你又不会少块肉！"

"不好看。"

"我又不是看你好不好看，你让我看看到底怎么样了……"

"不行。"在这一点上，陈玄景半丝商量的余地也没有，他将手里的锦匣搁在书案上，"过来。"

梁灵瓒不情不愿地跟过去。他以前戴幞头，现在戴官帽，在家也系着一字巾，额角那块疤痕她愣是没机会瞧瞧到底怎么样。

陈玄景示意："打开看看。"

梁灵瓒懒洋洋地打开锦匣，里面是一只小小的檀木小盒，小盒子里有一只玉章，纯白温润，是上好的和阗玉，钮是一只抱着桃儿的小猴子，活灵活现、栩栩如生。

"哇！"前一瞬还一脸不高兴的梁灵瓒，眉眼都亮了起来，找来印泥，兴致勃勃给自己手背盖了一个。

梁灵瓒印。四个篆字出现在手背上，清晰匀停。她不懂篆刻，说不上个好歹，只觉得这四个字布排得特别好看，松紧有致，真是怎么看怎么喜欢，把案上的书拎过来盖了一个，又在陈玄景练字的宣纸上盖了一个，盖完哈哈大笑："对不住对不住，这下连你的墨宝都是我的啦！"

才得的新鲜玩意儿，她决定把自己所有的东西都盖上一个！啊，还可以去院子里刺激刺激源重叶！

她想想就乐，转身就要走，手腕却被陈玄景一把握住。陈玄景没有说话，只一点一点将她的手拉近，他的外袍松松垮垮，胸膛露出一线，精瘦而结实。他的目光比任何时候都深沉，整个夏天的炙热仿佛都融进了他的眸子，又从他的眸子漫进她的心底，她听到自己的心跳声，咚，咚，咚。

她想问他干什么，可是嗓子发干，竟然说不出话来，只能眼睁睁看着自己的手握着那枚印章，在他的牵引下直抵终点，落在他的胸膛上。印章触到温暖的肌肤，热度仿佛熏腾到了她的手指，有什么东西好像要随着手指一起融化了。

他握着她的手，按在上面微微用力，仿佛要将那四个字印进心里去，声音低沉沙哑："这里也是你的。"

她呆呆地抬头，血液如洪流，轰地冲上脑袋。

待她反应过来之后，人已经冲出屋外了。

她的神情一定很吓人，因为坐在院中石桌上吃西瓜的捧香和源重叶都抬起了头，愣愣地看着她，源重叶不知想起了什么，脸色大变。

她不知道，她脸上满是红晕，眸子晶亮，嘴唇鲜红，再加上衣衫不整——当然这跟陈玄景没关系，是她自己从澡盆里爬出来时就没整理好——总之看起来，十分可疑。

她飞快地冲进了自己屋子，"咣当"一声带上房门，捧香扔下瓜追进来，急急问："怎么了怎么了？陈公子对你做什么了？"

梁灵瓒一脑袋热气，面红如煮熟的螃蟹："他、他、他帮我、我、我盖了个章……"

"盖章？"捧香疑惑，"盖个章你怎么这副模样？"

"我、我、我也不知道，我在手上盖了一个，在书上盖了一个，在纸上盖了一个，然后，然后，然后，在他、他、他身上盖了一个……"梁灵瓒捂着脸，倒在床上。

"然后呢？有没有动手动脚？"

动脚是没有，但确实是动手了……她的手上仿佛还残余着他掌心的温度，他的掌心怎么那么烫，他的胸膛也是……啊！梁灵瓒发现她不能想这些，一想，脑袋都快烫熟了。

捧香惊骇："妈呀小瓒，他是不是知道你是女孩子了？"

"不知道吧？应该不知道吧？"梁灵瓒的脑子完全是一团乱麻，高热让她无法思考，"只是盖章，只是盖个章而已……"

但盖章为什么要说那句话？

为什么？为什么啊！梁灵瓒觉得自己要疯了。

五

一直到第二天，梁灵瓒都没办法面对陈玄景，她在屋子里犹豫了半晌，眼看上值快要迟了，才硬起头皮出门。

出门就看到一道人影立在庭中，一看就是站了许久了，她的心骤然提了起来，好一会儿才发现，完全是自己吓自己，这是源重叶。

她顿时松了一口气，笑道："早啊，一起入宫吧！"

"我已经请人帮你告假了。"源重叶沉声道，"你跟我去一个地方。"

"呃？干吗告假？要带我去哪里？"

"听风书院。"

梁灵瓒吓了一跳，大哥，告假去青楼，会不会有点儿过分啊？

可源重叶一脸严肃，严肃得简直有几分悲壮，看起来和平时很不一样。梁灵瓒琢磨着可能是遇上什么了不得的烦心事了，便跟着他上了马车。

马车正要驶出巷子的时候，迎面驶来另一辆，从里面探出一颗兴高采烈的脑袋："哈哈，真是来得早不如来得巧，你们这是要去哪儿？"

是旬休的生徒宋其明回来了

"听风——"梁灵瓒才说两个字，就被源重叶捂住了嘴。

然而宋其明已经听到了："哇哇哇，去听风书院居然不带我？小叶子还讲不讲义气了！"

源重叶脸色发绿："你确定要去？"

"这还用确定？当然要去啊！"会考结束那天他就强烈提议要去听风书院，但不知道为什么源重叶和陈玄景死活反对。

他强硬地挤上马车，大有一副不带上他就绝交的姿态。

然而进了听风书院，他的强硬就被吓到了九霄云外，就差没躲到源重叶身后。

梁灵瓒却是大开眼界，觉得十分新鲜，同"美人们"的聊天内容一直进展到"你们一般怎么服侍客人"以及"和女孩子有什么不同"这种程度，吓得宋其明屁滚尿流，十分想当场滚蛋。

"没想到你们两个竟然是这种变态！"宋其明无语问苍天，"我为什么要和你们来这种地方！"

梁灵瓒笑："是谁哭着喊着要来的啊？"

宋其明肠子都快悔青了，一迭声催着源重叶走，源重叶道："再等等。"唤过一人来，"再去催。"

宋其明终于发现今天的源重叶有点儿不一样,他笑也没笑一下,声音从头到尾都很低沉。

"到底要等谁?"宋其明忍不住问,"这地方还有美人吗?"

梁灵瓒也十分好奇。

过了大约半盏茶工夫,那人笑嘻嘻回来,拖长声音道:"来啦!云哥儿快给客人敬酒,客人等了你半天啦!"

梁灵瓒和宋其明都伸长了脖子望过去,就见一名少年自同伴面前接过酒,带笑向三人走来。他大约十八九岁年纪,虽说不上有多好看,但和一屋子涂脂抹粉的"美人"比起来,已经算得上是十分清秀了,大大的眼睛很是明亮,自罚了三杯,算是赔罪。

梁灵瓒看着他,模模糊糊觉得好像在哪里见过,但具体在哪里,又想不起来。

宋其明看看他,再看看梁灵瓒:"咦,你俩怎么有点儿像?别是失散多年的兄弟吧?"

他这话说得平平常常,却似一道惊雷炸在梁灵瓒头顶,手里的杯子一时握不住,"啪"的一声掉在案上,骨碌碌打转。

是了。她在镜子里见过。她在镜子里看到的自己的脸,和眼前这脸有三五分相似。

一刹那间,无数画面涌进脑海——

陈玄景会考缺席,在天上居失落欲狂的模样。他离开天上居,来了这听风书院。第二天他便神采奕奕地重新出现在国子监。他说,他喜欢上了一个人。他说,他不能提亲。原来如此。

她终于明白了他为什么总是会用那样温柔炙热的眼神看她,为什么总是会说一些让她误会的话,为什么总会做一些让她脸红心跳的事……她以前一直把这归咎为他在发疯使气,又或是好兄弟无所顾忌。现在,她终于懂了,这所有的一切都是因为她长得有点像这个人。

宋其明见她脸色发白,整个人摇摇欲坠,吓了一跳:"小瓒你怎么了?哪里不舒服吗?"

"走吧。"源重叶推案起身。

虽然这是宋其明等了很久的一句话,但梁灵瓒和源重叶的脸色和气场都十分不对,在回梁宅的马车上,两人都沉默不语,直到下马车时,梁灵瓒才低声向源重叶道:"多谢。"

源重叶脸色沉重:"我也是没有法子……"

宋其明在旁边听着,终于忍不住了:"你们是不是有事瞒着我?"

源重叶拿扇子敲他一记:"瞒你怎么了?我们是你妈不成?事事都得跟你说?你妈说不定还有事瞒你呢!"

这话勾起了宋其明久远的灰暗记忆，他嚷道："好啊，你们都当官了，都不带我玩了是吧？天天就混听风书院这种鬼地方是吧？我还不奉陪了呢，你们这群变态！"说完怒冲冲地走了。

他又不愿回爷爷处，也不想回国子监，这才发现自己除了梁宅居然无处可去，在街上晃了一圈，命车夫去长安县衙。

然而到了县衙，却没找到严安之，捕快们说严老大巡街去了。宋其明身为严老大的弟弟，在县衙得到了众星捧月、无微不至的服侍，严安之回来的时候，就见宋其明正坐在他的位置上，一人捏肩，两人敲腿，一人奉茶，一人托着果子，宋其明舒舒坦坦地边吃边聊："案子就这么破了！你说神不神了？这年大表哥才十三岁！"说完引得一片赞叹。

严安之咳了一声。宋其明身边顿时肩没人捏了，腿没人敲了，茶和果子统统没了，所有人齐刷刷站正："老大！"

严安之挥挥手，让他们出去，然后踢了踢宋其明小腿，宋其明连忙把位置让出来，严安之坐下："怎么找到这里来了？"

"嘿嘿嘿，想你了呗！"

严安之眼睛都没有抬一下："怎么没和小瓒在一起？"

说起这个，宋其明就一肚子苦水："别提了，今时不同往日，小瓒和小叶子现在都不理我了，什么事都瞒着我！"越说越是伤心，竹筒倒豆子般，把今天的事情倒给严安之听。

严安之忙于案上的公文，只分出一只耳朵来给宋其明，但越听动作便越是慢下来，最后皱起了眉头："小瓒脸色很难看？"

"岂止难看！绿得简直像是发现老婆偷人！傻子也瞧得出来有事啊！"宋其明把话说出来了，恼意差不多也去得七七八八了，还有点儿担心起来，"大表哥，你说会有什么事呢？"

严安之淡淡道："应当不是什么大事。"

"不是大事您老把眉毛皱那么紧干吗呀？"

严安之吐出一口气："你先回吧，以后少来这里。"

宋其明要哭了："你也不要我了？"

"不要胡说。长安游侠众多，我对他们下手，难保他们不对我下手。他们动不了我，说不定会动我身边的人，你最好离我远一些。"

"这么麻烦？"宋其明吃了一惊，"要不要告诉爷爷？"

"不必。对我来说不算什么，但若真牵扯上你们才是真的麻烦。"

宋其明点点头，忽地，他明白过来了："你就是因为这个才不去梁宅住的？"

第六章·游仪木样

当初梁灵瓒的宅子新入手，严安之也在受邀之列，但只去过一次。宋其明原说让梁灵瓒给大表哥也留出一间屋子，严安之却说不必，当时宋其明和梁灵瓒还都挺失望的。

严安之没说话，招手唤来手下，让他把宋其明送出去。官署里颇为冷清，阳光从窗外照进来，他坐了半晌，公文上的字忽然一个也看不进去了。

宋其明百无聊赖，想想还是回来找梁灵瓒问个清楚才能安心。于是又折回梁宅，然而回来才发现梁灵瓒和源重叶都入宫当值去了。

哼，当官了不起啊！宋其明郁闷无比。没奈何，与其回家听爷爷训话，还不如回国子监去睡个懒觉。可还没等他在床上躺稳，外面又响起了叩门声："宋公子在吗？咸宜公主有请。"

"扑通"，宋其明一屁股翻落下来。

几乎是同一时间，金吾卫官署的大门被一名内侍敲开，内侍向源重叶行了一礼，抬头道："源大人，咸宜公主有请。"

六

集贤院后殿，梁灵瓒已经拼装出简单的游仪雏形，现在开始对每一道经纬环进行更细致的加工。

源重叶原本让人替她告了一天的假，但她发现在家也待不住，只有在图纸与机械的世界里，脑子里那些有的没的、乱七八糟的东西才能被驱散。

木屑在千星的刃口下纷纷洒落，柔滑如泥，只是目光落到它身上，蓦地就想到了陈玄景把它塞进她手心的样子。一个愣神，一阵剧痛，刀尖在指尖划破一道口子，殷红血珠一下子涌了出来。

她呆愣愣地盯着那血沁出来的样子，一滴又一滴，好像印泥的颜色啊……

想到印泥，便想到陈玄景，想到陈玄景，便想到那个云哥儿。

一想到那个云哥儿，心里便有一种奇怪的难受。

她长长地吐出一口气，将指尖送进嘴里吮去血迹，接着干活。

"笃笃笃……"门被人敲响。她如今已经学乖了，推了几扇书架出来将场子隐蔽起来，怕出纰漏，又取出一张大油布盖住现场，这才开门。

门外站着一名内侍，恭声道："梁大人，咸宜公主有请。"

被公主请可不是什么愉快的记忆，梁灵瓒心里咯噔一下。只是整颗心脏像是被一层看不见的薄纱裹着，雾蒙蒙的，连惊惧都像是隔了一层，她木然地就跟着内侍走了。

咸宜公主殿中，源重叶和宋其明已然在座，见还有梁灵瓒进来，都越发惊疑不定。

内侍去里间回禀："回公主，人都到齐了。"

不一时珠帘轻响，内侍打起帘子，咸宜公主走了出来，款款坐下，柔声道："三位都是大忙人，我原不该打扰，可是心头实在有一个疑问，叫我坐卧不宁，所以才将三位请来，还望三位能替我解惑。"

源重叶第一个笑道："公主请问，末将知无不言，言无不尽。"

宋其明则有几分战战兢兢，只含含糊糊附和。

梁灵瓒盯着自己的手，食指那道伤口已经结痂，中指这道血迹却犹然湿润。人这种生物，怎么这么容易受伤呢？

咸宜公主轻轻叹了口气，脸上有愁容："玄景哥哥曾经救过我的性命，一直以来也待我很好，但近些日子却有些躲着我，三位都是玄景哥哥的好朋友，可知道这是什么原因吗？"

其实她的话没有说全。陈玄景已经不是躲着她，而是用一番极其温和有礼的措辞，告诉她，她如此高贵如此美丽，天下间想求娶她的人不知凡几，他衷心祝福她得遇良缘。不管这些措辞有多么文雅好听，所传达的不过是一个意思——他不打算娶她。

她不相信，她也不想相信，可是无论她再怎么撒娇哭闹，他都是温和有礼，连眉毛都没有多抬一下。

那一瞬间她终于痛苦地发现，她喜欢了这么多年的男子在她面前从未出现过第二种表情。他给她的一直是温和的笑容，保持着守礼的距离，她一步也没有靠近过他。

但她等了他这么多年，难道就这样放弃吗？不，她做不到！

想要了解一个男人，就先去了解他身边的人。这是母妃给她的教导。只有身边的人才懂得他到底在想什么，所以她把陈玄景身边最重要的朋友请来了。

宋其明先松了口气，一句"他的事我怎么会知道"已经快到嘴边，才想到自己曾经扮演过陈玄景的知己好友，于是强忍下去，道："这个，大概是集贤院里事务繁忙的原因吧。"

"对对对，"源重叶忙道，"公主你是不知道，集贤院近来可出了不少事，玄景他是分身乏术啊，别说公主你有些日子没见他了，大长公主也一样呢！"

"哦？"咸宜公主神情松动了几分，幽幽道，"我还以为他是心有所属了呢——"

"对。"一直没有说话的梁灵瓒忽然开口，"他确实已经有了心上人，公主你不要再白费时间了。"

源重叶和宋其明愕然地看着她，咸宜公主一时还没反应过来，待反应过来，脸上的血

第六章·游仪木样

色都褪尽了:"你说什么?你都知道些什么?说!"

"公主不要再等一个等不到的人了,他心中已经有了喜欢的人,而那个人不是你。"梁灵瓒低头看着手指,没有抬眼,声音也没什么起伏变化,"不是自己的东西就不要多想,想再多也没有用。"

"哗啦"一声响,茶碗被咸宜公主扫在了地下,砸了个粉碎,咸宜公主尖叫:"果然,果然!果然!谁?是谁?那个女人是谁?"

碎瓷片和滚热的茶汤洒了一地,有几片溅到梁灵瓒脚边,微微的刺痛让她猛然醒了过来。她在做什么?难道她要把陈玄景喜欢的人推出来吗?咸宜公主怎么会放过夺走陈玄景的人?而一旦那么喜欢的人出了事,陈玄景怎么办?

她见过他绝望悲伤的样子,她发誓再也不想见了。

"不是女人……"她抬起头,看着咸宜公主道,"陈玄景发愿要成为古往今来最伟大的星相师,已决定终身不娶。"

殿中三个人都静止了,空气仿佛凝固。

良久,咸宜公主发出一声尖细的哭泣,扑倒在几案上。

第七章 —— 相亲

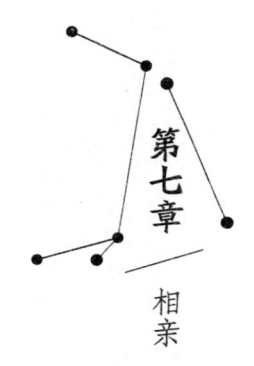

一

"你……这是陷害陈玄景还是找死?"出来后,宋其明胆战心惊,"你知不知道,除非陈玄景真的到死不娶老婆,否则你就等着他死给咸宜公主看啊!"

梁灵瓒低声道:"他不会娶的。"

不知道为什么,她就是清晰地知道,他除了心中的那一个,谁也不会娶。

被人碰触都无法忍受的人,怎么可能娶一个不喜欢的人相拥而眠呢?

"难道他真的发了这种誓?"宋其明觉得自己仿佛被雷劈过,对陈玄景顿时产生了一种高山仰止般的感觉,同时想起了他耿耿于怀了很多年的往事,啊,如果陈玄景真发过这样的愿,难怪当初会那样对姐姐啊……

对往事的释怀居然接近于失落,宋其明在岔路口和梁灵瓒两人分道扬镳回国子监,心中有些恍惚。

源重叶轻轻叹了口气,向梁灵瓒道:"你错了,他是陈家二公子,陈家不会允许他独身……"话没说完,迎头就见陈玄景急急而来,先将梁灵瓒从头到脚打量一番:"咸宜叫你们去做什么？早上为何告假……"

话未说完，他眉头一皱，拉起了她的手，脸色很不好看："梁灵瓒，我交代过你什么？"

"玄景，注意分寸。"源重叶将梁灵瓒的手从他手里抽了出来，声音发沉，神情有些悲哀，"我亲眼见过你那样痛苦挣扎，知道你心里曾经有多苦，也知道你既然选定了人，谁也劝不了你回头，可你既然选了那人，又何必殃及旁人？"

陈玄景狐疑："你说些什么？我还没有问你，早上跟我说梁灵瓒已先入宫，后来又打发人来替她告假，是什么意思？"

"我是不想你一错再错——"

"小叶子，你先回吧。"梁灵瓒打断了源重叶"我有话和陈兄说。"

源重叶看了她一眼，忍下了话头，拍拍她的肩，然后给陈玄景一个极其心痛的眼神，走了。

甬道里长风过境，头顶是明亮到炽烈的太阳，去年的这个时候，也是这样的烈日，也是这样的长风，也是这条甬道，她被师父赶出集贤殿，他从后面追上来。

好像每一缕回忆，每一寸时光，都有他的影子。

她的目光在他脸上流连，还没有开口，眼角已经不自觉有了一点儿湿润的泪光。她深深吸了一口气，将那点儿泪意压下去，道："小叶子带我去了听风书院。"

陈玄景正一脸疑惑，脑中已经在分析种种可能，听得这一句，像是突然被谁揍了一拳，还是揍在脸上。

"我……我……只是……"生平第一次，他口吃了，也是第一次，大脑突如其来的混乱，一时间竟不知从哪里理顺。他只想到了一点，回去一定要揍源重叶一顿，往死里揍那种。

"陈兄，你想过离开这里吗？"梁灵瓒脸色有点儿苍白，但眸子认真，"带着云哥儿，去天涯海角，过自由自在的生活。"

陈玄景听完面无表情。他想清楚了，何必要揍呢？他会一刀给姓源的一个痛快。

他叹了口气："这个事情有点儿复杂，宫中隔墙有耳，实在不宜在这里说，我先带你去处理伤口。"

他拉起梁灵瓒就走。这个方向昨天才走过，是去御药房的路。

他经常握她的手腕，掌心完全将她手背至腕部的一圈肌肤包裹，温暖得叫心脏一阵阵生疼。她咬了咬牙，用力甩开了他的手："陈玄景！我是梁灵瓒，我不是云哥儿，不是你喜欢的那个人！你喜欢的那一个在听风书院，想见他就去找他，不要来找我！"

深宫高墙，她忘了压抑声量，因为压不住心里的悲愤与痛楚，还有深深的悲哀，大声道："你对我的好，我都记在心里，我拿你当最好最好的朋友，最亲最亲的兄弟，除了爹爹婆婆师父，我的心里就是你了！可你呢？你拿我当什么？当别人的影子，别人的替身？陈玄景你怎么能这样对我？怎么能这样对我！"

她的泪光叫陈玄景的血气都沸腾了，有什么东西在心中汹涌，又庞大又狂野，理智几乎压制不住它，他低声道："先包扎伤口，其他的——"

梁灵瓒猛然推开了他，后退两步："我说过，这根本不算什么伤口，真正的伤口你根本就看不见，看不见！"

泪水再也忍不住夺眶而出，她掉头就走。

"梁灵瓒！"陈玄景快步追上来，她落进了一个温暖的怀抱，他低声道，"我从没拿你当过别人的影子，那个人只不过是你的影子！"

身后传来金吾卫巡逻的橐橐步声，再不放手，一桩惊世骇俗的宫廷奇谈就要应世而出了。

"这里不是说话之地，跟我走，我有话对你说。"他松开她，退开一步远的距离，仿佛一对寻常的同僚，甚至连神色都掩饰得很好，只有眸子里的灼热来不及褪去，它们在他的眼底燃烧，像是小小火焰。

梁灵瓒觉得这火焰仿佛要烧到她的身上，忍不住后退一步，又退了一步。

退到第三步的时候，她控制不住，拔腿就跑。跑得那样快，好像后面有看不见的猛兽在追。

这样的速度加之这样突然，立刻引起了金吾卫们的警觉："站住！"梁灵瓒才不会站住，她跑得两耳生风，快得像要飞起来，转弯时余光无意瞥见陈玄景拦在金吾卫的面前。

他拦下他们了吗？用什么法子？梁灵瓒想不到这些，此时此刻，她的大脑是架在火上的稀粥，正咕嘟咕嘟乱冒泡。

她不知道自己什么时候跑得这样快过，两旁的宫墙齐齐倒退，而她不停往前，往前，往前……跑出了宫城，再跑出了皇城，一径跑回了家门。

她也不知道自己为什么要跑，就像一只兔子受了惊，唯一能做的就是没命乱蹿，最好蹿回自己的老巢严严实实躲起来。

然而就在她进门的时候，身后有人唤："小瓒。"

她回头，就见一人身穿便服，戴一顶遮阳的斗笠，打扮得像个长安游侠，就站在她家对门的院墙前，像是一直在等她。

"大……大表哥？"

严安之望了望她身后："有人追你？"

"没……没有。"梁灵瓒气喘吁吁，满头大汗，将严安之请进厅上，拎起茶壶就把自己一通猛灌，心中还是狂跳，满脑子都是陈玄景那句话。

——我从没拿你当过别人的影子，那个人只不过是你的影子！

什么意思、什么意思、什么意思？他、他、他、他喜欢的人不是云哥儿而是她？

不、不、不、不、不、不、不可能！她是男的！但云哥儿也是男的……所以他反正就是喜欢男的？可、可、可、可她实际上是女的……

啊，脑筋打结了！她抱着头，痛苦地坐下。

"有什么为难的事吗？"严安之问，声音异常柔和。

"我不知道……"梁灵瓒头疼，从来没有这么头疼过。陈玄景那句话把她吓坏了。有人看到虫子、老鼠、蛇会吓得抱头逃窜，她一直不理解那些人怎么会吓成这样，直到今天她因为一句话落荒而逃。

脑筋乱七八糟全搅作一团，她试图理清楚一些："我……我有个认识的人，嗯，他喜欢上了男风馆里的小倌，又说喜欢我……呃，好像是吧，我应该没听错吧……"她说得艰涩极了，"我不知道该怎么办才好……是不是我招得他去喜欢小倌的？而且我又是个……又是个……唉！"她终于发现这事压根儿就没办法说清楚！

这么多年以来第一次后悔自己女扮男装，假如她在陈玄景面前一开始就是个女孩子，是不是什么事情都不会发生？

"是陈玄景？"

梁灵瓒愕然抬头。严安之神情平静，只有眼神中有一丝很难令人察觉的痛楚："陈玄景喜欢你？"

光是这六个字，又一次像爆竹一样把她的脑子炸开了花，她舌头打结："不……不是，他以为我是男的，所以才……唉，他根本不知道我不是男的，我……我……唉！"

严安之仿佛有一项异能，不论她说得有多绕，他都能切中要害直命核心："那你喜欢他吗？"

梁灵瓒张了张嘴，一时间好像有无数的话冲到了嗓子口，可又一片混乱，一个字也说不上来。喜……喜欢吗？为什么光是听到这个词，她就觉得一颗心脏怦怦乱跳，仿佛要蹦出胸膛，不再归她所有？

"你有没有想过告诉他你的身份？"

"想过……"当她回头就看到他含笑看着她的时候；当大家一起大笑，而他的视线和她的碰在一起的时候；当他静静刻章，阳光穿过窗棂洒在他侧脸上的时候……她总会有点儿难过，因为他对她这么好，她却一直有件事瞒着他，实在不够义气。

"为什么没说？"严安之紧紧地盯着她，"是怕他泄露你的秘密，还是怕他会像一行大师那样离你而去？"

梁灵瓒想也不想便道："他绝不会泄密的……"

那么答案便昭然若揭了。

两个人都为这个答案沉默了，良久，严安之道："现在你打算怎么办？告诉他真相，断他的绮念，还是在他面前假扮一辈子男人？"

梁灵瓒颓然，只觉得脑袋又疼了。

"小瓒，你可曾想过将来？"梁灵瓒恍惚记得，他以前也这样问过她，只是这一次，他的神情好像有一丝哀伤，"一行大师不会在长安久留，新历制成之日，便是他离开之时。你呢？到时候你何去何从？你身为女子，可曾想过如何为自己打算？前几年你没想过，现在，该想想了。"

梁灵瓒靠在椅子上，第一次感觉到"将来"两个字宛如两座大山压在她的头顶。

严安之离开座位，走到她的面前，半弯下腰，目光与她齐平："我曾经问过你，可曾想过要一个人保护你、照顾你、陪伴你，你那时还小，说你没有想过。现在，你可以想一想。假如有一天，你想要这样一个人，我随时都在。"

他离她好近，她不自觉坐正，而他说完便直起身，戴上斗笠，告辞而去。

梁灵瓒呆呆地僵住在椅子上，半响，整个人瘫了下去。这……这又是什么情况？！

然而还没等她想明白，外面就有人急急叫道："小瓒！小瓒！"

是捧香，她一路跑来，看样子比她还急，道："阿弥陀佛，太好了，幸好你在家，不然我还不知道怎么去宫里找你——"

"啊啊啊啊！"瘫在椅子上装尸体的梁灵瓒猛然跳起来，叫道，"我不管了我要跟师父出家当和尚！"一了百了！跟着师父一辈子，还有大相和元太，永永远远像小时候一样快乐！

"你傻了呀，就算出家你也当不了和尚，是当尼姑！"捧香给她吓了一跳，没好气，拽她起来，"婆婆和爹爹来了，就在绣坊，要带我们回洛阳呢！"

二

梁天年和婆婆是午后入城的，春水大娘推说梁灵瓒给客人上门送货品未归，让捧香去寻。

捧香带着换上女装的梁灵瓒过来时，两位长辈正在喝茶，婆婆和春水大娘聊得甚是开心，见到两个姑娘回来，婆婆一手握着一个："小丫头片子都长大了，一年一个样儿！多亏了如意你教导，将来她们两个办喜事，你可无论如何都得来喝一杯喜酒！"

梁灵瓒听见"喜事"二字，眼皮就一跳，正琢磨着这回怎么拖延才好。但这回婆婆与梁天年却没有急着要走，反而在客栈住下来，让梁灵瓒和捧香也过去。

梁灵瓒做杀鸡抹脖子状给春水大娘使眼色，求她无论如何都得想出招来救命。

晚上，梁灵瓒和捧香帮着婆婆理床，婆婆拉着梁灵瓒的手，神秘兮兮地问道："有个叫张阳的，你还记得不？"

"张阳？"梁灵瓒在记忆深处搜索了一下，眼前浮现出一张胖乎乎拖着鼻涕的脸，"哦，矮冬瓜。"

"哎呀，记得就好！"婆婆兴致勃勃，"他家里做布匹生意，这几年顺风顺水，把铺子开到了长安。这回我们就是和他一起来的，这小伙生得周周正正，一看就是实诚人。去年他有什么事来家里见你爹爹时，我就留意过他。没想到，这回他拐弯抹角跟我打听你的消息！你说这可是缘分不是？"婆婆说着，一脸的笑，"我约了他明儿个就在这儿见一面，你看可好？"

梁灵瓒一脸僵硬。心想：我能说不好吗？婆婆为了她的事也算是绞尽了脑汁，"周周正正"这种话也敢于胡诌了，就凭当年那身量与身宽等长的冬瓜，能周正成什么样啊？

"明天可能没空……绣坊很忙……"梁灵瓒费力地编着借口，递了个眼色给捧香，指望捧香一起帮腔。然而捧香手里抱着枕头，却没往床上安放，竟自呆呆地出神。

"绣坊再忙，从此以后都跟你们没关系。"婆婆正色道，"你们两个都老大不小了，再有天大的事，也不能耽搁下去了。人家跟你们这般大的，孩子都有了。我先把你嫁出去，马上便是捧香，要看着你们两个安安稳稳的，我才能安心闭眼！"

梁灵瓒立马抱住婆婆："那我永远不嫁人，婆婆你永远不闭眼，永远陪着我！"

"小无赖！说什么胡话！"婆婆给了她一颗爆栗子，把两人赶回屋去，"好好睡一觉，给我养足精神，看看你这脸色难看的，这是熬了多少夜！"

梁灵瓒在婆婆面前嬉皮笑脸，回到自己房中，一下子就垮了下来："完了完了这回完了……"

捧香低声道："那个张公子，我是见过的，人其实挺好的，你去见见也好……"

"你见过？"

"他去年来找爹爹，我在院子里晒丝线，风大，丝线缠了他一头一脸，他也没说什么，反帮着我理了半天……"捧香说着顿住，脸上有微微的红晕，转瞬即逝，认真道，"看得出来他心地好，又有耐性，要是跟他过日子，应该也挺舒服。"

"什么啊？我还不知道他吗？他就是往门上放冷水浇我爹一身的那个混账啊！"

第七章·相亲

捧香"扑哧"笑了："我知道，他那次还为这个给爹爹赔罪来着。"

"再赔有屁用，矮冬瓜！"

"人家不矮。"

"哼，就那款的，了不起变个大冬瓜。"

捧香有点儿急了："你别这样说人家，人家不是这样的。那都是小时候的事，现在不一样了。"

梁灵瓒翻过身来瞅着她："你既然对他这么满意，要不，明天你去见他？"

"你再胡说，我不理你了！"捧香发窘，"没听婆婆说吗？人家打听的是你！专程来见你的！"

两个人梳洗完躺下，梁灵瓒了无睡意，脑子里被乱七八糟的事情搅得乌云罩顶一般，问捧香："你想过将来吗？想过要过什么样的日子？"

"嗯，我都打算好了。我在大娘这里做得也差不多了，该学的都学到了，攒了些体己，将来可以回洛阳开个小绣坊。虽不能像如意绣坊这么大摆场，但养活自己不成问题了，养几个孩子料也不难。做个几十年，五十几岁大约就可以做奶奶了，到时便将铺子交给儿媳妇，我且养老去。"

梁灵瓒喃喃："要不要想这么仔细啊……"

"倒是你，你想过以后怎么办没有？还要在集贤院待几年呢？且不说将来吧，现在婆婆与爹爹就要带我们走了呢。"捧香在被子里握着梁灵瓒的手，"你天天和陈公子源公子这样的人混在一起，想必也难对其他男子入眼吧？可是他们好是好，离我们却太远了。小瓒，你没在大户人家过活过，不知道他们的规矩有多森严，一步也错不得。这张公子人不错，家境也殷实，你要真跟他在一起，不用提心吊胆，也不用担惊受怕，一生一世安安稳稳、和和美美，多好……"

梁灵瓒在黑暗中睁着眼睛，觉得这一刻的时光好生熟悉，好像又回到了师父离开的那一年，她在洛阳家中和捧香聊心事的时光。她仿佛看到了当年那个困惑迷茫的自己。

是回身走上一条安稳无忧的退路，还是带着一身重负，奔赴满是荆棘的前途？

三

第二天一早，梁天年过来敲梁灵瓒的房门。

婆婆正在替梁灵瓒梳头，一边梳一边骂："哪个女孩子头发会这么短的？你是想气死我！还想用帕子包着，三十岁的妇人都不兴梳那个样式了！"

其实头发已经长了很多了……梁灵瓒十分庆幸还好去年婆婆来时没有给她梳头。

梁天年静静地站在旁边，看着镜中的女儿在婆婆的巧手下变出一双环髻，左右各簪着一对玲珑累坠的银钗，依稀有几分雅然当日的模样，心头一阵酸楚。

梁灵瓒在镜中看到他，又见他手中拎着香烛草纸等物，便知道他要去见娘和外公了，忙道："爹，我和你一起去吧？"

话没说完，脑袋被婆婆一把拧了回来："坐好了，今天有你的人生头等大事，哪儿都不许去！"

梁天年道："婆婆说得对。小瓒，你要好好听话。张阳这孩子不错，最要紧的是出身相仿，嫁过去不致令你受委屈。我这就去告诉你娘，她知道了，想必也会高兴。"

这……娘会不会高兴得太早了啊……梁灵瓒欲哭无泪。

梁天年说着就走，婆婆忽然想起一事，追上去一顿叽咕，末了梁天年点点头去了，婆婆回来，接着打扮梁灵瓒，嘴里道："还有个事儿，你可还记得当初在观里帮厨的李大娘？她侄子就在长安做书吏，家里姓安，正在预备给他议婚。他听李大娘说起过你爹的事，想见你一面。我也让他上这儿来，等见过张阳便见见他。"

梁灵瓒哭笑不得："婆婆，你到底给我找了多少人家？"

"你这孩子怎么说话的？只是见一见，又不是结亲，怎么了？买个菜还要货比三家呢，嫁人当然要精挑细选。我告诉你，我和你爹爹已经替你筛过了，还有一些要么家里兄弟太多，要么婆婆脾气不好，要么暴发横富，要么过于贫苦的，我们都没要。等看完这两个，回洛阳还有两家，性格家境也都还过得去，回去我再跟你细说。"

不是吧？梁灵瓒仰头无语问苍天。

梁婆婆终于把梁灵瓒打扮好，然后下去等张阳。梁灵瓒连忙让捧香找源重叶帮她告假，然后再去绣坊。

昨晚她们商量了一夜，梁灵瓒想来想去，只有一个办法可以脱身，那就是请春水大娘帮忙演出戏，假装晕倒，人事不知，然后派人过来通知。梁灵瓒忧心春水大娘的病况，自然要去看一看，婆婆和爹爹也不会阻拦，如此便能脱身。

捧香出去一趟回来，道："大娘那儿我已经说好了，陈公子也说好帮你告假了……"

梁灵瓒吃了一惊："你找的陈玄景？"

"源公子不知怎么地，被人揍得鼻青脸肿，自己都上不了值呢，我不找陈公子找谁？"

梁灵瓒讶然："被揍了？谁揍的？"要知道金吾卫可是长安城一霸，谁敢揍？

"不知道呀，问也不说。"

第七章·相亲

"那陈玄景有没有说什么？"梁灵瓒现在是一提陈玄景就紧张，"他有没有逼问你什么？"

"没，你知道陈公子待人向来都是客客气气的，只说他知道了，让我忙自己的去。"

正说着，梁婆婆满面笑容地进来："快，小阳来啦！"

四

这间客栈格局不小，后院住客，前面是茶楼，兼供饭菜酒水。东边是雅间，一扇扇门前悬着竹帘，颇为雅致。

梁婆婆领着梁灵瓒进了最里面一间，桌案后一名青年男子起身行礼，梁婆婆捅了梁灵瓒一下，梁灵瓒也忙行礼。

行完礼，一抬头，两个人都愣住了。

梁灵瓒发现他身段修长，都快有陈玄景高了，离当年那个矮冬瓜有十万八千里之遥，五官更是端正，眉目颇为清朗，怎么看也不像当年那个拖着鼻涕的小胖脸。

张阳也是一脸惊愕："你是……梁灵瓒？"

"是啊。你认不得了吗？我往你书桌里放过蛇的。"

张阳苦笑："这……这自然记得，怎么忘得了？"

梁婆婆抿嘴笑，借口去催茶，将雅间留给这对年轻人，让他们自在叙旧。

梁灵瓒好奇："你这矮冬瓜，是吃了什么长这么高的？"

"你……还真的是梁灵瓒，跟小时候一模一样……"张阳头疼地叹了口气，同时一脸困惑，"你爹生了几个女儿？"

"就我一个啊。"

"可，你家里是不是还有另一个姑娘？"

"嗯，是捧香，她也认了我爹做爹爹了。"

张阳顿足："原来她叫捧香……我也知道就你一个，又见她唤你爹做'爹爹'，便以为她就是你……"

梁灵瓒哈哈大笑："你傻啊，捧香和我一点儿也不像的！你以为谁都和你一样，男大十八变，矮冬瓜变长竹竿——"

她笑完，才猛然反应过来，顿时拍案而起："你想见的人是捧香？"

童年的阴影显然还在，张阳一个哆嗦，舌头打结："我……倒也不是不想见你，毕竟是儿时旧友,见一面也挺好的……"

"少啰唆!"梁灵瓒捉住他的衣领,"说,你是不是喜欢捧香?"

当年一打开书发现里面藏着一条蛇的恐惧再一次涌到心头,张阳慌乱地推开梁灵瓒:"不管我喜欢谁,都不可能喜欢你!梁灵瓒,你看看你什么样子,哪一个男人敢要你!"一面说一面落荒而逃。

梁灵瓒在后道:"笨蛋!你喜欢她我帮你跟她说啊!"

可惜张阳已经逃得远了,没听见。

忽然有人一声低笑,不知传自哪间雅间。梁灵瓒草木皆兵,莫名觉得有几分像是陈玄景的声息,但同时也知道,一定是她想多了,陈玄景怎么可能在这里呢?

她还没坐稳,梁婆婆就气势汹汹地杀了过来:"你是要气死我啊?小阳那样好脾性的人也能给你吓跑,你都跟他说了什么?"

梁灵瓒抱头:"他看上的人是捧香,婆婆你不要乱点鸳鸯谱!"

梁婆婆愣住:"当真?"

梁灵瓒赶紧把张阳的话说了,梁婆婆转怒为喜:"不错,捧香配他,你配安家哥儿,两个人的事可以一起办了,不错不错。"她越想越欢喜,不一时,小二引着一名白衣公子走来,只见他二十来岁年纪,头戴书生巾,衣衫鞋袜一尘不染,叫梁婆婆眼前一亮。

白衣公子过来拜见,自称安致远,对梁婆婆执礼甚恭,客气斯文,一看就是个读书人。梁婆婆满脸是笑,细问他家中人口几何父母年岁等。

原来安家是书香门第,他自幼苦读诗书,如今虽然只是个书吏,但学问从未搁下,明年春天就准备去考明经。

不用说,对这种又斯文又上进的孩子,梁婆婆自然是一百个满意,她寻了个借口走开,走开前,用力给梁灵瓒使了个眼色,让她老老实实不许乱来。

梁灵瓒觉得很冤枉,一、她并没对张阳乱来;二、这位是头一次见面,毫无过往可言,也没旧可以叙,她有什么可乱来的?只能眼观鼻鼻观心,数面前的点心上撒了多少粒芝麻。

安致远先开口了:"梁姑娘平时喜欢做什么消遣?"

梁灵瓒头也没抬:"做游仪。"

"什么?"

安致远一脸疑惑,梁灵瓒才发现自己不小心说错了话,咳了一声:"我是说……呃,做游……游鱼,咳咳,就是一种鱼。"

"嗒"的一声响,从隔壁传来,也不知道是什么东西失手砸地上了。

"哦,原来姑娘喜欢下厨。"安致远点点头,"不过我家人都不喜欢吃鱼,鱼肉多刺,耗时费力,腥气也重。我母亲长年吃斋,家中饮食清淡,鱼肉荤腥对身体无益,还是少吃吧。"

你们爱吃不吃,随便,但没有肉我可活不下去。——这是梁灵瓒的心声。

但若这话敢说出来,梁婆婆那边的唠叨能给她准备上一车,她只能乖乖道:"嗯,公子说得有理。"这句话是梁婆婆教给她的,据说无论任何时候任何场合,女孩子一旦熟练运用上这句话,无论收服哪个男人都不成问题。

果然安致远听了脸色大悦,又道:"姑娘在绣坊,想必女红相当出众,将来家中的衣衫鞋袜一定准备得妥妥当当,不必往外采买,也能省下一笔开销。"

不是的,就算我有捧香的手艺,布料和针线总归还是要买的,衣裳总不可能从天上掉下来。这是梁灵瓒的心声,然而面上,梁灵瓒还是乖乖点头:"嗯,公子说得有理。"

安致远满意了,喝了口茶,问道:"我听说令尊曾经官至太史局少丞,官职不低呀。"

梁灵瓒道:"那都是陈年往事,现在只是个混饭吃的教书先生。"

"姑娘不必谦虚。虽然不做官,但旧日官场上的朋友想必还在吧?我明年想去考明经科,但要入考场,需要有司举荐,不知道令尊大人有没有什么法子替我拿到一封荐书?你不要误会,我这也是为了你我的未来着想,我的前程难道不是你的前程?我若是明经中举,将来官爵加身,你就是官家太太,到时候你身边那些姐妹亲戚,一个个都眼红嫉妒,岂不美哉?"

梁灵瓒想了想,忍不住问:"你来和我相亲,是为了荐书?"

"姑娘这样说话可就太侮辱人了。"安致远闻言不悦,"我家门第清白,我的人品不敢自夸,也算不俗,有多少姑娘想嫁进我家,因我只想找个贤良人儿过日子,才挑到姑娘这里来。再者,我都说了,拿荐书不单是为了我自己,也是为了你……"

正说着,帘外小二问道:"安公子在里面吗?外面有人找公子您。"

安致远疑惑:"谁?"

"是位年轻公子,要问是谁,这可就得公子您自己去认认啦。"

安致远向梁灵瓒道:"姑娘恕罪,我失陪片刻,少顷便回。"

梁灵瓒巴不得他快走,连连点头。安致远起身跟着小二去了,她长出一口气,整个人趴在了桌上。老天爷啊,相亲这种事情怎么这么累的?

就在这时,一声帘响,梁灵瓒心中哀叹,怎么回来得这么快!

然而一抬头,整个人僵住。一柄折扇将竹帘挑开一线,一人倚着门框,眉眼带笑,嘴角勾起，风雅无双。

赫然是陈玄景。梁灵瓒觉得自己看错了。

从他对她说了那句话之后，她就有些风声鹤唳，看谁都像他，听谁都像他，哪怕是盯着一块点心，也能想到合香坊，然后又想到他……所以，一定是看错了！

她顽强地揉了揉眼，再看去，那人依然在，嘴角的笑意仿佛还深了些。

她下意识想要钻桌底，但后半辈子所有的机警与聪明在这一刻发挥了作用，电光火石之间，她拿起团扇挡住自己的脸——这是婆婆塞给她装淑女用的——捏着嗓子道："公子，你找谁？莫不是认错了人？"

"我找一位朋友。"陈玄景挑开帘子，施施然走了进来，"她姓梁名灵瓒，昨晚一夜未归，今晨她托人带话让我帮忙告假，我生怕她有事，所以跟了过来。不想就听到姑娘在此相亲，声音和我的朋友十分相似，因此忍不住想来看看。"

"这……这里只有小女子一名，并不见公子的朋友，还有……公子您坐的那位置已经有人了……"

"唔，我知道，想要荐书那位。"

你到底听了多少？梁灵瓒强压下咬牙的冲动，继续细声细气道："公子不是要找朋友吗？"那就赶快去啊！

"不忙。"陈玄景一派悠闲，"相逢即是有缘，姑娘不单声音像我的朋友，连眉眼都十分相似……"

梁灵瓒立刻用扇子挡住眼睛。可惜晚了，他伸手握住了她的手腕："……甚至连手指上的伤口都如出一辙……你说怎么会这么巧？"

梁灵瓒的手腕被握在他手里，就好像小兽的腿被夹在捕兽夹里。

她仰头，热泪盈眶。

这回真的是逃不掉了。

"我猜你一定是梁灵瓒失散多年的妹妹，对不对？"

梁灵瓒把扇子拉下来一点，瞄一瞄他的神情以判断自己是不是还有一线之机，跟他胡诌自己确实有个妹妹。然而只一眼，她就看到他眼中满满的笑意，眸子盛不下，已经快要溢出来了。

轰，血液冲向大脑，梁灵瓒的耳朵尖都红了。

"真是岂有此理，寻人都能寻错，这世上竟有这么多傻子！"安致远撩开帘子，首先瞧见雅间里多了一个人，再瞧见这人的手握着梁灵瓒的手腕，然后瞧见梁灵瓒的脸可疑地

第七章·相亲

发红，他的声音一下子变了："梁灵瓒，你这是在做什么？光天化日同男人拉拉扯扯，成何体统！没想到你竟然是这样水性杨花的女子——"

陈玄景站了起来。

他坐着时，安致远只瞧见他一个侧脸，面带笑容，十分文雅，但当他起身，安致远才发现他身段极为颀长，脸上敛去了笑容，眉眼淡漠至极，一种说不出来的冰冷气息自周身散发，安致远情不自禁地退后一步，然后才站住脚，梗着脖子道："我……我告诉你，她……她可是我的人……"

"明经一科，可以先过府试入选，也可以凭孝廉被有司举荐，还可以呈诗文向主考官自荐。你过不了府试，说明你学识不佳；你举不了孝廉，说明你品行低下；你写不出诗文，说明你才思平平。"陈玄景的声音冷到极点，"你一无学识二无品行三无才思，却来逼一个女孩子去为你要荐书，真是丢尽了男人的脸。给我滚。"

"你……你……"安致远背贴着门框，声音打战，"你是什么人？我是来和梁姑娘相亲的，她肯不肯为我要荐书，关你什么事……"

"巧得很。"陈玄景淡淡道，"我也是。"

"哐当"，梁灵瓒跌下了椅子，半晌才爬起来。

安致远目瞪口呆之余，嚷道："你一个姑娘，相多少男人——"

底下的话一个字也说不出来了，陈玄景扼住了他的喉咙。

陈玄景不喜欢动手，非常不喜欢，可这一刻，他真想捏死眼前这个人。

梁灵瓒看出他眼睛里真的有杀机，连忙拉开他，然后向安致远道："你姑妈没跟你说吗？我爹是获罪被贬的，能保住性命就已经不错了，哪里还有本事弄荐书？你快走吧，我这儿没有你想要的东西。"

安致远捂着喉咙，待要骂，目光触及陈玄景，终于还是忍不住，摔帘而去。接着传来稀里哗啦的声响，大约是他撞翻了小二的茶盘，茶具茶水砸了一地。小二要他赔，他反说小二有意烫伤他，要拉小二去见官，闹了个乌七八糟。

梁婆婆掀帘子进来："啧啧，这宋家哥儿生得这样斯文清秀，怎么骂起人来比那些泥腿子光棍还厉害？真是要不得——"这才看见雅间里还有另一个人，顿住。

陈玄景长揖一礼："晚辈陈玄景，见过婆婆。"

同样是作揖，安致远做来略显矜持与刻意，他做来却让人如沐春风，要有无数次极其标准严苛的训练，才能达到这挥洒如意的境界。

梁婆婆久经人世，自然一看便知，这孩子一定是出身好人家。

再看他生得丰神秀逸，无一处不佳，别说百里挑一，就是千里万里也难挑出一个来，梁婆婆喜得满面笑容，忙拉着他坐下，问他年岁几何，家住哪里，怎么认得梁灵瓒的……当然重点是娶妻不曾，又嗔怪梁灵瓒，说有朋友来也不告诉她。

梁灵瓒只得赔笑，笑得一脸僵硬，嘴角抽搐。她哪儿知道这位大爷会从天而降啊！而且婆婆您别问这些好吗？光是用听的她已经窘得满脸通红。真是奇怪，之前婆婆盘问张阳和安致远的时候，她毫无感觉，可是一旦问在陈玄景身上，她的一颗心都紧了起来。

她暗暗在桌子底下扯了扯陈玄景的衣袖，示意他不必回答这些问题，随时都可以撤。但陈玄景却没有任何反应，就在她准备再用点儿力的时候，手忽然被握住。

他的手完完全全包裹住她的手，就像他牵引着她的手让她在他的胸膛上盖章那一次，肌肤贴合，没有一丝缝隙，他掌心的热度清晰地传递到她的每一根手指，然后透进肌肤直冲心脏。

她的脸一下子红了。挣了挣，反而被握得更紧了。

"晚辈今年二十有二，家住长安，因陪祖母去绣坊，才认识了梁灵瓒。"陈玄景没事人似的，认真道，"晚辈起初觉得她性子莽撞，只会惹祸，后来却渐渐觉得她心地纯真，聪明绝顶，更兼认定的事情一往无前，十分勇敢，晚辈既钦佩又悦慕，从此心许于她，望婆婆成全。"

梁灵瓒原本已经把脑袋低到了胸口，把脸红成了煮熟的螃蟹，听见这话，愣愣地抬头。

真的假的啊？兄弟你说假话的本事太过高明，我真的分不清真假啊……一定是假的一定是假的！对！一定是假的！他是来帮她脱身的，就像从前无数次一样，只要他出现，她的麻烦一定能迎刃而解！

"好，好……"梁婆婆一时间竟不知说些什么才好，"小瓒是个好孩子，就是有时性子急躁些，你懂得她的好，那真是……再好不过……"

梁灵瓒看着婆婆湿润的眼角，心中又是感动，又是愧疚："婆婆，其实……"

陈玄景打断她的话，道："婆婆，其实晚辈还有话说。"

梁婆婆忙道："好孩子，你说，你说。"

"若是婆婆应允，我明天便到府上提亲。"

"哐当"一声，梁灵瓒再次跌倒，爬起来一脸惊恐："陈玄景！"

要不要玩这么大啊！

梁婆婆也呆住了："这这这还没有见过你的父母……"

"晚辈父母双亡，家中有祖母和兄长，我祖母见过小瓒，对她很是喜欢。"

第七章 相亲

137

梁婆婆问梁灵瓒："当真？"

"见是见过，喜欢好像也挺喜欢，但是……"

"那就好。"梁婆婆喜道，"等你爹爹回来，咱们便能把这件事情商量妥了。"

梁灵瓒脑中一片眩迷，完全不知道事情怎么会发展到这个地步，她极力挽回："陈兄，你不是有急事找我吗？我现在就跟你走。"

梁婆婆也道："原来你们有事？那快去快去，莫要耽搁。"

梁灵瓒大喜起身，陈玄景却拉住她："还有什么事比我们的婚事更急的？"

梁灵瓒睁大了眼睛瞧着他，不知道他在发哪门子疯，可是他脸上全是认真，眸子迎向她的视线，如汪洋般深沉温暖，她觉得自己仿佛要随着视线坠落其中，简直爬不起来。

而梁婆婆望着他，也像是望着自家的宝贝心肝，说不出的满意，说不出的怜爱。

不能这样下去！照这样真的就要成婚了！梁灵瓒深吸一口气："婆婆，其实他是陈家的人，大长公主嫁的那个陈家——"

陈玄景道："陈家的末枝远房而已。"

梁灵瓒道："他大哥是金吾卫——"

陈玄景道："其实就是个巡街的，况且已经卸任了。"

梁灵瓒道："他自己出身国子监——"

陈玄景道："算学馆。将来打算做一名书吏，应能养家糊口。"

梁灵瓒绝望地看着他。

陈玄景展齿一笑，笑得极其灿烂，比窗外此时盛烈的阳光也不遑多让，他用这个笑容告诉她：要比信口说胡话，她还差得远。

梁灵瓒忽然道："婆婆，他爹妈都不在了。"

陈玄景一时不知道她这招要攻哪一处，竟不好反驳。梁婆婆拍拍陈玄景的手："可怜的孩子，不怕，婆婆以后疼你。"

梁灵瓒接着道："……就是在去年过世的。"跟着耷拉下脑袋，拱进婆婆怀里，抱着婆婆，"他三年孝期未满，怎么能娶亲呢？我也是因为这一点，才没跟您和爹爹提起他呀！"语调带着几分泫然欲泣，演技十分到位。

陈玄景刚要开口，梁灵瓒立刻道："玄景，什么都不要说了，你的心意我岂有不知的呢？但我怎么能让你背上不孝的名声？你放心，不管家里怎么催我，我都不会依的。一年，两年……不管多久，我总是等你的。"

什么叫近朱者赤近墨者黑，什么叫青出于蓝而胜于蓝，梁灵瓒用实际行动告诉他——

这就是了!

梁婆婆最后被感动得稀里哗啦:"小瓒啊,早知道你们两个这样真心相待,我和你爹爹又怎么会催你啊?这年头,有什么比得上一颗真心?两年就两年!婆婆陪着你一块儿等!"

梁灵瓒小声问:"那……我还要回洛阳吗?"

"傻孩子,你的归宿在长安,还要回洛阳干什么?"梁婆婆说完拉过陈玄景的手,将梁灵瓒的手交到他的手里:"小景啊,我今天就把小瓒交给你了,你可得好好照顾她,疼惜她,可不能让她受一丝委屈啊!"

陈玄景道:"婆婆放心,我一定会。"

他答得这样认真,当真是慨然一诺。梁灵瓒低头看自己的脚尖,阻止自己心尖儿跟着颤抖,看来自己的演技果然还是要好好磨炼,距离陈二公子还差着一大截。

梁婆婆亲自把两人送到门外,道:"忙你们的去吧,等你爹爹回来,我跟他说。"

梁灵瓒虽然能脱身,但看着婆婆满是皱纹的脸,更多的却是不舍,还有一丝内疚:"婆婆,你不会怪我吧?"

"怪你做什么?只要你好好的,我和你爹爹就放心了。"说着,梁婆婆想到一件事,清了清嗓子,"你们两个如今虽是过了明路,但毕竟尚未成亲,有些事情须得有个分寸,不可过火,知道吗?"

梁灵瓒还懵懵懂懂,不知婆婆所指为何,陈玄景却是微微一笑:"是,玄景定当从命。"

梁婆婆这才放心,目送两人远去。

两人走出好一段路,眼见梁婆婆进去了,才绕了点儿路折回来——马车还停在茶楼外,而这辆马车银鞍玉座,一看就来历不凡,梁婆婆只要瞧上一眼,事情便要穿帮。

两人上了马车,帘子放下来,隔绝了外面的世界,小小车厢便自成一个世界。梁灵瓒低头坐着,不自觉想起那次在马车上的事,脸又止不住发热,且热气好像会在车厢里弥补,小小车厢比外面好像热了不少,她不允许自己再胡思乱想下去,挠了挠头,开口:"那个……对不住,我……我不是有意要瞒你的……"

说出来自己都觉得不对,她确实是有意瞒他的,并且是很用力地瞒他的。

"你……不怪我吧?"这话她自己都觉得问得好无耻啊。怎么可能不怪啊!人家真心真意待你,却连你是男是女都不知道!要是易地而处,她肯定会想掐死他啊!

陈玄景没说话。她悄咪咪地抬头看了他一眼,然后就顿住了。他在看她。

第七章·相亲

相识相处这么久，他一天大概会看她八百遍，但没有哪一次像这样，视线一分一毫地在她脸上巡睃，像是开天辟地以来第一次见到她，又像是想用目光将她整个人刻进脑海，目光那样深，那样暖，那样柔，那样亮，仿佛织成了一张绵密温存的网，将她整个罩在里面。

梁灵瓒发现自己无法面对这样的眼神，窘迫地低下头，只觉得自己耳朵尖都快烫熟了，坐也不是，动也不是，连呼吸都不对。

"咳咳，那个……"她强行开口，打破这奇异的罗网，努力用平常的语气说，"刚才真是好险，我说你要做戏下次给点儿暗示好不好？突然就开始我会跟不上啊！还好我机智，不然真要成亲了怎么办？"想想这个她终于感觉轻松了一点儿，"啊，不管怎么样，我给自己争取到了两年，两年之内，我可以想做什么就做什么了——"

"不是做戏。"陈玄景开口道，"我是真心想求亲。"

梁灵瓒完全被吓住了："可我是男人……不，我是说我之前是男人……我……"

她没能再结巴下去，陈玄景探身过来，靠近她。

梁灵瓒后脑勺贴着车壁，一动不敢动，脸上又开始发烫，耳朵里全是自己的心跳声。

"怦怦怦……"是她的，又或者是他的，两个人隔得太近了。

"因为你太蠢，所以我就说得再明白些好了。"陈玄景手抵着她身后的车壁，两人近到无间，息息相闻，"你是男人，我便喜欢男人，你是女人，我便喜欢女人。是什么都好，只要是你梁灵瓒就行。现在，懂了吗？"

梁灵瓒呆呆地看着他，心跳如雷，脸一直红到了耳朵尖，不是不懂，是不敢懂。

世间万物皆有规律可循，有道理可讲，再艰深的算术，再精密的观测，一旦掌握了方法，都能迎刃而解。但感情这个事情却好像不在此列。

"你……你喜欢我？"梁灵瓒用力地压下慌乱，努力想弄个清楚，"我不如咸宜公主那样高贵，又不如幸珠姑娘那样温柔，就连当初的宋家姑娘也比我好吧？你喜欢我……喜欢我什么？"

她的眸子黑白分明，脸虽红，这双眼睛里却有着真真切切的求知欲，这一瞬间陈玄景真想捏死她。但她眉前贴着花钿，唇色因胭脂而格外娇艳，银钗流苏随着马车微颤而泠泠作响，换上女装的她像三月里才结出的海棠花苞，让人连碰触都不敢用力。他唯有一声长叹："知道你蠢，没想到这样蠢。若是能选，你以为我不想喜欢咸宜的高贵、南宫姑娘的温柔，非得喜欢上你这只猴子？"

听上去好像很后悔的样子。梁灵瓒喃喃："那要不，你去喜欢她们吧。我们当朋友当兄弟挺好的……"

"梁、灵、瓒。"陈玄景咬牙,"你再多说一个字,信不信我现在就掐死你?"

梁灵瓒只好闭嘴。他离她那么近,她全身都笼罩在他的气息之下,全身的高热无法消退,她怀疑会把自己烧死。

她没敢抬眼看他,视线四下里乱晃,想找个安身处。从陈玄景的角度,只见她的眼睫扑闪扑闪,像一对惊慌失措的蝴蝶。

好像……吓着她了。其实他想过很多次,如何在一个山水秀美天气晴和的日子,带她去赏花赏月,最好佐以乐声与烛光,将衷情缓缓倾诉。他会将自己的心意一个字一个字送进她的耳朵,送进她的心里,她会吃惊会意外,但一定会相信。而不是现在啊……就在一辆行驶的马车上,在她满脑子还在为缓出两年时间而兴奋时。

陈玄景靠回车壁,心中无法自抑地有点儿懊恼。这不是他想象的样子。她好像总有法子叫他的想象一败涂地。

他一退开,新鲜空气重新回到梁灵瓒面前,梁灵瓒终于能顺畅呼吸。她悄悄瞥他一眼,立刻被他捕了个正着,她连忙晃开视线。

算了,跟她计较什么呢?陈玄景无声地笑了一下:"苍伯,回老宅。"

梁灵瓒一惊:"干什么?"

"我既然说要娶你,自然是带你回家成亲。"

梁灵瓒真吓着了:"别别别别别——苍伯,停车——"

陈玄景一把捂住她的嘴:"你是不是傻?连玩笑话都分不清?成亲怎么可能这么仓促?"

梁灵瓒快哭了,心说大哥你知不知道玩笑话会吓死人的?

五

马车停在后门,陈玄景选了一条人迹稀少的小路,将梁灵瓒领进自己的院落。

这是梁灵瓒第一次进陈玄景的屋子,只见有三间正房,四间厢房,庭前种着一片翠竹,迎风簌簌作响,遍地都是荫凉。下人们已经被苍伯清了出去,四下里静悄悄的,只有枝头的鸟儿发出清啼。

梁灵瓒顿时有一种感受——住在她那里,实在是太委屈陈二公子了。

卧房中立着一面比人还高的铜镜,光可鉴人。陈玄景把她推到镜前,梁灵瓒有点儿不知所以。这是专程带她来见识这面镜子?她确实没见过这么大的镜子,不过她对照镜子可

第七章 相亲

没什么兴趣，每天把头发胡乱一把抓，戴上帽子就出门了。

"好好看清楚。"陈玄景自去书案边，铺开笔墨，"然后帮我画下来。"

"画什么？"

"画镜子里的那个姑娘。"陈玄景将笔递给她，声音里带着笑意，眸子里也是。认识多少年了，破天荒头一次见她换女装，下一次还不知道要等到什么时候。可想而知，婆婆不来，她是不会再换了。

镜外站着一个她，镜中还有一个她，如花拂影，如月照水。两个她穿着淡蓝色上襦，雪白齐胸襦裙，鲜红绢纱披帛。女孩子们的衣裳原来是这样好看，娇艳如花瓣，轻盈似云朵，相形之下，男装简直是荼毒了她。

梁灵瓒画过无数人，却独独没有画过自己，提着笔感觉有几分奇妙，还有几分不好意思："画我干吗？"

"不干吗。"陈玄景板起脸，"考考你会不会画自己，行不行？"

"这有什么不会的？"

"那就画啊。"

梁灵瓒正要落笔，忽然想起什么道："你可不许让别人看啊。"

"放心。"他怎么舍得？

就在此时，院中有人道："玄景，在屋里吗？"

"是我大嫂。我出去看看。"陈玄景说着，带上房门出去了。

"我看见苍伯，就猜你回来了。怎么下人都不在？"

陈玄理的夫人是汝阳郡主，这声音听上去温和舒缓，郡主想必是个贤妻良母吧？梁灵瓒对着镜子，笔尖在纸上游走，思绪也有几分散乱。陈玄景喜欢她，喜欢她什么呢？是真喜欢吗？就像李司业喜欢春水大娘那样？好像又不大像……

外面陈玄景只说自己想静静心，所以让下人们先避一避。汝阳郡主笑："如此是我打扰你了。可我刚从宫里回来，惠妃娘娘问起你的事，我少不得还是要讨你的嫌了……"

"大嫂，我心有所属，已经向公主明说了。"

"唉，"汝阳郡主叹了口气，"咸宜公主是陛下最宠爱的公主，只怕……"

"陛下圣明，想必不会强人所难，再者，即使强也强不到我头上。"

"陛下虽不会强人所难，但恐怕……唉，也罢了，事到临头再说吧。说真的，你大哥问了不止一次了，你什么时候搬回来住？"

"请转告大哥，我自有分寸。"

"那梁大人是太子的人,你住在梁宅终究不妥,还有源二,也该早些搬回来才是……"

陈玄景把话题岔了开去,梁灵瓒模糊想起,就在她二入集贤院的那一天,陈玄景原说要吃她做的荷花糕,却有事回了这里一趟,再回去时,糕都凉了。

难道在那一天,她就被归进了太子阵营,被陈家划清界限了吗?连那位慈祥的陈老夫人也是这么想的?长安城可真是复杂啊……她有点儿怅然地叹了口气,搁下笔。

外面又说起了陈玄理在宫中的事,看起来好像一时说不完,梁灵瓒有点儿无聊,指头在桌面上无意识地敲了敲,顿时发现了玄机。

她的这几根手指已经可以当作第二双眼睛,只听得声音略有空洞,不似一般桌面那般实沉。但书案又没有小屉,她想了想,细细敲过去,在案角雕的流云纹上轻轻一扭,"嗒"的一声响,桌面缓缓开启,露出一个小隔层。

哈哈,陈玄景藏的宝贝!能让陈二公子这么珍藏的,一定都是些了不得的东西!

可把东西拿出来一瞧,她傻眼了。一本半焦的笔记,那是源重叶告诉她已经被陈玄景烧了的乐舞手记;一张尽管已经平展但依然清晰地看得见皱痕的画像,画的是陈玄景,却还没画完,因为画到一半的时候她才猛然发现自己画的不是源重叶,而是陈玄景;三份同样笔迹的道歉信,翻来覆去写的都是些自己再熟悉不过的蠢话。

她拿着这几样东西,一时间,外面的声音全听不见了。

眼前仿佛有风吹过,她在时光里穿行……

她看见陈玄景将笔记扔在火盆上,却又不顾烫手将它捡了起来……

她看见陈玄景穿过小道,在藏书楼后窗下那一片花园里反复寻找,拾起那个被揉皱的纸团……

她看见那天晚上她从太学号舍离开后,他一份份捡起了她的信……

时光一直往前,追溯到最起始的源头——她坐在枝叶繁茂的树杈间,竹卷失手落下,树下的人抬起了脸。

人面如玉,风姿若仙。

六

"吱呀"一声,陈玄景推门进来,梁灵瓒手里拿着罪证,呆呆地看着他。

陈玄景脸色一变,快步走来,抢了东西往暗格里一放,重新合上桌案,脸上带着一丝掩不住的红晕:"小小年纪不学好,谁教你乱翻的?"

梁灵瓒还是呆呆地,眼睛眨也不眨,目光直直地落在他身上,像是在看他,又像是穿过他在看旁的东西。

"梁灵瓒?"他忍不住拿手在她眼前晃了晃。

一瞬间,梁灵瓒的眸子亮了起来,像是神魂归体,重新活了过来,她猛地跳起来,一把抱住他:"我懂了!我懂了!你喜欢我!你是真的喜欢我!"

她的拥抱……还是那样的温暖,温暖得叫人心醉。

陈玄景笑着抱住她,从心底深处荡漾起来的笑意比任何时候都要灿烂。

不敢太用力,怕她会像花瓣一样被揉皱了,又不敢不用力,怕她会像蝴蝶那样飞走。

抱着她的感觉啊,就像整个天地都打开那样明亮、那样完满。

第八章

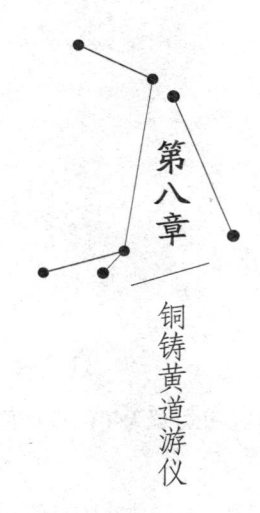

铜铸黄道游仪

一

　　日落前梁灵瓒和陈玄景回到客栈，正好梁天年也回来了，大家一起吃了顿晚饭后，陈玄景方告辞而去。

　　梁婆婆笑眯眯地问梁天年如何，梁天年总觉得陈玄景不像是一般人家出身，担心他身世太好，齐大非偶。

　　梁婆婆道："我问过了，是大户人家的旁支，教养好是孩子自己聪明懂事。再说，在饭桌上你也看见了，两人好得跟蜜里调油似的。"

　　是啊，梁天年哪里会看不见？那两个孩子坐在桌上虽没说几句话，但视线总能碰在一起，然后又各自别开脸，两人的嘴角上都带着一丝掩饰不住的笑意。

　　谁不是从少年时过来的，谁不懂这少年心事？他们两个自以为守护着只有彼此知道的秘密，殊不知那秘密早就写在他们每一个对视、每一个笑容里了。

　　另一边，捧香一回房便忍不住道："我可真是服了你了！你怎么想到这一招的？陈公子居然肯帮忙，还装得这么像！你去找他的时候，他是不是要吓死了？"

　　现在出现了一个很要命的情况，那就是，无论谁说到陈玄景，梁灵瓒都忍不住脸红："呃……不是装的。"

捧香眨眨眼："什么？"

"我跟他……是真的。"

捧香张大了嘴，在她一声惊呼出口前，梁灵瓒捂住她的嘴："小声点儿！"

"天呐！"捧香震惊不已，难以置信，"这是什么时候的事儿？他是怎么知道你是女孩子的？你竟然一直不告诉我！"

"我也是今天才知道好吗……"

捧香不依不饶，缠着梁灵瓒问个不停，梁灵瓒正老实交代着，门外梁天年道："小瓒，过来一下。"

梁天年的房间就在隔壁，桌上铺开了笔墨纸砚。家里原来那张母亲的画像已经好些年了，梁天年想让她画一张新的。

画母亲是梁灵瓒最在行的，几乎是提笔就来，片刻而就。搁笔时，只见砚台房边放着一本崭新的历书，乃是新近刊行的《九执历》。

梁灵瓒打开来，首页上写着太史局奉旨刊印等语，落款是南宫平，她叹了口气道："可惜了，要是外公没犯事，这上面的名字应该是外公吧？"

梁天年轻轻提起画，待墨干了，仔细卷起来，淡淡道："都是陈年往事了，还提它做什么？"

"爹，外公编定历法的时候你在太史局吗？"

梁天年卷画的手停了停，末了，长叹一声："那时，正是太史局最鼎盛之时……"

那时，他、雅然、长泽，都只有二十来岁，南宫平比他们略大些，也不过只长三四岁。几个人正值青春年少，制历时被师父押着没日没夜地测算，当时觉得极辛苦，现在回过头来看，却是晴光朗朗，一边熬着夜，一边说着玩笑话，不知不觉天就大亮了。

如果不是发生了那件事，《九执历》早已制成了吧？师父也不会含恨而终。仿佛是上天给他开了一个巨大的玩笑，就在《九执历》即将制成之时，他的人生被一刀斩成两截，之前有多明媚欢喜，之后就有多沧桑悲凉。

"爹，如果……我是说如果，如果我是男孩子，你会让我去学历法吗？"梁灵瓒忍不住问道。

"害人害己之物，哪里会分男女？"梁天年没好气道，"你啊，眼看都要嫁人了，怎么脑子里还在想这些？"

"我就说说而已。"梁灵瓒悻悻，不过她转即又笑了起来，"爹，你以前从不买历书的，现在居然肯买了。"这是不是意味着，爹也渐渐放下当年的痛苦了？

第八章·铜铸黄道游仪

梁天年叹了口气："这不是我买的。"

"那是？"

"今日我去上坟，遇见了从前的师弟，姓闵，论理你该叫师叔……"梁天年说着，忽见梁灵瓒一脸煞白，全身僵直，"怎么了？"

梁灵瓒三魂掉了两魂，大气也不敢出，僵硬地道："我……我只是没想到。"

"我也没想到……我看两座坟茔都齐齐整整，还有供奉痕迹，还以为是你，没想到他也还在京中。他说他现在住在弟子家里，这弟子极好，还要介绍我认识……"

梁灵瓒闻言，寒毛都竖起来了。

"可我一个心如槁木之人，再怎么样的绝世英才，结识来做什么？但看到他爽健如昨，我心下又是感慨又是安慰。罢了罢了，我们这一辈子，就这么过去了……"梁天年的声音里充满叹息之意。

梁灵瓒坚强地问道："那……师叔有没有问起……我？"

"你是他的小囡囡，他怎么会忘？"梁天年含笑，"自你出生，他就抢着抱你，对你极是疼爱。他知道你在长安，定要见你，我告诉他你在如意绣坊，让他去了找梁灵瓒便是。"

梁灵瓒僵在当地。

梁天年安慰道："别担心，你师叔是个热心肠的，虽说有时候会犯点儿小糊涂，但一定会照应你，你以后有什么难处可以去找他。"

别说了，师叔的心肠有多热，会犯哪种小糊涂以及怎么照应她，还有人比她更清楚吗？

二

第二天，梁灵瓒送走婆婆和爹爹，快马加鞭赶回梁宅。

闵学录坐在大厅，一看就是在等她。

梁灵瓒一步一挪，慢慢挪过去，头也不敢抬。闵学录瞪着她："还有胆子回来见我？"

"师叔……"

"谁是你师叔！"

"你是我爹和我娘的师弟，自然是我师叔，"梁灵瓒把心一横，不要脸地挨过去，"师叔，你没在我爹跟前戳破我，我知道你是疼我的，对不对？"

闵学录瞪着她半晌，终于长长地叹了口气："我也是瞎了眼，你这双眼睛明明生得跟雅然姐一模一样，我竟然没看出来！"

"爹说我跟娘不大像，说娘的眼睛最最温柔了……"

"胡说，雅然姐那是见了你爹才温柔。见了我们，眼睛一瞪，吓也要给她吓死了。只是你胆子怎么比雅然姐还大？竟然瞒着你爹进了集贤院！还瞒了我这么久，我还一心想着给你说媳妇，你这臭小子！"

他说着气又上来了，就要去敲梁灵瓒的脑袋。梁灵瓒抱头往外蹿，一不小心撞进一人怀里，却是陈玄景，他扶住她，对着她微微一笑："听见这么热闹，就知道是你回来了。"

明明才一个晚上不见，为什么却像是隔了很久呢？梁灵瓒的脸上微微发红。

闵学录随后追出来，见状一愣，指着陈玄景问梁灵瓒："这小子知不知道？"

梁灵瓒红着脸点点头。

"好啊！"闵学录悲愤，"女生外向！"

"学录，说话小心，此事只有你我二人知道，最好不要说与第三人。"陈玄景诚恳道，"知道的人越多，小瓒越便危险。"

闵学录不由一警，但还是悲愤，哼哼道："这还用你说？"

三

婆婆和爹爹那头一搞定，梁灵瓒得以安心造游仪，不过心里始终挂着张阳的事。她托陈玄景打听出张阳的铺子所在，然后选了个休沐之日，假说带捧香逛街，顺路就走了进去。

张阳先认出了捧香，当真是喜出望外，又见到捧香身边的男子，心顿时凉了半截，再认出这男子是梁灵瓒，又怀疑她来砸场子，总之经历了一段极为坎坷崎岖的心路，才明白梁灵瓒领捧香前来，是有意撮合他和捧香。

张阳自去年一见捧香，便记在了心上，这次一见，更加有意。张阳做的本来就是布匹生意，照进价给春水大娘供应布匹，硬生生挤掉了绣坊原来的布匹供应商家，得以时常往来绣坊。

他进来谈生意时挥洒自如，每每要离开时却期期艾艾，春水大娘何等人物，很快便看出端倪，于是点名让捧香送客。

捧香却是一板一眼，送客就是送客，绝不多走一步路。张阳只好把那步子放缓，慢吞吞地挪。一天梁灵瓒来找捧香，见到两个人慢悠悠挪着脚步，身边一对颤巍巍的八十岁老夫妻都越过他们了，不禁笑得打跌。

这日清早出门前，梁灵瓒把捧香拉到自己房里，问："说实话，你喜不喜欢张阳？"

第八章：铜铸黄道游仪

捧香顿时红了脸："谁喜欢他？你莫要乱说……"

梁灵瓒作势就要走："那我就告诉他你不喜欢他了啊，让他死了这条心，赶紧去找别人吧。"

"哎你！"捧香急了，"回来！"

梁灵瓒道："喜欢就是喜欢，不喜欢就是不喜欢，给个准话。"

捧香低头："喜欢又怎样？不喜欢又怎样？"

"喜欢就成亲啊！不喜欢就拉倒啊！"

捧香的头越发低了，声若蚊蚋："成亲什么的，我……我一个女孩子家，难道要自己去说不成？"

梁灵瓒大喜："你这是喜欢了？哈哈，早说嘛！我这就告诉张阳去！"

捧香急得一把拉住她："你要敢去，我就……我就不理你了！"

"喜欢就喜欢，为什么不能说？"

捧香道："唉，他都没说，我怎么说？唉，你不懂！"

梁灵瓒表示这话就不对了："我也是有人喜欢的好吗？"

捧香一愣。梁灵瓒没日没夜地做游仪，得空了就爬到屋顶上观星，和陈玄景的相处方式好像就是一起观测、一起计算、一起讨论，像同门多过像有情人。捧香不由问："那他说过喜欢你吗？"

梁灵瓒点头："说过啊！"

"你也说过喜欢他了？"

梁灵瓒摸着下巴，陷入了沉思。

"瞧瞧，你这叫丈二高的烛台，照得见别人，照不见自己。"捧香说着便走，门一拉开，发出"啊"的一声惊呼。

梁灵瓒回头望去，只见陈玄景站在门外，身穿官服，身段修长。

捧香早已经捂着脸跑开了。

"陈兄，偷听不大好吧？"

陈玄景走进来："实不相瞒，捧香倒罢了，你的嗓门可不小，我用不着偷听，光明正大就听全了。"

梁灵瓒知道，陈二公子的脸皮要是厚起来，普通人是奈何不了他的。瞧他一身穿戴妥当，她也抓起了官帽，往头上一合："走吧。"

一步还没迈出，便被陈玄景手撑在墙壁上挡住。

天色才蒙蒙亮，屋内光线幽暗，他的眼睛却灼灼闪亮，低声道："我也在想，我好像还没听过你说喜欢我……"

一旦他低声，一旦他逼近，梁灵瓒就觉得空气好像不大够用，呼吸不大顺畅："我……我以为你知道……"

"知道什么？"

"知道……我喜欢你……"

陈玄景贴近一步，近到咫尺，眸子灼热，紧紧盯着她："你再说一遍。"

梁灵瓒口干舌燥，此时才知道说别人容易，自己做起来却难，明明只有四个字，每一个字却好像重如千钧，又好像要一个字一个字从心底抠出来，因而无比费力。她看着他，努力地道："我喜欢——"

最后一个字没能说出来，陈玄景低下头，将它含住了。

万物仿佛在这一刻商量好了，悉数倒退，隐没无形。清晨时下人的洒扫声、老吴催促的叮嘱声、车夫的备马声……全都不见了。

世间好像就只剩下他这么个人，只剩下他的温度和气息。

梁灵瓒的眼睛猛然睁大，无限大。陈玄景的手抚上她的眼睛，唇压了下去。

和上一次的意外不同，这一次他吻得极深。这是梁灵瓒有生以来第一次同人这样接近，近到没有距离。

她的唇柔润如花瓣，他不舍得用力，像蝴蝶怕惊堕枝上的露水，可又不舍得不用力，像蜜蜂怕吮不到花心中央的蜜。

焦灼里混着难以言喻的快乐，快乐里含着说不出来的饥渴。他失去了对自身的控制，大脑好像被玫瑰色的梦境充满，只想要得再多一点儿，再多一点儿……

一双手阻止了他，梁灵瓒几乎是使出了吃奶的力气才将他推开，然后大口呼吸："等……等会儿，等我喘口气……"

梁画师是平康坊众楼里的座上宾，就算没吃过猪肉，也见过很多次猪跑了。只是自己做来才发现这事竟然有性命之忧——她险险给憋死！

陈玄景看着她，又是好笑，又是好气，一腔绮念无处发泄，紧紧将她搂进怀里："笨蛋笨蛋笨蛋……世上怎么会有这种大笨蛋？"

梁灵瓒的脑袋贴在他的胸前，隔着一层衣料，听到他剧烈的心跳，感觉得到他灼热的体温。他整个人像一座行将爆发的火山，又热又烫，危险极了。

看样子那句话还是少说为妙。

第八章：铜铸黄道游仪

四

得了梁灵瓒的准信，张阳立刻回洛阳向梁家提亲。

从问名到纳征到文定，前前后后花了四五个月，当婚期终于定下来时，已经是腊月二十，马上要过年了。

捧香在长安的时候，梁家是捧香在当家，她走的那一日，搬出三个匣子给梁灵瓒，一匣是飞钱，一匣是房契地契，一匣是现银。

捧香交代她，现银那一匣是每月初一将家用交给老吴用的，以及过年过节按例给下人的赏钱。还有家中日用开支有哪几类，所费几何，都一一记了收支账簿。

那一匣子飞钱则是梁灵瓒替美人们画像所得，数目连梁灵瓒自己都吓了一跳。曾几何时，她是个连束脩都交不起的穷光蛋，那时她无论如何也想象不到自己会有这么多钱。

照捧香说，这还是梁灵瓒胡乱花钱的结果，本来该有两匣子才是。所谓的胡乱花钱，是指梁灵瓒请了三四个木匠帮着做游仪，以及买各种稀奇古怪的西市物件。

梁灵瓒接过匣子，想了想，把那沓飞钱二一添作五，和捧香一人一半。

捧香吓了一大跳："傻小瓒，你知不知道这里有多少！怎么能胡乱给人？"

梁灵瓒笑嘻嘻："拿着。你不是说想开绣坊吗？那就开个大的！"

捧香捧着厚厚一沓飞钱，看着梁灵瓒的笑脸，忽然想起好些年前，她被赶出宋家，拎着包袱不知何去何从之时，看到的也是这样的笑脸，又明亮又温暖。

"小瓒！"捧香扑上去抱住梁灵瓒，一下子哭了出来。

"喂，喂，还没到哭嫁的时候吧？不是说上轿才哭吗？"

五

老吴知道捧香要回乡嫁人，一天三五回地在梁灵瓒面前叹气，叹得抑扬顿挫，以人生的各种角度劝梁灵瓒去把捧香哄回来——这么温柔贤惠的女主人打着灯笼也难找啊！

腊月十九，梁灵瓒告假回洛阳，老吴替她准备行装，欢喜不尽。当然，后来梁灵瓒回来时照旧一个人，老吴的失望可想而知。

张家家境殷实，捧香又是长房长媳，婚礼着实隆重。梁婆婆掘地三尺地给捧香张罗嫁妆，好配得上流水一般送来的聘礼。捧香连忙拦住了婆婆，拿出银票置办，不敢说是梁灵瓒给的，只说是春水大娘给的。

婚礼足足热闹了三天，之后又是回门，又是过年，等到梁灵瓒回长安，已经是上元之后。

这日才入城，就听一声鞭响，转角处一辆马车上，苍伯挽了一记鞭花。

车门里一人望着她，眉眼带笑，不是陈玄景是谁？

梁灵瓒连忙过去，"你怎么在这儿？"

陈玄景笑道："来接你。"

"我在信里只说今日来，你怎么知道我这会儿到？"

苍伯比了个手势。跟陈玄景混得久了，梁灵瓒对苍伯的手势也懂了个七七八八，苍伯是说："他一早就在这儿等着了。"

一股暖意和甜意猝不及防涌进梁灵瓒心里，但奇怪的是，苍伯神情却像是有点儿不高兴，更确切地说，是有点儿哀伤。

陈玄景已经向她伸出手，拉她上马车，她悄悄问："苍伯怎么了？心情不好吗？"

"哪里？苍伯一直如此。"

"才不是——"

后面的话她没能说出来，车帘被放下，隔绝阳光与视线，她陷进陈玄景的怀抱里，陈玄景的声音从头顶传来，仿若叹息："二十七天又五个时辰……梁灵瓒，你离开我这样久，竟然只有一封信，信上面还满篇都是捧香开绣坊，你到底有没有良心？"

梁灵瓒赧然。

她提起笔好像有很多话想说，但要落在纸上却不知道说什么才好。说想念他吗？光是用想的就已经让她脸红了，实在没有办法落在纸上。只好把这些日子的事情一桩桩一件件说给他听——往年都是和捧香在一个被窝里守夜，今年好像格外孤单一些；李司业擢任国子监祭酒，不日就要进京上任；春水大娘和他一同来的，又因捧香想开绣坊，春水大娘干脆将洛阳的如意绣坊转给了她；张阳待捧香好极了，一看就是个怕老婆的，等等。

陈玄景看完信唯有掩卷叹息，想要这只小猴子写点儿情诗诉衷肠什么的，这辈子大约是没指望了。

马车驶进梁宅，那几个木匠已经照着她离开前的图纸对元件进行过改造，陈玄景也将这段日子集贤院里的资料整理出来。梁灵瓒来不及休整，撸起袖子就进了花厅——那儿已经被改成工房，到处堆着成形或未成形的元件，以及搁在最中央的即将成形的游仪。

陈玄景靠在门边，看着她忙碌。苍伯走进来，默默地打了个手势。

陈玄景摇头："这种事何必告诉她？"

苍伯无声地叹了口气。

第八章·铜铸黄道游仪

梁灵瓒沉浸另一个精密又繁琐的世界里,初春淡淡的阳光照在她的脸上,全是专注与认真,除此之外,她什么也不知道。

游仪已到了最后阶段,梁灵瓒白天在集贤院研究资料,作做出图纸,放衙了便回来找工匠们一起干,若不是陈玄景强行拎她去睡觉,她只怕要天天通宵达旦。

饶是如此,梁灵瓒躺在床上也睡不着,往往又会爬起来去花厅。连带陈玄景也防贼似的睡不安稳。两人每天挂着巨大的黑眼圈入宫,大相和元太不由问:"你们俩天天晚上在干吗?"

梁灵瓒恍若未闻,做梦一样飘进了她的后殿。陈玄景冷冷丢下两个字:"入魔。"

这一日,陈玄景睡到半夜,无端醒来,第一件事就是去梁灵瓒房中查岗。推门一看,里面半个人影也没有,被窝里一片冰凉,人早走了。

他转身就往花厅去,步子极大,心里窝着一团火。

花厅里灯火通明,她果然在这儿!

他少年观星,对于游仪之类也颇为喜爱,可是这一刻,他心中只有一个冲动,那就是拆了那游仪,把她拎回去好好睡觉!

正要推开花厅门时,他心里面却微微一顿——好安静。往日这里面是锯木声、刀斧声、削磨声,声声不绝于耳。

手上的力气不由放缓,轻轻推开门。

明亮灯烛下,一架游仪静静地立在桌上,线条洗练,转动流畅,完完整整,再没有缺陷。

做成游仪的人终于被连日来的疲倦打败,就趴在桌上,睡得沉极了,像个小婴孩。

陈玄景轻轻叹了口气,解下外袍,裹在她身上,然后弯腰将她抱了起来。

"师父……"梁灵瓒皱了皱眉,不安地动了动,"别赶我走……"

陈玄景有一丝心疼。

在梦里她还是那个被抛弃的小女孩,可怜而无助。

随着游仪越来越完整,他发现她的心情越来越沉重。她一面抵挡不住完成游仪的冲动与诱惑,一面又深深害怕,师父说她越优秀便越危险,如果她做出了游仪,师父是不是更加不会让她靠近了?

每每她叨念的时候,他就忍不住想,若是那个时候他便在她身边,他一定不会让她这样难过。

还好,现在他在了。

六

梁灵瓒这一觉好睡，醒来发现自己安安稳稳地躺在床上，有一丝诧异，她明明记得自己是在花厅里睡着的……一抬头就见窗外已经是日上三竿，当即"啊"的一声惨叫，连忙披衣下床，冲到花厅。

"啊——"惨叫声再一次响彻梁宅。

花厅桌案上空空荡荡，昨晚刚刚造好的游仪消失得无踪无影。

大相、元太来请一行大师去后殿的时候，一行正在翻阅旋枢双环最后的测算资料。旋枢双环离玉衡望筒最近，因此与望筒的契合率需要达到最高，但目前，不管是测算数据还是图纸，都无法达到这一点。

他眉头深皱："让她安安分分待着，再生事端，便休想再留在集贤院。"

元太道："不是小瓒，是陈玄景。小瓒今天还没来呢。"

一行抬起了头。陈玄景少年时给他留下的印象太深刻——一位出身高贵而视他人如尘埃、为达目的可以不惜一切手段、将星术当作权术一般玩弄的贵公子。但进了集贤院之后，陈玄景好像有点儿不一样了，那丝惯常的温和淡漠里，不知道从什么时候起多了一丝切实的暖意，细想来，大约是和梁灵瓒在一起时经常含笑的缘故吧？

而且陈玄景的算学极漂亮，几乎不弱于梁灵瓒，无论哪一种测算，出自陈玄景之手的几乎完美无瑕，单凭这一点也值得让一行另眼相看。

因此一行离开了主殿，踏入了被他视为禁地的后殿。

有无数次，知道自己疼爱的那个孩子就在这间后殿中，他也会想来看看她在做什么，听听她是不是又有了什么新奇主意，是不是又打算做什么有趣的玩意儿。有好几次甚至已经顺着脚走向了这个方向，终于还是制止了自己。

把她放在越僻静的地方，越不招人注意，她才越安全啊。每一次，他都这样告诉自己。

现在一踏进来，就看到原来整整齐齐的后殿被改造成了工坊，散乱的工具与堆得到处都是的材料，每一样东西都无声地告诉他，小瓒在这里是如何度过一天天的光阴的。

陈玄景立在桌边，先躬身行礼，然后道："在下请大师来，是想请问大师，游仪造得如何了？"

专程把一行大师叫来问这样一句话，显然是极其失礼的，但一行不以为忤："还差旋枢双环与玉衡望筒尚未定案。"

第八章 · 铜铸黄道游仪

"大师预计多久能做完？"

"越到后面，改动越大。到底要花多久，贫僧并无确切把握，但愿今年能造成吧。"

"那么，大师请看看这样东西吧。"

案上立着一物，罩着一匹白布，陈玄景说完，用力将布罩掀开，底下的东西露出了真容。

那是一座游仪，完整的游仪。它安安稳稳地站立，早春的阳光在它身上折射出木料的温润光泽。阳经双环、阴经单环、天顶单环、赤道单环、黄道单环、白道单环、旋枢双环再加上玉衡望筒，每一个部件都安稳妥帖，各归其位。

这便是一行大师想象中的样子，现在，有人用世上最灵巧的那双手将它从他的想象之中挖掘了出来，送到他的面前，如此清晰，如此具体，每一处都与他的想象完全吻合。

一行伸出手，轻轻调整了玉衡望筒的角度。随着这细微角度的倾斜，旋枢双环第一个顺应而动，然后所有环道的位置一致发生改变，天地的轨迹悉数蕴纳其中。

他的手微微发抖。他仿佛又回到了那一天，和好友论经归来，在潮湿的地面上看见半面简陋的仪图；又像是那一天，那个孩子送给他一盏灯笼，柳枝编成的阴阳双环移动自如，那已经是一只简单的游仪。真正的天赋像宝石般夺目，像星辰般耀眼，不管你怎么压抑，怎么遮掩，它终将喷薄而出，光芒无可阻挡。

良久，一行长叹了一口气："恭喜你，陈公子，做出游仪，当属大功一件。"

陈玄景道："大师应当看得出来这游仪出自何人之手吧？"

"贫僧只知道游仪是公子拿来的，其余的一概不知。"一行声音平淡，"贫僧这就奏请陛下，开模铸造，不日便可实地观测。"说着，转身便走。

"只因为她是女人？"

一行的脚步一顿，背影僵住。

"大师，你已经为她打开过一扇窗，让她看到过天地间最明亮最神奇的光景，现在却要她自己关上窗子，从此生活在黑暗中，对她会不会太过残忍了？"

一行沉沉叹息："是我的错。"

"不，大师，若是她没有遇见你，从此世上便多了一个寻常女子，而少了一个惊才绝艳的天才。"陈玄景走上前，深深道，"是你给了她翅膀，但不该阻止她飞翔。"

"可她注定是飞不起来的！"一行的声音沉痛到极点，"那孩子的天赋有多高，我会不知道吗？只要她走在这条路上，终有一天，会走到一个万众瞩目的所在，那个时候，就没有人能护得了她了！"

"我能。"陈玄景声音清晰、稳定，"我在此起誓，只要我陈玄景活着一天，就绝不让梁灵瓒受一丝苦楚。"

一行讶然转身，看见这个长安第一贵公子立在阳光里，神情平静，这是一种郑重到极致的平静。平静得近乎虔诚。

七

梁灵瓒急匆匆进了宫，准备找陈玄景，才踏进集贤院，就见大相和元太守在大门口，见她来了，一左一右架了她就走。

这招他们小时候常玩，但现在大相和元太俱生得人高马大，梁灵瓒顿时两脚离地："喂喂，干吗？什么时候了还玩这个？我还有事！"

大相和元太毫不理会，直接把她架进主殿，上了三楼，往屋子里一扔，然后"哐"地关上门。梁灵瓒急得直拍门："你们两个多大了？快开门，一会儿师父来了就完了！"

一声咳嗽从里面传来，梁灵瓒全身僵住，脑袋缓缓转过去，就见一行正半弯着腰调试一架游仪。那游仪十分眼熟，可不就是她家里失踪的那一架？

梁灵瓒满面通红，有破门而逃的冲动，生怕师父下一瞬就冷下脸赶她出门。然而一行开口问道："你这旋枢双环是怎么卡上玉衡望筒的？"

梁灵瓒连忙过去，指着两者交接的地方仔细说明了，一行点头："不是自己动手就想不到这一点。"他顿了顿，道，"你将图纸另画一份，交给将作局，等他们开模铸造完毕，我们便要开始测量子午线了。"

梁灵瓒猛然抬头。她没听错吧？我们？我们！

她的眼睛亮得不可思议，一行柔声道："但这功劳太过扎眼，我不能将你推到陛下面前，陈玄景也不愿独领此功，游仪只能是集贤院所造，你可愿意？"

"愿意愿意愿意！"她跳起来一把抱住了一行，"我们什么时候开始测量？"

一行看了她一眼，眼底是她曾经那样熟悉的温和与疼爱："性子还是这么急……哪有这么快？总得等铜仪做好了再说。"

"好好好。"她从洛阳国子监等到长安国子监，从长安国子监等到集贤院，现在只有区区铜仪，还有什么不能等的？

"那，师父不怪我了？肯带我了？"

一行轻轻叹了口气："我也不知道自己做的是对是错……但你有如此天资，我只怕再也找不到第二个了。"

梁灵瓒脸上露出了大大的笑容："师父万岁！"

一行训她："胡言乱语。"但连训话都是温和的，这样的语气她已经好多年没有听到过了，忽然忍不住红了眼眶。

一行轻声道："这些年，苦了你了。"

这话不说还好，他一说，梁灵瓒的眼泪当真是止也不止不住，抱着师父，哇哇大哭起来。

从洛阳国子监到长安国子监，从长安国子监到集贤院，她走了这么长的路，当时并不觉得苦。可等真真正正走到了师父面前，一口气却像是松懈了下来，所有的坚强都成了一张纸糊的壳。她哭得稀里哗啦，再一次把眼泪鼻涕涂了师父一身，就如同当年她拜师那一日一样。

八

三天后，梁灵瓒在梁宅摆了一桌素宴请客。之所以花了三天，乃是特意让厨子去学了几道出名的素菜。

这天梁灵瓒放了衙，等着师父一起出宫，四个人坐上马车到了梁宅。大相与元太住在宫里，按说对于雕梁画栋已经是司空见惯，但瞧见梁灵瓒自己有这么一所大宅院，依然咋舌不已。

闵学录自从知道一行大师要来，就十分紧张，一天要照三次镜子，生怕哪里有不雅之处。这会儿见了一行大师本人，抢上来行礼："大……大师安好，在……在下见过……"几辈子的恭敬与客套都用在这一刻了。

一行还礼："小瓒的算学承蒙闵学录教导，贫僧在此谢过了。"

闵学录更紧张了："早知道她是跟着大师您学的，我说什么也不敢班门弄斧的。"

宋其明也来拜见，悄悄地向梁灵瓒道："大师真是修为精深啊，不会老似的，跟当年一模一样。"

梁灵瓒鼻子翘得老高："那是，也不看看是谁的师父！"

"得了吧，早两年是谁提也不敢提自己师父是谁，别人多说一个字，拦都拦不及！"

众人在说说笑笑间开席，梁灵瓒坐在一行身边，一旁是陈玄景，陈玄景身边则是源重叶。案上全是素菜，是梁宅有史以来最清淡的一次宴席，却也是梁宅最热闹的一次宴席，因为它的主人从来没有这么开心过。

梁灵瓒觉得自己快要开心疯了，开心醉了。

还好陈玄景及时地用果浆换走了她的酒。不知是什么果子，酸酸甜甜，特别好喝。

"陈玄景，"她举着杯子，"谢谢你，一千个，一万个谢谢你。"

陈玄景的杯子和她的轻轻一碰，眸子里有浅浅的笑意："才喝了几杯，就开始耍酒疯了？"

很多年后她再回忆这个夜晚，已经想不起来大家到底聊了些什么，又笑了些什么。她只记得灯光那么温暖那么明亮，她一抬眼就可以看到师父，一转头就可以看到陈玄景。她看到闵学录缠着师父请教算学上的问题，她看到陈玄景正在给她的杯子满上果浆，眸子望向她，眼中漾满这样的笑意。

这一席喝得半夜才散，梁灵瓒早已经让老吴收拾好了屋子，师父和大相、元太各一间。一行先歇下了，大相和元太还在为谁睡左边谁睡右边而争个不休，梁灵瓒靠着门框看着他俩，恍惚又回到了玄都观里的少年时光。

这么多年过去了，我们又可以重新在一起了。

"笨蛋！"她的心里浮动着快乐的波光，"猜拳啦，赢的睡左边，输的睡右边！"

大相、元太想了想，一齐道："为什么赢的睡左边？左边更好？"然后齐齐往左边涌，梁灵瓒哈哈大笑："猜拳啊！谁赢谁睡！"后来到底是谁睡了左边屋子呢？梁灵瓒有点儿记不清了，她歪歪倒倒地爬上床，在心里笑那两个笨蛋这么多年居然一点儿也没变，干吗不进去看看呢？只要一进去，就知道左右两间完全一模一样啊。

她几乎是头挨着枕头就睡着了，一睁眼便已经天亮，还以为自己又睡到了日上三竿，一看天色才蒙蒙亮，这才放心，打开门准备去找师父。

门一开，就见源重叶站在房门外，一脸凝重。

上一次他用这种表情站在她门外，是带她去听风书院那一回。

她知道源重叶为他俩操碎了心，一个是好兄弟，一个是好朋友，手心手背都是肉，他夹在中间各种为难，因此想过要不要将自己的秘密告诉他，却被陈玄景拦了下来。后来陈玄景不知道用什么办法把源重叶的忧心压了下来，源重叶再没对他俩的事说过什么。

"有事？"梁灵瓒问，心里决定，如果源重叶还在担心她和陈玄景的事，她无论如何都得告诉他真相了。

"嗯。"源重叶点点头，"今年宫里的差事越来越忙，时常要值夜，我以后就不回来睡了，跟你说一声，那间屋子不用给我留了。"

"你要搬走？"梁灵瓒有点儿意外,金吾卫能有什么事？那不是斗鸡走狗第一衙门吗？"不会是因为我师父来了吧？"

"不是不是，别误会。我早几天就想说了，有事耽搁了，就拖到了今天。"

梁灵瓒看着他，源重叶不敢和她对视，飘忽了两下，借口"时间不早"，转身就要走。

第八章·铜铸黄道游仪

梁灵瓒一把拉住他:"到底是什么事?是朋友就直说。"

源重叶犹豫了一下,最终在梁灵瓒笔直的视线下咬了咬牙:"罢了,说就说!你该知道我背后是陈家,老这么住在你这里,人家还以为我亲太子了,我亲了太子,陈家便有亲太子的嫌疑,你可懂?"

话一开了头,后面便容易了,源重叶脸上露出了难得的严肃表情:"你可知道我为什么一直想让你离小瑛子远一些?事关储位,复杂之处远超你的想象。我们各自有了官职,一举一动都有人看着。小瓒,我们是朋友,这一点永远也不会改变。你有任何事,只要用得上我,我上刀山下火海,眉头都不会皱一下。可是明面上我不能再住在这里了,算我对不起你,我不能连累陈家。"

九

陈玄景起床刚推开房门,就见梁灵瓒坐在对面门槛上,一动不动,也不知坐了多久。

他过去,伸出手在她面前晃了晃,她的眼珠子这才动了动,目光落在他脸上,怔怔问道:"你住在我这里,会连累陈家吗?"

陈玄景脸色微微一变:"是不是有人跟你说了什么?小叶子?"

"你只要回答是或者不是。"

"想这些事情做什么?"陈玄景微笑,"这会儿你不是应该去给大师请安伺候以尽弟子之礼吗?"

梁灵瓒的心沉下去:"那就是真的了。"她早该想到的吧?在她拿着东宫的官身重回集贤院的那一刻,他第一时间表现出来的不是喜而是惊。可她的心太小了,小得只装得下自己的心愿,装不下朝中的大局,甚至看不到他的难处。

她忽然明白了那天苍伯为什么会是那样一副欲言又止的哀伤神情,只有他知道,同她谈笑风生的陈玄景背后承受着多大的压力。

"你……干什么这么傻啊?"声音有丝异样的颤抖,她用力忍住了,"住不住在这里有什么了不起的?难道不住在这里,我们就是分道扬镳了?连小叶子都知道住开了还照旧是朋友,你怎么这么死脑筋?"说着她深深吸了一口气,笑道,"你搬回去吧!正好我师父和师兄们过来住,人太多也不好,闹得慌,老吴也忙死了,说不定下人们还要嚷着加工钱呢,你回去,正好给我省点儿钱……"

陈玄景上前一步,掩住了她的嘴。

"我早就和你说过，我不喜欢看你这样笑。"他轻轻抱住她，"梁灵瓒，记住一件事，我是陈玄景，这世上若有什么事是我做不到的，那么你再操心也没有用，懂吗？我知道自己在做什么。"

梁灵瓒靠在他的胸前，听着他沉稳的心跳，还没等心中稍安，耳边忽然"哐啷啷"连响，她反射性地推开陈玄景，但已经晚了。

元太看着他俩，像是被雷劈过，目光呆滞，打水的铜盆滚在脚边。

梁灵瓒忍不住扶额，才走了一个源重叶，又来一个操心的。不过元太比较好解决。她走过去，往他怀里一抱，仰起头来："师兄，你的盆掉了。"

元太脑子混乱："你们……刚才……抱、抱、抱一起……"

"对啊。"梁灵瓒点头，"我这不也抱着你吗？"

话音刚落，后衣领就一紧，整个人被拎开，陈玄景面沉如水。梁灵瓒一个劲儿使眼色表示"看不出来我在努力挽回吗"！

"可是……不一样啊……"那姿势那感觉……元太困惑，小瓒抱他或者大相，或者师父，和抱陈玄景就是有点儿不一样。

梁灵瓒正要再想个什么法子，就见陈玄景跨上两步，然后，抱住了元太。梁灵瓒一脸震惊。

陈玄景松开元太，一脸平静地说："这是长安新近流行的打招呼方式，据说是从遥远的西方传来的，类似于我们的作揖打恭，就是同辈之间问好的意思。"

大概是陈玄景的表情太具说服力，元太愣了片刻后恍然大悟："啊，原来如此！"

他一身轻松，还因学了点新玩意儿而一脸欣喜，正巧大相这时推开房门，元太拎着盆，热情地奔过去，将大相抱了个满怀："大相，早上好啊！"

"啊啊啊松开啊，恶心死啦！"

铜盆再一次落地，"哐啷啷"的响声又一次传遍梁宅的清晨。今天又将是热闹的一天。

十

一行大师预计铜铸的黄道游仪大约一到两年内可以铸成，但梁灵瓒等不及，几乎是天天泡在将作局内，跟着他们一起建木模、做蜡模，再看着铜模成型。终于，在开元二十一年的夏季来临之前，铜铸黄道游仪问世了。

黄道游仪能使赤道开合，人们可以从黄道上读出所需数据，既减少了运算层次，运算结果又比旧仪准确了许多。皇帝大喜，对集贤院上下皆有厚赏，并亲自撰写铭文，用金字书于仪轮之上。

黄道游仪既成，皇帝便命一行立即着手制定新历。一行上奏，黄道游仪虽能得出较为准确的观测数字，但仅能使岁差略为缩小，想要制成可用百年的精确历法，应该前往南北各大地进行实地勘测，用以校正黄道游仪所得。

皇帝准奏，命一行全权主理。这次勘测南至林邑，北至铁勒回纥部，共设十三处观测点，相距有千万里之遥，是有史以来天文测量规模最大的一次。

"取河南北平地之所，可量数百里，南北使正。审时以漏，平地以绳，随气至分，同日度影。得其差率，里即可知。则天地无所匿其形，辰象无所逃其数，超前显圣，效象除疑。"

这是梁灵瓒在书中看到的刘焯的原话。他当时便想请命主持一场测量，可惜未被采纳，但现在，他们就要去实现刘焯的遗愿了，并且测量范围更广，数据更为精密。

这次测量动用的人力物力足以压垮任何一个小国。如果不是开元年间集本朝历代之富，万万支撑不起这样的行动。梁灵瓒终于明白了当初数据失窃师父却不急不躁的原因——师父一直在等的不是黄道游仪，而是这次测量。

他们要去丈量这个世界的大小了。队伍分南北两支，定好六月初八这日从长安出发。北上者由一行亲自领队，南下者由南宫平主理，瞿昙悉达留守京城。

南宫平向一行道："大师于天文一途学识精深，北上勘测定然是马到功成，但下官无论观测还是运算，都远差大师一截。为免南下一路拖大师的后腿，下官斗胆问大师借一个得力的人。"

一行便问："谁？"

南宫平道："梁灵瓒。"

被点名的梁灵瓒老大不乐意，好不容易能跟师父聚到一起，她一点儿也不想跟师父分开。

一行道："眼下能用好这黄道游仪的，集贤院除我之外就是你了。你造出游仪的事，我瞒得了外面的人，却瞒不住瞿昙大人与南宫大人，他自然是知道这一点，才问我要人。再说南下一路确实也要个得力的人，南宫大人长于品行却短于才干，你去帮帮他也好。"

梁灵瓒只得答应，只是心里有十二万分不高兴："我原本还想跟着师父多学点儿东西……"

一行笑道："你独力造出游仪，这份能耐已在我之上。我能教你的已经不多了，该是让你独当一面的时候了。"

梁灵瓒抱着师父："我才不要什么独当一面，我要永远和师父在一起。"

一行抚着她的头，叹息："痴儿，人命如同朝露，转瞬即逝，哪里来的永远？"

第九章 测量子午线

一

　　这一去路途遥远，也不知道什么时候能回来。在初七这天，众人设宴为梁灵瓒饯行。宋其明、源重叶、小瑛子、小潘子、李司业、春水大娘、闵学录……在天上居里济济一堂，好好热闹了一场。

　　严安之来时，酒已喝过三巡。就算是喝着最浅的果子酒，梁灵瓒也已经有了几分醉意，端着杯子摇摇晃晃迎过来，舌头有点儿打结："大……大表哥，我还以为你不来了呢……"

　　严安之扶住她，皱了皱眉，将她手里的杯子接走了："不会喝还喝这么多？"

　　"没事！"梁灵瓒笑得豪迈，拉着他在身边坐下，"难得高兴嘛！来，大表哥，你也喝！"

　　严安之接过酒，却没喝，四下里扫了一眼："陈二公子呢？"

　　"他回家去啦，明天要出远门，总要回去交代一下。"

　　"他和你一起去？"

　　梁灵瓒打了个酒嗝："嗯！"

　　严安之慢慢喝了杯子里的酒，默默注视场中美人的歌舞。梁灵瓒饶是已经醉得不轻，还是注意到了他的神情不对："大表哥，你怎么了？"

　　"没事。"严安之看着她半晌，终于还是忍不住道，"我既不想他去，又不想他不去。"

梁灵瓒眨了眨眼，她一定是喝太多了，完全听不懂这是什么意思。

"罢了，出门在外，只要你平平安安就好。"严安之凝望着她，"记住，这里所有的人都盼着你平安归来。"

"放心啦。"梁灵瓒露出灿烂的笑容，"我只是去测量，又不是去打仗。"

严安之没有说话，酒却是一杯接着一杯，喝得比谁都急。

天下没有不散的筵席，虽然梁灵瓒愿意一直和朋友们这么喝下去，但终究是到了要散场的时候。行将别离，大家都有一番话要嘱托，小瑛子两眼泪汪汪，差点儿哭出来，还好小潘子把他拉住了。春水大娘捏了捏梁灵瓒的脸："听说南边太阳大，可别把这小白脸晒黑了。"李司业在她身边，向梁灵瓒微笑："小瓒，此去功成，定然是青史留名，千百年后都会有人记得你们今天所做的事。"

宋其明让梁灵瓒在南边看到什么时鲜古怪的东西一定要记得带些回来，让他开开眼；源重叶则交代梁灵瓒，遇见美人千万要记得画像，听说江南女子最是清丽动人，中原女子远远比不上，他这辈子虽然无福亲见，看看画像也是好的。

严安之最后一个离开，离开前，思忖了一番，道："有件事，我想你还是应该知道。"

"什么事？"

"前些日子我回洛阳，见过几位旧日同僚，听他们说，有人去查了你的坊籍户帖。"

梁灵瓒顿时一惊，酒都吓醒了："谁？"

"我还在查。"严安之皱眉，"你自己小心提防，身边要是谁有异状，一定要多长个心眼。还有，万事莫争先出头，更不要抢功，免得遭人嫉恨，知道吗？"

"这话我师父都交代我一百遍了。"梁灵瓒苦笑，"不过有南宫大人在呢，我只要跟着他，想来不会出什么事。大表哥你就放心吧！"

夏季里片云便致雨，一阵雨从头顶滚来，梁灵瓒留给他一个大大的笑容，撑起伞走出去。

严安之看着她走进这片风雨里，忽然感到一丝前所未有的揪心。

天大地大，风雨飘摇，她小小一个人，叫他怎么放心？

二

第二天卯时，所有人等在宫门口辞别皇帝，皇帝命人赐酒。饮过御酒，浩浩荡荡的队伍在朱雀大街一分为二，北往芳林门，南往明德门。

梁灵瓒目光依依，一行向她微一点头，拨转了马头。

一直看到北上的最后一人都消失在视线外，梁灵瓒才打马追上南宫平，道："大人，陈玄景一直没来，我想去陈家看看。"

南宫平道："我带队缓行，你们随后跟上来。"

梁灵瓒大声应了个"是"字，打马去了陈家。

陈家的下人还认得她，将她请到厅上，奉茶，然后才去请陈玄景。

太阳一点点升高，梁灵瓒生怕赶不上队伍，哪里有心思喝茶？背着手在花厅上转了好几个来回，忽然听到脚步声，她大喜转身："你可总算是——"

一语未了，怔住。来的不是陈玄景而是陈玄理。

陈玄理客气而冷淡："梁大人来做什么？"

梁灵瓒连忙说明来意，陈玄理道："不用等了。舍弟在长安城里养尊处优惯了，不便远行，梁大人自己上路吧，莫要耽误了时辰。"

"不可能，"梁灵瓒忍不住道，"昨天我们还说得好好的！"

"昨天是昨天，今天是今天，朝令可以夕改，难道大人还不许别人改主意吗？"陈玄理的声音十分冷淡。

梁灵瓒忽然发现他这模样真像以前的陈玄景，她微微吸了口气，诚恳道："就算陈玄景不愿去，也请让我见他一面。只要他当面跟我说他不去，我立刻就走，绝不停留。"

陈玄理微微眯起了眼，眸子里仿佛有刀一样的寒芒："你这是信不过我？"

世上能与这样的眸光相抗衡的人不多，梁灵瓒偏偏就是其中一个，她直直地望向他："我相信陈玄景，他答应我的事，从来没有一件办不到的。"

"那很遗憾，梁大人这次可能要失望了。"陈玄理淡淡道，"武惠妃约着我家老夫人去相国寺礼佛，咸宜公主要去，舍弟自然要去。测量子午线固然要紧，人生大事更加要紧，还望梁大人能体谅。梁大人不妨先行出发，等舍弟完婚之后，若是他想去测自然会去，若是他不想去，梁大人难道要在这里等上一辈子吗？"

梁灵瓒脸色有点儿发白："我不信……你骗人！"

"我骗你？"陈玄理冷冷笑了，"我为什么要骗你？你一个依附太子的七品官，微不足道，我何必花心思骗你？我要直接将你拒之于门外，你一辈子也进不了这扇门，我岂不省事？之所以在这里跟你费半天口舌，不过是看在舍弟和你相交一场的分上。梁灵瓒，你要明白一件事，舍弟和你不是同一种人。你从泥根里上来，能攀上太子，混到今日，已经算是出人头地。但舍弟一出生便踩在云端，身靠着陈家这棵大树。他不是他自己的，他是陈家的，他无论做什么，人们眼睛看着的都是陈家。他只能往上，再往上，因为往下只会跌得粉身碎骨，还会让整个陈家为他陪葬，你懂吗？"

梁灵瓒身子晃了晃，伸手扶住身边的几案。

看着梁灵瓒毫无血色的脸，陈玄理的神情稍微缓和了些，声音里多了一丝悲悯的味道："若你真是他的朋友，就该为他的前途着想。试想如果你是舍弟，两条路摆在你的面前，一是尚公主飞黄腾达，二是亲太子朝不保夕，前者可保家族根基永固，后者会连累整个家族倾覆，你会选哪一条？"

三

梁灵瓒不知道自己是怎么离开陈家的。她一路信马由缰，不知不觉走到一处高大院墙外，红墙黄顶，里面有梵唱声声，香烟阵阵，却是相国寺。

寺前长街空出一大段，由金吾卫把守，不让闲杂人等出入，宝盖香车停在路边，梁灵瓒在其中看到自己眼熟的一辆。

白马银勒，气席不凡。她坐过无数次。他在这辆马车上整理过她的幞头，弹过她的脑门，他说"你是男人，我便喜欢男人，你是女人，我便喜欢女人"，他说"是什么都好，只要是你梁灵瓒就行"……都是在这里。是到了这一刻，她才发现这辆马车里居然装了她那么多记忆。

"呛"的一声，两杆银枪交错在她的面前，拦住她的去路。

梁灵瓒猛然回神，她不知不觉走得太近了。金吾卫见她身穿官服，颇为客气："大人请留步。贵人拈香，我等奉命封街，请大人改道。"

是啊，在里面的都是贵人。立在云端，遥不可及。而她只不过是一个被挡在外面的过客罢了。

"呐，我走了。"她对着马车轻声说。马车上空无一人，陈玄景微笑着掀开帘子的模样却无端出现在眼前，那样清晰，在夏日盛烈的阳光下纤毫毕现。像是有雪亮刀光贯穿了整个心脏，这一瞬疼得梁灵瓒几乎不能自持。她下意识捂住胸口，奇怪，那里完好无损，毫无异样。

两匹白马仿佛认得她，对着她一声长嘶。她一提缰绳，调转马头。马儿踏过长街，向南疾驰而去。长风吹过脸颊，脸上微微刺痛，因为有泪。但是没关系，马儿跑得够快，谁也看不清。

再见了，陈玄景。

四

相国寺里大门紧闭,香客禁绝,梵唱不断,金吾卫遍布,每一道走廊、房门或庭院,都有人把守。

忽然,一声高喊划破宁静:"来人啊,有刺客——"

金吾卫们人人惊动,眼尖的见一条人影越过游廊,往西厢而去。

"拿下!"金吾卫们佩刀出鞘,追了上去。

在所有金吾卫追过去之后,陈玄景自门后走了出来,迅速折向相反的方向。

东厢还留了两个金吾卫,其中一个出其不意放倒一人,另一个刀还没拔出来,陈玄景的一记手刀已经砍在了他的后颈上。

陈玄景记得相国寺东边有道偏门,一旦出了门,外面就是热闹的街坊。

只要混进街坊,那就是鱼儿入水,谁也休想再找到他。

偏门前空无一人,看来金吾卫也去捉拿"刺客"了,眼下正是大好时机,他迅速拉开门闩,打开门。然后僵住。

门外,齐刷刷站着百十名金吾卫,不同于在宫中混日子的那种功勋之后,一色都是陈玄理手下的精兵,人数虽多却是鸦雀不闻,兵器与甲胄在烈日下发出冰冷的光。

在他们的前面,一匹高头大马无聊地甩着尾巴赶苍蝇,它的主人在地上盘腿而坐,嘴里叼着根狗尾巴草:"啧啧,大哥所料不差,里面那些饭桶还真守不住你。"

陈玄景恳求道:"三哥,就算我不去测量,也该跟上峰同僚交代一声,今日他们出发,我一声不吭临时缺席,实在说不过去。三哥你就给我行个方便,我去道个别就回来。"

"少哄我,放你过去,我拿什么跟大哥交代?"源重华站起来,"说吧,你是自己回去,还是让我押回去?"

那边厢,里间的金吾卫押着苍伯出来,领头的一脸喜色:"禀将军,我们抓到了一个刺客!"

源重华走过去,一脚一个,将押人的金吾卫踹开:"瞎啊!这是我们家的老人,陪你们几个玩玩儿!"又向苍伯道,"你老人家也是,小景乱来你不劝着点儿就罢了,还跟着他起什么哄?现放着公主这么好的姻缘不要,还帮着他去那穷乡僻壤测量什么子午线?要我说,那什么子午线量不量有什么打紧的?千百年了谁也不知道子午线有多长,大家不都活得好好的吗……"

他的话没说完,陈玄景已经一拂袖,转身便走。

还生气了。源重华瞧着他的背影有点儿发愁。陈玄景的脾气他是知道的，等闲不会生气，一旦生气就很难善了了。

看来接下来要把陈家围成铁桶一般才行。

五

梁灵瓒在城门外追上了大队人马，然后就见城外两人牵着马，显然等候这支队伍很久了。一个是闵学录，一个是南宫季友。

闵学录看着梁灵瓒呆呆的，哈哈大笑："没想到吧？我故意忍着不说，就为吓你一跳。哼哼，今天我可算报仇啦。"

南宫季友走过来，向她施了一礼："梁兄，昔日种种，全是我的过错。还望你大人大量，不要计较。"

他依然文雅谦和，仿佛和当初在雪中给她送荐书时一般无二，但梁灵瓒已经看过这温文画皮底下的真相，再也不会上当了。

若是换了平时，她一定要回他一句"南宫兄不来找我的麻烦就已经是谢天谢地"，现在却实在没精神，轻轻一鞭抽在马后，便往前走。

闵学录翻身上马，追上来，低声劝道："说起来他也算你同门师兄，看在你师伯的分上给他点儿面子。他虽然犯了错，那也是出于一片孝心，再说你师伯都已经责罚过他了。他多年苦读，现在连功名都没了，只能没名没分的混在这里学点儿东西，也够可怜的啦。"

梁灵瓒没有力气说话，只是胡乱点了点头。闵学录放下心："我就知道你这孩子心地最好。不过你这脸色是怎么回事？怎么这么难看？对了，陈玄景呢？他怎么没来？"

"陈玄景"三个字像针一样扎在梁灵瓒的心口上。她用力一夹马肚，一马当先，越众向前。

闵学录在后面喊："哎，哎，这孩子，跑这么快干吗？"

六

夏至是所有节气中最早确立的一个。所谓至者，极也。在这一天是太阳照耀时间最长，也是日影最短的一天，这一天正午日影的长度是测量的重中之重。

为了赶在夏至之前抵达观测点，南宫平一行快马加鞭，马不停蹄，有时连夜也要赶路。集贤院众人都是文官，一个个苦不堪言。

只有梁灵瓒，永远是第一个起床，最后一个休息。手上有事忙碌，心中便没有杂念，全身的神经好像变成了铁打的，不知道累也不知道疼。

天文测量为期漫长，南下共有七个测量点，去往下一处的人马不停分拨。梁灵瓒跟着南宫平，最后来到河南道，先后在白马、浚仪、扶沟、上蔡四个郡县测量日影及北极长，又用绳子丈量它们之间的距离。

南方诸测量点的数据由快马送到南宫平手中，南宫平转手便交给梁灵瓒。路正全等人起先还颇为不服，但在外测量不比在集贤院，整日里风餐露宿，好些人要么水土不服，要么吃不了这个苦，干脆推病躲在县衙，反正数据一旦测算出来，他们的名字总归要录在请功表上，于是看着梁灵瓒忙上忙下，倒也没人吱声。

那些日子，梁灵瓒不知道时间是怎么过的，每天最盼望的事情就是早些天亮。转眼到了隆冬时节，经过归算，得到了前所未有的翔实数据，数据交给南宫平过目后，快马送往一行处，交由一行与北边的测算数据相对照。

事情暂告一段落，南宫平下令全员休整，歇息三日，三日后原路返回长安。大家都欢呼起来，喜之不尽，开始相约着去采买土仪，准备带回长安馈赠亲友。

离开的前一晚，县衙的府官们设宴为众人送行，席面十分热闹。只是所有的热闹都像是和梁灵瓒隔着一层，她看到了许多美丽的舞娘，心里面想起了源重叶的交代，却没有一丝作画的冲动。

明天一早也去买些土仪吧？他们都在等她回去，她当然也要开开心心地回去才像样。

县衙中有一名府官才从长安来，大家都问他近日长安有什么新闻，府官道："倒是有件大事，咸宜公主这个月就要出嫁了，听说陛下给备的嫁妆极其丰厚，光食邑就添了十万户。"

大家纷纷赞叹，县令也才听说这事，忍不住问道："这新驸马真是修了几辈子的福气！不知是哪一家的公子？"

大家听了这话都哈哈大笑，一人道："大人一看就是多年未回长安了。像我等出门在外的都知道，这驸马爷除了陈家的二公子，还能有谁？"

那府官连连称是："我来的那日打从胜业坊过，只见里里外外张灯结彩，到处披红挂绿，诸位回去只怕就有喜酒喝了。"

"啪"的一下轻响，梁灵瓒手里的酒杯落在案上，酒水洒在了衣襟上，她连忙低头收拾。

同座的笑道："哈哈，梁大人这是急着回去喝喜酒吗？也太急了，咱们先把县衙的酒喝光了，再去喝陈家的也不迟。"

有同僚笑道："梁大人是陈二公子的至交好友，必然是婚礼上的座上宾。你请帖还没到手，就想着喝酒了？"

测量完成，诸事顺利，大伙儿兴致都很高，彼此打趣起来。县衙诸官听说梁灵瓒和陈玄景交情深厚，都连忙来敬酒。

梁灵瓒衣襟上湿了一块，那一点儿冷意直透进胸膛里，心脏仿佛冻成了一块冰疙瘩。酒杯全挤到她面前，她一下站了起来："对不住，我有点儿累，先告辞了。"她扔下这句话就走。

离开温暖的大厅，寒风裹挟着雪片迎面而来，站在这寒冷的风中，梁灵瓒有生以来第一次感受到什么叫痛彻心扉。像一把钝刀缓缓从心上划过，血肉撕扯，血珠溅出。

陈玄景要成亲了啊……这很好不是吗？他选择了最正确的那一条路。他将青云直上，成为这世上最最尊贵的那一拨人，他的血脉将成为王族的一部分，他永远是站在云端的陈玄景。

而她站在尘埃里，就算极目遥望，也望不见他的一片衣角。这也……这也没什么不好，他们原本就是一个天上一个地下，现在只不过是各归其位，其实挺好的。

她反复告诉自己，挺好的。可心是如此顽固，不肯接受这种说法，眼泪涌出来，寒风刺痛面颊。她拼命忍着眼泪，飞跑着回到房间，趴在桌上痛哭出声。好了，好了，就哭这一回，就一回，以后不要再为这件事情哭了。她这样告诉自己。

"笃笃笃"，门上不轻不重响了三下，是陈玄景惯常的敲门手法，梁灵瓒猛然抬起了头，盯着门闩，以为是自己的幻听。

"吱呀"一声，门被推开来，南宫季友端着一壶热茶走进来。

她怎么忘了呢？这世上有一个人，专门学陈玄景，无一处会放过。

她胡乱用袖子擦了擦眼泪，声音还带着残余的哽咽："出去。"

"梁兄何必如此无情？我已经向你赔过罪，一路上也是小心谨慎，处处讨好，怎么梁兄还拿我当仇人似的？"

南宫季友说着，给她倒了一杯茶，缓缓道："我知道你心里不痛快，原本想给你带壶酒来，又怕你借酒浇愁，反而折腾坏了身子，所以只好以茶代酒了。天冷，心冷，喝一杯热茶，暖暖身，暖暖心。"

这一路上南宫季友确实再也没有施过什么阴谋诡计，也没找过她什么麻烦，在她忙碌的时候还愿意给她打打下手，至少在表面上充分表现出改过自新的模样。可惜梁灵瓒感受不到。她全身的感官被某只神秘的大手关闭了。别人对她好，她感觉不到，别人对她不好，她也感觉不到。

"出去。"她坐在桌旁,姿势生硬,声音也是。

"我也是一片好心……"

"出去。"

南宫季友表情僵了一下,最终还是无奈地叹了口气:"好吧。你自己顾惜些自己。"他起身往外走,手扶到了门闩上,却站住了。

等他转过身来,梁灵瓒才后知后觉地发现,他把门闩上了。

"你这又是何苦呢?"南宫季友挨着她坐下,揽着她的肩,"陈玄景是什么样的人,你还看不出来吗?他那种人有什么情义?跟你结交亲近,只不过是看中你的本事而已。可你再好,难道能比上得咸宜公主?人家有了公主,又怎么会要你呢?"

梁灵瓒愣愣地看着他揽在自己肩上的手,再愣愣地听着他的话,糨糊般的大脑运作得很是艰难:"你什么意思?"

"唉,我知道,陈玄景要尚主了,你很伤心吧?真是傻啊,你难不成真以为他会放弃咸宜公主?不过这也不能怪你,陈二公子太能演戏了,这点我怎么学也学不来,就连我也以为他当真对咸宜公主没兴趣,结果现在可好,人家马上就要大办喜事了,不让人不信。"南宫季友的手越揽越紧,另一手轻轻托起梁灵瓒的下巴,"我知道你难过,从前那个处处护着你顾着你的人,一转身就把你扔在一边了……没事,想哭就哭吧,我陪着你……"

声音越说越低,脸竟凑了过来,梁灵瓒吃了一惊,狠狠挣脱他,"啪"的一记耳光甩在他的脸上:"南宫季友,你想干什么?!"

梁灵瓒下手不轻,他白皙的面庞上多了五道清晰的指印。他抚着自己的面颊,忽然笑了。

这一笑不再温文尔雅,不再学陈玄景的气度高华,而是带着阴鸷与戾气,这是真正的属于南宫季友的笑容。

"装什么装?你女扮男装混进国子监,不就是想钓个金龟婿吗?心气倒是高得很,一眼看中了陈玄景,使尽浑身解数把他勾引到了手,可那又怎样?还不是给人家玩腻了扔一边?"他一步步逼近她,眼睛里有奇异的光,"除了陈玄景,国子监就数我最优秀,我和他并称双璧,双璧!你懂不懂?现在他去尚主了,我不嫌弃你是他玩剩下的,还肯来找你,是你的福气!"

"你……你胡说些什么?什么女扮男装?胡说八道!我的坊籍户帖上写得明明白白——"

梁灵瓒猛然顿住了。

——"有人去查了你的坊籍户帖。"

"怎么不往下说了？"南宫季友笑起来，露出白森森的牙齿，"继续编啊。父亲梁又年是吗？哈哈哈，整个洛阳城就没梁又年这个人！只有一个梁天年！你说咱们是不是很有缘？这个人偏偏还是我父亲的老熟人，说起来咱们还是一家人呢！"

梁灵瓒嘴唇发白，血色褪得干干净净。

偶尔，她也想过万一被发现了怎么办，想来想去，最惨的也不过是被大家骂一顿赶出去。

现在才知道自己有多天真，也才明白师父为什么那样担心。

这世上总有一些人会对他人抱有恶意，随时随地想要将别人拖入深渊。

她一步步后退，努力稳住心神："你想怎么样？"

"问得好。"南宫季友阴阴地笑，"还记得那年在张家寿宴，你毁了子皓的礼物，我当时就在想要拿你怎么样了。我最后送了封荐书给你，因为让你这个仆役去洛阳国子监，子皓想怎么整你都行。结果你命硬得很，不单在洛阳国子监站稳了脚跟，还占去了子皓升长安国子监的名额，害他只能回去做一名商贾。他从小在我家长大，就跟我亲弟弟一样，作为一名兄长，我能不为他出这口气吗？"

梁灵瓒完全明白了："当初那个薛安就是你安排的。"

"不错，我安排好了薛安，还请来了周司丞，一切都缜密周全。如果不是横地里插出一个陈玄景，我能让你在静室里关完这六年。"

"还有那次在祭酒官署，是你设下陷阱引我去看霹雳木……"

"你果然去过了。"南宫季友冷冷一哼，"一定是幸珠那个小贱人干的好事！她定是看你跟在陈玄景身边，便看在陈玄景的面子上帮了你一把。哼，这个吃里爬外的蠢货，看我回去怎么收拾她！"

梁灵瓒难以置信："你……你就为了当初那个玉盒，一直针对我到现在？"

"也不全是。我主要还是看你不顺眼。你知不知道你们这种人很讨厌，仗着自己有几分小聪明，什么时候都想冒尖，别人不敢做的事情你们敢做，别人不敢说的话你们敢说，你们说了，做了，自己痛快了，有没有考虑过别人的感受？在你们觉得自己好厉害好能耐的时候，有没有想过旁边那些人？我啊，真讨厌你们这种人。尤其是你，梁灵瓒，你天不怕地不怕，又什么都做得，郭公公是武惠妃的人，你竟然都敢动，还害我丢了功名。我当时就想，有朝一日你落在我的手里，我一定要一寸寸剐你的肉，扒你的皮。"

南宫季友将梁灵瓒逼到了墙上，梁灵瓒再也没有退路，背脊贴着冰冷的墙壁，眼睁睁看着南宫季友的手抚上自己的面颊。

他的动作堪称温柔，忽地一笑，声音放缓："瞧这小脸白的，呵呵，别怕。我原来是那么想的,可自从我查出来你是女人,就全不一样了。你的坏处全成了好处,我现在疼你都来不及,怎么会害你呢?"

"你给我滚开——"梁灵瓒试图挣脱他,却失败了,在男女身量的差异前她毫无施力处。

"乖,别闹。我跟你好好说话,你好好听着。"南宫季友捉住了她的手,柔声道,"你想,你这个身份一旦被揭穿,下场是什么?是欺君呐。那是要杀头的。咔,这大好头颅就没啦,你这双又会画画、又擅书法、又能做游仪的手,就再也动不了了。那多可惜!你也不能一辈子以男装示人吧?女人嘛,总是要嫁人的,相夫教子才是正经嘛。眼下我就给你一个好机会,你嫁给我,我还让你测算,让你做你想做的事,绝不拦着你,但为着你的安全着想,可不能再让你出去抛头露面了。你做好的东西交给我,我替你将它拿出去发扬光大。你我夫妻同心,荣华富贵指日可待,你说怎么样?"

梁灵瓒思索片刻:"你说得也不无道理……你松手,让我先想想。"

南宫季友笑着松手:"这才对——"

一语未了,梁灵瓒猛地一脚踹向他的小腹,南宫季友一声闷哼,捂着伤处倒退。梁灵瓒没命地冲向房门,心跳得从来没这么快过,手已经伸出去摸到了门闩,后腰却一紧。

南宫季友从身后勒住了她的腰,带着喘息的狞笑声传来:"好啊,你这叫敬酒不吃吃罚酒!看样子非得让你成了我的人才会听话!"

梁灵瓒被极大的恐惧充满,这恐惧快要将她撑爆,她的耳边嗡嗡作响。

"陈玄景!"她下意识地喊出了这个名字,就像将溺之人无意识抓住能抓住的任何东西,这个名字解救过她太多次,对她而言就是希望,就是奇迹。

"哈哈哈!"南宫季友仰天大笑,"哧拉"一把撕开了梁灵瓒的衣襟,"叫吧,只可惜人家正准备做新郎官,怕是听不见!"

就在这时,"砰"的一声巨响,外面有人重重一脚踹在了门上。

七

三天前。长安,胜业坊。

陈家操办喜事,上上下下忙得转不开身,而梁宅那边,因为主子不在,老吴闲得发霉,干脆领着人过来帮忙。忙完之后,老吴便进去给陈玄景请个安,顺便道个喜,可走到陈玄景的院门口才发现有些不对。陈家到处都是喜气洋洋热闹喧天,未来驸马爷的院落却是冷冷清清,鸦雀不闻。这也罢了,门上、檐下、墙角,到处都有人把守,一个个甲胄鲜明,刀不离手，看上去杀气腾腾，源重华大马金刀坐在正门上，老吴走到门口就被拦下："干什么的？"

"送……送礼。"老吴舌头有点儿打结，把自己带来的锦盒打开，"二公子要成亲了，那边院里的奴才们都很高兴，想表表心意。"

锦盒里是几件佩饰，或带钩，或扇坠，不一而足。源重华查验了一番，挥挥手让他进去了。

进去之后，只见院内越发冷清，竟然连伺候的人也不见一个。陈玄景站在一棵老梅树下，长发未梳，衣袂垂地，也不知道站了多久，仿佛凝固了一般。

"二公子？"老吴小声唤。

陈玄景慢慢回过脸。老吴吓了一跳，他的下巴尖锐，竟是瘦了不少，且眼中毫无情绪，没有一点儿喜气，老吴的贺礼忽然有点儿送不出手。

陈玄景向他伸出手，他连忙将锦盒奉上，陈玄景面无表情地拨弄翻看了一番："有心了，多谢。"说着解下腰间玉佩，"这个赏你了。"

老吴连忙躬身接赏，看清玉佩后却是一呆，这不是他孝敬给二公子的那枚小团蛇吗？

陈玄景的声音低低地在头顶响起："拿着这个去找源重叶，别让任何人知道。"

老吴惊疑不定，陈玄景低声道："拜托了。"

离开的时候老吴又被源重华盘查了一番，看见那只团蛇玉佩，皱了皱眉："小景怎么会有这种东西？"

老吴赔笑："三爷您可别这么说。我们福薄，能得这种赏已经是有造化了，真要是精贵的，就算赏我们，我们也不敢要啊。就这，我回去就在祖宗牌位面前供起来，好让祖宗们也沾沾喜气呢。"

源重华一笑："你们这群人专会油嘴滑舌，可去你的吧。"

老吴笑呵呵离开，转身就去找源重叶。

源重叶当初搬离梁宅，并没有回陈家，他下了值便去天上居，差不多已经以天上居为家了。

老吴在天上居找到源重叶时，源重叶正卧在美人膝上，懒洋洋地由美人往嘴里喂酒，口齿不清："别来找我，我不管他的事。那小子就缺个人管着，大哥应该早管的，早管了什么乱子都没了！"

"可我瞧二公子好像有些不大对劲……"

"他早就不对劲了！大哥再不管管，还不知道他要乱成什么样呢。现在挺好的，等他

第九章·测量子午线

成了亲,什么乱七八糟的念头自然就没有了,自然安稳太平。"

老吴叹了口气,话他已经带到,而人家不去,他又有什么法子呢?他掏出那只团蛇玉佩,搁在案上:"那这东西我就搁在这里了,奴才我不耽搁您行乐,先告退。"

源重叶目光掠过那玉佩,眉头一皱,再一思索,"噗"地一口,酒都要喷出来了,喝道:"回来!这是他给你的?"

老吴点头:"二公子说让我带着这东西来找你。"

"蠢材!蠢材!"源重叶酒也不喝了,美人也不要了,站起身来抓起那玉佩就走,"不知道早点儿拿出来,早干什么去了!"

走到一半,回头拎起一坛酒,想了想,又拎了一坛,然后回陈家。

源重华对他的到来颇为怀疑:"之前让你回来好好跟小景聊聊,你不回来,现在怎么又来了?"

"那会儿不是天上居新来了美人嘛,现在美人都不新了,我自然就能来了。再说他那死脑筋你还不知道?他自己想不通,旁人磨破了嘴皮子也没用。"

源重华深以为然:"这回可真有点儿麻烦,就算能把人关着,但成亲的时候这么死气沉沉的也不像样,再说还要去陛下面前谢恩呢……"

源重叶把一坛酒递给他:"这世上没有什么用酒解决不了的事,我去跟他喝一个。"

源重华点点头,就在源重叶打算往里走的时候,源重华忽然叫住他:"你不会跟他一起玩什么花招吧?"

"哥你这是什么话?要玩花招,我不早来了吗?"

这个理由顺利说服了源重华。源重叶进了院内,陈玄景还站在树下,源重叶故意大声道:"陈二,看我给你带了什么东西来!上好的茵陈玫瑰,来,喝一个!"一面揽着他的肩,低声问,"你怎么回事?这玉佩往常我想碰一下都不行,现在怎么——"

陈玄景打断他的话:"梁灵瓒是女孩。"

源重叶听到"梁灵瓒",也听到了"女孩",但好一会儿,才听明白中间那个"是"字,他的眼珠子差点儿掉地上:"她她她……你你你……你不会是骗我的吧?"

"我若骗你,就让我尚主,永世见不到梁灵瓒。"陈玄景声音快而轻,清晰镇定,"我此生非她不娶,小叶子,你要帮我。"

源重叶被他眼神中的决然镇住了,终于消化掉这份巨大的震惊,想到自己之前做的蠢事,只觉得一脑门汗:"说吧,怎么帮?"

陈玄景嘴角露出一个极淡的笑容,从他手中接过酒坛:"首先,我们要喝酒。"

八

院外，源重华也在喝酒，大口大口。

按照陈玄理和他的计划，陈玄景被关了这样久，早该接受现实，乖乖成亲了，但陈玄景没有。他们以为陈玄景也许会生气大吵，还会闹几次，但陈玄景也没有。

陈玄景一直安安静静地待在里面，太安静了，安静得接近于死寂。

每每看到陈玄景那双毫无情绪的眼睛，他心中就忍不住会泛起几丝嘀咕：要让这小子乖乖走正道是好的，但若最终走上正道的只是一具空壳子，那可怎么办？

陈玄理的答案是："谁不是一具空壳？端看你要往里面塞什么东西，是家族与责任，还是私情与任性。"

这个答案源重华没太懂，这会儿喝了几口酒，心上忽然有几分悠悠荡荡，又开始把这个问题想上一想。然而还没等他想出个所以然来，只听院内传来"哐啷"一声，不知道是什么东西被砸了，跟着源重叶大声叫道："哥，你快来！"

源重华扔下酒坛就冲了进去，穿过庭院，直奔书房。书房的门半开着，源重叶一脸焦急，陈玄景半躺在地上，垂着头，似已昏迷。

"怎么回事？"

"我也不知道哇，才喝几口酒，他就这样了！"源重叶哭丧着脸，"完了这酒是我带来的，不会有毒吧？"

"胡说八道！"源重华抓起陈玄景的手，就去探脉门，只听脑后风响，回头一看，源重叶抡起一只小机子砸下来。

源重华不避不让，生受了这一击，小机子四散飞开来，源重华傲然一哼："用这玩意儿就想暗算你亲哥，有没有脑子——"

最后一个字蓦然断在喉咙里，他僵硬地回过头，就见一记手刀斩在他的颈侧，原本已经昏迷的陈玄景此时目光清亮。

"这招……还是我……教你的……"源重华没能说完，双眼一翻晕了过去。

"哇，不愧是我亲哥，中招了还能哼歪，强！"源重叶说着，抓起源重华的两只脚，和陈玄景一起把他抬上了榻，"呼，早知道要对我老哥下手，我该往酒里下药的，就不用费这么大劲儿了。你说说你，小瓒既然不是男的，为什么不早说啊！你知不知道我为你俩愁得头发都白了，你还算不算朋友啊，我不管，等办完这趟事，咱们就绝交！"

他一面叨叨，一面把自己的外衣脱下，然后把源重华的铠甲扒下来，穿上，回头见陈

第九章：测量子午线

玄景将源重华面朝里，再盖上一床被子，这样一来，不走近谁也看不出破绽了。

陈玄景披上源重叶的外袍："走吧。"

源重叶一时没有动，表情逐渐认真："玄景，你可想好了，这道门一出，和咸宜公主的婚事就算完了，陛下会有多大的怒气是想象得到的，陈家怎么办？"

"这些日子，我在这间屋子里，翻来覆去所想的，不外乎这件事。"陈玄景目光清明，"我已经想得清清楚楚，万无一失。"

"好吧。"源重叶把头盔往头上一套，"从小到大，坏事也不知道陪你做了多少，也不差这一趟。走！"

九

源重叶和源重华原本就有七八分相像，在渐浓的暮色里，不仔细根本分辨不出来。他又和陈玄景勾肩搭背，连声音都学得惟妙惟肖："……不要紧，小景不过是喝多了嘛，睡一觉就好了。"然后吩咐下去，"二公子喝醉了，让他好好睡，你们给我在外面守好了，千万别进去打扰。"

金吾卫们垂首领命。

两人大摇大摆地离开二门，快步赶到马厩解了两匹马。大门口依然有金吾卫把守，源重叶瞪起眼睛喝开，那两名金吾卫还来不及反应，两匹马已经风驰电掣而去，转眼没了踪影。

冬日天黑得早，即便两人再怎么催促马儿，依然没赶上最后一道暮鼓，城门已经关上了。

"令牌。"陈玄景提醒。

源重叶连忙摘下腰间的将军令牌，一面纵马疾驰，一面扬声高喊："开门！开门！金吾卫有紧急公务！挡道者死！"

他一身明光铠，在黑暗中也雪亮耀眼，又来势汹汹，守门的兵丁下意识便除去了门闩。

城门打开了一道小缝。

小缝在扩大，城门外是无尽的黑暗，对于陈玄景来说却是无限的光明。

这道城门他进进出出不知道有多少回，却从来没有哪一次像现在这样焦急。

他催动坐骑，正要疾冲出去，上方忽然传来一阵让人头皮发麻的吱吱声，那是弓箭上弦的声音。

城墙上，数不清的箭尖对准了他和源重叶，火光中，一道修长人影排众而出，居高临下，赫然是陈玄理。

十

"哐",房门上又一声巨响,木闩松动,再下一瞬,木门四分五裂,一个人影闯了进来,身形快到不可思议,仿佛一头暴怒中的兽。

南宫季友还没回过神来,咽喉就被扼住,直接被拖得撞在墙上,头顶一阵剧痛。

"住手,住手……"他脸憋得通红,吃力地挤声音,"有话……好好说……"

陈玄景脸上是前所未有的狂怒,暴戾得几乎要择人而噬。他右手掼着南宫季友,左手解下斗篷,向梁灵瓒扔过来。

斗篷大如云朵,将梁灵瓒罩住。梁灵瓒这才回过神,连忙把自己的脑袋从斗篷里扒拉出来,用力揉揉眼,生怕自己看到的是幻象。

她是吓破了胆才叫他的名字的,没指望他真能救她,可是,他就这么出现了?就算是神仙拘令也没这么灵的吧?而且他这会儿不是应该准备成亲吗?

"玄景!"源重叶随后冲了进来,拦着陈玄景,"快住手,你要掐死他了!"

南宫季友已经是四肢无力,双眼翻白了。

陈玄景脸色铁青,手上一寸没有后退。源重叶急道:"你不能真杀了他,为他背上人命值得吗?他就是个渣滓,你何必为个渣滓赔上自己?不值当!"

梁灵瓒也猛然反应过来,拉住陈玄景的手:"他是想做坏事来着,可没做成,我好端端的,不信你看!"

她敞开斗篷,底下的外裳虽被撕开了,好在冬天穿得多,里衣还好端端的,只开了一道口子,隐约露出一片白色束胸。

虽是无意,但这招却比什么劝说都有用,陈玄景立刻松开了南宫季友,将斗篷重新给她裹得严严实实,咬牙:"胡闹!"

南宫季友沿着墙壁倒下来,剧烈地咳嗽起来。源重叶恍若未闻,目光呆滞:"真……真是女的……"

陈玄景喝道:"你什么也没看见!"

源重叶从善如流:"对,我什么也没看见,我瞎!"然后忍不住感慨,"我是真瞎!这么些年居然不知道小瓒是女孩子……梁灵瓒,世上怎么会有你这样的女孩子!"

只是还没说完,陈玄景忽然"呛啷"一声拨出了他腰畔的佩刀,把他吓得手忙脚乱:"玄景!"

梁灵瓒也吓得半死,还好,一刀劈过去,血溅满墙的惨状没有发生,刀尖停在南宫季友的脖颈上,陈玄景声音冰冷:"起来。"

第九章:测量子午线

南宫季友见了刀,脸色惨白:"你……你也看见了……我什么也没做……什么都没来得及……"

刀搁进了一点点,南宫季友脖子上出现了一道细细的血线,南宫季友一个字也不敢再说了,扶着墙站起来。

"走。"陈玄景的刀一直跟着他,一步一步,将他逼到窗前。

窗外,寒风呼啸,远处隐约可见盏盏灯笼,那是南宫平他们散了筵席回来了。

南宫季友正欲大叫,刀锋再压进了一点儿,剧痛把已经冲到喉头的声音压了下去。陈玄景淡淡道:"想叫是吗?好得很,叫出来,让大家都来看看,南宫大人家的公子人面兽心,企图强暴他人。"

南宫季友忍着疼,咬牙道:"大不了鱼死网破!梁灵瓒是女人的事,谁也别想瞒着!"

陈玄景一声冷笑:"说得是。留着你终究是祸害,一刀了结才能永绝后患。"

他的神情比刀光还要冰冷,杀气不言而喻,南宫季友一下子软了:"我不说,我不说,我什么都不说……求陈二公子手下留情,我只是一时糊涂,见梁灵瓒生得清秀可爱,才想下手——"

"住口!"陈玄景额上青筋暴跳,他不能忍受梁灵瓒的名字在这个人的嘴里出现,一次也不能!他的手握着刀柄,只要用力一挥,就能割断这个人的脖子。

很快,一下就好了……心中有狂热的欲望,汹涌欲出。

"玄景!"梁灵瓒在他的眼睛里看出了血海一般的杀心,一颗心忍不住提了起来。

陈玄景转过脸,在她的脸上看到了满满的担忧。他微微吸了一口气,压下满腔的杀机,低低道:"跳下去。"

窗外黑幢幢的,什么也看不清,但底下是一片青石甬道,坚硬如铁,从这里跳下去不死也残。南宫季友不由自主后退:"不,不,跳下去我就死了!"

刀锋逼住了他,陈玄景语气森冷:"放心,才二楼,你死不了。"

"陈玄景,想我自己跳下去,然后你两手干干净净看戏?做你娘的春秋大梦!"南宫季友脸色惨白如鬼,眼眶里透出血丝,几近疯狂,"我偏不遂你的愿!来啊,有本事杀了我啊,我就是死也要拉上你这个垫背的!"

"很好。"陈玄景突然笑了一下,"能亲手杀你,我得多谢你成全。"

他最后一句话,轻且慢,且冷,每一个字都像是从地狱深处吹来的寒风。最后一个字出口,刀光一闪。

"玄景!"

"不要!"

源重叶和梁灵瓒同时出声,然而刀锋落在了空处,南宫季友翻身跳下窗台,动作快得两人几乎没能看清,一声拖长的惨叫在空气里传出老远:"啊——"

底下立刻有声音传来:"什么人?"

"怎么了?"

"哎呀好像是南宫世兄啊!"

"快……快来人呐,救人呐!"

梁灵瓒正要探头下去看个清楚,陈玄景一把拉住了她:"你现在是喝多了在头晕,一直躺在床上昏昏沉沉,完全不知道发生了什么事,知道吗?"

类似的交代她听得多了,非常有经验,当即点点头。只是视线仿佛有自己有意志,顽固地粘在他的脸上不肯移开。多久没有见到他了?好像有一万年那么长。熟悉的眉眼再一次出现在面前,她心中酸楚,有欲哭的冲动。

陈玄景看到她眼底泅出一点点红,心尖上像是被人掐了一下,几乎挪不开脚,重重抱了她一下,一咬牙松开,说:"等我回来。"转身下楼去了。

拥抱的温暖残存在身上,梁灵瓒裹紧了斗篷,想让这暖意留得更久一些。

她靠在窗边,只听得楼下一片闹哄哄的,众人七嘴八舌议论,有几个往楼上来查看,上到一半脚步声全部顿住,大概是看到了陈玄景下楼。

陈玄景先见过南宫平,说自己没能参与测量,一直引以为憾,这几日刚好有空,便快马加鞭赶来。然后看向南宫季友,问道:"大夫来了不曾?南宫兄大约是喝醉了,本来正临窗望月,忽然诗兴大发,竟要去捞月,也怪我一时不察,竟没拦住他。"

梁灵瓒眼眶里本来都含着眼泪了,听到这里却忍不住笑了出来,陈二公子一本正经胡说八道的本事当真是前无古人无后来者。

南宫季友嘶哑着嗓子叫道:"你……你胡说……都是你,都是你!诸位大人给我作证,是陈玄景推我下楼的!"

"南宫兄真是醉得不轻,"陈玄景淡淡道,"我用哪只手推你下楼的?"

南宫季友尖声叫道:"你还要装!我看你能装到什么时候!诸位,有件事你们不知道吧?梁灵瓒梁大人其实是个——"

在听到自己名字的那一瞬,梁灵瓒的心狠狠收缩了一下。是的,南宫季友知道了,便等于是天下全知道了。她大约再也不能留在集贤院了,说不定皇帝还真的会治她的罪。

然而就在这个时候,"啪"的一声,一记响亮的耳光打断了南宫季友的话。她朝下探

第九章:测量子午线

了探脑袋，只见南宫季友捂着面颊，愣愣地看着南宫平："爹……"

"孽障！"南宫平满面怒容，"灌了黄汤不知道安分守己挺尸去，偏要在这里耍酒疯，惹笑话！来人，给我把这孽障抬回房去！"

陈玄景道："大人莫气，谁还没个喝多的时候？再说南宫兄这条腿好像伤了筋骨，还是等大夫来了再说吧？"

众人都说陈玄景言之有理，纷纷附和，有劝南宫平少生气的，也有劝南宫季友别乱说话的。过了好一会儿，大夫来了，指点着众人将南宫季友抬回房。一时人声与脚步声纷杂，眼看就要从梁灵瓒门外经过，梁灵瓒一惊，连忙跳上床，将被子拉过头顶，假装睡死过去。

四分五裂的房门吸引了众人的注意，源重叶生硬地大笑几下，拔出刀比画："诸位大人，这是我新练成的刀法，威力如何啊？"

众人面色僵硬，连连称好，赶紧走了。

外面渐渐没了声息，梁灵瓒悄悄把被子拉下来一点儿，正想看看外面的情形，一转头，却对上一双乌黑沉静的眼睛。

陈玄景立在床前，也不知站了多久。梁灵瓒吓了一跳，赶忙坐起来，又捞起被子，总之好一番手忙脚乱。不用抬眼，也知道陈玄景的目光一直落在她身上，屋子里好像气温骤升，她的脸发烫，明明有很多事想问他，一时间不知道为什么却开不了口。

陈玄景却开口了："有什么想问的？"

要不要这么善解人意啊？梁灵瓒挠了挠头："你……不娶咸宜公主了吗？"

陈玄景淡淡道："你是真蠢还是假蠢，要娶咸宜我现在会在这儿吗？"

梁灵瓒抬起脸，脸上红扑扑，眼睛晶晶亮："真不娶了？"

陈玄景脸上再也绷不住，笑意像春风那样在眼角眉梢蔓延开来，连声音里面都满是温柔："不娶了。"

"哇！"梁灵瓒爬起来，跳起来，抱住他。陈玄景接住她，稳稳地转了几个圈，两个人的笑声飞洒在屋子里，仿佛能将冬夜化为春日，将黑暗变成光明。

"我好高兴啊陈玄景！"梁灵瓒抱住他，眼眶里有一点儿泪意，心里面有什么东西满满胀胀的，快要溢出来，"我明明知道你应该去娶公主，明明知道你不该来这里，可我还是好高兴啊怎么办？"

开解过自己的那一万遍金玉良言都化作水了，全抵不过见他一面。她这时才明白自己是这样自私，她不要想什么前途什么身份，她只想这样抱着他，永远永远不松手。

陈玄景揽着她，用了一点儿力，声音低沉，微有一丝凝涩，低下头来："算你还有点儿良心……"

梁灵瓒脸红着闭上眼睛，闭上之前，眼角余光却瞥见门外有一角源重叶的衣摆，她一声低呼，猛然推开陈玄景。要死了！忘了根本没有门！

"咳咳咳……"门外的源重叶揉了两小团棉絮往耳朵里塞，"今儿风真大，我什么也听不见，什么也看不见……"

梁灵瓒努力板正脸，正正经经道："天也不早了，你们先休息吧，我们明早再聊。"

陈玄景带笑，低声道："我们也没屋子睡，就在你这儿将就一晚好了……"

"不行！"开什么玩笑，长安来的贵客，县令自然是不要命地巴结，这会儿屋子只怕早准备好了。梁灵瓒在后面把他推了出去，手碰到陈玄景背脊时，陈玄景的身体仿佛僵了一下，转过身来抓着她的手说："知道了，明天见"，这才走了。声音低且缠绵，平平常常一句话也叫人挠心挠肺，梁灵瓒忍不住捂住脸。这一捂，只觉得手心有点儿怪怪的，在灯下一瞧，顿时愣住。手上有明显的红色，像……血迹？

梁灵瓒呆呆地看着自己的手，想起了方才陈玄景那一下僵硬。然后她猛地冲了出去。

县令果然已经来奉迎，亲自提着灯笼引陈玄景两人去厢房。灯笼的光芒昏暗，陈玄景穿的又是黑衣，很难看出有什么不同。梁灵瓒眼睛睁得老大，努力想看清楚一点儿。

大约是听到了脚步声，陈玄景回头。灯笼发出的光是一种淡淡昏黄，他的脸浮动在这样的光里，像一块净白的玉，嘴角露出一丝微笑："你来做什么？"

"我……"梁灵瓒忍住了，双手在背后团成拳，"我想看看你们住哪儿，明天好来找你们。"

县令忙笑道："好叫梁大人得知，就在前边不远，花园西北角上。"

梁灵瓒点点头，站住脚，目送他们进了房间。

大约过了一个时辰，料着大伙儿都睡了之后，梁灵瓒悄悄来到西北角上，敲了敲其中一扇窗。窗子开了，源重叶披着衣裳打了个哈欠："错了，他的屋子在左边。"说着就要关窗，梁灵瓒连忙拦住，低声道："我是来找你的。"

源重叶吓一跳："别！你赶紧回去，我可不想被陈二打死。"

梁灵瓒不理他，沿着窗子爬了进来："我问你，陈玄景是不是受了伤？"

源重叶摸了摸鼻子："这话你干吗不去问他？"

"他不想我知道，就算我问了，他也一定会编出一堆别的话来哄我。"而且一定是她分不清真假的那种。

"罢了，告诉你也无妨，反正等回京你就知道了。"源重叶叹了口气，"大哥将他从陈氏族谱上除名，逐出陈家了。"

第九章 · 测量子午线

除名？梁灵瓒不敢相信自己的耳朵，别说像陈氏这样的世家大族，就算是小户小姓里的人一旦被逐出家族，不但是极大的耻辱，今后更是步步艰难，很多人从此沦为流民，有人甚至一死了之。

"至于背上那伤……"源重叶说着顿了一下，"陈家家法，大哥执刑，五十鞭。"

梁灵瓒只觉得自己的胸膛仿佛变成了无底洞，一颗心往下沉，一直往下沉。她那时还在说什么？她说她很高兴？他挣脱了身家血肉，鲜血淋漓地向她跑来，她居然还觉得很高兴？

"要是早知道他说的什么万无一失的法子是这个，我打死也不会帮他。你说你这小子有什么好的？哎呸呸，你这丫头。"源重叶抱着臂，摸着下巴，将她上下打量，"瘦伶伶，干巴巴，平胸没屁股，全身上下还没四两肉，长得也不是什么国色天香……我就不明白了，他到底是看上你什么了？"

梁灵瓒脸色发白，喃喃道："我也不知道……"

源重叶瞧着她神情不大对，赶紧道："不过有一点我知道，他看到你就笑了。"

之前的陈玄景，像就一株被冰封的梅树，而梁灵瓒就是拂开他的春风。源重叶再回忆得久远一些，长久以来，陈玄景无论喜还是怒都十分淡薄，但从遇见梁灵瓒，一切都变得不同了，他变得很容易发怒，很容易气闷，也很容易开心。

所以，想来想去，她大概只有一样本事，那就是让陈玄景笑起来。这本事实在厉害，没有人可以替代。是在看着陈玄景再次笑起来的那一刻，源重叶才明白，对于陈玄景来说，所有的一切都是值得的。

"梁灵瓒，答应我一件事。"他前所未有地认真，梁灵瓒不由抬起头。

"千万别让他伤心。"源重叶看着她，一字一字地道，"你能让他前所未有地高兴，也能让他前所未有地伤心。那家伙看着比谁都聪明，其实比谁都傻，他已经把自己的心完完全全交到你手上了，你可千万要好好待它。"

梁灵瓒低头看着自己的掌心，掌心上还有淡淡的血迹。

他给她的何止是一颗心啊……他给的是他全部的骄傲与温柔，是他的过往与前程，是他所有的一切啊……

第十章

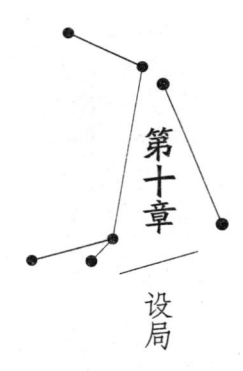

设局

一

  陈玄景长途奔波,这一夜睡得极沉,清晨时听到门响才醒过来。
  还未睁开眼,先闻到一股食物香气,然后听得流水声响,热手巾敷到他脸上。他抬手,先捉住那只手,然后才睁开眼睛,笑道:"扰人清梦啊,梁兄。"
  "你眼皮底下的眼珠子可是动了好几次,装睡的本事不过关啊陈兄。"梁灵瓒轻轻替他擦了半边脸,因为趴着睡的,另外半边压在枕上,她把热手巾再去拧了一把,然后塞到他手里,"快起来,我给你做了好吃的。"
  "男女授受不亲,你先出去。"
  "切,又不是没看过。"虽是这么说,梁灵瓒还是转过身,自去桌上,将捧箱打开,把里面的东西一碟一碟往外拿。
  等陈玄景起来,她已经摆满了大半张桌子,光包子就有三四种,另外还有各色小菜、汤饼、甜食、稀粥。陈玄景只道是县衙里厨房端来的,咬开一口才发现不对:"这是你做的?"
  梁灵瓒笑眯眯:"好吃吗?"
  陈玄景没说话,每样都尝了一筷子,舌头比大脑的记忆更灵敏,都是她做的。他的脸色不大好看："你一晚上没睡？"

"小瞧我，这点儿东西，一个时辰就完事啦。"

陈玄景没有被她一脸的轻松说服，他的目光直抵她的笑容深处，那儿有泛着红血丝的眼眶，有淡白的脸色。

他慢慢问道："是不是小叶子跟你说什么了？"

梁灵瓒回望他："他有什么要跟我说的吗？"

两个人的视线在餐桌上方交汇，忽然发现没必要隐瞒了，自己想隐瞒的东西对方已经发现了。

梁灵瓒的眼眶红了红，先别开视线，夹起一块糯米糕塞进陈玄景嘴里："吃饭！"

陈玄景慢慢吃了那块糕，道："去把门闩上。"

虽然不知道为什么，梁灵瓒还是照做了，回来时正想在自己位置上坐下，陈玄景一手将她拉在膝上，下巴搁在她的肩窝。

天色已经大亮，渐渐有了人声、洒扫声、招呼声，还远远地有鸡鸣声传来。只是这间屋子好像有一道无形的屏障，将一切喧扰挡在了外面，里面静极了，梁灵瓒只听见彼此的呼吸声。

她低低问道："疼吗？"

"本来是疼的，抱着你就好多了。"陈玄景说完，有什么东西溅在手背上，又湿又热，他的心仿佛被这点儿湿热烫了一下，"放心，我没事，这是我早就想好了的。再说动手的人是我亲哥哥，他自然也会手下留情……"

"你还哄我！"梁灵瓒打断他，明明已经告诉过自己要忍住，可眼泪还是不争气地哗哗往下流，"以你大哥的脾气，没把你打死，已经算给面子了！你……你就是个笨蛋啊陈玄景！你明明可以过得很好的，却偏偏把什么都搞砸了！为了我，不值得啊！"

她的声音无法自控地颤抖。好恨自己这么没用，明明已经想好了，吃完饭再向他摊牌，劝他回去认错。她想了一晚上了，条理清晰，有理有据，可事到临头，就全乱了套。

"我不是为了你。我知道你这个小没良心的，没了我也一样活得下去。"陈玄景看着她，目光深深，"我是为了我自己，没有你，我不知道我能不能活下去。"

有一瞬间，梁灵瓒怀疑自己的耳朵。她太清楚陈玄景是什么样的人，这样的话怎么可能出自陈玄景之口？然而他就在她面前，眼中深情如同汪洋，仿佛能把她淹没。

她呆呆地看着他，一个字也说不出来了。

她不知道，她的眼眶红红的，鼻尖红红的，嘴唇也红红的，整个人像一团才蒸出来的

第十章·设局

187

红酥酪，陈玄景情不自禁，头低下去——

就在这时，门被拍得哐哐响，源重叶的声音传来："什么味道这么香？好啊，躲起来吃好吃的也不带上我！喂，开门啊，不然小爷我又要施展绝世刀法啦！"

梁灵瓒抹了抹脸上的泪痕就要起身，陈玄景一把拉住，将她抱得更紧了些："别理他。"

"可他……"

"由他去。拍够了他就走了。"

果然，源重叶拍了半天，嘀咕了好几句"重色轻友"，走了。

整个世界重新安静下来，陈玄景轻声道："你不要再胡思乱想，你现在所想的，我这些日子以来早就翻来覆去想过一百遍了。现在的结果就是我想要的，你懂吗？若我想要回头，就根本不会来。"说着，他在梁灵瓒颊边蹭了蹭，"梁兄，现在我无家可归，你可肯收留啊？"

这是……撒娇吗？梁灵瓒眼里还带着泪，"扑哧"一下又笑出来，一颗心泡在酸甜的汁液里，全泡软了。

二

大夫说南宫季友的腿伤了骨头，一时恐难痊愈。这其实是一种婉转的说法，实情是南宫季友的腿断了。

因为南宫季友一时不能上路，整个测量队在县衙多耽搁了些时日，这时收到了一行大师的书信函。信函有两封，一封给南宫平，附有部分北方测量数据；一封给梁灵瓒，让梁灵瓒开始测算，准备制作浑天仪。

梁灵瓒激动得在屋子里直打转。一行早在出发前，就跟梁灵瓒提过，他之所以会来京城，不单单是因为皇帝的诏令，也因为他想做的事情绝非凭一己之力能够完成，必须借助帝王的力量才能实现，比如重造黄道游仪，比如这次测量，比如做水运浑天仪。

浑天仪比游仪更为复杂，所需要的数据也更为庞杂，它是一行进行测量的终极目的。

现在，终于可以开始了。

梁灵瓒几乎按捺不住，迫不及待想先回长安。

大半个月后，南宫平下令出发，沿原路返回长安城。

长安城有两个消息在等着他们。一是咸宜公主已于数日前完婚，驸马姓杨名洄，是中宗之女长宁公主的儿子，也是皇亲显贵，甚是匹配；二是之前一直被传得风生水起的准驸马陈玄景被陈家自族谱上除名，陈玄理还奏请皇帝褫夺陈玄景的功名官身，但被皇帝驳回。

陈玄景又住回了梁宅。只是以往总有流水般的帖子送过来，数不尽的诗会与宴席请他去赴，即便他难得去一回，也从来没有断过。现在门上连日来总共收到五封帖子，全是请梁灵瓒去给美人作画，没有一封是给陈玄景的。

梁灵瓒不由有点儿难过，变着法儿陪陈玄景，一会儿给他做好吃的，一会儿拉他和闵学录一起钓鱼，一会儿给他画像……甚至还顽强地表示可以陪陈玄景吟诗作对。

陈玄景看着她，直想笑："是不是我一直倒霉下去，你便一直这么哄着我？"

"不是。"梁灵瓒鼓足勇气，憋出一句，"不管你倒不倒霉，我都会一直对你好。"

陈玄景知道她一向是狗嘴里吐不出象牙，实在没指望能听到这一句，此时听到，简直不敢相信自己的耳朵。

梁灵瓒自己也架不住这种强度的告白，说完就脸红得不行，抱着书往外跑，陈玄景正要追出去，她自己又跑了回来，一脸惊喜，手里扬着封帖子："陈玄景，南宫大人请你去喝茶！"

喝茶原本是小事，陈玄景也不爱和旁人喝茶，但这时候能有人来请，却显得难能可贵。

梁灵瓒简直想跳起来给南宫平鼓掌，连声道："好，好，好，当真是疾风知劲草！不愧是南宫大人！"

陈玄景道："莫高兴得太早。别忘了南宫季友现在还躺在床上，你以为南宫大人真有心情找我喝茶？"

"你是说南宫大人知道了？"

"就算不知道，大约也能猜着几分吧？你记不记得，南宫季友要说出你的身份时，是南宫大人拦了他？"

梁灵瓒点点头："大人想必认为他是胡说吧？"

"也许是，又也许……"他抬起眼，只见梁灵瓒睁大一双眼睛等着他往下说，一对眸子黑润润、圆溜溜。他不由一笑，拿手指轻弹了一记她脑门，"也许是我想多了。"

三

南宫平的宅第位于太平坊，小小三进房屋，东厢是南宫季友的屋子。

幸珠从屋内出来，盆里端着才换下来的纱布。南宫季友在里面骂骂嚷嚷，幸珠摇摇头，带上房门，抬头就见南宫平立在对面檐下，也不知站了多久。

第十章·设局

"义父。"

南宫平问:"他在说什么?"

幸珠叹道:"不外乎还是那些话,说是陈二公子推他下楼的。"

南宫平道:"这孽障当真是糊涂了,陈玄景怎么会做这样的事?"

幸珠点头:"还好义父深明大义,不然咱们可要和陈家结怨了。"

南宫平看着她,忽然问道:"你可知道,陈玄景已经被逐出陈家了?"

幸珠默默地垂下头:"听说了。"

"你可知道是为什么?"

"幸珠不知。外面说是因为拒了咸宜公主的婚事,但幸珠想,若真是拒婚,只怕陛下与惠妃不会善罢甘休,咸宜公主也不会这么快另嫁他人……"

"你错了。陈玄景确确实实是拒了婚。但陛下为了天家颜面,不便大肆责罚陈玄景,咸宜公主另谋他嫁,也是不愿声张的意思。"南宫平顿了顿,问道,"你可知道他为什么拒婚?"

"莫非……他已有意中人?"

"你猜这人是谁?"

幸珠微微红了脸:"这……我如何猜得到?"

"他身边从未有任何女子出现,只除了你。"

幸珠愕然:"……我?"

"傻孩子,那年他受伤,你在他面前哭成那个样子,我就知道你的心事了。"南宫平叹了口气,"你哥哥是个不争气的,我也不指望他了,只盼你能找个好归宿。若是从前,这话我再不会出口,因为陈家门第太高,咱们配不上。可是现在不一样了,他正是一无所有、众叛亲离之刻,你若能去找他,不愁没有机会。"

幸珠的脸已红透了:"这……我一个女孩子家……怎么好……"

南宫平招手唤了名婆子来,婆子把幸珠手里的盆接过去,南宫平道:"跟我来。"

领着幸珠去了外间书房,从橱架上取下一只酒壶。酒壶是温润的凤首形,南宫平揭开盖子,幸珠才发现壶内其实有两半内胆,还能转动。

"这是你那不成气的哥哥弄来的,我原本要替他砸了。但想想,若是它能对你的终身有益,用它又有何妨?"南宫平温声道,"这壶盖,你往左拧,倒出来的是寻常酒,往右拧,倒出来的酒是特别酿制的,可让你心想事成。"

"义父……"幸珠有些讶异,"您是让我……"

南宫平长叹一口气，将酒壶放到幸珠手上："是你哥哥出了事，我才觉得，我从前大约是太过古板了，管得太严，以至于他才如此。你一直乖巧，我却不曾操心你的终身大事，是我的错。现在你也老大不小了，自然该知道如何为自己打算。为父言尽于此，你自己斟酌吧。"

幸珠提着酒壶，咬着唇，面红如血："就……就算女儿想做点儿什么，也不能就这样带着酒去找人家吧？"

南宫平笑道："这不用你担心。我约了他今日过府一叙，偏不凑巧，忘了前几天已经答应张说张大人去下棋。如今正要劳烦你替我招待他。"

幸珠眼中有泪："幸珠当年快要饿死街头，是义父救了幸珠的命，这么多年抚养幸珠长大，幸珠不但不能为义父分忧，还要义父如此操心，幸珠真是不知该如何报答……"

"傻孩子胡说什么？"南宫平神情很是和缓，"只要你乖乖听话，便已是最好的报答了。"说着，他指了指酒壶，"可记住怎么用了？千万别搞错了。"

幸珠重重点头："记住了。"

四

陈玄景在午后来到南宫府，幸珠将他迎进门，连连赔罪："张大人方才派人来拉了义父走，义父推辞不得，只好去了。"

陈玄景点点头："无妨，我先告辞，改日再来。"说着转身便要走。

"等等！"幸珠情急，一把抓住他。

陈玄景目光落在自己的衣袖上，那只手五指如酥，指尖染得鲜红。再抬头看幸珠一派艳妆，和往日的清淡素雅大为不同，显然经过了精心的打扮。

幸珠也发现自己失态了，连忙收回手："公子千万留步。义父去时再三交代，他请公子来是有要事相商，命我先款待公子，要不了多久他便会回来。若是义父回来时发现公子不在，我实在不好交代。"

陈玄景想了想："好吧。"

幸珠大喜："公子，这边请。我已命人备下薄酒，还请公子赏光。"

"有劳。"

幸珠在前面引路，脂粉遮住了肌肤下的嫣红，她的手紧张得都出汗了。

将陈玄景引到书房，陈玄景忽然道："尊府的庭院布置得不错，我们就坐在亭中如何？"

园中有一间六角飞檐亭，是夏日乘凉的好去处。

不过，现在是冬天。

"太冷了吧？"幸珠笑道，"还是屋子里暖和。"

其实还有一个原因，亭子处于院中，人来人往，一眼就可以看见，有些事情，实在不便。

"迎寒风，饮热酒，是人生一大快事啊。"陈玄景微笑，"南宫姑娘没有试过吗？"

他穿玄色大氅，领口的雪狐锋毛根根直立，露出的下颔如一截白玉。院外积雪未化，檐下尚挂着冰凌，他这一笑却比冰与雪加起来还要皎洁。

幸珠在心里发出一声悄然的叹息。在很久很久以前，她看到他的第一个微笑时，便是这种仿佛被夺去了魂魄的感觉。

酒菜依言被搬到了亭中，幸珠和他相对而坐。风是很冷的，但一颗心灼热滚烫，就像是此刻炉中的炭火。

小泥炉坐上水，酒温在水中。她提起壶给陈玄景斟上一杯。

陈玄景脸上有惯常的淡淡笑意："酒壶不错。"

幸珠的手一颤，酒水险些洒出来，连忙道："公子，请。"

她自己先干为敬，饮了一杯。

陈玄景端起酒杯。

幸珠紧紧盯着他的手，心几乎要跳出胸膛。

他却没有喝，只是闻了闻："不错，上好的竹叶青。"

幸珠忙道："公子试试这道菜，我听梁公子说公子很是喜欢。"

那道菜颇为眼熟，胭脂色的鹅肉如花一般盛在净瓷盘中，是浑羊殁忽。

陈玄景的目光柔和了几分："那年令兄在祭酒官署搜拿梁灵瓒，是姑娘出手相救吧？"

幸珠眼波婉转，声音温柔："不敢当。梁公子是公子的朋友，我……我自然不能看着她出事。"说出这样的话，已经耗费她很大的勇气。她又给自己斟了一杯，一气饮下，酒气涌上面颊，更增三分娇艳，"公子，我有一句话，已经在心里藏了许多年了……"

陈玄景手指轻轻蹭着杯沿，看看酒，再看看幸珠，目光有些复杂："南宫姑娘，有些话，不说也罢。"

"不，我要说，我怕今日不说，就再没有机会说了。"幸珠连着喝了两三杯，借酒气给自己壮胆，面颊殷红如醉，声音微微颤抖，"公子你还记得吗？在你初入太学那一年，我帮着博士厅分发笔墨与笈箱，不小心被门槛绊了一跤，正撞在公子身上，公子你可还记得当时对我说了什么吗？你说……说……你说……"

她的声音迟疑了，不是因为娇羞。一股剧烈的疼痛从自腹部升起，瞬间如毒蛇般游走在五脏六腑，她努力想说完这句话，却终是撑不住，跌在桌上，杯盘哗啦啦撞在地上，一地狼藉。

陈玄景正垂着眼睛在想如何止住她的话头，见状愣了一下，只见她额头上冒出豆大的冷汗，连忙起身扶住她："你没事吧？"

幸珠靠在他的怀里，鲜血溢出嘴角，努力朝他笑了笑："你那时……那时……说的，就是……这句……"

"别说话了！"陈玄景皱眉，"我带你去找大夫——"

"不……不用了……"大口大口的鲜血自幸珠口中涌出，染红了她精心挑选的浅绯色衣裳，她的目光落在酒壶上，"酒……酒……酒里……有……"

"幸珠！"一声嘶吼传来，南宫平与张说并肩走进来，见此情形，不可置信，急奔过来，"幸珠！幸珠！你这是怎么了？你这是怎么了啊？"

幸珠直直地看着南宫平，她已经一个字也说不出来，所有的爱与恨都留在了眼睛里，直到死也没有闭上。

"幸珠！幸珠！你醒醒啊幸珠！"南宫平脸上老泪纵横，"你这是怎么了？怎么好端端就这样了啊？我不是让你好好款待陈公子，替你那不懂事的哥哥赔个不是吗？怎么你就这样了啊？幸珠……你醒醒啊！"

张说试了试幸珠的呼吸，黯然道："南宫兄，请节哀。"

南宫平摇头，只抱着幸珠不肯放手："你胡说，你胡说，我家幸珠最是乖巧，最是孝顺，怎么会就这样撇下老父？怎么会让我这个白发人送黑发人啊！"

声音悲怆至极，能令闻者落泪。张说心中一恸，转头问陈玄景："这到底是怎么回事？"

陈玄景面无表情："我也在想。"

张说大怒："这里只有你二人，她死在你的面前，你难道说什么都不知道？"

陈玄景道："我确实不知。这凉亭人来人往，家里仆人都能亲见，自始至终，我并未动南宫姑娘一根头发。"

南宫平流泪道："陈玄景，我知道我那个孽障说你推他下楼，害他摔断腿，你心中不忿，可是就算你心中有气，也不该对一个女子下此狠手！幸珠一心仰慕于你，你不愿领情便罢了，何至于此啊！"

张说又惊又怒："什么？季友的腿也是他弄的？"

南宫平劝道："张兄，此事无凭无据，你我最好不要妄言……"

第十章·设局

193

"还有没有天理了！"张说指着陈玄景，怒到极点，"你如今已经没有陈家撑腰了，竟不知收敛，如此张狂！"说着，喝命，"来人！报官！把长安令叫来！"

宰相有令，长安令很快来了。还带来了捕快和仵作。

仵作很快查验出死因，将酒壶呈上："此壶为鸳鸯壶，只需转动壶盖，便能倒出不同的酒，内中一半无毒，一半有毒。死者杯中残酒令银针全黑，当是剧毒。死者系中毒而死。"

张说问："嫌犯那杯呢？"

仵作回："无毒。"

张说嘿然冷笑，向陈玄景道："怪不得陈家要将你逐出宗门，想不到你是这种人面兽心的畜生！"

南宫平痛心疾首："真没想到,我竟然教出了这样的生徒！这是我的错,全是我的错啊！老天爷，你要罚就罚我，为何要罚到我女儿身上！"

陈玄景看着他，忽然笑了笑，开口道："南宫大人，其实我以前对你一直有失恭敬，因为我觉得你只不过是一个沽名钓誉的老古板，不值一提。现在我知道自己错了，大错特错。大人你是我见过最了不起的伶人，演得最好，藏得最深。"

南宫平失望摇头："陈玄景，你真是不可救药——"

"教王皇后用霹雳木行厌胜之术的人是你吧？"陈玄景打断他的话，目光锐利如刀。

就在这短暂的时间里，他想明白了许多以前没有明白的事。梁灵瓒就是因为在官署书房看到了霹雳木，才会被南宫季友搜拿的。又或是南宫季友知道自己父亲的秘密，一旦有人触碰，下场必然极惨，所以才故意引诱梁灵瓒前去。

"在酒里下毒的人也是你吧？"他瞧出酒壶不妥，故意选在凉亭以避嫌疑，却没想到这一切早在对方的算计之中。所有人都目睹幸珠死去，他跳进黄河也洗不清。

"为了栽赃给我，大人甚至不惜用义女的性命做局。真是好深沉的心计，好狠毒的手段！在下甘拜下风，佩服得五体投地。

"可我如今被逐出家门，见弃于宫廷，无根无枝，无依无靠，到底还有哪一点值得大人下这么大本钱？难道真的只是为了给你儿子报断腿之仇？不会吧？你可是大公无私的南宫大人，唯一的儿子犯了事，都能押着他自请于君前——"

陈玄景在这里顿住，眸子猛然睁大。他明白了，他明白了！当初郭公公去祭酒官署找的根本不是南宫季友！南宫季友只不过是个替死鬼，真正在暗中阻挠新历进展并且真正得利的人是南宫平！

——他想要什么？他想要什么？他想要的是什么！

陈玄景心念电转。张说怒喝着什么，他听不见，捕快上前缚住他的双手，他也感觉不到。无数的画面与声音在脑海中翻转，每一幅画面与每一个声音之间看似毫无关联，其实都暗藏玄机。一切纷乱迷雾在某一处定格——

那是在不久前的上蔡县衙，南宫季友张嘴就要说出梁灵瓒身份时，南宫平一记耳光打断了南宫季友的话。

梁灵瓒！他的目的是梁灵瓒！

陈玄景的脸上再也没有一丝血色。

幸珠死的时候他没有感到恐惧，张说指罪他的时候他没有感到恐惧，甚至枷锁加身的时候他也没有感到恐惧，但在这一刻，他感到了切切实实的恐惧。

恐惧就像一条阴冷的毒蛇盯着你最脆弱最柔软的地方，亮出了毒牙。

五

"阿嚏！"梁灵瓒打了个大大的喷嚏。

"要死了！"闵学录骂，"这可是你外公的手抄本！"

当年太史局覆灭，闵学录将师父师兄们亲手抄录的书卷偷偷带了出来，宝贝般保存在太学馆的藏书楼。现在住在梁宅，便慢慢又把这些宝贝带到了这里。

一行大师未归，集贤院里只留了一部分人将测量数据整理归纳。梁灵瓒把数据抄录了一份，便告了假，在家里琢磨浑天仪，正好用得上这些资料，因此在闵学录的屋子里摊开来慢慢翻查。

六百年前，汉代的张衡曾造漏水转浑天仪，其做法早已失传，些许零星资料散见于种种天文书籍中。梁灵瓒将所有能收集的资料收集起来，大约得出一个模糊的形象——它是用一个径长四尺余的铜球刻上二十八宿、各星官及黄道赤道、南北两极，并标以二十四节气、恒显星辰与恒隐星圈，总成一浑象，再用一套机械使浑象与漏壶结合，漏壶流水控制浑象，使它与天球同步转动，以显示星空的运转。

这套浑天仪还有一个配套的附件，即梁灵瓒花了近十年工夫做出来的瑞轮蓂荚。

在瑞轮冥荚完成后，梁灵瓒原本也有心试试做漏水转浑天仪，奈何无论是数据还制作难度，作为主体的浑天仪都比瑞轮蓂荚复杂百倍，当时的梁灵瓒力有不逮，只好作罢。

可是现在，她有黄道游仪的制作经验在先，又有子午线测量的庞大数据在后支撑，再加上师父已经动念，她做浑天仪的渴望早已是难以遏止。若不是心里还记挂着陈玄景，早就一心扑在浑天仪上，两耳不闻窗外事了。

这会儿查了半天资料，她抬头看看外面的天色："怎么还没回来？"

闵学录头也没抬："说不定就在大师兄家里吃晚饭了。"

"不可能，他说了要吃我做的芙蓉鸭。"

闵学录的重点顿时跑偏："今晚吃芙蓉鸭吗？好得很，好得很，那你还不快去做？"一面催着梁灵瓒去厨房。

梁灵瓒便同他一起去厨房，路上经过马厩。陈玄景出门未回，马厩里空空荡荡。她的心里好像也有一块地方空了下去，站住脚："不行，我还是想去看看。"

她说走就走，闵学录在后面跺脚："那芙蓉鸭还做不做了？"

梁灵瓒头也没回，声音远远飘过来："等我回来！"

六

严安之刚回到县衙，便见张松急急迎上来，将他拉到一边："有人要见你。"

"又是我表弟？"

"不是，是个人犯。"

"哦？"被抓进来还敢点名见他，这位犯人胆子不小。

"老大你一定想不到是谁！"

严安之淡淡地："人性本恶，谁都有可能作奸犯科，是谁也不意外。"

"是陈玄景！"张松一直憋到现在，"陈二公子陈玄景啊！"

严安之愣住了。

片刻后，在地牢前，严安之看到了陈玄景。陈玄景仿佛有一样特殊的本事，那就是无论在怎么样的环境下，他都能让人第一眼看到他。

地牢恒久地幽暗，犯人们或躺或坐，或喊冤或呻吟，只有他是站着的。不单站着，还站得笔直，仿佛他所在的地方是清雅静室或是巍峨大殿。

严安之怎么也想不到这样的人会杀人。

可人证物证俱在，没有一丝破绽。

陈玄景听到脚步声回头，见是严安之，立即道："严兄，拜托你一件事，速速去找梁灵瓒，告诉她，千万不要靠近南宫平，不管南宫平提什么，她都不要答应！"

严安之眉头一皱："这事和小瓒有关？"

"不管你信不信，这次是南宫平做的局，一切都是他主谋。但我身无长物，他从我身上求不到任何东西，也不会有别人为我付出什么，除了梁灵瓒。"陈玄景紧紧握住了栅栏，指节发白，"他早就知道梁灵瓒的身份，却故意没有戳穿，必定有所图谋。我若晚归，梁灵瓒一定会出来寻我，严兄，时间紧急，拜托你务必拦下她！"

严安之越听，眉头越是紧皱，正要出去，陈玄景忽然想起一事："还有一点，告诉她南宫平不简单，当年太史局几乎全军覆没，只有他一个人安然无恙，现在想来恐怕并非巧合。他与张昌宗、李鸿泰等人恐怕脱不了干系。"

严安之自从来到长安，明里暗里也在查访当年梁家的事，此时神色一凛："当真？"

"此时没空细说，你快去找她！"

严安之一点头，转身就走，走出几步，忽又回头，望向陈玄景："你知道小瓒的身份了？"

这一问，陈玄景也立刻明白了："你早知道？"

两个人的目光隔着栅栏对视，有些事情不需要言语，一个刹那间，他们都知道了对方的心事。

七

严安之快马直奔梁宅，却扑了个空，闵学录道："她去找陈玄景了。"

严安之脸色大变："去了南宫府？"

闵学录点头，因为饿，手里还拿着个馒头吃吃："有急事？走，我跟你一起。"

严安之一愣。闵学录道："看什么看？她走路去，什么时候能走到？再等她回来，我老人家饿也饿死了。反正大家都在那儿，我干脆也去蹭顿晚饭好了，那可是我大师兄，难道我去不得？"

暮鼓已经敲响，路上的行人匆匆赶路，梁灵瓒也加快了步子。

"小瓒。"后面有人唤，伴着车轮辚辚之声。一辆马车在梁灵瓒身边停下，车帘后面露出春水大娘的脸，"这么晚了，上哪儿去？"

"去太平坊南宫家。"

"走着去？"春水大娘失笑，"等你走到，只怕都宵禁了。快上来吧，我送你去。"

梁灵瓒大喜："谢大娘！"

"你如今又是梁大人，又是梁画师，又有俸禄又有画资，怎么还步行上街？你的马车呢？"

梁灵趱便把陈玄景出门的事说了。春水大娘笑了："所以你这是久等良人不归，上门捉人去？"

梁灵趱倒没有想到这种说法，挠挠头："也没有……我就是有点儿不放心，也没什么不放心，就……就……"她自己也不知道怎么描述那种空落落的感觉，干脆道，"反正我见到他就好了。"

春水大娘笑眯眯道："哎，年轻真好啊，我也真想再年轻一回。"

梁灵趱忍不住问道："大娘，如果你回到从前，要先认得陈玄理，还是李司业？"李静言早已升祭酒了，但她却总改不过口来。

自从捧香成亲，梁灵趱便盼着春水大娘和李司业也早成一对，可即便李司业默默守望，从未稍离，春水大娘却没有这方面的意思。

春水大娘被她问得一怔，目光一时有些悠远："没有如果。小趱，世上的事情一旦发生，便统统回不了头的。"

她的声音里有淡淡的疲倦和感伤，于是梁灵趱发现自己问了不该问的问题，吐了吐舌头："对不起。"

春水大娘一笑，拍了拍她的脸："顾好你自己吧。人家陈玄景对你痴心一片，当初若是有人肯为我如此，我早嫁给他了。"

嫁人这件事情在梁灵趱的脑子里一直是梦想的绊脚石，但，嫁给陈玄景，却又好像有点儿不同，心里像是猝不及防被什么东西碰了一下，又甜又疼的。

马车比步行快得多了，不一会儿就到了南宫府大门前。梁灵趱跳下马车时，脸上还微红："大娘你先吧，我一会儿再回去。"

春水大娘笑："是。知道了。我才不会碍你们年轻人的事。"说着命车夫掉转马头。不巧巷中有一辆马车驶来，只得先等它过去。

这辆马恰恰在门前停下，车里下来一人，高冠古服，身形消瘦。

"南宫大人！"梁灵趱意外，迎过去，"您这是才回来？陈玄景呢？"

南宫平叹了口气："进去说吧。"

"小趱！"春水大娘忽然出声。

南宫平看向马车，只见车帘低垂，看不出什么："有人等你？"

"一位大姐姐。大人稍候，我去去就来。"梁灵趱说着跑到春水大娘马车前，春水大娘道："快上车。"声音又急又快。

梁灵瓒有丝讶异,爬上马车,只见春水大娘脸上的神情奇怪极了,脸上没有一丝血色,眼睛却出奇的明亮,声音压得极低:"那人便是南宫平?国子监祭酒南宫平?"

梁灵瓒笑:"大娘你和我一样改不过口来,其实现在李司业才是国子监祭酒,南宫大人是集贤院知院……"

春水大娘打断她,急急问:"总之他便是南宫平,从前的太史局少监,对不对?"

"是啊,怎么了?大娘认得吗?"

"不,不,不可能……"春水大娘眉头紧皱,有几分恍惚,"怎么可能?"

梁灵瓒好奇:"什么东西不可能?"

"他长得像……像一个人……"

"谁?"

"像……李鸿泰。"

"谁?"梁灵瓒呆了半晌才回过神,"怎么可能嘛?他是南宫大人啊!"

以清正之名誉满两京、人人都钦佩得竖大拇指的南宫平大人啊!怎么可能是当年那个为一己之私酿成权谋大祸的邪恶术士?怎么可能?

"一定是你认错了,大娘。"梁灵瓒认真地道,"已经过去十几二十年了,你只不过见过那人一面,世上相似的人何其多,也许南宫大人眉眼或是身形有些像他,便让你错认了。"

"我可能忘了别人的脸,却独独不会忘记他的!"春水大娘咬牙道,"我记得他的右耳下有颗痣,你去认一认便知!"

梁灵瓒笑:"好,我这就去认,咱们可以打个赌,就赌十两银子怎么样?"

"你别嬉皮笑脸的,若他真是李鸿泰,这南宫府就是龙潭虎穴,你不能进!"

"大娘,你真的多虑啦。南宫大人开府的时候我还来道贺了呢。哪有什么龙潭虎穴,你不知道南宫大人是什么样的人,所以才这样说。放心好啦,我去去就回。"

春水大娘拉住她:"你千万不可贸然去问,更不要在他面前提起我。如果他真是李鸿泰,第一件事就是要将你我灭口。"

"知道啦,放心放心!"梁灵瓒语气轻松。

春水大娘无奈:"你速去速回,我就在这里等你。"

"好嘞。"梁灵瓒跃下车,回头还对她做了个鬼脸。

春水如意将车帘掀开一线,看着她步伐轻盈地奔向南宫平,和南宫平一道进了大门。大门随后关上,隔断了视线。

但愿真的是自己认错了人。但愿小瓒这一去不会有事。

八

南宫府很是安静,梁灵瓒进来就拿眼睛四下里找陈玄景。陈玄景没看到,却看到园中的凉亭被白幔围了起来,两名捕快在外把守。

"陈玄景呢?"梁灵瓒问,"他来赴约,您没见着吗?"

南宫平没答话,领着她向凉亭走去,掀开了白幔一角。

亭内杯盘狼藉,地上还有暗沉的血迹。梁灵瓒只瞧了一眼,便觉出一丝不祥:"出什么事了?"

南宫平声音沉痛:"陈玄景在幸珠的杯子里下了毒,幸珠死了。"

梁灵瓒讶然,完完全全讶然,只觉得南宫平在讲笑话,虽然南宫平不可能讲笑话。

"若非亲眼所见,我也不敢相信。"南宫平一脸沉痛,"仵作已经验明一切,罪证确凿,再加上我与张说大人作为人证,亲眼看见,事实无可辩驳。长安令已经将陈玄景缉拿归案,收监在狱了。"

梁灵瓒呆了呆:"幸珠姑娘……真的……"她实在说不出那个"死"字。幸珠姑娘,那个又温柔又美丽,对陈玄景一往情深的幸珠姑娘,真的从这个世界离开了?世上再没有这个人了?

南宫平一声长叹。

"一定是有什么地方搞错了!"梁灵瓒说着就要走。

两名护院无声地出现,挡住她的去路。

南宫平踱过来:"你要去哪儿?"

"去县衙找陈玄景啊。"梁灵瓒急道,"这里面一定有什么误会,他绝对不可能杀人,更不可能杀幸珠!凶手一定另有其人,咱们不能让真凶逍遥法外!"

南宫平定定地看着她:"陈玄景若是有法子,会乖乖束手就擒吗?官府断案,看的是人证物证,你就算一百个信他,也是空口无凭。没有用的,如今罪证确凿,文书已经拟好,只待上交刑部勘合,一旦刑部验过了案,陈玄景就要人头落地了。"

最后一句,真正让梁灵瓒怔住了。

恐慌这才涌上心头,她整个人打了个寒战,喃喃:"不,不……一定会有办法的,一定会有……"

"唯今之计,只有一个办法能救他。"

梁灵瓒连忙抓住他的衣袖:"大人请说!"

"你尽快做出水运浑天仪，呈献陛下。陛下必定会龙颜大悦，你再趁机求陛下赦免陈玄景，应当可行。"

"真的吗？"梁灵瓒飞快思索这个方法的可行性，但有点儿发愁，"单凭我一个人，水运浑天仪不是说做就做得出来的……大师还没回来，极南和极北之地的数据也尚未测量得出……而且……"

而且她不可能去面圣，万一身份被戳穿，那将是欺君大罪。

"放心，我会帮你。"南宫平双手放在她的肩上，目光温和，"我听我那孽障说，你父亲并不是梁又年，而是梁天年。你是天年与雅然的女儿，灵瓒，你可知道你该叫我什么？"

梁灵瓒愣住了，不过一想，南宫季友既然知道了，南宫平知道也不意外。这种时候认亲，实在有些匆忙，她满心都是怎么救陈玄景，胡乱叫了声"师伯"。

"正是。"南宫平微微笑道，"我知道师父还有后人在这世上，心中十分欢喜。我必会尽全力助你造出水运浑天仪，一来能救陈玄景，二来也能告慰师父与雅然的在天之灵。"

梁灵瓒顿时感到了一丝安心："好！我这就回去拿东西，顺便把师叔也叫来帮忙。"

"那倒不必，此事越少人知道越好。你就在我这里，要什么东西我派人帮你去取。"

说着，南宫平领梁灵瓒来到后院。后院五间厢房一气打通，形成一间极大极开阔的长厅，将作器具一应俱全，比她的花厅还要完备。梁灵瓒拿起一把曲尺，只见上面墨迹清晰宛然，一看就是簇新的，还没有人用过。

不单是曲尺，其他东西也是一色全新，看起来仿佛是专为她而准备的。

梁灵瓒心里一动，忽然想起一件事："师伯，你是怎么知道水运浑天仪的？"

南宫平微微一怔，旋即道："自然是一行大师跟我提起的。"

不，不对。水运浑天仪和张衡的漏水转浑天仪虽相似却有所不同，这是一行和梁灵瓒的一个构思，还从未向任何人提起过。哪怕是闵学录，也只是以为她要复原漏水转浑天仪，就像她要复原瑞轮蓂荚一样。

梁灵瓒放下曲尺，走向另一旁，仿佛想看看那另一张桌上的工具。

她轻轻经过南宫平身边，抬起眼，压住了心跳，停止了呼吸。

视线落在他右耳下。那里，有一颗清晰的小痣。这一瞬间的惊诧难以形容，它仿佛有了实质，要变成一声惊呼脱口而出。她强行将它按下，就像用巨力按下一头狂暴的兽。

如果是陈玄景会怎么办？陈玄景会不动声色，陈玄景会镇定自若。她想象着陈玄景的样子，慢慢地，深吸了一口气。

"大人，"她转过脸来，望向他，几乎不敢相信自己的声音可以这样平稳，"你认得李鸿泰吗？"

"李鸿泰？"南宫平皱了一下眉头，"这名字有些耳熟。"

"当年，就是李鸿泰说张昌宗有天子相，让他去太史局核实天象，并为收集王气而造大佛。就是因为他，我外公和我娘才惨死的。"

"你这么说，我想起来了。"南宫平面色平淡，"不过此人只不过是区区一个术士，真正图谋不轨的人是张昌宗。我当时正染疾在身，回乡下老家休养，等我回京的时候，一切已经发生了，唉。"

"幸亏师伯当时不在，这才逃过一劫。不过我听说李鸿泰整日戴着帷帽，除了张昌宗，谁也没见过他的真面目，所以即便师伯当时在京城，只怕也认不得吧。"

南宫平道："你这孩子，怎么还有空提这些陈年往事？快开始动手吧。需要什么数据？我这就是去集贤院让众人开始测算。"

梁灵瓒低头，手扶着桌面，五指发紧："我要见陈玄景。"

南宫平道："都和你说了，你现在见了他也没有用，唯有造出水运浑天仪，你才有可能帮他脱身。"

"我要见他。"梁灵瓒低声道。

"孩子，听话，眼下做正事要紧。"

"我要见他。"

南宫平来回走了两步，尽量耐着性子："你做出浑天仪，自然能见到他。"

梁灵瓒抬起头，眼眶发红，含着泪光。全然不用假装，只要想到陈玄景现在的处境，她的心就像被谁揪住了一样疼："可是不见到他，我什么也做不了。"

"你！"南宫平皱眉，不知是被勾起了什么往事，他的气息急促，板正严肃的神情出现了一丝破绽，他咬牙道："你和你娘一样，见了一个男人，就昏了头了！"

梁灵瓒从未见过这样的南宫平，南宫平一直活在一个板正高古的壳子里，而此刻，壳子开了一道缝隙，真正的南宫平显露了出来。

刻意斯文，难掩邪戾。真正的南宫平原来是这个样子。南宫季友便是他的翻版。

梁灵瓒震惊的眸光刺痛了南宫平，他愣了愣才发现自己竟已把话说出口，然而再弥补也无济于事了，他冷冷一笑："梁灵瓒，这是你逼我的，我原本可以做一个温厚的长辈，帮着你一起把浑天仪做成。现在却不得不跟你撕破脸。你给我听好了，陈玄景现在就在大牢里，你做得出浑天仪，我就撤回状子，你要是做不出来，那就让长安令把案卷送到刑部，明年此时就是他的祭日！"

"这一切都是你的安排，对不对？"梁灵瓒忍着泪，咬牙问，"这一切是你设的局，为的就是逼我做浑天仪！什么让我去面圣根本就是骗我的，浑天仪真做出来，带着它去面圣的人只会是你，你只不过是想利用我！"

"你还真说对了！"南宫平道，"不过你还说漏了一点，我要用你，就得先把陈玄景调开。不然，有他在你身边，只要一点儿蛛丝马迹，他便会觉出不对，我便动不了手。"

梁灵瓒的心重重地一沉，是因为她……是因为她，陈玄景才落得这个下场。

"现在，你什么都知道了。"南宫平顿了顿，又改回了往日的语气。这种语气以前每每叫梁灵瓒肃然起敬，此时却只觉得遍体生寒。

"你真是不乖，和你娘一样不乖。早在上蔡县衙，你就该乖乖成为友儿的女人，我会让友儿风风光光地娶你进门。这间屋子早就给你准备下了，你想做什么都可以做。古书里有的、没有的，只要你做得出来，不论要多少，我都可以为你办来。你做好了东西，由我去献上，咱们南宫家齐心协力，早晚可以把瞿县悉达赶出去，那太史局就是咱们的了。你外公在地下也会开心的……"

"你胡说！"梁灵瓒无法相信世上竟然还有这样无耻的人，"你就是李鸿泰，竟然还敢提我外公！"她的声音太尖厉，尾音蹿在空气里，想收回已经来不及。

南宫平的脸色变了，变成一种极其阴沉的铁青色，眸子里有丝丝透骨的寒意，他慢慢地道："谁告诉你的？"

"我猜的！"

南宫平一把扼住了她的咽喉，脸上神情狠厉到极点："说，这话是谁告诉你的？"

"不用人告诉我！你以为这很难猜吗？你回乡养病的时候，李鸿泰就出现了，还一直盖着脸不让人看见，为什么？因为他不能被别人看见，因为别人都知道他是谁！一个来路不明的江湖术士如何取信张昌宗？张昌宗一定知道你是太史令的高徒，你既然是太史局出身，观测记录当然逃不过你的眼睛，结果一切自然和你所说的对得上，他才会那样相信你，你说什么就是什么——"

底下的话再也没能说出来，南宫平的手骤然用力，她的咽喉一阵剧痛，再也无法呼吸，脸憋得通红，手吃力地摸到了腰畔的千星，拼尽全力向南宫平挥了过去。

似乎划到了什么，咽喉上的痛楚骤然一轻，大量空气迫不及待涌入，呛得她剧烈地咳嗽起来。

"来人！来人！"南宫平捂着手臂，淋漓的鲜血从指缝间滴下来，几名护院应声而入，南宫平喝道，"给我看住她！一步也不许踏出这间房门！"

第十章·设局

203

"南宫平,你死了这条心吧!"梁灵瓒爬起来,嘶声道,"就算你把我关一辈子,我也不会给你做浑天仪!"

"好,好得很!"南宫平怒极而笑,"那就等着给陈玄景收尸吧!"

"哐",房门关上,外面喀啦上锁,暮色彻底覆盖这个人间,屋中一片黑暗。梁灵瓒固执地站在这片黑暗中,对着房门依旧是一副战斗的姿势,良久,良久,她身子一软,靠在桌角,捂住了脸。

泪水在黑暗中无声滑落,打湿了掌心。

对不起……陈玄景……对不起……我好像一直都在连累你啊……

九

暮色很快降临,路上行人越来越少,就在春水大娘快要等不下去的时候,身后传来了马蹄声,转眼间马儿就到了大门前。

严安之勒住缰绳,马儿几乎人立而起。颠了一路的闵学录再也抗不住,"哎哟"一声,从马鞍上滚落下来。

严安之顾不得去扶他,奔到门前叩响门环,半天,方有人来应门:"我家大人吩咐,因家中有事,近日概不见客,来者一律请回。"

"哎,哎,是我啊,"闵学录扶着老腰,爬起来,"你们连我也不认得吗?"

下人道:"闵学录请见谅,我家大人说谁也不见。"

"这怎么可能呢?"闵学录诧异,"不见谁,也不能不见我呀?我是他师弟啊!"

严安之掏出腰牌,喝道:"官府办案,让开!"

哪知下人岿然不动:"大人想唬谁?我家大人是四品下副知院,他的府邸岂是你一个小小捕快能擅闯的?别说大人你,就是大人的顶头上司长安令来了也不管用。"

严安之横刀出鞘,就要硬闯。只听里面传来一阵急促脚步声,一群人快步冲出,依次排开,手中各握着兵器,将门口守得水泄不通。

粗看之下,竟有二三十人,一个个膀大腰圆,绝不是普通仆役。

闵学录瞪大了眼睛:"天,大师兄家里何时养了这么多护院?"

严安之冷声道:"我只问你们,梁灵瓒梁大人可在此处?按官职我不敢擅闯尊府,但南宫大人也没有资格强留朝廷官员吧?"

下人笑:"原来是找梁大人。请稍候。"他转身去了,留下数十名护院在这里虎视眈眈,片刻回来,手里多了封书信,"这是梁大人的亲笔信,二位请过目。"

闵学录不等严安之伸手,一把抢了过来,打开一看,只见上面写道:"我在这里挺好的,被南宫大人留下做客了,这里书又多,仪具又全,软硬兼施才得来这样的大好机会,禁不起来回折腾浪费时日,我就不回去了,现叫下人去把厅上的器具文书全搬过来吧。梁灵瓒字。"

"这孩子,真是一碰上天文就入了迷!"闵学录忍不住抱怨,"大师兄只怕也跟她一块儿钻研呢,算了算了,今儿这顿晚饭是蹭不上了,由他们去吧。"说着下巴点了几名下人:"你,你,走,跟我去搬东西。要备辆大大的马车,选最软和的靠垫知道吗?"

严安之接过信,闵学录领着人走了,走之前认出了春水如意的马车,还说:"丫头,别等啦,跟我一道回吧。"

春水如意面色略有些苍白,但神情如常:"您老先回,我还有点儿事。"

严安之的目光落在她脸上,闵学录看不出的东西,在严安之眼中无处遁形。严安之问:"大娘是不是知道点儿什么?"

春水大娘反问:"严捕头知不知道到底发生什么事了?"

严安之把南宫家凶案的事情大约说了,春水大娘大吃了一惊,胡乱寻了个借口,向严安之告辞。

严安之目送马车离去,目光回到梁灵瓒的信上,眉头紧紧皱起。

十

车夫问春水大娘去哪儿,马车里是久久的静默,好半晌,春水大娘道:"去陈家。"

许多年前,她曾经从陈家门前经过。那时她是天上居的花魁,当选为吉祥天女,沿着朱雀大街放声而歌,经过胜业坊。

人们都说那歌声能达上天,感动神明,谁也不知道,在她心里,她只希望那个人能听见。

马车经过陈宅时,她一面歌唱,一面踮起了脚尖朝里望。她望见了连绵的屋宇,望见了亭台楼阁,望见了树木葱茏,却没有望见那个人。

后来无意之中一回头,才发现那个人混在两旁百姓的队伍里,一直跟着她,见她回望,向来清冷的脸上,露出了明亮的笑容。

人生最最明亮的时刻,大约就是在那个瞬间吧?

现在,时隔多年,她的马车再一次来到了陈家的围墙外。隔着围墙,依然可见里面的楼阁有峥嵘之势，树木山石也一派葱蔚之气，时光仿佛从未流逝，一切好像又回到了当年。

被下人迎到偏厅的时候，她甚至有一种错觉，如果当年她就这样踏进了这所宅子……

陈玄理急步而来，神色有些匆忙："你怎么来了？"

春水大娘几乎是立刻就清醒了过来，微微吸了口气："无事不登三宝殿，没有要紧的消息，怎敢来打搅陈将军？一、令弟因杀人罪被长安令收监；二、我找到了李鸿泰。"

当年的事情牵连太广，陈玄理动用了所有能动用的力量，才将她从死牢里捞了出来。她不敢告诉严安之，只有来找陈玄理。

陈玄理有些意外，但面色很快恢复正常："陈玄景已经被逐出陈家，和我再无干系。至于李鸿泰……"他眉头皱了起来，"你为何还要牵扯当年的事？过去的已经过去了，你最好全部忘记。若是案子再被翻出来，第一个逃不过的就是你。"

春水大娘不敢置信地看着他："你连问都没有问一句……你难道不想知道李鸿泰是谁？他就是南宫平！昔日的国子监祭酒、而今的集贤院知院，南宫平！"

陈玄理明显震住了："你没有认错？"

春水大娘咬牙："他便是化成了灰，我也不会认错！"

陈玄理在厅上来回踱步，春水大娘心中燃起了一丝丝希望望，然而很快陈玄理便停下来："陈玄景虽然已经被逐，陈家在陛下眼中仍然不受待见，此时我不能有任何动作，否则都会祸及整个家族。"

"家族，家族，家族！你只知道你的家族！"春水大娘彻底失望，"我当真是来错了！"

她转身就走。陈玄理追出两步，生生止住。曾几何时，他也是快意恩仇的少年，但那一年，是倾族之力为他救回了他心爱的女人，作为条件，他在祖宗牌位前立誓，余生只为家族而活，不能再做任何陷家族于不义之事。

他眼睁睁地看着她离开，就像眼睁睁看着一个瑰丽的梦境从眼前飘飞远逝，再也触碰不到。

第十一章 水运浑天仪

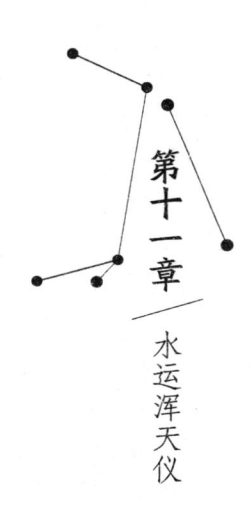

一

严安之回到牢内，将信递给陈玄景。

这是梁灵瓒的笔迹无误，陈玄景飞快看了一遍，第一、第二、第五、第六句首字自纸上浮在脑海——

我、被、软、禁。

陈玄景的脸色蓦地发白："南宫平竟敢如此！"

严安之也看出来了，皱眉："是我不好，到底还是晚了一步，没能拦下她。"

就在这时，张松跑来道："老大，大人来看嫌犯。还引着位客人，我瞧着像禁卫大将军陈玄理。"

严安之向陈玄景一点头："很好，若是你兄长有法子接你出去，事情便好办了。"他素来不喜这种权贵枉顾法纪，但今天这件事情却是个例外。

他带着张松离开，在牢门口遇见长安令，果然见长安令身边跟着陈玄理。他向陈玄理抱拳施礼，陈玄理领首，长安令留在门外，陈玄理独自进去。

长安令捏着胡子发愁："这案子可怎么办？这陈玄景虽说是被逐出了家门，可你看，事关生死，到底兄弟连心，当哥哥的还是来了……"

"大人，你有没有想过，案情或许另有玄机？"

长安令精神一振："你快说说，怎么个玄机法？要是真凶另有他人，那可再好不过，一来不得罪张大人与南宫大人，二来也不用得罪陈家……"

严安之道："请大人给属下一点儿时间，属下定当查明真相。"

长安令一口答应："只要南宫大人不来催，我绝不将案卷上呈刑部。"

牢内，陈玄理在栅栏外停下，淡淡道："丧家之犬的滋味如何？"

陈玄景的声音和他如出一辙："如将军所见。"

陈玄理沉声道："若你还是原来的陈二公子，他们敢这样对你？这便是背弃家族的下场！"

"将军是特意来骂我的？真是辛苦了。"若论气死人的功夫，陈玄景绝不落在任何人之后。

陈玄理压抑着怒气："我来给你指条明路。若是你肯去陛下面前认个罪，肯向武惠妃和咸宜公主认错，我自会去族老面前替你转圜……"

"认完罪，认完错，再等着替陈家娶另外一位公主？"陈玄景摇头，"大哥，不必浪费时间了。若你还记着我们是一母同胞的亲兄弟，就帮我一件事——"

没等陈玄景把话说完，陈玄理转身就走。

"哥！"陈玄景的声音在身后响起。

陈玄理脚步停了停："等你什么时候肯听话了，什么时候再叫我哥。"

他没有回头，一径远去。

二

梁灵瓒在写出那封信前，看到了陈玄景的案卷。

南宫平道："你是个聪明人，不需要我多说。只要我递出去一份幸珠的遗书，就能证明幸珠是自尽，陈玄景无罪。条件是，你为我做出水运浑天仪。"

梁灵瓒接受了这个交易。不接受不行，这么多人高马大的护院在屋外守着，她毫无跑路的可能。

南宫平微笑道："你是个乖孩子。等造出浑天仪的那一日，你便可以出去和陈玄景团聚了。"

梁灵瓒只想把他的笑容撕下来踩两脚。她已经知道他最深的秘密，他怎么可能放过她？一旦做出浑天仪，便是她的死期。

南宫平说到做到，无论她做浑天仪时需要什么，他都会尽全力配合。一行大师不在，集贤院全归他调度，人力物力庞大，浑天仪的制作进度远比梁灵瓒一个人时快得多。

　　梁灵瓒起初还会数一数日子，后来发现，只要数了日子，就不免有期待，而期待真令人痛苦。唯有投身到天文中才能忘记一切。

　　南宫季友有时会来，或嘲笑，或讽笑，或奚落，或怒骂。梁灵瓒开始还会愤怒，后来渐渐当耳旁风。南宫季友不乐意了。他瘸了一条腿，不能再出去应酬，全指着梁灵瓒消遣，见她不理会，邪性上来，在她脸上摸了一把："你说你这是何苦？老老实实嫁给我，同样是做事，不用被关着，还能享个南宫少夫人的名头——"

　　梁灵瓒没有看他，顺手拿起了锤子。南宫季友吓了一跳，以为她要来砸自己。但是没有，她砸的是已经初具雏形的浑天仪。咣，咣，咣。凝聚着无数心力与精力的浑天仪，在梁灵瓒手底下层层粉碎，变成一堆废料。

　　响声惊动了南宫平，他过来一看，大喝一声，夺下她的锤子："你发什么疯！还要不要陈玄景的命了！信不信我明日就让长安令将案卷递送刑部！"

　　这一通狂砸耗尽了梁灵瓒全身的力气，她额角微有汗迹，冷冷道："以后你的宝贝儿子踏进这里一次，我就砸一次。"

　　南宫平一巴掌向南宫季友甩了过去："混账！成事不足，败事有余！"

　　从这之后，南宫季友再也没有进来过。梁灵瓒安安静静地做着浑天仪，有时候也在护院们的监视下，爬到院中假山上去观星。

　　星星那么远又那么近，不知道以它永恒的寿命看来，人世间这些烦恼与痛苦是不是如尘埃般微不足道。可惜她不是星星，她只是个普通的凡人，血肉之躯，寿命只有几十年，烦恼与痛苦却是数都数不完。

　　这天半夜，梁灵瓒刚观完星，回房正准备休息，忽然听到前院传来嘈杂声。

　　"有人闯进来了！大人叫我们去！"屋外的护院们说着，纷纷拿起家伙走了。

　　梁灵瓒立刻去拉了拉门，门外铜锁当当作响，被锁死了。

三

　　闯进南宫府的是一群金吾卫。

　　全长安城的人都知道，金吾卫是拿官方执照的流氓。一群血气方刚的青年总有发泄不完的精力，偏偏个个都出身不低，得罪不起，所有人见了他们都得绕道走。

他们可不讲究什么递帖子拜会，也不讲究什么四品官的府邸不能闯，南宫府沉实的木栓被他们一气撞断，然后人就涌了进来，打着火把四下搜寻。

南宫平披衣而起，怒道："你们这是在干什么？！"他认出了领头的，"源重叶，你眼里还有没有我这个师长？！"

"什么？这里竟是大人您的家？"源重叶大惊失色，连忙解释，"我们在追一个江洋大盗，昏天黑地的，只见他翻墙进了这间宅子，我们就跟了进来。大人您莫怪，抓住人，也是为民除害，学生一定将大人您的名字写进请功奏折里。"然后扬声道："兄弟们，给我好好翻查，不要漏过一间屋子，务必要抓到盗贼！"

金吾卫们齐声应喏，踹开各房的房门，翻箱倒柜地搜检。

南宫季友急急低声向南宫平道："姓源的和姓陈的同穿一条裤子，哪有什么盗贼？他们是来救梁灵瓒的！父亲，快拦下他们！"

南宫平还用他提醒？可这些护院虽然个个膀大腰圆，到底抵不过训练有素的金吾卫，再加上金吾卫们个个有精良甲胄护体，护院们全线溃败，金吾卫们长驱直入。

两名金吾卫来到被锁着的房门前，彼此看了一眼，正要破门而入时，又一批人涌了进来，一个个穿着皂衣，左手提盾，右手提刀，是长安县的捕快。原来南宫平早在第一时间便使人去长安县衙报信。

这里毕竟是长安县所辖，就算金吾卫再嚣张，也得给长安令一点儿面子。

长安令挪着肥大的身子，一头是汗，打心眼里不想跑这趟。偏偏最倚重的手下严安之今天刚巧告了病假，他不得不亲自来。再看到要面对的是一群金吾卫，登时想打退堂鼓，无奈之下，硬着头皮上前跟源重叶招呼。

源重叶也没料到长安令会来。原计划是冲进南宫府，找到梁灵瓒，趁乱裹挟了梁灵瓒便走。长安令一来，带人走恐怕就没那么容易了。

两名正欲破门的金吾卫立即闪到一旁，其中一个递了个眼色给源重叶，源重叶收到，道："大人来得正好，有江洋大盗作案，我们怀疑他就躲在这间屋子里——"

"源校尉此言差矣。"南宫平道，"这里住的是我集贤院一位同僚，白日忙于测算，已十分辛苦，还望诸位高抬贵手，莫要打扰。"

源重叶道："那怎么行？万一那江洋大盗就在里面，南宫大人一家人岂不危矣？学生绝不能坐视不管——"他一面说，一面已经向房门走近，说到此处，重重向房门一撞。

他一身重甲，再加上体重，全力一撞，房门轰然而倒。

南宫平面上惊怒，心中却是淡淡冷笑——梁灵瓒要顾及陈玄景安危，便不会离开；有

第十一章・水运浑天仪

长安令在这里，源重叶便不能强行将梁灵瓒带走。

今夜的危机已然化解，这事便算完了。

金吾卫打着火把冲进房内，火光将一切照亮，一切无所遁形。

工具架在墙上，算纸铺满桌案，当中地上有一座众人看不明白的仪器，远处靠着墙的是一床、一椅、一几，什么都有。独独没有人。

长安令愣愣道："南宫大人，您的同僚呢？"

南宫季友早已拄着拐杖进去，四下里看了一遍，每一个角落都找遍了，确确实实没有人，他面无人色。

南宫平脸色也颇为僵硬："大约是出门散步去了吧，毕竟整日测算，甚是辛苦。"

"幸好盗贼也不在里头，学生总算放心了。"源重叶做戏做足，如此说道，然后用力拨了拨大门上的铁锁，"不过学生有些好奇，既然是集贤院的大人住在这里，怎么门是从外面锁上的呢？看着不像是当客人，倒像是当犯人，哈哈！"

南宫平道："你有所不知，测量极需静心，这位大人不愿任何人打扰，是以上锁。"

长安令松了一大口气："那，既然盗贼不在，咱们都回吧，免得扰了南宫大人休息。"

他先领着县衙捕快告辞而去，源重叶则十分好心地让兄弟们把弄乱的东西恢复原貌，于是金吾卫们又是翻箱倒柜一阵忙碌。南宫平要去阻止，却被源重叶缠着问东问西，护院们则早已丧失战斗力。金吾卫们扫荡了一番，扬长而去。

一直到离开南宫宅第二个拐弯处，源重叶才停下马，回过身："怎么样？"

身后两个金吾卫正是最初要破门而入的两个，此时掀起面罩，却是陈玄景与严安之。

方才源重叶之所以再度故意制造混乱，就是为了让他们进入长厅搜索。

陈玄景和严安之对视一眼，陈玄景道："我们在床背后发现了一道暗门。"

说暗门不太恰当，准确地说，是在板壁上切下了一块方形木板，木板卸下时，板壁便出现一个小小的洞口，刚好容得下一个小个子出入。

这块木板切得严丝合缝，没有露出一点儿多余的木渣，嵌上时整面板壁平整如初，一点儿痕迹也看不出来。

要做到这一点，需要一双极其灵巧又稳定的双手。

"我就知道这小子不是干吃饭的！怎么可能乖乖被关在这里？"源重叶大赞，"现在怎么办？咱们上哪儿去找她？"

严安之道："坊门已经关闭，她走不出太平坊，必然是藏在坊内某个地方。"

陈玄景点头："你我分头去寻。"

源重叶也道:"好嘞,我带上兄弟们一起。"

"不用。"陈玄景解下自己身上的甲胄,"大张旗鼓反而会惊动百姓。你去替我寻我一支笛子来,然后在坊门口等我。"

源重叶一愣:"笛子?这会儿要笛子干什么?你这会儿还有心情吹笛子?"

四

太平坊总共有一百一十三户人家,大多是中等之家,夜晚没有舞乐,此时一片寂静,天边一轮明月,洒下幽净光辉。

梁灵瓒缩在两户人家墙壁之间的甬道里,这种地方一般是老百姓用来堆柴火用的,她就像只松鼠一样扒开柴堆,把自己埋了进去。

好不容易逃出来,在天亮开坊门之前,她绝不会暴露自己。然而就在这个时候,她听到了一缕笛音。万籁俱静,这缕笛音极遥远,极缥缈,好像是从月宫里传来。曲调似乎有点儿熟悉……

她蓦地想起来,这是《云门》,六乐之一的《云门》,她第一次跟着陈玄景去天上居时听的《云门》!

她从柴堆里钻出来,四下打量,确认没有人跟来,立刻跑向笛声的方向。好像只有梦里,她才跑得这样快过,又或是在儿时追兔子也这么快过,那时,草木的芬芳充盈着天空与大地。

快而轻,脚几乎没有沾地,身子仿佛可以凌空。

近了,近了……近了!她冲出一条小巷,就看到坊街大路的尽头,有人一手执笛,翩翩而来。

很久很久以后,太平坊的百姓们还在传说,传说有一天晚上,有仙人月下吹笛,天乐渺渺,不似人间之音。

大路笔直,仿佛能直接伸向天边,那人就像是从天边走来,微风拂起他的发丝衣摆,月光垂在他身上,像水一般流动。

"陈玄景!陈玄景!陈玄景!"这一瞬间,她忘了自己有可能暴露,忘了别人可能会发现她,甚至忘了她在逃跑,以及为什么逃跑。她用尽全力奔向他,大声地喊着他的名字,因为如果不这样喊出来,这三个字会撑破她的胸膛。

泪水滑出眼眶,转瞬被风吹落,到了这一刻,她才知道自己有多想他。

笛声骤停。陈玄景一顿之后，向着她冲了过来。

明月高悬，俯视一对红尘里的儿女在寂静无人的长街向着彼此奔跑过去，终于，在街心相遇。

梁灵瓒扑进了陈玄景怀里。陈玄景紧紧地抱住了她。抱得那样紧，仿佛生怕一松手，对方就会消失不见，怀里的人就会变成一团空气，两个人仿佛嵌在一起，成了一个人。

风吹动他们的衣袂，月光温柔地洒在他们身上。

五

不远处，严安之听到了梁灵瓒的声音，顾不得在路上绕弯，直接翻过院墙，跃上房顶，踩着屋脊，来到长街。

然后猛然顿住。脚下受力，瓦片"喀"的一声响，划破夜色的寂静。

梁灵瓒立即望过来，发现是他，大力挥手："大表哥！你也来了！"

严安之怔了半晌，方跃下屋顶："先去坊门。"

坊门口，源重叶正在来回踱步，一见三人奔来，连忙让人开坊门。

梁灵瓒道："多谢！"

"谢什么谢？还好意思说谢字，美人图一张都没给我！"源重叶说着，就要往梁灵瓒肩上捶一拳，只是这一拳还没捶到梁灵瓒身上，陈玄景与严安之几乎是同时出手，一只手握住了他的拳头，一只手挡住了他的胳膊。

源重叶这才想起来这货其实是个女孩子，他手上又戴着甲套，梁灵瓒这小身板只怕受不住。但这两位兄弟……出手也太默契了一点儿吧？

有金吾卫护送，三人顺顺利利回到梁宅，没有受到一丝宵禁盘查。

陈玄景之所以能出来，是因为有张松在牢里当替身，眼下已过三更，必须在天亮前赶回去。

三人匆匆将这段时日的情形互相告知了一遍，得知南宫平就是李鸿泰时，陈玄景与严安之都吃了一惊。

而幸珠之死的真相也让梁灵瓒大吃一惊，她咬牙切齿道："我和你们一起去县衙，把这恶贼告上公堂！"

"不可！"陈玄景与严安之同时道。

"为什么？！"梁灵瓒忍无可忍，"他害得我外公自尽，害得我娘早逝，害得我爹一生落魄愁苦，害得闵学录沉沦下僚还为他卖力，现在竟连自己的女儿也杀！他还是个人吗？！"

"若是上了公堂，先死的只会是你。"严安之沉声道，"只要南宫平公布你的身份，你便是欺君之罪。唯今之计，是你马上收拾行装，离开长安，走得越远越好。"

"那我的仇呢？"

"小瓒，性命都快保不住了，还谈什么仇恨？难道你想你爹来长安领走你的——"

"尸体"两个字，严安之实在说不出口，生生止住。

"不，我不能走，也不会走。"梁灵瓒神情肃然，她一贯跳脱，很少有这样的表情，她一字字道，"我要为外公、娘、爹、闵学录，还有幸珠，讨回公道！"

"小瓒——"严安之还想再劝，却被陈玄景拦住。

陈玄景又在她的眼中看到了他所熟悉的、让他心动神摇的光芒。一往无前，无可阻挡。这便是梁灵瓒。

陈玄景道："若要对付一个人，便要看这个人最怕什么。"

梁灵瓒冷冷道："伪君子最怕的，便是别人知道他的君子作态全是伪装。他手里握着我的把柄，我手里同样握着他的！"

陈玄景摇头："他有你的真凭实据，你有他的吗？"

"我——"梁灵瓒顿住。她是不是女人一验便知，南宫平是不是李鸿泰，却只有春水大娘能作证。而春水大娘是当年张昌宗一案的漏网之鱼，当年好不容易逃过一劫，难道要为了给她作证而再陷囹圄？

"今天时间不多了，等我过两日寻到机会出来，我们再从长计议。"陈玄景说着，交代道，"你绝对不可以擅自行动，知道吗？"

梁灵瓒点点头。

陈玄景和严安之离开，赶在天亮前回到大牢，替换了张松。第二天傍晚，再一次故伎重施，来到梁宅。

严安之原本认为这样频繁出入不妥，但陈玄景道："我总是不放心，总觉得她要生事……"梁灵瓒昨晚的眸光太坚定太剧烈，让他隐隐有些心惊肉跳。

赶到梁宅时，梁灵瓒却不在。

"公子上值去啦。"老吴道，"要说勤快，我还真没见过比我家公子更勤快的，在南宫大人家住了这么久，一回来，连觉也没睡，屋子里的灯亮了一整夜，天刚亮就又入宫了……"

他的话还没说完，陈玄景和严安之已经双双变色。

糟了！

六

集贤院里人少了一大半，但因为计算水运浑天仪的数据，以及不停将新收到南北两地子午线勘测数据汇总，众人依然十分忙碌。

梁灵瓒却没有加入他们，她一直站在中庭入口处，站得笔直。瞿昙悉达过来问了她好几次在看什么，她都说在看天色。搞得瞿昙悉达十分狐疑："这又是你师父教你的什么新招术？"

梁灵瓒笑了笑，没有说话。她确实在看天色，因为她在等人。她在等南宫平。她知道他一定会来。

越是发生不寻常的事，便越要以正常的模样掩盖，这就是南宫平一向的做法。

日头一点一点升起，一道高冠古朴的身影出现在集贤院门口，南宫平来了。

端得是有本事，南宫平见了她，只是瞳孔微微一缩，脸上神情一丝异样也没有，梁灵瓒当真佩服。

"知院大人。"

"南宫大人。"

"南宫知院。"

抱着文书往来的人们个个向他行礼，他一一颔首，经过梁灵瓒身边时，仿佛视而不见，笔直走了过去。

"站住。"梁灵瓒道。声音不大不小，冷而稳。

南宫平停下了脚步："你还有胆子回来？"

"我为什么没有胆子？一个手上沾着自己师父、师妹、女儿鲜血的人，一个鼓动他人阴谋造反夺位的人，光天化日都敢站在这集贤院中，我只不过是欺君而已，有什么不敢的？"

南宫平骤然回身："欺君便是死罪！"

"那就看谁先死！"梁灵瓒目光笔直地逼向他，像一把森然出鞘的剑，锋利无匹，"除非你有法子让我开不了口，否则，刑部过堂、御前定罪，不过那个时候，我都能把你的罪行抖个干净！"

南宫平面颊上的肉抽搐了两下，又被眼中深沉的冷光压下去："难道你一定要鱼死网破？"

"拼着我一个人的性命，替我外公和娘报仇，值了！"

南宫平审视着她。他的眼睛在时光与黑暗里审视过无数人，审视过他们的欲望与贪婪，决心与勇气，他可以把所有人的灵魂放在秤上称一称重量。他看出了真相："你不会。你若想这么做，已经去大理寺告状了。你在这里等我，是因为你有求于我，因为陈玄景此时还在大牢中。"

"不愧是南宫大人。"怒火、痛楚与恶心已经满满地堆积在心头，还要继续往上涌到喉咙口，但梁灵瓒还是强行压下，用一种洪荒蛮力把这些让她暴怒、让她疯狂、让她想咬死这人的情绪按在大脑以下。

心沸如火，而大脑冷静似冰。也许，这就是长大吧？

所谓长大，就是忍得了痛，受得了苦，然后，把事情解决。

"做个交易吧。"她冷冷地看着南宫平，"你我各退一步，你交出那份所谓的幸珠遗书，我闭上嘴。"

南宫平逼近了一步："别忘了你同样有把柄在我手里。"

梁灵瓒一步未退："那就来啊，鱼死网破，怕的那个先输！"

南宫平盯着她半晌，慢慢地换了一副神情，回到南宫祭酒时的高古模样："这是私事，何必要在这大庭广众之下说，随我回偏殿——"

梁灵瓒打断他："进了偏殿，大人您可以在自己身上捅一刀，或者砸一下，只要一声惨叫，大家就会涌进来，然后我就成了谋害你的凶手。大人说不定还会假惺惺地替我说话，所有人都敬佩大人的宽宏大量，而对于往大人身上泼脏水的我，则是一个字也不会相信。"

从前她总觉得自己太蠢，在陈玄景眼里一目了然的阴谋算计，在她看来却像是最艰奥的上古铭文。可是现在，她懂了。

心里面的某一个角落有一丝隐隐的难过。

原来所有的懂得都是因为经历过。那么，什么都懂的陈玄景经历过什么呢？

南宫平道："你何必以小人之心度君子之腹——"

"嘿，君子！"梁灵瓒冷笑，忽然，高举起一只手，扬声道，"诸位！我有一个秘密要告诉大家，南宫大人——"

这里是集贤院人来人往之地，他们站在这里说了半天话，就已经有不少人探头探脑，不知道南宫大人在和梁大人商量什么事，现在梁灵瓒一开嗓，在外面的纷纷走过来，在屋子里的也纷纷探出头来。

南宫平的脸色变了，真正地变了，他飞快从牙缝里挤出四个字："我答应你！"

梁灵瓒接着说下去："——南宫大人说，近日诸位辛苦，他会上表请奏陛下，给大家三天休沐！"

"谢大人！"

"大人真是体恤下属！"

四下里一片赞誉之声，南宫平板正的脸上带着微微的、恰到好处的笑意，向众人点头示意。

众人散去，南宫平转身便走，身后响起凉凉的声音，不像是出自这个自从入国子监就天真懵懂的野孩子梁灵瓒，而更像那个一双眼睛永远能看透人心的陈玄景——

"大人不会以为一句话就能打发我吧？东西我现在就要，立刻，马上。"

七

源重叶赶到宫门口，先是看见了严安之，然后看见身边一人披着斗篷，从头到脚把自己裹得密不透风，再看一眼，吓了一跳，赶紧把人拉到一边："我的爷，你现在是囚犯啊！有点儿自觉好不好！"

"严兄与我都入不了宫，只有你能帮忙。"陈玄景紧紧地抓着他的手臂，"快去集贤院找梁灵瓒，不论她在做什么，务必要把她带出来！记住，骗也行，动武也行，一定要把她带出来！"

源重叶第一次看到他这种脸色发白的样子，几乎可以用惊慌失措来形容了，就算是被逐出陈家时他也没有这样过。

源重叶也不多废话了，点点头转身就走，然而才转身，就见梁灵瓒从门内跑了出来。

跑得快极，简直像身后有人举着刀在追她似的。

陈玄景上前一步迎上她，她紧紧握着他的手："你没事了！玄景你没事了！我可以救你出来了！"一面说，一面急忙从怀里掏出一封信，交给严安之，一脸欢喜："大表哥，这案子可以结了！"

严安之打开，是一封以幸珠口吻写就的遗书，写明自己爱而不得，决意去死，与旁人无涉。

陈玄景却打开她的手掌心，上面全是冷汗。

"怎么回事？"

"赌了一把。"梁灵瓒到此时心还扑扑跳。狭路相逢勇者胜，她今天才明白，只有豁得出命去，才能成为那个勇者。

陈玄景目不转睛地注视着她，眸子里有掩不住的担心。

"放心，我赌赢了。还是你教的，伪君子最害怕的就是被人家知道自己一切都是装出来的，他比我更害怕，所以他输了。"

所以她把陈玄景捞出来了。

"我发誓，以后再也不会连累你，再也不会让你受伤，再也不会让你受苦，再也不会了。"

她的眸子清亮，里面是无比的认真，清澈透明。万物都在退后，天地间仿佛只剩她一个人这样看着他。要狠狠握住拳头，陈玄景才能控制住在宫门前将一位七品官员拥入怀中的冲动，他声音微微喑哑："下次至少先说一声。"说完这一句，他忽然明白了，她是故意的。她是去赴一场豪赌，这场赌注是她自己的性命。

所以她不会说。因为一旦说了，他绝对不会让她去。

顿时所有的柔情都变成了恼怒，那熟悉的、掐死她的冲动又回来了："梁、灵、瓒！"

梁灵瓒一吐舌头，往严安之身后一躲："咱们快去县衙吧大表哥。"

八

严安之带着这封遗书去见长安令，长安令大喜过望，连连夸严安之办案如神，然后赶忙结案，将陈玄景放了出来。

是夜，梁宅大开宴席，为陈玄景接风洗尘。

上一次梁宅这么热闹，还是一行大师第一次上门时。

无论是梁灵瓒被软禁，还是陈玄景下狱，各方都是各怀心思，将消息捂得牢牢的，闵学录至今只当梁灵瓒和陈玄景一直在南宫家做客，他也去了几次，但都没见着人，南宫平每一次的理由都编得合情合理——出门了，去集贤院了，在忙碌等等。

所以闵学录在席上抱怨这两个家伙一去就是这么久，完全忘了家里还有一个老人家。一面抱怨，一面咬着梁灵瓒迟来的芙蓉鸭，吃得很是欢快。

梁灵瓒好几次话到嘴边，想告诉他南宫平是什么样的人，但看他此时的样子，又悄悄把话咽了回去。也许，什么都不知道才是最幸福的吧？至少，在她收集到南宫平的罪证前是这样。

春水大娘比平常仿佛更懒洋洋一些，自斟自饮，到散席时已有七八分醉意，梁灵瓒扶她回房，她搭在梁灵瓒肩上，喃喃道："小瓒，大娘对不起你……大娘没有去指证南宫平……"

"大娘你胡说什么啊，要是因为指证南宫平，让旧案被翻出来，我才对不起你呢。"

"不，不，是我对不起你……果然人都是自私的，我只知道为自己打算，又有什么资格去抱怨旁人……"她一面说一面抱着梁灵瓒，痛哭起来。

"真的是喝醉了……"梁灵瓒叹了口气，学着婆婆拍她的样子，拍着春水大娘。一直以来，都是春水大娘帮她护她，这会儿她猛然发现，春水大娘心里也有许多的苦楚。

但愿，这些苦楚能化作眼泪，全部流走吧。

等春水大娘睡下，梁灵瓒才离开，轻轻带上房门，转身却见严安之站在不远处，不知站了多久。梁灵瓒走过去："大表哥等我？"严安之没说话，只是看着她，目光无比深沉，里面仿佛是一片深深海洋，望不到底。

除了春水大娘，第二个喝得多的就是严安之了。他从头到尾都没说几句话，酒杯却没有停。大表哥本来就不怎么爱说话，梁灵瓒也不以为意，但看他此时的模样，好像有事。

严安之深深地看着她，就在她以为大表哥喝醉的方式就是看着人发呆时，他向她伸出了手，在指尖快要碰到她的脸颊时生生停住。

梁灵瓒看看他的手，再看看他的脸，心想大表哥喝醉了原来是这样啊。

"我母亲和你母亲曾是闺中密友。"严安之忽然开口，吐字清晰，听不出丝毫醉意，"那时，我外公还没被贬出京城，你外公也没有出事，当时我五岁，你刚刚出生，我的母亲便带我来看望你和你母亲……"

梁灵瓒一呆，怎么也没想到还有这么一段过往："啊，我们那时就见过了吗？"

"是啊，当时我就见过你了……"严安之声音很轻，却有着深深的痛苦之意，"我遇见你明明那么早，那么早……"

"早些不好吗？"梁灵瓒仔细打量严安之，"大表哥你是不是哪里难受？我让厨房给你备点儿醒酒汤吧？"

"哈哈。"严安之仰起头，对着天空笑了。天上满是星星，但明月高悬，又有谁会注意到星星的存在呢？

"真醉了。"梁灵瓒转身就要去吩咐厨房，还没转身，便被严安之拉住了衣袖，她回头，就见严安之目光深深，问她："小瓒，你将来有什么打算？"

这个问题好耳熟啊，大表哥好像总这么问她，而她每次都要低头想半天。只是这一次，她不用想了，因为她已经想好了："我明天出发，去找我师父。南宫平为夺功劳什么都干得出来，我怕他对我师父不利。"

"然后呢？"

"然后我就要去搜罗南宫平这十几年来的罪证！"梁灵瓒握拳，"是狐狸终究会露出尾巴的，我一点一点查，一定要揭穿他的真面目，为断送在他手上的每一条性命报仇！"

"再然后呢？"

"再然后……就大宴三天！摆流水席！请一街坊的人来！"梁灵瓒想想就觉得开心。

严安之轻声问道："你这样的性子，那陈玄景到底是如何得到你的心的？"

梁灵瓒挥到半空的手停住。陈玄景好像是她心上最柔软、最敏感、最不能碰触的那一处，任谁一碰，她就恨不得将整个人缩成一团："大……大表哥你一定还难受吧？我这就去厨房让人做醒酒汤……"说着脚底抹油，忙不迭溜了。

严安之看着她兔子般落荒而逃的背影，轻轻地叹了一口气。

四下无人，只有天上明月听到这声叹息，以及这叹息深处的无奈与伤怀。

他的难受，岂是一碗醒酒汤能医好的？

九

北上的测量队伍一直行进到了铁勒，梁灵瓒一路快马加鞭，风餐露宿，算着大约要小半年后才可见到师父。

这天傍晚，梁灵瓒和陈玄景在城中采买好干粮，趁着城门关闭前出城，一直往北，行不到数里，陈玄景就勒住了马。梁灵瓒也听见了遥远的、沉闷的马蹄声，远处有一支长长的队伍向这边而来。

可能是商队着急入城吧？毕竟着大批的货物在城门过夜不甚安全。两人打马走到路旁，让出道路。

队伍越来越近了，梁灵瓒眼神好，看到了两颗光溜溜的脑袋。

那两颗光溜溜的脑袋却没看见她，铆足了劲纵马狂奔，只盯着前方城门，一个道："这回我先！"另一个道："休想！这回定然还是我！"

梁灵瓒一下子笑了出来，扬声道："大相师兄！元太师兄！"

大相和元太早已纵着马一阵风般过去，模模糊糊听到了她的呼喊，大相道："我好像听到了小瓒的声音。"

元太道："你做梦呢吧！小瓒这会儿在长安城呢！"

还是后面的集贤院学士认出了两人，车队停下，梁灵瓒打马来到队中的马车前："师父！"

车帘掀开，一行一脸讶异："小瓒！"

师父瘦了，黑了，脸上有些倦色，但那双眼睛中的温润丝毫没有改变。梁灵瓒扔下马鞭，翻身下马，爬上车，扑进一行怀里："师父！还好你没事！"

梁灵瓒一路来不知做了多少噩梦，不是梦见师父被南宫平推下悬崖，就是梦见南宫平一刀斩向师父，每每都是夜半惊醒。现在看着师父好端端的就在自己眼前，眼眶不禁发红，真想大哭一场。

"担心我什么？有什么事？你怎么来了？"师父怎么也没想过会在这里看到她，拍拍她，"快起来，大家都看着，堂堂正七品的梁大人窝在别人怀里哭，像什么话？"

"真的是小瓒！"大相和元太打马回来，一脸惊异，"你怎么在这儿？"

十

天色暗下去，队伍到底还是错过了入城的最后时机，众人只有在城外凑合着过一夜。

城外不远有座破庙，还有座半损的佛像，一行在佛前虔诚行礼，大相、元太、梁灵瓒跟着一起。原来一行已经于两个月前完成测量，自铁勒原路返回，一路也是马不停蹄。但能在道上相见，真是巧之又巧。

佛堂被打扫出来，生起一个火堆，几人坐在火堆边，梁灵瓒一五一十将南宫平的事情告诉了一行。大相和元太在一旁听着，气得要跳起来，一行却是皱眉不语。

"南宫平能害我外公，就能害师父你，你们都是挡在他头上的人。"梁灵瓒道，"这一路可有什么不寻常的事，不寻常的人？可有人要害师父？"

后面的话是问大相和元太的。大相和元太彼此看了一眼，努力思索："不寻常的事，不寻常的人……没有啊……"

"师父有没有哪里不舒服过？生病头疼什么的……"

话没说完，元太就道："这个有！来时，就在这幽州城里，师父也不知道是水土不服还是怎的，一顿上吐下泻，好几日上不得路，后来还是有个人送来一味名叫酒萸肉的好药，这才治好了。哎呀！"说到这里，元太一拍大腿，大相也笑道："是，我们都忘了，这人还是小瓒你的熟人呢。"

"我的熟人？"梁灵瓒一愣，"谁？"

"他说曾在洛阳国子监和你同过窗，还说你能入洛阳国子监，还是他的功劳呢。不然，我们能信他？谁送来的药都给师父吃？他是叫什么来着？"元太费力地思索，"叫崔……崔……崔什么来着？"

梁灵瓒全身的血液在这一刻都凉了下来，声音发哑："崔子皓？"

"对！崔子皓！"元太一拍脑袋，笑道，"他说你一听就知道，果然！"说完才发现梁灵瓒脸色不对，白惨惨的，映着火光很是吓人，他正想问怎么了，梁灵瓒已经扑上来抓住了他的衣襟："那是崔子皓！崔子皓！他给的东西怎么能给师父吃？师父吃了吗？"

元太给她吓了一跳："吃、吃了啊，不吃怎么好得起来？他说这药清热解毒，对上吐下泻之症再妙不过。这一路上不知换过多少地方，师父一直在吃着，才没生病……"

梁灵瓒已经快要哭出来了："那酒萸肉在哪里？在哪里！"

陈玄景拉开梁灵瓒的手："冷静。越是这种时候，越急不得。"他向三人解释："崔子皓是南宫平的外甥。这酒萸肉只怕有问题，若还有，请师兄速取一些过来。"

大相、元太一听说，脸色顿时也变得煞白，忙不迭跑去马车上翻找，很快取了一只小瓷钵。梁灵瓒一把夺过，但手指不知道为什么不听话，哆哆嗦嗦一直打不开塞子。一行道："阿弥陀佛，痴儿，生死有命，莫急莫忧。"

一只手按在她的肩头，是陈玄景。某种力气仿佛透过他的手渗进她的肌肉，涌进她的肺腑，她深吸一口气，拔开了塞子。只见里面的东西还剩一小半，像是小片的果肺腑，呈一种深郁的黑色，嗅起来有股酒香，又有股果香。

她不懂得辨认药材，但陈玄景应该懂得，便把瓷钵递给了他。陈玄景果然也没让她失望，拈起一片细闻、细看，还尝了一尝——梁灵瓒吓得一把抓住他的胳膊，陈玄景道："放心，这是用山茱萸晒干后用酒炮制而成，确实有清热解毒作用，对腹泻有奇效。"

梁灵瓒愣住了："无毒？"

"微毒。"

梁灵瓒立刻紧张起来："还是有毒？"

"俗话说是药三分毒，大多药皆有微毒，不多吃、不常吃，便对身体无碍。"陈玄景向一行道，"明日入城，大师不妨让大夫请个脉，看看身体有无大碍。"

这话一说出来，梁灵瓒、大相、元太三个人长长地松了口气，才算得以正常呼吸。

"可这崔子皓好端端跑过来送趟药，算什么呢？"梁灵瓒还是觉得奇怪，"改邪归正？弃暗投明？善心大发？"

元太忙道："据他说，他家本就是做药材生意的，他正在幽州城巡查铺子，知道师父身体欠安才上门送药。不算是巴巴地送来，应该没问题吧？"

大相道："咱们快别自己吓自己了，老实说，这酒萸肉要有问题，师父只怕早就——"

梁灵瓒用力瞪他一眼，把他底下的话瞪了回去。

这两个徒弟，从小到大，明明比梁灵瓒高出一大截，却被梁灵瓒管得服服帖帖，多年

第十一章·水运浑天仪

未变。一行看着，摇摇头笑了笑。

夜已深，大家各自找地儿靠着凑合睡一晚，梁灵瓒赖着挨在一行身边，把京城的事大的小的有的没的都告诉了一行，又说起她做的水运浑天仪。一行听着，看着她因奔波而益发显得只有巴掌大的面颊，忽然道："小瓒，你可曾想过，我终有离你而去的一天？"

梁灵瓒正说得兴致勃勃呢，陡然被浇了一盆冷水，咕哝道："师父这话说的，好像没离开过我似的？"不过自己想了想，又笑起来，"不怕，我会找到师父，缠着师父，一直跟师父在一起！"

一行轻轻叹了口气："我说的不是生离，而是死别。"

"我才不要呢！"梁灵瓒拒绝去想这个问题。这个问题太可怕了，就像一道万丈悬崖，她只是在边上看一眼，就觉得无法呼吸，"师父你这么年轻，又一向修身养性的，至少能活八十年，不！一百年！活成神仙！我就马马虎虎活个七八十年吧，到时候师父成仙，我和大相、元太就抱着师父的大腿鸡犬升天！"

一行摇摇头，微感好笑："那还有陈玄景怎么办？"

梁灵瓒脸微红，好在佛堂昏暗，谁也看不清。她悄悄望了一眼陈玄景，陈玄景在那边靠在柱子上，像是感觉到她的视线，抬眼向她望过来。

视线一定是有形质的吧？这一道视线的形质是暖暖的，像此时的火光。

梁灵瓒即刻把头埋起来睡觉,心里面想的是——若天上没有陈玄景，升上去也没趣啊！自然也得带上他啦！

心头大石落下，这是梁灵瓒几个月来睡的头一个好觉。但拜之前的提心吊胆所赐，她半夜醒来仿佛已经成了习惯，无缘无故就睁开了眼睛。

众人全都是席地而睡，躺的躺，靠的靠，陈玄景还保持着睡前的姿势，一动不动，淡淡星光从残破的窗棂处洒进来，照在他脸上，投进他的眸子里。

是醒了还是没睡？梁灵瓒爬起来，轻手轻脚在他身边坐下："有什么事吗？"

"没有。"两个字平平常常，梁灵瓒却不知道从他哪一根头发丝儿里嗅出了一丝不对，心里蓦然涌起一股不安，"是不是那酒莫肉不对？"

"酒莫肉并无不对，只是……"

"只是崔子皓不会这么好心。"梁灵瓒说出了答案。崔子皓因为她，从第十名变成了第十一名，无缘长安太学，当时已经恨不得寝她的皮食她的肉，现在知道一行是她的师父，怎么可能是单纯地送药？

"他会找到大师，不单纯是为了对付你，应该也是南宫平的授意。"陈玄景道，"这酒蓃肉后面必定还有什么我们猜不透的玄机，又或是根本只是一个幌子，他真正的目的在别处……"会是什么呢？梁灵瓒跟着想破头。

陈玄景看她一脸愁苦的模样，在她额头轻弹一记："我对岐黄一道只是略懂皮毛，明日入城还是再找大夫查验一番吧。你先去睡。"

梁灵瓒问："那你呢？"

陈玄景叹了口气："人太多，我睡不着。"

确实，人多庙小，还有人打呼噜。梁灵瓒看了看窗外的星光："反正咱们都睡不着，出去观星吧？"

秋夜，草尖上一片露水，而星辰像是镶在天上的露水，将滴未滴。一抹弯月如钩，才出现在中天，整片天空明净极了，空气里全是草木的芬芳。两个人都没有说话。梁灵瓒觉得他们仿佛变成了一片叶或者一滴露，置身在这巨大的静谧的世界中，心中极静，仿若半透明。

很久很久以后，她还记得这个夜晚。

一直到月影西斜，他们才回到庙里。梁灵瓒在席子上躺下，左边是师父，右边是大相和元太，一抬眼是陈玄景……梁灵瓒觉得心里又满当又太平又安静。

重要的人都在身边。真是太好了。

十一

第二天一早，车队便入了城，县令接到消息，早命人打扫庭院，将众人迎进县衙。

梁灵瓒和陈玄景先打听出崔子皓的药铺，然后直奔过去。

药铺里却只有一个坐堂老大夫并几个伙计，伙计告诉两人，他们少东家几个月前就回洛阳了。两人也没问出什么，只得去了另一家药铺，掏出那钵酒蓃肉，请坐堂大夫验看。大夫又是尝又是闻，又是用银针又是用火炙，最终道："这酒蓃肉制得甚是地道，是上等货色。"

梁灵瓒问："有没有毒？"

大夫道："说笑了，这可是正正当当的良药，又不是毒药，哪儿来的毒呢？"

陈玄景问："若久服会如何？"

坐堂大夫笑道："这是药，又不是饭，谁会久服它？且久服也没什么大碍，肚子疼一阵罢了。"

两人收了瓷钵往回走，都有些纳闷，一时猜不透崔子皓葫芦里卖的什么药。

晚间，县令设宴，为一行等人接风洗尘，不少乡绅陪席。元太说师父上回就是在这里吃了酒席拉肚子，要不要先吃些酒黄肉。梁灵瓒心想药既无事，便把瓷钵给他了。

子午线测量完成，一行将立不世之功，县令比当日更加巴结，亲自给一行斟酒，又命人给大家杯子都满上。因陈玄景与梁灵瓒是新面孔，县令特意笑道："这丹参桔梗酒可是我祖上传下来的秘方，别处喝不到，等闲的客人我也不给他喝。诸位长年累月地辛苦，喝一杯可去劳乏，喝两杯可添精神，喝三杯就可以上山打老虎呢。"

这酒色如琥珀，虽有一股药香，却只衬得酒香越发浓郁。上回来喝过的人都赞不绝口，大相、元太更是酒到杯干。梁灵瓒小抿了一口，也觉得甘香清冽，一仰头就把一杯喝了。

陈玄景看了她一眼："这酒入口绵柔，后劲却足。少喝些。"

上回来时，大家都身负重任，不敢尽兴。这回是功成而返，将来定有赏赐，众人都放开肚量痛饮，一时笙歌齐奏，席上好不热闹。

一行向来喜欢清静，推不过众人盛情，饮了几杯，便起身向县令告乏，县令连忙恭送到门口。

大相和元太跟着起身，一行道："你们歇歇吧。小瓒，过来。"

两人乐得轻松，笑呵呵地朝梁灵瓒递了个眼色。梁灵瓒连忙放下酒杯，跟着出来。

回到房中，梁灵瓒去调开笔墨，一行微露一丝笑意："你知道我要做什么？"

"师父单要我，不要他们，肯定是有些东西他们不会呀。"梁灵瓒嘻嘻笑。

她昨晚已经跟一行提到了她所做的水运浑天仪，师父细细过问每一个细节，现在她在纸上先画出一个整体模型，再一一分解成仪图，一边画，一边解说。

一行听到佳妙处，赞许着微微点头，听到不妥处便详问数据，师徒两个一起探讨。

师父的声音温和，师父身上恒久散发着淡淡的檀香味，梁灵瓒恍惚间好像又回到在玄都观里跟师父身旁的那些时光。

那些都是最美好的时光啊。

一行看着梁灵瓒，目中笑意悠悠。他的小猴子长大了。从前教她，有些问题要再三提示她才可以自己找到答案，现在，往往是他微微一注目，还没有开头，她便意识到不妥，然后埋头重画。学识像涓涓细流，多年前从他身上淌到梁灵瓒身上，现在，它们已经在梁灵瓒身上积蓄成江河，有了滔滔之势。

他的小瓒已经到了可以独当一面的时候了……

一行既欣赏又颇为感慨，心中有丝异样，像是疼，又像是眩晕，蓦地，一股剧痛在胸腹间蹿开，像是谁拿了一把刀在搅动他的五脏六腑。

梁灵瓒正画到最后一张仪图，想再去舔墨的时候，纸面上忽然多了一滴殷红，紧接着又是一滴，一滴一滴连成刺目的一片。梁灵瓒的笔僵住，手僵住，全身僵住，大脑僵住，时间变得极其缓慢，她好像花了几个时辰才抬起头。

一行捂着嘴，殷红的鲜血不停从指缝间涌出。梁灵瓒嚅动了一下嘴唇，但没能发出任何声音，像是有一只看不见的巨手紧紧扼住了她的咽喉。

一行仰天倒下，她急忙扑过去扶住一行，声音颤抖，牙齿撞得咯咯作响："师父……师父……你怎么了师父？"

她想把那些血给师父塞回去，可是她做不到，它们汹涌而出，止都止不住。

"来人啊！来人啊！救救我师父！救救我师父！"声音尖厉，在寂夜里听来凄厉至极。

陈玄景散席归来，听到的便是这样的声音。他猛然一惊，推门冲了进来，只见一行半靠在梁灵瓒怀里，口中鲜血狂涌。

"陈玄景，"梁灵瓒看见他，终于哭了出来，"救救我师父，救救我师父！"

"等我！"陈玄景不及多言，立即返身出去。

"小瓒……"鲜血仍旧从一行的口中涌出，每说一个字便是一口血。

梁灵瓒拼命摇头："不要说话，不要说话，师父，求求你不要说话，玄景去请大夫了，大夫很快就来了，你没事的，你一定会没事的……"

"爱灭则取灭。取灭则有灭。有灭则生灭。生灭则老死忧悲苦恼灭。由是一大苦蕴灭。"一行的声音轻极了，每一个字都吃力地在鲜血中挣扎，神情却异常平静，"我……早就说过，人的生命短暂如叶上之露……我的生命已走到尽头……那又如何？我身虽灭，但我胸中脑海所知所学，已经由你代为传承了……"说到这里，他甚至轻轻地，轻轻地微笑了一下，"这就叫，后继有人了……"

梁灵瓒摇头，泪水飞落，哽咽得没办法呼吸，心已不再是心，变成一块烧红了的铁石，在胸膛里把血肉烧灼得吱吱作响："我没有，我没有，我什么也没学到，师父你别说话，大夫马上就来，马上就来！"

一行剧烈喘息，他吃力地呼吸几口空气："这些日子，我已推演出《大衍历》雏形，另有关于水运浑天仪的几张仪图，都在……笈箱中，都……都交给你了。你自己好生验看，若有不懂的……可以找瞿昙悉达和陈玄景商量着办。大相、元太心性单纯，我既不在，便不要让他们入宫。至于你，"他紧紧抓住了梁灵瓒的手，"你更是盲人骑瞎马，夜半临深池而不自知！你……你要答应我一件事……"

梁灵瓒回握他的手，两人的手上都沾上了血迹，湿热腻滑，梁灵瓒觉得师父的手好像随时会松开，不由握得紧紧的："你说，你说，师父你说什么我都听！"

第十一章 · 水运浑天仪

"《大衍历》制成之后，你立刻离开长安，永世不得再入朝……你、你可答应？"

"我答应！我答应！我什么都答应！"她都答应，一千一万件事，什么都好，她都答应！她只有一个要求，那就是他没事！

"那就好。"一行脸上表情放松，手上的力道也放松，他整个人如云朵般松弛，轻轻握着梁灵瓒的手，被鲜血染红的嘴角有浅浅的笑意，和当年在玄都观那个游方的青年僧人没有任何区别，"小瓒，你还记得玄都观吗？"

梁灵瓒泪落如雨："记得，记得。"

怎么会不记得？那是她和师父相遇的地方，那是师父牵着她的手，带她指向星空的地方。

"我这一生，游历天下，去过无数的地方，"他的声音越来越轻，"但此时想来，最好的地方便是玄都观了……"他的手软软地垂了下去，温和的声音永远地停留在了这一刻。

"师父！"大相和元太冲进房门，扑上来，不敢相信，"师父！师父！你醒醒啊师父！"

大夫也来了，先探了探一行的脉门，再试了试一行的鼻息，摇头叹息："不行了，来迟一步。"

"这不可能！"元太扯着大夫不放手，"你这庸医，再胡说八道我把你扔进河里喂鱼！"

大夫嚷道："是迟了啊！怎么能怪到我头上？看这血涌不尽的架势，分明是中毒之兆，你们快去找下毒的人吧！"

梁灵瓒对这一切恍若未闻，整个人陷在另一个世界里。

"我也是……"她抱着师父，脸贴着他的脸，就像小时候常做的那样，她的泪沾到了他脸上，他的血沾到了她的脸上，她的声音很轻很轻，像是怕惊扰了他似的，"玄都观多好啊……最好的地方是听风轩，夏天有凉风穿堂过，还有萤火虫飞进来，冬天关上门窗，在炭盆里烤芋头，又香又糯……多好啊……怪不得师父喜欢，我也喜欢……"

一行靠在她的怀里，身前鲜血殷红，白色僧衣如雪，看上去像是自血海生出一朵白莲。

他一动不动，安稳闭目，面色宁静，仿佛只是睡着了。

第十二章 大衍历

一

一行向来与众人同甘共苦，大伙儿吃什么，一行便吃什么，只除了那酒羜肉。

然而大夫再三检查酒羜肉，也没有发现什么不妥，沉吟良久，大夫问道："大师可还吃过别的什么药？比如半夏、防风、桔梗……"

陈玄景脸色变了："酒里有桔梗。"

"哎哟，酒羜肉与这几味药一旦同用，轻则重病，重则要命。大师久服酒羜肉，那桔梗酒便是剧毒啊！"

"原来，是我们害死了师父……"元太"哇"的一下痛哭出声，就在今天晚上，他还拿酒羜肉给师父吃。

大相用力给了自己一记耳光。

"不，害死大师的是崔子皓，确切地说，是那个在背后操纵他的人。"陈玄景声音发冷，"他知道县令待客必用桔梗酒，所以才送酒羜肉。早在几个月前，他们已经对大师下手了。"

大相和元太咬牙："我们这就回洛阳，把姓崔的找出来，替师父报仇！"

陈玄景目光望向房门，没有说话，眉头紧皱。

房内，梁灵瓒抱着一行，姿势一直没有变过。

大相和元太流着泪劝她："小瓒，我们知道你心里难受，我们和你一样难受，但师父的后事不能不办，你不能一直这样抱着他不松手。"

她眼睛直直的，好像什么也听不见，什么也看不见。

陈玄景无声地叹了口气，轻声道："大师累了，让大师上床歇息吧。"

梁灵瓒的眼珠子动了动，缓缓转过来，落在陈玄景身上，像是这才认出他是谁一般："是啊，我师父累了，他北上铁勒测量子午线，还要推演《大衍历》，他走了那么远的路，受了很多的累，吃了很多的苦。"

陈玄景点头："我扶大师去安歇。"说着，便要去抱一行。

梁灵瓒的手僵了一下，不肯放手。陈玄景认真地看着她的眼睛："你也说大师累了，难道你不想大师好好休息？"

梁灵瓒想了想，点点头，松开手。

陈玄景将一行大师安置在床上，大相和元太已经忍不住放声大哭，梁灵瓒看了两人一眼："你们懂点儿事好不好？这么吵，师父怎么睡觉？"说着，一手一个，把两人拉出来。

两人见她这副样子，哭得更伤心了。

陈玄景带上房门出来，向梁灵瓒道："大师吩咐你回去睡觉，明日一早就出发。"

"好。"梁灵瓒乖乖听话，乖乖转身回房。一个人坐下来的时候，脑子里模模糊糊觉得自己好像忘记了什么要紧的事，但再一细想，脑仁儿便针扎一样生疼，无法再想下去。

这段日子后来成了生命中的一段空白，她完全想不起来自己是怎么离开幽州的，仿佛闭上眼，再一睁眼，已经换了个地方。

是座大庙。空气里到处都是檀香气，和在师父身边闻到的一模一样。

师父……她的心轻轻地抽了一下，背后牵扯着巨大的痛楚，阻止她再想下去。

大相和元太说今天庙里的和尚要念经，让她乖乖待在屋子里，陈玄景陪着她画仪图。

她画起仪图来，神志清醒，手脚利落，只是画到某一处，眼前忽然一花，觉得纸上好像多了些红点子。她拿手擦，那殷红的点子却怎么也擦不干净，反而越擦越多，越擦越多，最后眼前殷红一片，仿佛要将她淹没。

"啊，啊——"她躲避，她挣扎，可那殷红的颜色就是不放过她，如影随形，逼得她无法呼吸。

第十二章·《大衍历》

"梁灵瓒！梁灵瓒！"旁边有人叫她，好像是陈玄景的声音，有人抓着她，好像就是陈玄景……可她看不到，她的眼前只有一片血红，血……到处是血！

"啊！"她一声尖叫，挣脱陈玄景，冲了出去。

眼前是血红的世界，血红的屋檐，血红的庭院，血红的树，血红的人……她没命地逃，不知道能逃到哪里去。忽然她听到了诵经声。

不论在哪里，师父都会做早晚课，诵经不绝。她那时一听到诵经就想睡觉，师父起初还会将经文一条条解释给她听，后来讲着讲着就发现她脑袋已经搁到了胸前，便再也不讲了。

她一直以为自己不喜欢诵经声，现在才知道不是的。经文虽然听不懂，但好像自有一股安定人心的力量，伴随着檀香气息随风飘来，她便追寻着那气味和声音一路往前，最终发现了它们的源头是在一座大殿中。

大殿里有数不清的和尚，各自盘腿垂目，低声诵唱。高大佛像俯视众生，在佛像的脚下停着一只檀木台，台上横陈着一个人，无数莲花堆积在他身上，他的脸也如同莲花一般净白。

"师父！"梁灵瓒大喜，"你怎么睡在这儿？"

"阿弥陀佛，"有人拉开她，"梁灵瓒，法事尚未结束，不得滋扰。"

梁灵瓒回过头去看这人，觉得他有点儿眼熟。实际上，这大殿，这整座庙，她都有点儿眼熟，好像什么时候曾经来过。

"你是谁啊？"她问。

那人一怔："我是不空，你不记得了？"

"不空？"她努力在脑海里搜索，不空，不空……她在脑海里找到一座花木深深的庭院，厢房中一名好像怒目金刚般的僧人，以及一名总对她投来疑惑目光的天竺少年，"不空！不空师兄！"

她开心地四下里张望，果然在台上看见了金刚智禅师："你们在这里太好了，我师父见了你师父，不知道要有多开心！"

不空一怔，目光投向随后赶来的陈玄景，陈玄景点了点头，然后向梁灵瓒道："大师们诵经，我们不要打扰，免得大师不高兴。"

梁灵瓒立刻点头，在最角落的蒲团上跪下。

陈玄景低声道："我们回房……"

"我想看看师父。"梁灵瓒小声说，眼中满是乞求之色，"我好久没看见师父了。"

陈玄景心中剧烈地一痛，一时说不出话来。

"我保证一点儿声也不出，真的。"梁灵瓒认真道。

陈玄景只觉得心肝都要揉碎了，长叹一声，在她边上一起跪下。

梁灵瓒便开开心心地跪着听经，心中隐隐有一丝疑惑，为什么师父总不起身？本想问问陈玄景，却见陈玄景低垂着眼睛，脸上的沉痛之色几乎可以化成水滴下来。她吓了一跳，悄声问："玄景，你难过吗？"

陈玄景看着她，无法说话，只得摇头。

"你要是难过，别憋在心里好吗？你跟我说，我替你解闷。"她脸上的神色异常认真，眸子一派澄澈。陈玄景再也忍不住，一把把她抱进怀中。

梁灵瓒很不好意思，虽说在这角落里谁也看不到，但毕竟是佛殿上，这样好像很不好啊。可是陈玄景抱她抱得那么紧，好像要勒碎她的骨头似的，她想抬头，却被他按住。她的脸贴着他的胸膛，听到他剧烈的心跳。

与此同时，诵经声停，众人高宣一声佛号，梁灵瓒眼角余光看到那座檀木台被抬了起来，师父还在上面，跟着众人齐齐退出大殿。

"玄景你松开我！"

陈玄景没有松，反而抱得更紧了。

梁灵瓒拼命挣扎。檀木台出去了，师父出去了。

"放开我！"

她无意识地抓住了什么东西，往外一划，陈玄景一声痛呼，松开了手。梁灵瓒什么也顾不得，追了出去。快追到碑林的时候发现自己手中赫然握着已然出鞘的千星，刃上还沾着血痕。

她……伤了陈玄景？她被自己惊呆了，正要回身，"轰"的一声响，火光冲天而起，她回头看到了永生永世都不能忘怀的一幕。

烈焰席卷檀木台，以及檀木台上的人。

不……不！

"师父——"她的声音尖厉得不似人声，她自己也不知道自己怎么会发出这样的声音，她向着火堆扑过去，完全不顾自己会因此受伤。

一个人猛然拉住了她的手，是陈玄景。

"玄景，快、快、快……"肺腑中的空气完全不够用，她声音发颤，几乎不能成声，"救救师父，救救师父，他们要烧死师父！求求你救救我师父！"

第十二章·《大衍历》

陈玄景看着她，眼神痛楚至悲悯的程度。他的右臂上被划了一道口子，鲜血正沿着衣袖淋漓而下，落在青石地砖上，一滴又一滴。梁灵瓒的瞳孔猛然放大，放到无尽大。

纸上的血迹和眼前的血迹重叠，被刻意封闭的记忆呼啸而出。

"醒醒吧，梁灵瓒，"陈玄景的声音低哑，"你师父已经死了。"

梁灵瓒僵硬地转过头去，视线还没有触及那庞大的火光，陈玄景双手固定住她的脸："不要看，梁灵瓒，不要看。"

"放开我！放开我！"梁灵瓒固执地要扭过头去，胸中有一股毁天灭地的暴戾之气，让她用尽全力挣扎，挣扎中手碰到了陈玄景臂上的伤口，陈玄景整个人身体一颤。她猛然僵住。

"梁灵瓒，听话。"陈玄景咬牙，疼痛和失血让他的脸色有几分苍白，"不要看。"

梁灵瓒终于放松了力道，顺从地停止了挣扎。身后的火焰猎猎作响，她的指尖深深地掐进掌心。

这是有生以来最漫长的一场火，也是有生以来最漫长的一个拥抱。

二

崔子皓不在洛阳，梁灵瓒等人在崔家药铺里再一次扑了空。

陈玄景推测他在长安："一行大师的消息只怕早就传开了，他见事发，定然是去投奔南宫平，以寻庇佑。"

"很好。"梁灵瓒道，"省得一个个找了。"梁灵瓒的神情很淡，声音很冷。

自从那天清醒之后，大相和元太就觉得小瓒好像变了个人似的。

梁灵瓒即刻准备回长安，大相和元太也要一起去，梁灵瓒一口回绝："师父让你们在这里守着他，三年以后才能离开。"

大相狐疑："师父连生死都看淡了，怎么会要我们守灵？"

"反正师父不让你们回长安。"

元太也道："我告诉你啊小瓒，要报仇必须算我们一份！"

"放心，我会连你们那一份一起算上的。"梁灵瓒顿了顿，道，"我想，最能让师父安心的，便是你们跟着金刚智大师精修佛法，不再涉入世事吧？"她的声音微带一丝沧桑。

懂得，原来是如此痛苦的事。

大相元太互相看了一眼，他们当然也知道师父的心事。

"那我们去陪着师父。"大相道,"小瓒,一路保重。"

元太道:"等那边的事办完了,记得回来。"

梁灵瓒重重点头,一夹马肚,撒开缰绳,两匹马儿长奔而去。

经过街头时,她忽然勒住缰绳,回头,望向街角某一处。

陈玄景顺着她的目光望过去,那是一处卖糖人的小摊子,摊主手巧极了,一只只糖画的蝴蝶猫儿等物,栩栩如生。

太阳很大,空气很甜。

街头的喧闹变成流水一般的背景声,空气中有细细的金色尘埃,一切都被放得很慢很慢,一口糖舔在嘴里,可以甜很久很久。久远的记忆在阳光与甜香中重生。

梁灵瓒的声音轻若梦呓:"能给我买只糖吗?要老虎的。"

陈玄景依言下马,糖很快买来了,他递给她。

时光里的画面与现实重叠,很久很久以前,师父也是这样把糖递过来给她吃。

她接过,舔了一口。泪水流下来。

陈玄景打马跟在后面,一句话没有说。他原本还想劝她,她既然知道一行想让大相和元太平平安安,更应该知道,一行更盼她平安。但他没有说出口。因为,若是能这样拂衣而去,就不是梁灵瓒了。

那把火一直在梁灵瓒心里燃烧。只有南宫平的血方可将其熄灭。

三

开元十二年秋十月,高僧一行寂灭,皇帝亲自撰写塔铭,谥为"大慧禅师"。

一行去世前,根据南北测定之数据,撰妥历法草稿五十二卷,因依据周易系辞"大衍之数"而来,故名《大衍历》。

其后,皇帝诏令集贤院编订历数七篇、略例一篇、历议十篇等,于开元十三年冬颁付有司,大行天下。

一行既逝,南宫平便成了集贤院第一人,功劳与荣耀加于一身,进献历法之日,更献上了一台水运浑天仪。

皇帝大悦,将这台水运浑天仪置于紫宸殿,擢升南宫平为集贤院知院,大加赏赐。

南宫平回来,集贤院上下纷纷向他道贺,向来安静的集贤院顿时变得热闹非凡。梁灵瓒从外面回来时看到几乎所有人都挤到了左偏殿,又见到大家你争我夺地替南宫平将一应物件往主殿搬。

主殿三层，那里曾经是师父的位置。

如果是三年前，她就算是撞破头也会冲上去阻止；如果是一年前，她要死死咬牙才能控制住自己；而今天，她瞧着被众人簇拥着的南宫平，脸上没有一丝表情。

南宫平看到了她，向身边吩咐几句，然后向她走来："《大衍历》能成，水运浑天仪能成，梁大人居功至伟！我该怎么谢梁大人呢？"

梁灵瓒面无表情地看着他，他一定很开心吧？开心到都忘了维持自己古井不波的形象，她淡淡道："不敢。"

"梁大人真是谦虚，立下如此大功，居然都不随我上殿，哈哈哈。"南宫平脸上几乎是神采飞扬，"敏于行，慎于言，果然是不负我当初的教导啊！"

梁灵瓒瞧着他，想忍，但又想，何必要忍？她冷冷地笑了一下："踩着别人的头爬上去，将别人的东西据为己有，还洋洋自得，真是可笑。你可曾照过镜子？可曾上过秤？你知不知道自己有几斤几两？不管是《大衍历》还是水运浑天仪，单凭你自己连影子都摸不着，区区斗量之力，也好意思这么欢喜，一把年纪简直活在了狗身上，我都替你害臊。"

南宫平脸上的喜色凝固，这么久以来梁灵瓒闷头干活，从来没有多说半个"不"字，他以为她早已认命了。然而他终究还是没有发作。为什么要发作呢？他已经拥有了一切。而这些自诩有才的人怎么样了？一个已经命归黄泉，一个迫于身份连一丝功劳都不敢担，再多不满，也只不过是逞几分口舌之快。

那何不让她逞个痛快呢？不然什么都憋在心里，憋坏了身子怎么办？到时候谁来给他做东西，谁来给他攒功劳？

南宫平的目光近乎慈祥了："这些日子你时常不在院内啊梁大人，忙什么去了？"

千钧力道偏搥在了棉花上，大约就是这种感觉吧？梁灵瓒忽然发现自己果然还是幼稚，和这种人根本没必要多说一个字。

"听说你常去将作局啊，可是又想做什么新玩意儿？"南宫平一笑，"你知道老夫最喜欢像你这样能干的年轻人，要是想做什么，老夫一定鼎力支持。"他说着，拍拍她的肩，在她耳边低声道，"毕竟，都是要我献上去嘛，哈哈哈哈……"

他笑得很大声，整个集贤院都听得到。他终于等到了这一天，终于爬到了这个位置，这个——没有人压在他的头顶，他可以恣意笑出声来的位置。

他转身走了，梁灵瓒嫌恶地掸了掸自己的肩。

淡绿色官服，被掸上了一丝铜屑。

来得匆忙，忘了把手洗干净了。好在她每次进将作局都会换上短打，出来再换回官服，南宫平没有看出任何破绽。她回了左偏殿，向瞿昙悉达告了几天假。

　　瞿昙悉达已经知道一行的死因，对南宫平也是咬牙切齿，只恨找不到证据："歇息几天也好，你这些日子着实辛苦了。"忍了忍，他还是没忍住，"全都是为他人作嫁衣，你还费那个牛劲儿干什么？我要是你，早告假了，告他个一年半载，没有你，看这历法什么时候能出来！"

　　梁灵瓒笑了笑，告辞。《大衍历》是师父的，她是为师父把历法早制出来。

　　瞿昙悉达看着她的背影，只觉得好像有哪里不对劲，蓦地想到了什么，说："站住！我说怎么看着觉得怪怪的，今儿怎么你一个人？陈玄景那小子呢？"

　　"他还有事。"

　　陈玄景此时在将作局里，炉火熊熊，映亮他的脸颊。八名匠人用粗大的铁架自炉中取出一片元件，类似的元件他们之前做过一份，只不过这一件更为精密更为复杂。

　　半个时辰前，梁灵瓒在这里和他道别。因为同婆婆爹爹的两年之约将近，她得回去一趟安抚两位长辈。她说完转身就走，却被陈玄景一把扯住，一只手拉到近前，就着炉中火光，审视她的脸。

　　她问："怎么了？"

　　"东西眼看就要造好，你这时候怎么能离开？"

　　"因为有你啊陈兄。"

　　"当真是回去见长辈？"

　　"我正要问你借苍伯用一用，若是他肯送我，我来回路上会快些。"

　　苍伯跟着陈玄景一起离开的陈家，在失去"女主人"捧香的梁宅顶起了半边天。

　　"长进了。"陈玄景轻轻弹了弹她的脑门，"知道用这招来安我的心。"

　　"五天之后，我必回来。"

　　陈玄景点头："五天之后，这里也差不多了。"

四

　　婆婆抱怨梁灵瓒怎么不带陈玄景一道来，还好陈玄景让苍伯带来了好几件礼物，总算让婆婆少说了几句——不是为有礼物收，是礼物代表了陈玄景的心意。

　　晚上梁灵瓒要赖在婆婆屋子里睡，婆婆面上一脸嫌弃，却被眼睛里的喜气结结实实地出卖。两人在灯下洗漱上床，梁灵瓒坐在被子里催婆婆快上去。

"还催，都不晓得一个人先睡，眼看都是二十多岁的人了，还跟一个小孩子似的。"在梁婆婆的眼里，梁灵瓒大约永远也长不大，她搂着梁灵瓒，替梁灵瓒披好被角。

梁灵瓒靠着婆婆，棉被晒过太阳，散出一股特有的芬芳。时间是这样单薄又这样模糊，一切恍惚又回到了小时候，婆婆唠唠叨叨数落她爬树爬太高，又挂破了袖子……现在则改成她年岁已不小，再不赶紧成亲就成了老姑娘，只怕要被陈玄景嫌弃……

油灯昏黄，婆婆的头发已经全白了，皱纹也深得像是由刀刻出来一般。今天婆婆掌勺，才做了两道菜，已经趁她不注意悄悄捶腰了。婆婆老了，越来越老了……

梁灵瓒抱着婆婆的胳膊，泪水横过眼角，渗进枕头里："婆婆……"

梁婆婆立即听出了声音里的哭腔："怎么了？可是发生了什么事？"

"我……我成了老姑娘，我也怕自己嫁不出去……"

这话十分有效地哄住了梁婆婆，婆婆信以为真："傻孩子，我看小景待你挺好，你们抓紧把婚事办了，一定没事！二十多岁怎么了？咱们愿意！看谁敢笑话！"顿了顿，"我问过王瞎子，他说今年腊月初三是顶顶好的日子，要不咱们就在这一天把你俩的事办了？"

腊月初三……听上去真遥远啊。梁灵瓒往婆婆怀里缩了缩："都好。"

她在家里住了三天，第三天的时候去了一趟福先寺。

"师父，《大衍历》出来了，您的心血没有白费，您高兴吗？"

御笔亲撰的塔铭已经刻上了，她在墓塔前坐了很久很久，一直坐到日落西山。

大相、元太问她长安之事如何，她轻声道："一切就快了结了。"

"这么顺利？"大相、元太都挺高兴，"那你怎么还这副脸色？害我俩以为你又发疯了。"说着，又道，"难得回来，要不要去玄都观看看尹观主？我们上个月去了一趟，他还问起你呢。"

"我自然是想，只可惜没有时间了。"玄都观里藏着她最快活最天真的童年，她真想去看看啊，"如果我死了，你们就把我烧了，把骨灰撒进玄都观后面那条小溪里好不好？就是我们经常捞鱼的那条。"

元太："呸呸呸，什么生呀死的，你真是一点儿都不忌讳。"

梁灵瓒一笑，没有再说什么。只是这笑容稀薄，仿佛一阵轻风就能吹散，大相和元太互相看了一眼，都觉得这笑容有一丝不祥。

梁灵瓒离开寺门时，不空正从外面回来，单掌当胸微施一礼。

梁灵瓒抱拳还礼，忽然就想起那年在宋家刚认得不空时，他们也是这样相见，然后不空的眼神就有点儿疑惑又有点儿不屑，因为她跟着师父这样的高僧，行的却是俗礼。

"何时来的？这就走了？"

只是不空大约已经忘记了那点儿疑惑与不屑，他已经隐然有高僧风范，眸子亘古宁定，只有偶尔的时刻，才会露出一线恍惚。

梁灵瓒没有回答，忽然问："不空师兄你有没有听过宋家小姐的事？"

不空明显怔住了。

"她的夫君如今高升礼部侍郎，她育有一子二女，儿子据说过目成诵，有神童之誉，满长安的人都说母亲是才女，果然是教子有方。"

不空眼中有微渺的叹息之意："这么说，她过得很好。"

梁灵瓒点头："十分之好。"

不空颔首，再次施了一礼："多谢。"

"不客气。"梁灵瓒还礼。

然后两人别过，不空进门去，她则出门上了马车。

掀起车帘，尚见不空站在门内，回头向她点头而笑，淡泊而愉悦，那是将某件一直萦绕心头的重担放下之后才会有的放松。

人生中有许多事情，总是要在回头的时候才能看个清楚明白。当初那个谨守佛家戒律的少年沙弥，是下了多大决心才与美丽的官家小姐共处一室？

有些人往前走，要一件件获取，有些人往前走，要一件件放下。

她轻轻地呼出一口气。她也到了该放下的时候了。

五

离开洛阳的前一天，梁灵瓒一直泡在梁天年的书房里。

梁天年下了私塾，推门进来，就见一灯如豆，梁灵瓒挥笔落纸，寥寥几笔便勾起一张温婉面孔。再看房中，地上、桌上，甚至墙上，到处都是雅然的画像，少说也有近百张。

梁天年讶然："这是干什么？"

"闲着没事，多替爹爹画一些。爹爹可以在床头贴十张，在书房贴二十张，在厨房也贴个十张，最好在我房里也贴十张，这样，娘就到处都在了。"

梁天年失笑："说什么胡话。"走过去，只见桌上还放着一双崭新的棉鞋，更加讶异，"这是你做的？果然进益了，这针脚可比你当初做的细密了不知多少倍。"

梁灵瓒没好意思说这是她托捧香做的，她只裁了布料，原本想亲手缝，又怕错乱的针脚露了馅。

梁天年一张一张收拾画像，珍而重之，轻手轻脚，收拾妥了放在桌上，叹道："你娘若在，该有多好？婆婆说腊月初三是个好日子，这些年我也攒下了点儿银子，可以好好给你备下嫁妆。你有什么喜欢的？告诉我。唉，你小的时候，我没能好好照顾你，等你大些，不是去玄都观，就是去长安，我养了一个女儿，却不曾上心过几日，将来去见你娘，你娘只怕要骂我……"

他话没说完，梁灵瓒忽然停下笔。

梁天年只见一点水渍落在纸上，墨迹晕开来，倒像是纸上的雅然落泪似的。

"小瓒？"梁天年看着女儿泪水盈盈的眼睛，未及说话，梁灵瓒已经扑进了他的怀里，抓着他的衣襟，痛哭出声。

"怎么了？"梁天年心疼不已，"是不是陈玄景那小子欺负你了？"

"不是，不是，不是……"梁灵瓒哭得喘不过气来，哽咽道，"我只是舍不得你们，舍不得你们……"

"真是傻孩子。女孩子哪有在家里一世的？都是要嫁出门的。"

梁灵瓒不听，只是哭，像是要把所有的眼泪流光才甘心，好半天才停下来。

梁天年给她倒了杯水，又给她拿了热手巾，叹："这么大了，还为一点儿小事哭成这样，也不怕别人笑话。"

梁灵瓒哽咽半天，好容易才把气息喘匀了，跪了下来："爹，以后我不在了，你可要好好照顾你自己……"

梁天年给她招得也有点儿心酸了，不由想到了当年送她上山时，小小的小瓒那一番交代，又是辛酸，又是好笑："快起来，好好的跪着干什么？"

"爹，我有几句话，你让我说完好不好？"梁灵瓒认真地道，"以后就算我不在，你还有婆婆要照顾。婆婆年纪大了，你要是有个什么三长两短，她可怎么办？不论发生什么事，你自己一定要好好地，知道吗？"

"这还用你交代？"梁天年说着要扶她起来，"再说，这话留到腊月初三再说可好？果然是女生外向，现在还没出嫁，就当自己不在了。"

他这话是打趣，梁灵瓒却深深磕了三个头："女儿不孝，在外的日子多，在家的日子少，常做错事，惹爹生气，这一世是改不了了，下一世爹爹要是不嫌弃，我还投胎来做您的女儿！"

240

"傻孩子，"梁天年一把拉起她，"以后这种话少说，不吉利。"

"嗯。"梁灵瓒含着泪，重重点头，"就说这一回，以后再也不说了。"

"这才乖。"

六

第五天黄昏，陈玄景在城门口等来了苍伯的马车。

只是他掀开车帘，里面却空无一人。

苍伯见自己少主人脸上变了颜色，含笑打着手势："小瓒半路上搭了别人的马车，这会儿应该已经到家了。她还让我带你在外面多转转，不要太早回去。"

陈玄景先是一怔，然后笑了。

自从一行去后，她整个人就像一根绷紧了的弦，还从没有过这样的闲心。如今既然有兴，他自然要捧场。

马车在朱雀大街上绕了一个大大的圈，暮鼓声中，街上皆是匆匆赶路的行人。很快天色暗下来，一扇扇窗子亮起，马车带着他回梁宅去，一路风驰电掣，路边明亮的窗子连绵成了一条光带，如梦幻一般好看。

在长安城生活了二十五年，他第一次知道，长安城的夜色是如此美丽，美得令人心醉。

他心中满是暖意，因为他知道，有一扇明亮的窗子在等他回去。

回到梁宅，梁灵瓒的屋子里果然亮着灯。这灯好像一直亮在了他的心上，于是心变得亮堂堂，又隐隐雀跃。

五天不见，隔得很久了。连手指头都带上了一丝兴奋，飞快地叩了叩门。

她会准备什么？其实她的花样他大概猜得到，故意趁早赶回来，应该是想亲自下厨准备几道小菜，说不定还有酒。罢了，今日大功告成，她想喝就喝吧……

"吱呀"一声，门从里面打开。陈玄景在外面愣住。

门内的人梳着望仙髻，穿胭脂色上襦，淡黄长裙，眉心贴着三瓣攒心花黄，眉梢画得长长的，脸颊透出淡淡的粉红色，被他盯着看了半晌，颊上的粉红有加深的趋向，她咳了咳，不太自在地摸摸头上的发髻，觉得钗环实在是比幞头沉了太多，而且走路都不敢迈大步，怕掉："是不是……不好看？"

陈玄景这才惊醒过来，迈入房中，转身关上了房门。

好看。说不出来的好看。好看到他竟不想别人来看。

女孩儿装束的她像是一朵才抽蕊的淡黄迎春花，碰一下都怕会弄皱了花瓣，心中有万千惊动，手几乎有自己的意识想去拉她入怀，要很用力很用力才生生忍住。他一双眼睛深深地看着她，声音微微喑哑："回家一趟，倒是懂事了不少。"

他的眼神便是至高的赞美，梁灵瓒安心了，好看就好，不枉她打扮了这么久。她拉着他坐下："来，看我做了什么？"

如陈玄景所料，桌上果然有酒有菜，都是他素日喜欢的口味。

梁灵瓒还道："只可惜节气不对，做不了荷花糕了……"

"明年夏天做就是了。"闲来无事的时候，陈玄景对这园子有所规划——书房外要种一棵大树，这样某人可以直接从窗子里爬上枝丫看书；池塘要再拓深拓宽，这样再做什么水力的玩意儿也够用了；此时又多上一条，池塘里再多种些荷花，荷花开一夏，糕便能吃上一夏。

梁灵瓒垂下眼睛，没有答话，烛光将她的睫毛投出一片浓深的阴影。她低头将两人面前的杯子斟上酒，举起杯："喝酒吧。这一杯，敬我俩相识的日子。"

自从那年在宋家相遇，如今已经快十年了。从相厌相弃到相知相惜，居然已经这么久了。

两只杯子轻轻一碰，发出"叮"的一声。

"这一杯确实要敬。"陈玄景微有感慨，如果当年有人告诉自己，若干年后他会为那只小猴子神魂颠倒忘乎所以，他一定死也不信。

才要喝，就见梁灵瓒一仰脖子，一杯酒已经下去，复又斟上第二杯："这一杯，多谢你一直以来对我的照顾。"又一仰头，喝了，接着斟上第三杯，"这一杯，是敬你为我受过的苦楚。"

她说着笑了一下："这辈子我怕是还不上了，希望下辈子咱们还能再遇见，到时候我就变成苍伯吧，你想做什么我就帮你去做什么，忠心耿耿，常伴左右。"

她说完，仰头又要喝，酒杯却被陈玄景伸手挡住。

"我一杯未喝，你倒喝了三杯，这是什么敬酒的路数？"烛光照在陈玄景的眼睛里，眸子晶莹如玉，"梁灵瓒，你怎么了？"

"是、是吗？"梁灵瓒这才发现，"那你快喝。"

陈玄景没喝："你还没答话。"

梁灵瓒固执道："你先喝。"

陈玄景一连喝了两杯酒，视线却一直没有离开过她。斟到第三杯的时候，他握住了梁灵瓒的手："你想在我的面前藏心事，还早一百年。说吧，什么事？"

梁灵瓒半天没有回答，良久，抬起头："咱们换个方式喝酒怎么样？"

这算是明显的顾左右而言他了。冷静智慧的他，岂会被如此拙劣的把戏瞒过？

他正要板起脸，梁灵瓒已经将杯子塞进他的手里，扶着他的手，自己的手举着酒杯强行从他的臂弯里穿过，酒杯凑到嘴边，示意他："喝啊！"

冷静智慧的陈玄景只觉得自己被兜头拍了个人仰马翻，整个人似在云堆里转了一圈，飘飘荡荡。待回过神来，已经和她一起，一仰头，喝完了杯子里的酒。

酒是上好的竹叶青，可又比往常的竹叶青不同，它应该是天上地下独一无二的佳酿，是从王母瑶台来的玉液琼浆。酒入肺腑，化为热力扩散至血脉。血脉微微偾张，他低声问道："你知不知道这个喝法叫什么？"

"交杯酒。"

"那你可知道这是什么人喝的？"

"夫妻。"梁灵瓒的酒量一直没什么长进，几杯下肚，脸上就一片酡红，成了最好的胭脂，把脸染成一片桃花色，眸子里也带着一片水光，"我、我看捧香成亲的时候，是这么和张阳喝的。"

陈玄景心里有只兽，蠢蠢欲动，嘶仰难安，血液升温，牙痒痒："你这蠢货，根本不知道自己在做什么……"

梁灵瓒起身走向他："我知道，想要结成夫妻的人，就是这么喝酒的。"

"那你就该等到我们洞房花烛……"陈玄景的话没能说完，因为梁灵瓒捧起他的脸，然后低下头，用牙齿轻轻咬开他的一字巾。

唇碰到了他额头，温热气息喷在他的肌肤上，他感觉到她的唇落在他的额角，那个他一直以来拒绝让她看到的位置。他想抗拒，可那只兽已经霸占了大脑，它不允许任何人阻挡她的靠近。它狂热地想和她近一些，再近一些……最好，近成一个人！

梁灵瓒终于看到了，那儿有个小小的伤疤，那是她第一次伤他的地方。她的唇轻轻吻上去。

全身血液都往那一小块肌肤涌去，小小的肌肤承受不住，几乎要爆裂开来。陈玄景浑身战栗，闭上了眼睛。

心中那只兽仰天发出了一声咆哮，震碎理智，脱柙而出。他抱起她，走向里面。

纱帘轻飞，烛光昏黄，一滴烛泪缓缓流下来，在烛台上汪成一片。

那是一对红烛，上面还绘着龙凤纹样。它们只在洞房之夜燃烧，发出柔情脉脉的光辉，照亮相拥的有情人。

何处不可洞房？有情便是花烛。

第一缕光线穿过窗棂，洒在枕上。

陈玄景的手揽向身边，却摸了个空。睁开眼，床上只有他一个人，半边被子底下是凉的。如果这里不是梁灵瓒的屋子，他看起来就很像那些传奇话本的主角，与妖狐化成的美人春风一度，天亮后才发现是大梦一场。

去哪儿了呢？难不成是厨房？她这是怎么了？难道最新的人生理想改成了贤妻良母？

陈玄景带笑起身，洗漱出门，手碰到门之前，有什么东西飘过视线，飘过脑海。

他回头。桌上的蜡烛已经化成两摊烛泪，红融融的。

昨晚他的心神全被她夺去，居然这会儿才发现，这是一对红烛，烛泪里还汪着金漆细粉。应是洞房用的花烛。原来昨晚并非她临时起意，而是一场悉心的安排？

他想到了昨晚的缠绵，她伏在他身上数他的伤痕，额角的砸伤、背上的鞭伤、胳膊上的划伤……她抚摸它们，吻它们，泪水滴在上面，她的呢喃细碎，她说："对不起，陈玄景对不起，如果没有我，你现在一定过得好很多……"

她说："这辈子我怕是还不上了，希望下辈子咱们还能再遇见，到时候我就变成苍伯吧，你想做什么我就帮你去做……"

他的脸色变得苍白，没有一丝血色。他知道她要做什么了！

七

南宫平献上的水运浑天仪一直置于紫宸殿左侧，今日，它多了一位同伴。

宋璟新献上一架全新的水运浑天仪，和前面那台一样依水力运转，上刻二十八宿，只要注水激轮便能自转。

时值早朝，百官都在，因为有前面那台打底，大家都十分有经验，知道它一个日夜转一周，能展现星宿运动以及日升日落，有测定朔望之功。

只是大家都不明白，这前后脚为什么要弄出两台浑天仪？

"宋大人，水运浑天仪南宫大人早就献过一台了，宋大人何必又再来一台？"张说道，"宋大人平日里最是怜悯百姓，怎么今天却干出这劳民伤财的事？要造这样一台浑天仪，要花费国库里多少银钱啊！"

宋璟一派沉稳："张大人不必着急，再等片刻便见分晓。"

张说还要再说，南宫平暗暗止住他。

张说低声道:"这分明是看你做出一台来博得圣心大悦,他也有样学样!把样子做得花哨些,多弄些雕刻摆件,就算是后来者居上了?这宋璟怎么越活越回去,这种没脸没皮的事也干出来了!"

皇帝看在宋璟的面子上,也只有枯坐在御座上干等,却不知道要等什么。百官也是交头接耳,议论纷纷。宋璟道:"咱们边议事边等,也是一样。"

这可比干等要好多了,百官于是依次奏对,整个大唐的大事就在这间大殿里解决,讨论的最终走向决定了大唐的运转方向,就在百官为自己的条陈据理力争之时,忽然,一声悠然钟响传来,"当"的一声,响彻大殿。

人们呆了半晌,才发现钟声来自新的水运浑天仪。新仪上设有两个木制小人,一人司鼓,一人司钟。所有人起先都以为这两个小人只是摆设,但现在那钟兀自颤动,声音依然在不停回响。

皇帝问:"何人撞钟?"

在最神圣最庄严的紫宸殿,每个人手头上心头上挂着的都是天下大事,谁也不会有闲心去撞钟,即便有那么一个两个当真挺有闲心,可除非找死,否则也绝对不敢在紫宸殿当着皇帝和文武百官的面干这种事。

宋璟回答:"回陛下,是木人撞钟。"

"哦?"皇帝大感兴趣,"木人如何撞钟?宋卿再让它撞一次给朕看看。"

"回陛下,右边木人每个时辰撞钟一次,一个时辰后钟声才会响起。"

"那左边小人呢?"隔得稍远,皇帝看不太清,索性下了御座,只见左边小人身边是只小鼓,"这个是敲鼓的?"

"陛下圣明,正是。这架浑天仪每过一个时辰敲钟,每过一刻击鼓。"

宋璟话音才落,所有人都看见,左边小人抡起手中鼓槌,"咚"的一下,击在身边鼓面上,而此时宫漏滴答,刚好辰时一刻。

"真神技也!"皇帝大悦,"我本以为南宫卿家已经算是天纵奇才,没想到宋卿也有这样的好本事!"

"陛下说笑。臣没有这样的本事。这台浑天仪不是臣做的。就像南宫大人那台也不是南宫大人做的。真正的天纵奇才另有其人,这两台都出自那人手中。"

百官都愣了,脑子飞快转了起来,寻思南宫大人和宋大人是何时结下的梁子。

南宫平出列,跪下:"臣无能,所造浑天仪比不上宋大人所献这台,自然甘拜下风。但要说非臣所造,臣不敢领受。臣率领集贤院上下,日夜苦心造诣,才有了这台浑天仪。

望陛下明鉴。"

说着,向宋璟道:"下官为人古板不知变通,不知在何处得罪过宋大人,宋大人要教训下官,下官自然受教。宋大人何必为此欺君?这可是大罪,宋大人一生劳苦,要是在这里栽了跟斗,岂不可惜?"

宋璟看着他,冷冷一哂:"从前我也和众人一样,以为你古板不知变通。而今才知道,你若是古板,这殿上有一多半的人都只能是顽石。南宫大人,苍天在上,人说话要对得起自己的良心。你献上来的浑天仪到底是何人所作,你当真不知?"

南宫平微现怒容:"陛下在这里,是非曲直,自有公断!宋大人口口声声说造这浑天仪的另有其人,敢不敢把那人叫过来,让我与他当面对质?"

"好!"宋璟向皇帝躬身施礼,"恳请陛下,宣集贤院七品撰修官梁灵瓒上殿!"

皇帝允准,内侍拔高了嗓音唱喏:"宣——梁灵瓒觐见——"

一条人影踏上殿外玉阶,渐行渐近,先是露出了一截发髻,然后是脸,然后是上襦、长裙,披帛随风飘扬。迈进大殿的,是个……女人。

大殿上,鸦雀无声,所有人都想揉揉自己的眼睛。

八

紫宸门内就是紫宸殿。

陈玄景冲到紫宸门前,刚好看见那道身影踏上玉阶。

紫宸殿的玉阶广阔高长,宛如登天之阶,她小小的身影好像随时会被风吹走。

"呛",两道金钺挡在跟前,守门的金吾卫喝道:"五品下,非经传诏不得入内。"

"我知道。"陈玄景的声音清晰稳定,除了语速极快以外,外人听不出任何异常,"我有急事找大将军陈玄理,劳烦二位通报。"

陈二公子宫中谁人不知?但陈二公子被赶出家门,大家也同样知道。两名金吾卫对望一眼,心想打断骨头连着筋,到底是亲兄弟,万一真有事耽搁了他们可吃罪不起。于是道:"你等着。"然后一人进去了。

很好,支开了一个,只剩一个人,还直着脖子看向同伴的背影。只要轻轻一下,便能就地解决。陈玄景扬起了手,就要朝那名金吾卫后颈切下,忽然一只手伸过来握住了他的手腕,源重叶不知从哪里冒了出来,一脸笑呵呵:"陈二公子好兴致啊,今天怎么逛到这里来了?走走走,好久不见,咱们那边聊。"

这显然是笑给那名金吾卫看的，他拉着陈玄景一过拐角，脸上的笑立马消失："陈玄景！你好大的胆子！硬闯紫宸门，你不要命了？"

陈玄景挣脱他："梁灵瓒在里面！"

"你过去就是送死！"

陈玄景眼角快要绽出血丝："我不去她便只有死！"

"你以为你能救她？你以为你还是当初那个圣眷在身的陈二公子？你进去只不过是陪她一起死！"源重叶死命抱住他，"这回我无论如何都不会让你再干蠢事了！"

"不要逼我对你动手——"

陈玄景的话没有说完，只听步声橐橐，数十名金吾卫冲了过来，将两人团团围住，枪尖对准了陈玄景。人群让出一条道路，显出陈玄理的修长身影，他冷冷吩咐："将擅闯者拿下！"

九

"臣梁灵瓒拜见陛下，陛下万岁。"梁灵瓒伏地，叩头。感觉到自己头顶的视线，若它们都有形质，大约可以在她身上戳出十七八个窟窿。

"陛下！"南宫平出列，跪下磕头，"臣有罪，臣有罪！此人是臣的下属，臣竟不知她有意欺君！臣罪该万死！"

"陛下，臣女扮男装，实属不得已而为之。真正有意欺君的是南宫平。"梁灵瓒抬起头，笔直望向南宫平，"你不知道我是女人？呵！是谁用这点要挟我为他造浑天仪，还指使儿子意图玷污我，以便把我变成南宫家人，然后一辈子供你驱使？"

南宫平脸色发白："你胡说些什么？你连陛下也敢瞒骗，我如何知道你的身份？"

"你怕了。"梁灵瓒从他苍白的脸色底下读出了仓皇，痛快地大笑起来，"你害怕了南宫平，你拘禁我，利用我，全仗着握住了我这个把柄，可是现在不管用了，我就算是死在这座大殿里，也要让天下人认清你的真面目！"

她向着皇帝道："陛下，不论您怎么处罚臣，臣都绝无二话。但臣甘冒天下之大不韪，为的就是向您揭穿这个装了二十多年的伪君子！长安四年，他借口回乡养病，化身为术士李鸿泰，唆使张昌宗谋反，拖整个太史局下水，结果太史局全军覆没，只剩他一人独吞《九执历》；开元十年，他暗中勾结郭公公破坏资料，故意拖延新历进程；开元十一年，他下毒害死义女幸珠，嫁祸陈玄景，以此来逼臣为他造水运浑天仪；开元十二年他指使外甥崔子皓让一行大师久服酒荤肉，致令一行大师因桔梗酒而圆寂。"

师父的死是插在她心头的刀，时至今日，略碰一碰，她的心犹在滴血，她咬牙忍住涌到了眼眶的酸胀，不能哭，不许哭，她来到这里，可不是为了哭！她昂起头，一字字道："于是《大衍历》的功劳落在了他的身上，他又献上了浑天仪，陛下您给他加官晋爵，却不知道他披着这样一张道貌岸然的人皮，骨子里却是禽兽不如！"

"一派胡言！一派胡言！"她每说一句，南宫平的脸色就难看一分，他重重叩头，叩得额头一片鲜红，"臣忠心耿耿，全无此事！她无凭无据，全是胡言啊陛下！"

"我是胡言？"梁灵瓒冷笑，一把将他拖起来，南宫平身形高瘦，长出她许多，此时却不知道是心虚还是怎的，给她一拖便拖了起来，扯到原先那台浑天仪面前，梁灵瓒指着浑天仪道，"好！我问你，这两环如何能锲合在一起？二十八宿如何运行周天？为什么水流是这般大小才合适？你要怎样测定日升日落的时间？"

宋璟道："陛下，梁灵瓒造第一台浑天仪时，便已经向老臣提起过此事。老臣特意去将作局查看过，第一台浑天仪铸造功成，南宫大人只去过将作局一次，而梁灵瓒却是日日都在其间，费时五月方成。这第二台浑天仪的铸造，是梁灵瓒拜托老臣和将作局打过招呼，对外瞒下了消息，不然，这精准报时的功劳只怕又要落在南宫大人手里了。"

"臣……臣错了……臣有愧……"南宫平眼见如此，顿时涕泪纵横，"浑天仪确实是梁灵瓒出力较多，但臣早说过要带她一起面圣，她却再三推拒，只说自己不便。臣也是一时贪心，便不再强求。今日臣才知道她所谓的不便，乃是怕陛下揭破她的身份！臣千错万错，错在一念贪心。可其余种种罪名，臣实在不敢领受！臣一生古板老实，打死也做不出那些事！"

他哭得哀痛欲绝，好像被欺负惨了似的，梁灵瓒一肚子恶心："陛下！臣所说句句属实！至于是否确有其事，陛下只要命刑部立案审查，一查便知——"

"住口！"她的话被一声怒吼打断，皇帝的手重重拍在龙椅上，这是皇帝自即位以来少有的震怒，殿下顿时跪下一大片，连宋璟都不例外。

梁灵瓒愣了愣才知道跪下，心陡然往下一沉。

南宫平兀自伏地流泪，极尽忏悔之意，谁也看不到他的表情，但梁灵瓒已经猜到他的嘴角露出了笑意。她上当了。他所有的示弱都是故意的，他越弱就越显得她强，而她越强就越容易让皇帝想起那个不愿想起的人。

那个人是李唐皇室子弟最大的恐惧，是皇帝前半段人生中不散的阴影，那个人像死神一般狩猎着他们这些李姓王孙，而他们就像猎物般惊惶难安，不可终日。

那个人是他的至亲，也是他的死敌。那个人就是皇帝的祖母武氏。女子的声音回荡在朝堂上，是皇帝的噩梦。现在，她亲手将这个噩梦唤醒了。

第十三章　太史局少监

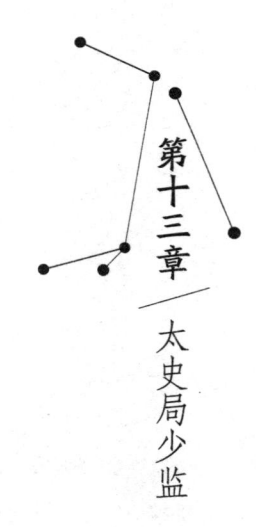

一

　　金吾卫羁押房中，梁灵瓒曾经被关的位置，如今换成了陈玄景。

　　陈玄景忍不住想，世上是否当真有因果报应一说？他害梁灵瓒被关过一次，所以现在轮到他了。

　　忽地，房门从外打开，源重叶闪进来，转手把门关上："有消息了！"

　　"说。"

　　"南宫平因贪功冒名被贬为散官，小瓒因欺君之罪被押入了……"源重叶咬了咬牙，顿了顿，"……死牢。"

　　陈玄景在听到前半句时就变了脸色，待后半句入耳，他闭上了眼睛。手指深深抠进栅栏，指节发白犹不罢手，指尖渐渐有血沁出来。

　　源重叶失声："陈二！你别这样——"

　　陈玄景低声道："去请大哥来。"

　　源重叶立即精神一振："你总算肯跟大哥低头了！"对，现在只有找大哥帮忙！

　　他如风一般推门而出，羁押房重新陷入寂静。陈玄景慢慢地靠着栅栏滑坐到地上，努力想知道事情是如何走到这个地步的，若是在哪一个环节他能及早修正，是否结局会有所不同。

答案是，只要他住手，一切就不会发生。

在她会考迟到时，在她想学六艺时，在她误闯藏书楼时……不，应该是在洛阳国子监里，她在假山里偷学时！对，时间应该倒回那一刻，他应该漠不关心地走过，不进那座假山，不看那双眼睛。或者，他根本就不应该去洛阳。

然而时光最是冷漠，它嘲讽地看着他，讥笑他自作聪明，一步一步将她推上死路。眼睛酸胀刺痛，有什么灼热的东西一涌而出，他用袖子压住双眼，深深调匀呼吸。

等到门再次被打开时，他已经收起了所有的喜怒哀乐，重新变成那个淡漠温和的陈玄景。

陈玄理看着他。

一道栅栏隔开了兄弟俩，陈玄景轻声道："大哥，我错了。"

陈玄理摇头："太晚了。"

"我认罪，认错，什么都认……"

"我说了，太晚了。"陈玄理叹气，"我也救不了她。没有人救得了她。宋大人现在还跪在殿外，太子也来了，可那都没用。那是陛下的逆鳞！谁碰谁死。"

"我只想请大哥帮我一个小忙。"陈玄景声音平静、清冷、彬彬有礼，这是他认识梁灵瓒之前的声音，温和动听，不带一丝情绪，"对于大哥来说，只是举手之劳。"

二

风很冷，地很硬，李瑛跪得脸色发白。

宋璟道："殿下，请回吧，再跪下去也是无用。"

"不。"李瑛咬牙坚持，"梁灵瓒救过我，无论如何我也要救她……"

宋璟一声长叹，一撩衣摆，起身。

李瑛吃惊："宋大人，你……你不管梁灵瓒了吗？"

"殿下与老臣在这里跪了两个时辰，呵，老臣上一次这么跪，还是当年求武后还政。那时陛下还很年轻，但已有英明圣武之相，礼贤下士，在老臣看来，是可以与太宗陛下并肩的明君，只是现在……"

宋璟说着，望向殿门，声音抬高了一点儿："臣当年求武后还政，是因为武后任用小人，诛杀李唐王室，手不容情，而不是因为武后是女人！一个人的才华不应该被性别所限，若梁灵瓒因为是女人就该死,那班婕妤、蔡文姬、谢道韫之流早该死千万遍了!"

殿内传出"哗啦"一声,不知道是什么东西被砸了一地。

这一声仿佛是砸在李瑛的心上,他起先怕宋璟先走,现在则是怕宋璟不走——果然是历事三朝的硬骨头,当真什么都不怕!

宋璟对着殿内躬身一礼,拂袖转身而去,临去之时,犹自叹息:"可惜,可惜!这般人才,几百年才得一个……"

皇帝在殿内来回走动,暴跳如雷,只恨不得出去摘了宋璟的官帽。

他想起了他的少年时代,跪在御阶下聆听女子的声音,那声音不同于男子的沉浑厚重,它柔和、舒缓、无比动听,可每一句话仿佛都是天下间最恶毒最有效的咒语,只要一离开她的嘴唇,就会夺去他身边亲人的性命。

那幽深的恐惧像蛇一样盘踞在他的心里,这么多年了,他君临天下,坐拥四海,几乎忘记了那是什么样一种感觉。

现在,有人让他想起来了。他怎么能放过这个人?怎么能!

这一夜,他长吁短叹,连最心爱的惠妃过来,也被他拒之门外。他在床上翻来覆去,终于确认自己无法入睡,开口问内侍:"什么时辰了?"

内侍答:"五更天了,快天亮了。"

"起身。"

内侍连忙上前服侍,便在此时,门外传来一道悠长的钟声。

那仿佛是天帝发出的一道诏令,浓墨般的黑暗顺从地退却,天边涌起一抹淡白,昼与夜在这道钟声里乖乖地完成了交替。天亮了。

皇帝愣在当地,久久注视着殿外。殿门开处,太子李瑛犹跪在地上,摇摇欲坠。在他的身边,那台黄铜铸造的水运浑天仪不知被谁从紫宸殿运了过来,伫立在初升的天光里,熠熠生辉。

三

天光从高高的窗子里透进来,窗子很窄很小,阳光被它切割成一道方柱,斜斜地照在梁灵瓒脸上。梁灵瓒睁开眼睛。底下稻草冰冷潮湿,发出一股奇怪的气味,可她还是睡着了。她背靠着栅栏,重新闭起眼睛,感受到阳光洒在脸上的暖意。

据说下了死牢的没有一个能活着出去,这大约将是她这辈子照见的最后一缕阳光吧?

心有不甘。她到底还是太嫩了，没能置南宫平于死地。可她相信，即便暂时还找不到证据，她的话必然也给皇帝心里埋下了一根刺，南宫平以后休想再登上高位。

只是……婆婆、爹爹、大相、元太、小明、小叶子、小瑛子、小潘子、捧香、春水大娘、闵学录、李司业……她心里一个个念着这些名字，每念一个都像是从心上轻轻挖了一下，最后一个浮现上来的是陈玄景。

一丝细细的、尖利的、像针扎一般的疼痛从胸口涌了上来。

早已经想好了这个结果不是吗？她必须自己迈出这一步，即使陈玄景有手段，只要顾及她，就不敢对南宫平怎么样。

地上好冷，阳光太少了，暖不了她，她紧紧地抱着膝盖，把头埋上去。热热的液体透过衣料渗到膝盖上，倒暖了些。

她发誓再也不会让他受伤害，原来到最后还是要伤他一次。

她走了，他会很伤心吧？他的心是一口很深很静的湖，是她让它起了波澜，有了涟漪，有了柳枝轻垂，有了燕子掠过，有了春暖花开……玄景，玄景，即使我不在了，你也要像和我在一起时那样笑着过下去，好不好？

忽然，锁链声响，门上的锁被打开，两名内侍冲进来，梁灵瓒还没回过神来，就被架了起来，拖了就走。

这架势莫名熟悉，及至被拖进一间小屋，见到屋中坐着的咸宜公主，她才想起来，当年她第一次入宫，就已经被这么拖过了。

岁月有功，若说以前的咸宜公主是一枝含苞的花，现在这朵花已经完全绽放了。她仿佛是第二个武惠妃，一样的华美，一样的妩媚，扬起眉梢冷笑的样子，一样的锋利。

"还真是女人……"咸宜公主走近，捏着梁灵瓒的下巴，迫使梁灵瓒抬起了头，扬起手，重重给了梁灵瓒一记耳光，"好，好得很！你一面缠着陈玄景不放，一面还诓我说什么陈玄景无心娶妻，你这贱人，当真是好手段，好心机！"

梁灵瓒整张脸偏向一旁，半边脸颊火辣辣的疼，嘴里有一丝腥气。但这一巴掌不算太冤枉，谁让她当初稀里糊涂胡说八道？

想到当年她误会陈玄景的情形，她忍不住微微笑了。真奇怪啊，当时明明难受得不得了，现在回想起来，心中却充满了暖意。

"你……你还敢笑？！"咸宜公主羞怒交加，又一记耳光甩过来，梁灵瓒的头偏到另一边，一时间，眼前有几颗金星飞舞。

"要不是你，我怎么会放弃玄景哥哥？要不是你，我怎么可能那般轻易就嫁进了杨家！

是你毁了我,你毁了我一生的幸福!你还毁了玄景哥哥,你害他被逐出陈家,你害他前途尽毁!世上怎么会有你这么恶毒的女人!就算扒了你的皮,吃了你的肉都不为过!"

这话说得可真对。每一个字都对。梁灵瓒想。

假如她从来就没有出现,陈玄景已经是高高在上的驸马爷了。咸宜公主这么喜欢他,自然是对他千依百顺……哪会像她,除了给他惹麻烦,再不会干旁的事。

咸宜公主见她脸上淡淡的神情,心中恨到了极点,寒声道:"你这种人活该千刀万剐,凌迟处死!只可惜父皇不用这些极刑了!可一刀断头岂非太便宜你这贱人!我有个好玩意要给你试一试!来人!"

几名内侍走出来,为首两个,一人托着一沓细棉纸,一人托着一只酒壶。

内侍将梁灵瓒按在地上,梁灵瓒猛然想起小潘子曾经说过,宫里有一种死刑,是用湿的棉纸一层一层封住犯人的口鼻,直到犯人无法呼吸,窒息而死,死前痛楚无比。

她以为自己已经做好了准备,原来不是,原来只有死到临头才知道死亡的可怕,她颤声道:"公主,不要……我当初说的那些话真不是有意要骗你——"

"哈哈哈!"咸宜公主畅快地笑了,"怎么?怕了?现在知道求饶了?方才不是还笑吗?你笑啊!怎么不笑了?我要封住你的嘴,看你还怎么哄骗玄景哥哥!给我动手!"

梁灵瓒拼命挣扎,然后四五个内侍按住了她的手脚,一人按住了她的头,一名内侍将一张棉纸盖在她的脸上,然后含了一口酒,喷了上去。

轻盈的棉纸顿时变得湿润,紧贴着脸庞,紧接着又是第二张、第三张,梁灵瓒的呼吸越来越困难,空气成了最迫切渴望的东西,神志越来越模糊……

"住手!"声音好像是透过水面传来,含糊而遥远。

紧接着梁灵瓒脸上一松,肺腑被压缩至极限,大量的空气骤然涌入,胸口仿佛要炸裂一般,被呛得直咳起来。

耳边人声与脚步声纷沓,眼前影影绰绰,不知道涌进来多少人。好像有人宣旨,又有人扶着她跪下,让她磕头接旨。

她的魂儿还没完全回到身体里,整个人浑浑噩噩如在梦中,像木偶一般被操持着跪下又扶起,手里多了一样沉沉的东西。

短暂的呼吸困难之后,是全身难以忍受的恶心,很想吐。再加上周遭人多且闹,咸宜公主声音尖厉,不知在质问些什么,一声声像针一样扎在她的耳膜上。

"公主误会了,臣不是为她而来,而是为公主而来。"奇迹般地,在无数纷乱里,这个声音仿佛被施过仙法,清晰地落进她的耳朵里。

这个声音真正唤醒了她，三魂六魄齐齐归位，五感六识重新有了反应，她回过头去，看到了陈玄景。他穿着官服，长身玉立，挺拔如世上最好看的青松。

她一下子笑了，眼泪在同时滑落，自己也分不清这一刻是高兴还是伤心。

他来了。他来救她了。和以前无数次一样，每当她遇上危险时他都会出现，从来没有一次例外。

屋子里有不少金吾卫，正是他们阻止了内侍们。最前面的是陈玄理，对了，她想起来了，方才开口喝住内侍的人就是他，宣旨的也是他。

她手里握着一卷织金帛书，碧玉为轴，里面朱红笔迹，上盖着方正宝印。

圣旨？她一眼扫过上面的文字，耳边听得陈玄景道："陛下已经降旨，赦梁灵瓒无罪，且因造浑天仪有功，封为太史局少监。若是臣晚来一步，公主杀的就不是一个死囚，而是一名五品朝廷上官。"

"怎么可能？父皇明明最讨厌女子上朝！"

这正是梁灵瓒的心声，她十分怀疑手里这份圣旨是陈玄景假造的。

但就算陈玄景敢假造，陈玄理应该也不会陪他胡闹吧？

"公主请信臣一次。"陈玄景上前一步，低声道，"臣当初无知，辜负了公主，绝不会再欺骗公主。"

这句话大概戳中了咸宜心中最最柔软的一处，她眼圈一红，泫然欲泣："玄景哥哥……"

等等！梁灵瓒瞠目结舌。这难道是……美男计？

四

圣旨看起来货真价实，又有陈玄理在场，咸宜公主到底没敢再做什么，带着人走了。

众人也离开天牢，出门前要经过一条逼仄甬道。陈玄景就走在不远处，中间隔了几名金吾卫，梁灵瓒加快脚步，越过人群追上他。

死里逃生，又看到他，梁灵瓒心中十分快活，快活得简直想扑到他身上高喊三声"我还活着"。她强行忍住了，心头的欢喜却是按捺不住，在他身边低声道："辛苦了，劳驾陈公子为我牺牲色相……"

"梁大人不要误会，我当真是为公主而来。"陈玄景没有回头，声音淡漠而遥远，"梁大人真是福大命大，恭喜了。"

梁灵瓒愣住，又转念一想，这是在演什么戏？难道是因为陈玄理？莫非陈玄景为了诓他哥帮忙，答应了陈玄理什么事？

一悟过来她顿时十分配合，不再同陈玄景啰唆，还有意地落后了几步远，和陈玄景拉开距离。陈玄理有意无意回头看了两人一眼。梁灵瓒心道：果然！

出了天牢，陈玄理回去复命，陈玄景去集贤院，梁灵瓒回家，在三岔路口上各自分道扬镳，梁灵瓒忍不住回头看向陈玄景。

他的背影笔直，衣袖迎着风鼓起，像是飞扬的翅。梁灵瓒看了很久，他一直没有回头。

她真想大声叫住他，然后，冲上去抱住他。但她忍住了。

不单是为了成全他的戏，还有一重，那就是她心中有一丝怪怪的感觉。

从前她每次回头，他必定是站在原地向她微笑，从来没有像这样，只留给她一道背影。

没事没事，她安慰自己，戏做足些挺好，皇宫里到处都是眼睛，指不定陈玄理在哪儿安插了人看着他们呢。等陈玄景下值回家，他们有多少话不能说呢？

她站在风里，脸慢慢地红了起来，拿手摸了摸，一片滚烫。

他们……已经和从前不一样了，她这会儿才发现，若是现在陈玄景回过头来找她，她还真不知道要怎么应付。

他一定会说起那一晚的事吧？而光是用想的，梁灵瓒的脸就已经爆成熟螃蟹了。

算了他还是晚一点儿下值吧……或者她早点儿上床，装睡混过去？不然还是先下手为强，同他商量正事，南宫平必然不甘心就此蛰伏，她也不甘心就这么放过他，还得有下一步计划才行……

五

傍晚时分，闵学录急匆匆回来，直奔梁灵瓒的屋子，把梁灵瓒从头到脚打量一遍："有没有哪里伤着？陛下真封你当太史局少监？真没想砍你脑袋？还有我大师兄是怎么回事？怎么他突然贬了闲职？还说他抢你功劳？"

春水大娘也回来得比平时早很多，问题几乎和闵学录一样："小瓒，听说皇帝陛下封了你当大官？"

两人的消息虽然先后不一，且国子监的消息自然比街面上详尽许多，但"有人女扮男装混进宫里被皇帝发现后封为高官"的事情已经像龙卷风般席卷长安城。

整个长安城都沸腾了，自从武氏去后，女孩子们别说入仕，连官学都不能上了，现在，难道是要变天了吗？

梁灵瓒身处风口倒是平静无波，只除了跟闵学录交代南宫平的事情外。

闵学录无法相信，也拒绝相信："不可能！绝对不可能！当年大师兄当真是病了，而且这么多年，要不是大师兄留我在国子监，我早活不下去了！"

梁灵瓒清楚他的性子，早料到他会是这个反应："师叔，你有没有想过他留你在国子监是为了什么？为了让你帮他测算！这么多年他一直在利用你——"

"没有！不可能！"闵学录脸色发白，"大师兄不可能害死师父，不可能囚禁你，也不可能抢你的功劳，更不可能利用我，不可能，不可能……"

他这种神情梁灵瓒见过一次，那还是在她初入藏书楼不小心提到当年时。好几年了，闵学录狂奔而去的模样还历历在目。

她心道不好，果然不该告诉他，他的伤口从来没有愈合过，只是被温情掩盖，暂时遗忘而已。她连忙扬声道："老吴快带几个人来——"

一语未了，闵学录已经撞开桌椅，狂叫着向外奔去，幸亏家里下人不少，总算把他拉住，强行送回房中。

春水大娘看着他，极轻，极轻地叹了口气："南宫平这恶贼，造了多少孽……"

梁灵瓒忽然道："糟了！"

春水大娘见她脸色大变，连忙问："怎么？"

"我爹！上次回洛阳，我以为我不可能活着出来，所以给我爹留了一封信，藏在送他的新鞋里，也不知道我爹现在看到没有……糟了糟了！"

闵学录知道真相犹然如此，爹知道后，不知道会不会受不了！她得回去一趟！

春水大娘劝住她："现在出城也晚了，天都要黑了，你还怎么赶路？明天再去吧。"

梁灵瓒道理都知道，只是心里着急，唉，陈玄景怎么还不回来？她真想马上见到他，他一定能有好法子！

然而陈玄景迟迟没回来。

她在院子里晃来晃去，从酉时等到戌时，又从戌时等到亥时，老吴提着灯笼过来："公子……呃，不，小姐，您要等到什么时候？"

当梁灵瓒穿着女装回来的那一刻，老吴就被惊雷劈呆了，至今还改不过口来。但心中疑团倒是渐渐解开，难怪捧香会回洛阳嫁人，难怪二公子会出手这么大方，连园子带人说给就给，自己还在这里一住就是几年……

"我……我没等谁，我……我看今天的天色挺好的，出来观星，嗯，观星。"

老吴心说你站在这里两三个时辰，看天的次数不超过三次，看门却是数不清多少次了。

他有点儿疑惑:"难不成你在等二公子?可二公子东西都搬走了啊——"

梁灵瓒一句"没有没有我没有"已经到了嘴边,生生被他后面一句压回去:"你说什么?"

"清早苍伯就拉了辆车来,把二公子的东西都搬回老宅了。"老吴看着她的脸色,说,"你不知道?"

"我……我自然知道。"梁灵瓒顿时一阵阴晴不定,回身就去了陈玄景的屋子,果然里面已是人去楼空,衣箱书籍等常用之物全搬空了。

不是吧?梁灵瓒讶异。做戏而已,要不要这么动真格的?

就在她转身想离开的时候,眼角余光瞥见书案上有什么东西。

原以为是没收拾走的杂物,走近一看,怔住。

窗外有稀落的星光照进来,书案上有一架磨墨机、一本半焦的笔记、一幅他的画像、三份道歉信以及一幅她穿女装的画像。

梁灵瓒颤巍巍地伸出手,手好像有千斤之重,这些东西又好像有千里之遥,良久良久,她的手终于碰到了其中那幅画像。

画上的她穿着女装,眸子里含着明媚的笑意,她对镜作画,没玩一丝虚的,她在镜中看到的是一个双颊晕红、眸子发亮的女孩,于是便忠实地画在了纸上。

就像他的那一幅……她心中想的是他,所以笔下自然而然地画出了他。

她很早很早就喜欢上他了吧?远比她真正懂得之前。

这些曾经珍而重之地被收藏在他书房的暗格里,他离开陈家时只带了这些东西出来。因为这些东西对他来说无比重要,在它们面前,什么名利权势、富贵荣华,对他来说全是浮云。

可是现在,它们被撇在这里,像一堆无用的弃物。

为什么?为什么!

不,不,一定是演戏……一定是假的,他一定是做给他大哥看的!她在心里大声地告诉自己。可是,心里有另一个幽幽的声音——他大哥并不知道这些东西,他完全没必要做到这个分上……

而且,有个事实幽幽地从心底里冒了出来。

今天早上,在死牢里,不论是她被救时,还是分道扬镳时,从始至终他都没有看过她一眼。

他神情始终淡漠,眼神遥视前方,仿佛她只是个无关紧要的路人。

六

次日一早，梁灵瓒去了陈家。

这是她第三次去陈家，守门的家仆都认得她，客客气气地告诉她二公子已经入宫了。

换作以前，梁灵瓒大约会傻乎乎地奔去集贤院，然后就会发现集贤院里根本没有陈玄景。

"这会儿卯时不到，宫门还没有开。"梁灵瓒淡淡道，"你去告诉他，如果他不出来，我就一直在这里等下去。"

家仆迟迟疑疑地去了，片刻回来："二公子说，他不想见你。"

"好。"梁灵瓒从善如流，掉头就走。

家仆简直不敢相信她这么好打发。

然而她走到道路中央，站住脚，回过身，扯开嗓子大喊："陈——玄——景——你——给——我——出——来——陈——玄——景——快——出——来——"

胜业坊中，非富即贵，卯初时分，正是大员们准备出门上朝的时刻，只听这嘹亮的嗓音在坊间回荡，惊起一群群宿鸟，人人翘首侧目。

"吱呀"一声门响，陈玄景迈过门槛，冷冷道："别叫了。"

"你早出来不就完了？"梁灵瓒笑眯眯道，"早啊陈兄，一起去集贤院吧！"她笑得清爽自在，就好像根本没在坊门口守一晚上，坊门一开就跑过来，而是清晨起床，顺路约他入宫上值一样。

其实最稳妥的办法是到集贤院找他问个仔细，看看到底发生了什么。可是身体不肯听从理智的安排，她想见到他，越快越好，越早越好。

于是她来了。

现在，他就在她的面前，神情淡漠，活像是几年前他还看不惯她时的光景。不，那时他眸子里好歹还有一两星恼意和烦躁，此时却只有玄冰般的寒意，他淡淡道："梁灵瓒，你不是蠢人，又何必在我这里装傻？"

"你以前总叫我蠢材、蠢货，再不然就是笨蛋、傻瓜，怎么现在又说我不是蠢人？"梁灵瓒还是笑的，要很努力才能让笑容不那么僵硬，她过来拉他的手，"走吧，咱们边走边聊……"

话没说完，手上拉了个空。

陈玄景后退一步，避开她，宛如避蛇蝎。

梁灵瓒保持着拉着的姿势,笑容僵在脸上,蓦地一发狠,扑上去,抱住他。

这是她的撒手锏。很久很久以前,她无意识地使用这招时,他都会有片刻的僵硬,她一直以为是他不喜欢她,后来才渐渐明白,他只是不习惯被抱。

不习惯被抱,不习惯喜欢,不习惯亲密,不习惯热情……他在这深宅大院被养得淡漠而疏离,对所有灼热的、蓬勃的东西敬谢不敏,他心中的热情被教养冰封,直到她强行将其融化,教会他什么是暖,什么是爱,什么是光。

然后他教会她,什么是温柔,什么是克制,什么是守护。

他们的生命已经交织在一起,像两棵藤蔓交互生长,一起沐浴着雨露和阳光,已经分不清彼此的枝叶。

她扑进他的怀中,好像不是抱着另一个人,而是抱着自己的一部分。隔着衣服感受到他的体温,他的气息,身体缺失的某一部分才被填满。酸楚与委屈像浆果那样破裂出汁,眼泪一下子就涌了出来。

"对……对不起,我错了……"她抱着他,声音颤抖,极力压低声音,"我不该一声也不说,自己就入宫,我不该扔下你一个人,我明知道自己可能会死在宫里,却一个字也没告诉你,我知道你生气,都是我的错好不好?我发誓再也不会了,再也不会了……"

头顶是长久的沉默,陈玄景慢慢掰开她的手,一点一点将她推开。

"不,不,不……"她拼命想阻止他,可他的力道坚定,她被推下石阶,滚在尘埃里。

石阶冰冷坚硬,磕乱了头发与衣袍,磕青了脸颊,磕疼了脑门与身体,即使是在天牢里,她都没有这么狼狈过,心里只觉得天旋地转,恐慌到了极点。

无论什么时候,陈玄景从来没有推开过她!

"梁灵瓒,动动你的脑子吧,好好想一想,和你在一起,我得到了什么?"

只是几级石阶的距离,此时却像天涯般遥远,陈玄景居高临下,高高在上:"名利、权势、富贵、家族……我放弃了一切,只得到你施舍的一点儿虚情假意。你从头到尾只想着你师父,之前是拼命想回到他身边,之后是拼命想为他报仇。在你踏进紫宸殿,付出性命也要为你师父讨回公道那一刻,可有一丝一毫想过我?"他的声音无情无绪,仿佛在念一篇干巴巴的文章,只是冷,声音冰冷,"梁灵瓒,是你毁了我的生活,如今我只不过是回到正途。还盼你能有一丝良心,看在我傻乎乎为你尽过心尽过力的分上,高抬贵手,放我一马,不要再让我看见你。"

他转身离去,大门轰然关上。梁灵瓒还在地上,凝固了一般,不能起身。马车从她身边驶过,车轮是华美的朱殷,三品以上才能用的服器之色。

大员们昨日在殿上见过她，虽有心想拉她一把，但一来她这样颜面扫地，只怕容易恼羞成怒，二来陈家势大，也不好蹚这趟浑水。因此都假装看不见，一个个上朝去，路上大家掀起帘子互望一眼，炙手可热的唯一女官和陈家二公子闹翻的消息就已经扑拉拉长上翅膀飞得到处都是。

梁灵瓒的大脑一片空白，不能思索，不能运转，全身机能停摆，整个人像是块石头，又或是块木头，又或者干脆已经变成一块青砖，成为这条路上的一部分。

不知道过了多久，有双脚在她面前停下。

是陈玄景！这个念头蛮横地闯进脑海，大脑一下子活了过来。然而活了过来才看到这双鞋布满尘土，显然是赶了远路，怎么也不可能是陈玄景。

他的鞋从来都是不染尘埃的……只有和她去找师父的那些日子，风餐露宿，千里奔波……像是有把钝刀缓缓捅进她的胸膛，不尖利，却将一颗心又割又扯，生生疼得血肉模糊。

"呵呵，呵呵。"她笑了，笑得低低的，近于无声，只有地上的尘埃感觉得到，它们微微四散，像是也要逃离她。笑声渐渐大了起来，"哈哈，哈哈，哈哈哈……"

"小瓒……"

有人叫她的名字，扶她起来，她不知道是谁，也不管是谁，反正，不会是陈玄景，再也不会是陈玄景。

她只是笑，越笑越大声。

"小瓒！"那人喝道。

梁灵瓒的眼神顿了顿，慢慢对准了他："大表哥……"她笑得灿烂，"大表哥好久不见啊……"

严安之四处查访南宫平的罪证，近日正在郊县南宫平老家，因为听到梁灵瓒被封为女官的消息，才连夜赶回来。到梁宅一问才知道梁灵瓒往陈宅来，然而到了陈宅，没想到却看见这样的梁灵瓒。

"到底怎么回事？"严安之抓着她，"你怎么弄成这样？谁敢伤你？"

"没……没谁伤我，我不小心弄成这样的，是我自己，全是我自己，哈哈。"梁灵瓒呵呵笑，"大表哥，我真是蠢，真是傻，这道理明明摆在我的面前，我自己也不是没想到过，却硬是不信，硬是要问个明白，你说说，我是不是蠢到家了？"

严安之皱着眉头还没答话，她自己又摇摇头："不，不，我不是蠢，我是坏，蔫儿坏。我明知道自己祸害了人家，还一心盼望人家心甘情愿给我祸害，一心觉得人家乐意得很，这样我便能太太平平地继续祸害人家……哈哈，我真是太坏了，我不是我师父的徒弟，我

第十三章·太史局少监

简直是南宫平的徒弟！"

"是陈玄景？"严安之语气森冷。

梁灵瓒立刻抓住他的衣袖："别，不是他，是我，是我……"

严安之已看出她神情不对，不好多说什么，只道："不要胡思乱想，我先送你回家。"

"等等。"梁灵瓒想起了什么，从怀里掏出一条手帕，从腰带上解下千星。

陈家大门紧闭，她想把这两件东西从门缝里塞进去，正要塞的工夫，忽然想到这么扔在地上，怕是要沾灰，他那样爱干净的人，他的东西怎么能沾灰？

她撕下一条衣袖，将东西包好。包得很慢，很仔细。手帕已经用了许多年了，其实她根本没有用帕子的习惯，以前带着，是因为它是她所有财产中最轻便最值钱的一项，因此随时备用，后来发现带着带着就习惯了，根本不会想到用了它，再后来，看到它便想到它的原主人，更舍不得用了。

千星在她手里也很是委屈吧？本来是雕金刻玉的，到她这里整天只能削木头。这样华美珍贵的东西，其实还是适合他啊，让它回到他的腰间，也算是成全千星。

她这样想着，手已经伸到门缝间，却一直没有办法松开。

松开啊，这本不是你的东西，抓得再紧又有什么用？你给他的他还了你，他给你的，你难道就不能还他？其实你早就想过的啊，他的人生里其实根本就不该有你。放手吧，放下它们，就是成全它们。放下他，就是成全他。

可手偏偏背叛了意识，握得紧紧的，不肯松。她一咬牙，额头重重在门上一撞，"咚"的一声。

疼痛说服了那只手，它无奈地松开了指尖，那两样随身多年的东西滚落进门槛内。

严安之听见那一声，一个箭步上前："你干什么？"

"没事。"梁灵瓒站起来，起得急了，头有些晕，眼前一阵阵发黑，但稳住了，向他一笑，"我脑壳硬，经撞。"

严安之扶着她，沉沉地看了一眼大门，低声道："我先送你回家。"

"嗯。"梁灵瓒应得乖巧，"好，回家。"

她回到家，身体与大脑仿佛达成一致，认为睡觉是眼下最该做的事，几乎是头挨着枕头就睡去。

一觉睡到第二天晌午，还是被说话声吵醒的。

"哎呀，这可是大事啊，吏部的人还等着呐……"是老吴。

"你只去回复梁大人身体不适，明日再去。"是严安之。

"可人家说了是宋璟宋大人在等着呀!"

严安之沉吟一下:"我随他去复命。"

"不用了。"梁灵瓒打开门,"让他稍候片刻,我一会儿就来。"

七

大唐一品与二品俱是虚衔,三品便是位极人臣,梁灵瓒二十三岁便官至五品,算是超拔,又是女官,更是人人侧目。

吏部已经备好官服官印鱼袋,梁灵瓒画押领取,然后去见宋璟。

一进门,跪下恭恭敬敬行了大礼:"晚辈拜见大人,谢大人相助之恩。"

"快起来。"宋璟扶起她,"我早说过,我不是全为你,南宫平那等无耻之徒,若是身居高位,必定危害大唐,我绝不允许。再说我那日也以为你已然无救了,实在没想到你竟然还能加官晋爵,唉,只是……"

这位老人全心全意为着家国与百姓着想,他的每一句话梁灵瓒都听得认真,一脸恭敬地等着他的下文。

宋璟不是迟疑犹豫的人,这一句"只是"却让梁灵瓒等了半天,她忍不住问道:"只是什么?"

宋璟叹了口气:"按照陛下现在的脾气,大约是受了什么刺激才没要你的命,升官是意外之举,恐怕不能长久。五品官,日日都要上朝,你日日都在他眼前晃,恐怕不是好事。"

梁灵瓒早已经领略过什么是天子之怒,闻言深深一躬:"谢大人,晚辈会看着办。"

宋璟点头:"你心中有数便好。"

他公务繁忙,梁灵瓒正要退出,宋璟忽然道:"我家安之这两年在调查南宫平,你可知道?"

梁灵瓒点头:"是我拜托大表哥的。"

"你叫他大表哥?"宋璟颇感趣味,拈了拈胡子,忽然一笑,"那小子没跟你提起婚约的事?"

梁灵瓒一愣:"什么婚约?"

"你娘和他娘是闺中密友,你才出生没多久,她们就给你俩定下娃娃亲了。"宋璟说着,笑道,"安之那孩子是个锯嘴葫芦,这层窗户纸不捅破,什么时候才有个结果?你如今身份已明,若是不嫌弃那孩子,我就找个媒人上门,和你爹商量着把事办了,你看如何?"

梁灵瓒忽然想到了她出发去找师父的前一晚,严安之那似醉非醉的样子。原来不是醉啊,是他独自藏下了一个大大的秘密。

"多谢大人好意……"

她才说了一句,宋璟便抬手止住了她:"唉,姑娘家家,提到这种事情,至少应该脸红一下才是。"

梁灵瓒喃喃道:"抱歉。"她也不知道自己在抱歉什么,抱歉她不能脸红吗?脑子里木木钝钝的,不管什么事情都像是隔着一层。

宋璟叹了口气,挥挥手让她走了。

她便去了趟集贤院。身为惊天八卦的消息发源处,集贤院众人纷纷前来瞻仰大唐女官。

她找了一圈没见到瞿昙悉达,寻了个人问:"瞿昙大人呢?"

"大人收了封帖子出去了,好像是陈二公子有请。"说话的人不免又想到了第二大消息,那就是"新晋女官梁灵瓒滚地哀求陈二公子依然不能讨陈二公子欢心",于是连忙打了个哈哈,找了个借口走开了。

陈二公子……梁灵瓒那迟钝的大脑顿了一下,才明白过来,是陈玄景啊。

他离开陈家后,人们便很少这么称呼他了,现在他回到了陈家,又重新成了陈二公子。

陈玄景只是陈玄景,陈二公子却拥有整个陈家作为后盾。陈家,那可是个庞然大物,而他也要化身成为这只庞然大物的一部分,令其更加庞大。那原本就是他要走的路不是吗?

这个人仿佛是她的一味药剂,只是提到他,灵魂便清醒过来,那些痛楚也清醒了过来。

她整理着桌上的物什,其实人们已经把少监大人的文房书案整理得妥妥当当,纤尘不染。她还是一样一样拿起来擦拭,动作轻缓,因为力气全用来对抗胸中那颗痛楚的心了。

擦完笔架擦砚台,擦完砚台擦印盒,印盒里面的玉质印章发着温润的光,小猴子捧着的桃儿几乎晶莹剔透,擦拭的时候,印章不小心盖在了手心上。

"梁灵瓒印",四个字,清晰分明。

——宛如印在他心口上的样子。

"唔"。已经千疮百孔的心,仿佛绞成了血汁,一口喷出,星星点点,溅在玉章上。

"梁大人!"有人惊呼。

"没事。"她擦了擦嘴角。

真的没事。心是心,身体是身体,不论心如何受伤,身体依然能动能走,奇不奇怪?

她把桌案一点一点擦干净,然后长长地吐出一口气,在位置上坐正来。

窗外,芭蕉已经颓萎,花匠将它砍断,汁液从断口处渗出,散发着清苦的气味,仿佛芭蕉也在流血。但是无妨，来年它又能抽出新芽，重新绿得遮天蔽日。它可以，她也……可以吧？

她会习惯的……会习惯的……会习惯身边没有那个人，然后，继续微笑着走下去。

八

自从南宫平被贬后便门庭冷落的南宫府第，今天迎来了一位贵客。

南宫季友恶狠狠瞪着他："你来干什么？给我滚！再怎么着，我爹官身还在，还轮不到你来看笑话！"

"你们有什么笑话给我看？"陈玄景负手而立，神情淡然，"世上的瘸子多得是，被贬官然后一蹶不振的人更是多如过江之鲫。我要是想找乐子大可去天上居，来贵府恐怕一无所获。"

"你！"南宫季友最恨的就是他这副模样，拄着拐杖只恨不得将他打出去，然而南宫平道："季友不得无礼。世事浮沉，瞬息万变，陈二公子若真当这是笑话，只怕看都看不过来了。"

陈玄景淡淡一笑："还是南宫大人有见识。"

南宫平将陈玄景请进书房，主客落座后，陈玄景自袖中取出一封奏折，请南宫平过目："明人面前不说暗话，我就开门见山了，这份奏折对大人大大有益，请大人过目。"

南宫平展开奏折，南宫季友跟着看了一遍，越看脸色越是难看，问："你这是什么意思？"

陈玄景根本没有看他，只看着南宫平："大人以为如何？"

南宫平放下奏折，端起茶，喝了一口："陈二公子是何意，还望明示。"

"这一定是他设的圈套！"南宫季友恨声道，"他护那个梁灵瓒护得跟什么似的，连咸宜公主都不娶，现在怎么可能反过来对付梁灵瓒？"

"就在这所宅子里，大人陷害过我，拘禁过梁灵瓒，为的是什么？"

南宫平不语。南宫季友变了脸色："爹，他果然是算账来了！"

"大人不愿说，我替大人说。大人费尽周章，为的就是占有梁灵瓒的天赋才华。谁有了梁灵瓒谁便能青史留名。大人如此，我亦如此，只不过手段各异而已。"

南宫季友惊住了，怔了半晌："好，好你个陈玄景，你真是……真是……"

一时之间，他真找不到合适的词来形容，只觉得一股寒气从心头涌起。一直以来他都以为自己只不过是投胎上输给陈玄景，到此刻才发现这人心机之深，伪装之善，根本就超乎他的想象，他望尘莫及。

南宫平看了他一眼："所以，她一表明身份，你便立刻弃她而去？"

陈玄景淡淡一笑："她既已上了台面，如何还能再待在我身后为我所用？"

"可这封奏折……"南宫平摇摇头，"我赋闲在家，实在不好过问如此大事，免得再触怒圣颜，再增罪过。陈二公子你还是另寻高明吧。"

"南宫大人，你一直想混进真正的长安城，请问你可知长安城最讲究的是什么？"

真正的长安城，属于大唐最顶端的一小部分人，属于世家，属于权贵，那确实是他南宫平一辈子挤破头也没能挤进去的地方。

"我们都信奉，世上没有永远的朋友，也没有永远的敌人，利益一致，便是自己人。"陈玄景道，"梁灵瓒二十三岁封少监，只怕不出数年，瞿昙大人的太史令之位就要易主；我不迅速与她划清界限，就不算真正的回头，很难被家族接纳；至于大人你，其实才是最需要这份奏章的人……毕竟大人此时已经见弃于陛下，他日梁灵瓒羽翼丰满，会放过大人吗？"

说完，他起身告辞："我言尽于此。大人是个聪明人，自然知道权衡利弊。"

南宫季友瞧着他的背影消失，迟疑道："爹，咱们能信他吗？"

南宫平视线落在奏折上，沉吟道："此子心深，连我都看不透。"

"要不……还是算了吧？"头一次，南宫季友打起了退堂鼓，"他对梁灵瓒都能下这样的狠手，到时候要反过头来对付咱们，咱们……可怎么办？"

"有一句话他算说得对，咱们才是最需要这份奏折的人。这奏折若是真的，咱们翻身在此一举。"南宫平顿了顿，道，"他既难看透，咱们可以去找个容易看透的。"

南宫季友忙问："谁？"

南宫平不答，思索片刻，道："你去请路正全来。"

路正全是南宫平一手提拔上来的，对南宫平向来是忠心耿耿，知无不言，言无不尽，南宫平问起梁灵瓒的近况，路正全道："大人还不知道吧？她和陈玄景闹翻了，在陈家大门口，据说陈玄景一脚把她踹地上，上朝的大人们都看得清清楚楚，整个长安城的人都知道。还有她授印回集贤院那日，好端端一个人坐着擦印章，突然间就喷出一口血来，可见当真是被踹伤了不是？"说着，愤愤道，"要我说，这都是她活该！一介女流也敢混迹集贤院，还敢诬陷大人，这都是她的报应！"

南宫季友和南宫平交换了一道视线。印章……陈玄景私下爱刻印章，这在国子监里不是什么秘密。拿着陈玄景刻的印章吐了血，实情如何，一览无余。看来这两人当真是已经反目了。果然还是梁灵瓒比较容易看透。

九

梁灵瓒升任少监后，每日都要上早朝。她一般都缩在人群的角落里，从来不发一言，只希望皇帝注意不到她。可是这一天，她躲不过去了。

日常枯燥的政事奏报里，忽然有人道："臣与南宫平、陈玄景联名启奏，《大衍历》名不符实，有多处漏洞，且有抄袭《九执历》之嫌疑，望陛下彻查。"

梁灵瓒抬起头，不敢相信地望着那人，竟是瞿昙悉达。瞿昙大人……是师父的挚友啊！

皇帝宣南宫平与陈玄景上殿，两人联袂而来，手中俱执着长长的条陈，一条一条写明《大衍历》与《九执历》重合之处。

在他们的口中，《大衍历》变成一部漏洞百出的历法，只不过是借着《九执历》的内核换了一个名字，并且还抄漏了真正的精髓之处。若是不废除《大衍历》，简直是误国误民。

"这绝无可能！"梁灵瓒大声开口，自己都没想到自己的声音这样大，回荡在整个大殿中。所有人的视线齐齐望过来，包括高高在上的皇帝，即使控制得很好，皇帝的目光仍然微微一寒。梁灵瓒知道自己又犯错了。她连忙出列，跪下，叩头："臣以性命担保，《大衍历》与《九执历》不但绝无干系，其精密之处远非《九执历》所能及！"

"你要如何用性命担保？莫非要撞死在大殿不成？"陈玄景凉凉的声音落进耳内，梁灵瓒的头仿佛变得有千斤重，光是抬起它，便要耗光全身的力气。

陈玄景与南宫平并肩而立，与她壁垒分明。

"若一死能证明《大衍历》的清白，臣愿意。"梁灵瓒望向御座上的皇帝，一字一字道，"臣请陛下以一月为限，臣与瞿昙大人各自观测天象，看看两部历法哪一部所得更准确。《大衍历》若输了，臣以死谢罪；《九执历》若输了……"

她说不出那句话。即使到了这种针锋相对的时刻，她也没办法要对手去死，即使对手当中有她最恨的人。泪水几乎要涌上眼眶，她用尽在世上修行所得的全部定力，死死压住它。

芭蕉可以砍了再长，心可以碎了再重生吗？可即便重生，又有什么用？

他站在她的面前，身段修长，神情淡漠，他只是这样淡淡地瞧着她，就够叫她的心再碎一次。

然而陈玄景接过她的话头，朗声道：《九执历》若是输了，臣与南宫大人一并以死谢罪！"

梁灵瓒闭了闭眼睛。这是一场以性命为注的豪赌，她怎样都想不到会发生在她和他之间。

陈玄景忽然看向她："梁大人，若是后悔，现在认输还来得及。"

这句话就像在她心中点起了一把辛烈火焰，直接在眸子里燃烧，她笔直地看向他："这话我原封不动，奉还陈大人！"

眼角余光掠过南宫平，忽见南宫平嘴角有一丝神秘的笑意。她一怔，像南宫平这种人，竟然敢跟她赌命，难道是有什么必胜的把握？

不，不可能，她绝不相信《大衍历》会输给《九执历》！

十

梁灵瓒很快就知道那丝笑容是什么意思了。

瞿昙悉达与南宫平在宫中都经营了多年。左偏殿就不用说了，本来就是瞿昙悉达从太史局带出来的，右偏殿则自路正全以降，全以南宫平马首是瞻。

正殿中有一多半也倒向了两人，剩下一小半或许和这两人没什么交情，却要卖陈玄景几分面子。再剩下的一小撮只想明哲保身，置身事外。真动起手，梁灵瓒才发现自己孤立无援，偌大的集贤院竟没有一个人站在自己这边。

南宫平还特意带了十来个人过来，先向她道："陛下命我等在一个月内给出结果，若是一个月后梁大人一份像样的观测结果也拿不出，给陛下知道了岂不是说我们做前辈的欺负后进？再者让梁大人单打独斗，我们也胜之不武。"然后向众人交代："梁少监年少有为，前途不可限量，你们好好跟着梁大人，定然有你们的好处。"

姿态摆得极好，言语又极堂皇，换作几年前的梁灵瓒恐怕要感激涕零，而这会儿她连翻白眼的时间都空不出来。由南宫平亲自挑选过来的人，能有什么好货色？她也懒得去使唤他们，他们倒是一脸殷勤，一会儿帮着做这个，一会儿帮着做那个，可惜其结果不是打翻了仪器，就是用墨泼了记录，片刻也没有安宁。

梁灵瓒忍无可忍，第二天带了三条菜花蛇去上值。

这三条菜花蛇行将冬眠，全体懒洋洋地，盘在当门口一动不动，每有人来，只是微微一抬头，但已足够把那帮文绉绉的院士们吓得屁滚尿流，"哇哇"退散。

梁灵瓒的耳边总算清静下来。

可天文观测费时费力费工，她就算再有能耐也长不出三头六臂，且一个人再怎么硬撑也有极限，接连熬了几个晨昏后，刚踏出宫门，她只觉得眼前一黑。

栽倒之前，脑中最后的念头是："不能晕，还有测算没做完……"

等再次睁开眼，只见窗上日光大明，她一下子就跳了起来，迟了！然后脑中一阵晕眩，整个人又重重摔回去。

"小瓒！"伴着一声关切至极的惊呼，有人扶住了她。

"爹？"梁灵瓒睁开眼后，只有一个想法——这是做梦！求求老天，保佑这是做梦！

梁天年扶着她坐好，再拿一只枕头给她在后面靠着，这才板起脸，皱起眉："你还知道我是你爹？"

梁灵瓒脸色发白，不由自主地往被子里缩了缩。不过转即又停下，这是她犯的错，犯了错自然要受罚，无论爹爹有多生气，她都得受着。

哪知一道爽朗声音自门边过来："好啦好啦，醒了就好。先让孩子吃些东西垫垫肚子，你没听那吴管家说吗？咱们小瓒这些天吃没吃好睡没睡好，这才昏倒了。"

婆婆！梁灵瓒眼睛一亮。等等，不能亮得太过分，她虚弱地说："婆婆……"

"你也少跟我装。"婆婆伸出一根手指戳戳她的脑门，"这些年就知道给我装，骗得我和你爹爹团团转，真以为你在做绣女，一心在洛阳傻等着你早日回去办喜事，自己倒在这边当大官，住大宅，仆人一大堆，自个儿享福！"

"婆婆，咱们不是这么说的……"梁天年见这话风不对，出言提醒。

大唐再一次出了女官的消息传到了洛阳，开始梁天年听说这女官姓梁名灵瓒时，还安慰自己是同名。梁婆婆却知道不对，因为人家都说这女官管的是天上的事，那不正是一行大师教小瓒的东西吗？两人再忆起梁灵瓒最后离开时的异样，梁天年翻出那双被珍藏在柜中的棉鞋，从鞋垫里摸出了一封书信。

书信里把上山学艺、归来入洛阳国子监、考入长安国子监、转入太学、升入集贤院等事写得清清楚楚，又将南宫平的阴谋交代明白，最后写道她要去为师父讨回公道，为外公和母亲报仇，此去长安恐怕不能再回来，盼爹爹照顾好婆婆，勿以她这个不孝女为念。

梁天年与婆婆顿时只觉天旋地转，立马赶来京城。

"是，咱们是要带小瓒回家，可也得等小瓒身子养好才能上路啊，看这小脸白的，这手腕细的……"婆婆满眼疼惜，满眼骄傲，"我早说女子不比男子差，男子做得的，女子也一样做得。你教了那么些个学生，哪一个有我们小瓒这样厉害？再说她现在又没事，你也就先别急着教训人了。"

婆婆万岁！梁灵瓒一个劲儿地窝在梁婆婆怀里，一口一口吃着婆婆喂过来的粥。

梁天年叹气："但这事……"

梁婆婆瞪眼："等她吃完再说。"

等梁灵瓒吃完，梁婆婆收了碗，又瞪梁天年一眼："悠着些，别吓着她。才吃了些东西，

第十三章·太史局少监

一经吓，小心积食。"

在婆婆心里，梁灵瓒大约永远是那个才送到她手里的八岁小女孩。

婆婆端着碗出去，带上房门，室内只剩下一对父女。梁灵瓒十分忐忑，正琢磨着怎样开口能让爹爹不那么生气，梁天年却在一阵静默之后开口道："从前的事，做已做了，再多说也无益。现在你已经是朝廷命官，身上担着责任，我也不能就这样拖着你一走了之。但你现在应该知道观天之事有多少风险，太史局实在不是久留之地，待完结了眼下的事情，你即刻递上辞呈，随我回洛阳。"

梁灵瓒呆住了。她想过无数遍，爹爹会如何伤心，如何愤怒，如何难过，唯独没有想过，他能如此心平气和。

她的眼眶忍不住发酸："爹，你……不生我的气？"

"生，怎么不生？"梁天年没好气道，"我来的时候，只恨不得拿藤条抽你个七八十下，又恨不得抽自己。若是我没把那些书带回洛阳，也许你根本不会对天文生出兴趣，就再没有后面的事了。"

人生就是这样，每一个微小的选择，都决定了后面重大的方向。

梁灵瓒想哭："爹你打我吧，我……我一直骗着您瞒着您，您打我一顿，我心里还好受些……"

"你以为我不想？"梁天年叹了口气，"可昨天一到这儿，就看到你躺在马车上的样子，我真是……唉……"原本想狠狠责罚这不听话的女儿一顿，然而看见唯一的女儿脸色惨白如纸，顿时什么怒气都飞到了九霄云外。

梁灵瓒这才想起来："谁的马车送我回来的？"

"不知道，车夫说是别人雇他送的，大约是哪个好心的路人吧。"

宫门口能有什么路人，既认得她又知道她的家在哪里？是……他吗？一念及此，便摇头。不可能。她发现了，她的脑子总是这样偏执，一旦有什么好事发生，总想往那个人身上扯，即使被打脸想错了这么多次，还是如此不清醒。

梁天年见她神情怔忡，怕她累了，让她躺下歇息。

梁灵瓒哪里还会睡？这些日子，她生怕自己错过哪一个天象而令《大衍历》输给《九执历》，肩扛着隐隐的恐惧与绝望，时时刻刻绷着一根弦，不敢有丝毫松懈。

可她也不好违逆爹，只能乖乖躺下，心里盘算着怎么才能入宫。

结果根本不用她费什么心思，梁天年替她掖好被角便离开了，她努力听了听外面的动静，隔了好一会儿，她披衣出门，边走边想，她一面哭着道歉，一面转脸又不听话……唉，等事情了结，藤条一并挨吧。

到了门口，她交代老吴："万一我爹问起来，你就说宫里派人急召我入宫。"

"好的，老爷回来我就这么说。"老吴答得干脆利落。

已经往外迈步的梁灵瓒停住脚，回身："我爹出门了？"

老吴道："是啊，和闵爷一起走的。"

梁灵瓒微微皱眉，隐隐想到了什么事，又十分模糊。

爹的反应……太镇定，太平静了，既没有震怒也没有惊痛。她进了带给他最痛楚记忆的太史局，他表现得却仿佛她只是顽皮爬树擦伤了腿；她说出了南宫平就是李鸿泰，他……

——从头到尾，他都没有提南宫平，一个字也没有。

梁灵瓒的脸色猛然变了。"快！给我把马车卸了！"她焦急命令道。老吴连忙带着人照办，还来不及给马搭上鞍子，梁灵瓒已经翻身上去，一抖缰绳，狂奔而去。

她直奔长安县衙，找到严安之，严安之二话不说，立即召集人手。

南宫平毕竟有官身，捕快不能擅闯，严安之把人安插在前后门待命，自己翻过墙潜入院内，忽听得落地声响，梁灵瓒也从墙头爬了下来，严安之低声道："你跟来做什么！里面不安全！"

正因为知道这里是龙潭虎穴她才要来救人的！但这时也没工夫细说，梁灵瓒道："往这边走，我上回逃的时候走了道暗门。"

南宫府不单是门庭冷落，一路上根本没见着几个人，曾经那些五大三粗的护院都不见了。两人一个身手利落，一个身形敏捷，一路潜行至长厅，谁也没有惊动。

看来暗门做得太过巧妙，南宫父子一直没有发现，梁灵瓒悄无声息地将暗门卸下，正要钻进去，忽听里面南宫平的声音道："就是这里了，你们看，这些东西都还在，都是梁灵瓒曾经用过的，现在给你们接着用，再好不过。"

梁灵瓒心里咯噔一沉。

她轻轻掀起一角帐幔，只见厅上有不少下人，难怪路上没遇见，原来都在这里。梁天年与闵长泽双手被反剪在背后，闵学录眦眦欲裂："大师兄，枉我一直相信你，你怎么能这样对我们！"

"相信我？相信我，你还带着姓梁的上门问罪？"南宫平笑，笑得冰冷，"长泽，你当初伤心难过，要死要活，知道我为什么劝你吗？这么多年，又为什么留你在国子监？因为你头脑单纯，算学却不赖，当真是一条好狗，很好使唤。现在你就在这里继续为我效劳，和当年在国子监里又有什么两样？"

闵长泽不可思议地看着他："大师兄，你……你怎么……"

"你还叫他大师兄？"梁天年咬牙道，"你还不明白吗？小瓒说的都是真的，是他化名李鸿泰，害死了师父，害死了雅然，毁了太史局！"

闵长泽脸上泪水滚落："这是为什么？为什么！"

南宫平轻蔑地看了他一眼："你不过是雅然的一条跟屁虫，你当然不懂我是为了什么。"

他微微抬起头，视线仿佛穿过了空气，落在了某个遥远的所在："二十多年前的温家，只有我、雅然和师父，根本没有你，更没有这姓梁的。那时候的日子多么好啊，师父待我尽心尽力，雅然也只有我一个人陪着。我那时最大的梦想就是继承师父的衣钵，然后娶雅然为妻。

"可是后来，你们来了，尤其是你，梁天年，你不过一个两监都没有读过的穷书生，不知使了什么手段，不单骗得师父倾囊相授，还得了雅然青目。"他的视线转到梁天年身上，眸子里全是寒意，"是你打破了我的美梦，你让我发现，师父之前对我根本算不上尽心尽力，他教你的东西有多少我连听都没听过！还有雅然，她只会差我替她抄书做玩意儿，拿我当个小厮般使唤，对你却是千依百顺，变着法子讨你欢心！是你！都是你来了，我才发现我在温家根本什么都不是，那一对父女根本没有把我当自己人！"

闵长泽大声道："南宫平你没有良心！师父有多疼你不知道吗？那年你病了，师父在你床前守了三天三夜。后来你好了，师父自己却倒下了！还有雅然姐，虽说对二师兄好些，对你对我又有哪里不好了？不是一样嘘寒问暖吗？"

"那些都是假的！"南宫平厉喝，"那不过是虚情假意，都是用来笼络我利用我的手段！若真对我好，她为什么要嫁给姓梁的，师父为什么又只教姓梁的？"

"因为你不配。"梁天年抬起头，一字一字道。

南宫平眯起了眼："你再说一遍。"

"再说一百遍，你也还是不配。"梁天年眼中全是失望与痛心，"你资质平庸，在我们三人中为最末，师父不教你那些，是因为教了你你也学不会。师父因材施教，你有什么不满？至于雅然……雅然从来都把你当兄长般敬重——"

"去她的兄长般敬重！"南宫平一把捉住他的衣襟，逼到梁天年的跟前，"我一心一意待她，结果她却看上了你！后来，你们都进了天牢，只有我回来陪她，她身边又只剩我一个人了，可无论我怎么悉心照顾，怎么无微不至，她都好像看不到，她时时刻刻只惦记着在牢里的你。我便告诉她，你已经死了，在牢里就死了，她永远也等不到你了，结果，你猜怎样？"

一股寒气从梁灵瓒的背脊蹿升到顶门心，她紧紧攥住帐幔，脑子里一时发白。

"——她竟然用一根披帛将自己吊死在房里，随你而去了！哈哈哈，你说她蠢不蠢？

蠢不蠢！"

"混账！"梁天年双目尽眦，挣脱身后的人，扑向南宫平。

梁灵瓒也要冲出去，严安之拉住了她。

这一拉唤住了她的神志，南宫平人多势众，她冲过去非但救不了爹和师叔，反而会白白把自己填进去。她悄悄退出暗门，低声向严安之道："你去召集人手，我去放把火。"

严安之点头："小心些。"

原本担心她冲动之下更会生事端，现在看她虽然眼眶微红，神情却是镇定，心中不知怎的，似松了口气，又似有所失。那个冒冒失失只知道往前冲的小瓒，已经是过去了。

离火源最近的地方是厨房，正值午后，厨房无人，梁灵瓒在柴堆上泼上油，火把一扔，轰然一响，火光冲天而起。

很快便有人惊呼："着火啦，着火啦！"下人们纷纷开始救火。

梁灵瓒躲在暗处，看得分明，有好些下人是从长厅出来的。也就是说，长厅人不多了。

这时门上一阵喧哗，严安之带着捕快名正言顺地闯了进来——帮忙救火。

梁灵瓒趁乱从暗门摸进长厅，南宫父子已经不在，只剩梁天年和闵长泽被塞着嘴捆在原地，见梁灵瓒忽然间冒了出来，都睁大了眼。

梁灵瓒替二人解开绳索，闵长泽甫得自由，就要撸袖子找南宫平算账，梁灵瓒急道："先脱身，以后再说！"但麻烦的是，暗门是按她的身形挖的，梁天年身形消瘦，勉强还能进出，闵长泽却是只伸得出去半只肩膀。便在这时，前面传来南宫季友的声音："……上回梁灵瓒那贱人便是好端端在里面消失了，这回还不给我看好了！"

梁灵瓒急得冒出一头冷汗，要是有千星在就好了！再划拉一道暗门也只是眨眼的事！真想抽自己一记耳光——为什么要还千星！留着它难不成陈玄景还来讨不成？！

然而已经没时间后悔了，她一眼瞥见一把斧头，抢起来就劈向木壁，想拓宽暗门。但这声响动不轻，南宫季友叫道："快开门！里面有动静！他们要跑！"

闵长泽接过斧头，三下两下劈出一道豁口，就在南宫季友带着人闯进来的同时，他的身子用力挤了出去。

梁灵瓒拉起两人就往后门跑。

后门正是最混乱的地方，救火的救火，找人的找人，拦人的拦人，南宫平被裹挟在人流中，遥遥看到了梁灵瓒三人，他脸色大变："拦下！给我把人拦下！"但严安之哪里会给他机会？"救火"的捕快们手里提着桶，水迎面向追过来的下人泼过去，更有一桶泼了南宫平一身。严安之不甚有诚意地赔了句罪，借口他们还要巡逻，就势告退，南宫平怒不可遏:"梁灵瓒你给我站住!"

梁天年将梁灵瓒护在身后,闵长泽眦眵欲裂:"南宫平,你这丧尽天良的狗贼,我要杀了你,用你的狗头去祭奠师父和雅然姐!"

梁灵瓒拦住他:"师叔,这人作恶多端,必遭报应,但不必为他赔上性命。"

跟着,她朗声向南宫平道:"南宫大人,赌注已经立下,是输是赢,是生是死,咱们在陛下面前见真章吧!"

梁天年站在她的身后,只觉得她的声音清越,似雏凤之鸣。这一瞬间她不像是他的女儿,而像是师父与雅然重生,身上同时有着他们带给他的光明与温暖。

"你和他赌的是什么?"回去的路上,梁天年问。

事到如今,也没什么好瞒的了,梁灵瓒一五一十把赌约的事情说了,只是隐去自己势单力薄这一点不提,免得梁天年担心。

但梁天年曾在太史局待过,一听她说便猜到大概情形,道:"我与你师叔皆参与编制《九执历》,对它的好处与漏洞尽知,你把数据多带一份出宫,我和你师叔一起测算。"

他当年烧书的模样还在梁灵瓒眼前,此时简直不敢相信自己的耳朵:"真的吗?"

剧烈的痛楚与浓烈的仇恨反而是一剂良药,一洗他长久的消沉,梁天年反问:"怎么?看不上我们两个糟老头子吗?"

闵长泽脸中一阵感慨,他仿佛又看见了当年那个意气风发的二师兄。

两人重新投入到天文测算之中,多年的时光磨损了各自的容颜,却没有磨损彼此之间的默契。当年在太史局里一起共事的感觉又回来了,每次算到会心之处,抬头一笑,时空便仿佛产生了奇异的变化,将一切带回到从前。

梁灵瓒和两人一起测算了好些日子,才听明白了两人之间暗语似的简称,比如他们管"房日兔"叫"小兔","心月狐"叫"小狐",那么"尾火虎"就叫"小虎"了吗?错,叫"小尾"。

"为什么啊?"梁灵瓒百思不得其解。

"你看尾火虎的星相图,像不像一个女孩子衣裙长长的样子?"闵长泽微笑道,"雅然姐说既然是女孩子,叫小虎多不好。"

这是个冬日的深夜,三人在花厅里一边测算一边观星,梁灵瓒看着天空上的尾火虎,这一瞬间,星辰无比温柔,向她绘出母亲在少女时代观星的样子。

原来满天二十八星宿都是母亲的老朋友啊。

第十四章 ｜ 太史令

一

只是，即便有两位强人相助，但对比整个集贤院的庞大测算力，梁灵瓒还是落在了下风。

一月之期转眼即至，在最后一天的晚上，三人核对这一个月来天象所得，发现只和《大衍历》相合十之五六。

这种准确率不算太高。根据梁天年与闵长泽的经验，《九执历》也可以到达这个准确率。

也就是说，他们的数据不仅无法证明《大衍历》的出类拔萃，更因为数据相近，加重了《大衍历》抄袭的嫌疑。

但梁灵瓒对着面前的《大衍历》已经发了半天呆，两人谁也不好把这话说出口，闵长泽想了半天，安慰道："《九执历》我们再清楚不过，最多也是十之五六，咱们顶多算是平手……"

这个安慰显然十分牵强，他自己都说不下去了。还是梁灵瓒勉强笑了笑："这些日子，爹和师叔都辛苦了，先去歇息吧，剩下的我整理整理就好了。"

闵长泽还想再说点儿什么，梁天年叹了口气，拉着他离开。

花厅里静下来，梁灵瓒脸上的笑容渐渐隐去，她看着面前的《大衍历》，心上仿佛系上了一块大石，一直往下坠，一直往下坠，坠向深渊般的绝望。

师父，对不起，是徒儿没用，不能替你证明《大衍历》的精准……

就在这时，老吴来禀有客求见。

梁灵瓒微微意外："这么晚？是谁？"

"他说是您的同僚。"

同僚？这可是稀奇了。她在集贤院里那些同僚怎么会到这里来？想必是旁人托名吧？她靠在椅内，说了声"请"，片时，老吴把人领进来。

梁灵瓒一怔。还真是同僚。

此人名叫徐冲，三十上下，是瞿昙悉达手下的得力干将，只是进门先带进一丝酒气，还带着一丝脂粉香。

梁灵瓒对这香味很是熟悉，顿时明白他今夜是借着留宿平康坊才能在这深夜过来拜访。

徐冲也不废话，自怀中掏出一只油纸包，递给梁灵瓒："我在这里不能久留，东西你看看，便知我来意了。"

梁灵瓒打开一看，猛然一震，迫不及待往下看，越看越是震惊："徐大人，您这是……"

"大人不必疑惑，我受人所托，忠人之事罢了。"徐冲道，"如今为免事有漏泄，我还得回去混一混。"

梁灵瓒强按下心中激动，深施一礼："灵瓒谢大人。"

"我已说了，我是受人之托，大人要谢，就谢那人吧。"

徐冲说着告辞，梁灵瓒一直送到大门，在徐冲登车之际，忍不住问道："那人是谁？"

徐冲顿了顿，道："太子殿下。"

马车在夜色中离去，梁灵瓒在黑暗中站了许久才回头。

原来是太子……也对。现在会帮她、能帮她的，也只有太子，不会有旁人了。

二

第二天，梁灵瓒入宫。

紫宸殿的玉阶还是那样高，那样长，她第一次踏上时，以为它永无尽头。现在她已经知道，它一共九十九级。九九乃至阳之数，喻示着玉阶之后的宫殿天上地下第一尊贵。

这就是她的战场了。一场没有兵马没有武器的恶战在等着她。

殿中百官泰半已经到齐，瞿昙悉达、南宫平、陈玄景三个人进殿来。

陈玄景明明走在最后面，梁灵瓒却是第一眼就看到了他。

视线仿佛是有形的，只一眼便像是被灼伤了一般，她收回视线，垂下眼睛，看着自己的衣摆。

早朝政事议完之后，皇帝问瞿昙悉达："一月之期已至，你们的测算结果可出来了？"

瞿昙悉达回话："测算结果已出，陛下随时可以命人查阅。"

皇帝便命张说任裁判官，主持查验，宋璟出列："天文验算，数据庞杂，老臣愿助张大人一臂之力。"

皇帝道："准。"

众人都知道张说与南宫平交情甚好，而宋璟则对梁灵瓒颇垂青目，二人一起出马，都不会给对方放水的机会。

张说与宋璟于天文一途都是门外汉，两人只负责主持大局，真正的验算由十名集贤院院士、十名算学博士、十名户部核算主簿共同完成。

只有这些常年与数字为伍的人，才能一眼看出数据中的关窍，查验双方交出来的测算文书，再对照司天台整理出来的记录，比较两本历法的优劣。

一时间大殿只剩书页翻动声，算珠碰撞声，以及报数声。

"《九执历》得一！"

"《大衍历》得一！"

"《九执历》得二！"

"《大衍历》得二！"

……

"《九执历》得十！"

"《大衍历》得十！"

"《九执历》得十一！"

"《九执历》得十二！"

至此，《大衍历》不再有报数，《九执历》已领先两条。

南宫平微微一笑，低声问梁灵瓒："梁大人来之前，可有好好和令尊告过别？若是没有，那便可惜了。"

梁灵瓒紧紧盯着前方，努力置之不理。

南宫平又道："不过也无妨，我可以帮你告诉他，就像当年告诉他雅然死了一样……"

这一句声音极低，像蛇一样钻进梁灵瓒的耳朵，梁灵瓒狂怒，想也没想，抬手就要给南宫平一记耳光。然而手刚抬起就被人一把握住。握住她手腕的那只手修长洁净，以前有无数次，他这样地握着她的手，阻止她闯祸，但这一次却是保护她的仇人。

他冷冷道："梁大人，这里可是紫宸殿，当初既夸得下海口，现在便输不起了吗？"

南宫平已经一声惊呼："梁灵瓒，你要干什么？陛下面前，你也敢动手？"

真是好演技！她还没碰到他，他都能叫成这样，若是刚才那一巴掌真扇了过去，他不知道还有多少好戏要演。

梁灵瓒强忍住心头一口恶气，淡淡道："两位大人误会了，我只是才想起来，我还有几卷测算文书未曾上交。"

说着，她从怀里取出文书，躬身呈给宋璟，宋璟接过，交给户部主簿。

片时，报数声再次响起。

"《大衍历》得十一！"

"《大衍历》得十三！"

"《大衍历》得十四！"

"《大衍历》得十五！"

数据一路攀升，最终在"十八"处停下。

司算人等整理文书与算筹，将终定案交给宋璟与张说，两人过目之后，转呈皇帝："陛下，结果已出。结合这一个月来诸等天象并节气转换，《大衍历》得十之八九，《九执历》得十之五六，《大衍历》胜出。"

十之八九，千古以来的历法从未达到过如此之高的准确度。

皇帝满意道："不愧是一行大师。"

梁灵瓒紧紧攥着手心，闭了闭眼睛。听到了吗，师父？您和《大衍历》的声名没有被玷污。

她的视线望向南宫平，眸子里有利剑般的光芒："南宫大人，你输了！"

"不可能……这不可能……"南宫平脸色发青，"这不可能！你作弊！你一定是作弊了！你一个人不可能测得出这么多天象！"

"说得好，那请问南宫大人，明明是奉旨测算，为什么你带着集贤院全部人马，我却只有一个人？"

南宫平一滞。

梁灵瓒冷然一笑："这也罢了，无论我是怎么测出来的，结果已经摆在面前。南宫大人，你输了。输的人要怎么做，在陛下面前发下的誓言，大人不会食言吧？"

"我……我……"南宫平猛地跪下，连连叩头，"陛下！臣求陛下命人重新查验！一定是哪里出了问题！《九执历》不可能输啊陛下！"

"够了！"皇帝喝道，"历法事关天地，测算阴阳，上应天子，下涉黎民，千古以来都是重中之重，朕当年费尽心思请得一行大师上京，才有《大衍历》。南宫平，你如此诋毁《大衍历》该当何罪？"

南宫平神情仓皇，脸上再没有一点儿血色，忽地，他看到了陈玄景，像是抓住最后一根救命稻草般："陈玄景，当初赌誓的人可不止我一个！你……你快想想法子！"

陈玄景一撩衣摆，跪下："臣请陛下治罪。臣在测算之时，就发现《大衍历》远胜《九执历》，奈何当时一时糊涂，受南宫大人唆使，在君前立下了重誓，如今只能舍命兑现誓言，甘愿赴死。"

"陈玄景！"南宫平睁大了眼，声音都变了调子，"你——你——当时明明是你唆使我的！"

陈玄景看也没看他，只道："陛下明鉴，《九执历》胜出与否，于臣全无益处。实在是南宫大人巧舌如簧，骗得臣和瞿昙大人以为《大衍历》当真抄袭了《九执历》，为着天下苍生计，臣与瞿昙大人这才与他一起在君前上奏。陛下若不信，可以问瞿昙大人！"

瞿昙悉达跪下道："陈玄景所说句句属实。"

南宫平怒极反笑："好，好，你们下的好圈套！"跟着，他连连叩头，至额上鲜血淋漓："陛下，陛下，臣是冤枉的，臣是冤枉的，陛下饶命啊——"

"难道在你的心里，朕是那等以一言取人性命的昏君？"皇帝怒道，"你耽误新历进程在先，诬陷新历抄袭在后，君前立誓，复又不遵，本该处死，但念在你在朝为官兢兢业业多年，品行端正无大差错，暂且饶你一命，革去官身，赶出长安，永不录用！"

南宫平逃过一死，大喜过望："陛下仁德，陛下圣明！"

"陛下！"梁灵瓒出列，"臣有本要奏。"

皇帝对她的心态极为复杂，既欣赏她是个人才，可因为她的身份，她越是有才能便越是忌惮，声音微沉："讲。"

"臣当日启奏陛下，南宫平当年化身李鸿泰唆使张昌宗谋反，致令长安城血流成河，逼死自己的师父师妹，害死自己的义女，又毒杀一行大师，桩桩件件，不可尽数。若这样的人还能称之为品行端正，地狱里只怕都是向善之徒了！"

皇帝皱眉："梁灵瓒，若无真凭实据，就是你一个人的猜测，朕难道要为你的猜测杀人？"

"就是啊……"南宫平脸上涕泪横流,"我已经知道自己错了,从此以后离开长安,回到家乡吃斋念佛,但求陛下天命永保,大唐国祚永固,百姓安居乐业,其余的再也不会管了,梁大人你又何必硬与我这个废人为难?"

他每说一个字,梁灵瓒心头就一阵恶心,要强行忍住才能继续道:"臣已有了证据。请陛下宣长安府捕头严安之。"

严安之早在宫外等候,一呼即至。他手上有多份证词,呈到皇帝案前。

这些证词时间早晚不一,早的有两年前的,晚的就在昨晚。

有的来自南宫平老家的乡亲,他们说长安四年南宫平根本没有回过老家,实际上,自从南宫平入长安之后,就再也没回去过了。

还有的来自南宫府出去的下人,包括护院与洒扫的老仆。护院供认南宫平曾拘禁梁灵瓒,老仆则表明南宫幸珠死的那一日,陈玄景从始至终都没有碰过酒壶。

还有一份证词来自南宫平的外甥崔子皓,上面供认南宫平告诉他一行等人的行程,提到幽州县令有祖传的桔梗酒,崔子皓于是买通厨子,在一行大师的素菜里下了泻药,然后借机送出酒荑肉。

梁灵瓒都不知道严安之已经找到了崔子皓,这一份真是意外惊喜。

皇帝越看越怒,将证词摔到南宫平面前:"南宫平,朕竟错看你了!朕一直敬你是个端庄君子,没想到竟是个狼心狗肺的小人!朕还说当初张昌宗怎么会那等胆大包天,原来是你在背后唆使!"

纸片纷飞,南宫平仓皇地抓住几张,看过之后脸上再没有一丝血色,眼眶发红,膝行到丹陛前:"这都是假的……假的!臣从来就没见过李鸿泰,就算臣那年没有回家乡,也不能证明臣就是李鸿泰!这是他们要诬陷臣啊!"

严安之声音沉稳冷静:"陛下,现有证人就在宫外。"

南宫平叫道:"不,不可能有什么证人,不可能!都是假的!"

皇帝命宣,然后命人道:"给我把他拖到一旁!"

陈玄理知道这是皇帝已经恼极了南宫平,命人将南宫平拖下丹陛,押到一旁。

一名女子自外踏入殿中。

看到那绰约身形,陈玄理微微一愣。

梁灵瓒心想严安之竟然还有惊喜,心中满怀期待,然而当认出这是春水大娘时,她猛地跳了起来,顾不得君前失仪,拉住她:"大娘你不能来!快走!"

"别傻了,小瓒,我已经走到了这里,怎么会回头呢?"春水大娘对她浅笑,然后望向南宫平,"李仙长,还记得我吗?"

南宫平停止了挣扎,不敢置信地看着她,喉咙里嘀嘀作响:"你……你怎么还活着……"

当年他明明亲自盯着牢里那个女囚被处斩了才放心,他绝不能让她活着,因为她是除张昌宗外唯一一个见过"李鸿泰"的人!可现在,本该死去的人竟然站在他的面前!

"哈哈……哈哈……"他声音嘶哑,"梁灵瓒,你真是好本事,为了对付我,连吉祥天女都能死而复生!哈哈哈,好,好,好,春水如意,你今日也别想活着离开,当初是我选中了你为张昌宗陪葬,如今就拉你为我陪葬吧!"吉祥天女,春水如意。殿上稍有一些年纪,经历过长安四年那件事的,纷纷露出了震惊的神色。

皇帝身子前倾,沉声问:"你是怎么活下来的?"如果当年的吉祥天女还活着,是不是还有其他人也有可能活着?这个可能性,单只想一下,就叫皇帝心中发冷。

"我啊,是偷偷活下来的。"春水大娘微微一笑,"偷了二十一年。"

她的笑容美极了,一缕鲜血从她的嘴角溢出,看上去不单不血腥,反而凄艳绝伦。甚至包括皇帝,一时都忘了追问下去。

"大娘!"梁灵瓒扑了过去,"大娘你怎么了啊大娘!"

陈玄理脸色铁青,踏上前一步,只一步,便被严安之有意无意地挡住。严安之低声道:"春水大娘交代过,若你有任何动作,我就得拦住你。这是她唯一的请求。"

春水大娘软软地靠在梁灵瓒的怀里,微笑:"其实我早该来了,我要是早点儿来,他就害不了旁人了……别哭,今天,你大仇得报了,开不开心?"

梁灵瓒摇头,泪水模糊了视线:"我不要你死,我不要你死,你吃了什么?你吐出来啊!吐出来啊!"

春水大娘轻轻闭上了眼睛,自始至终,没有朝陈玄理的方向望上一眼。

这是她所能给他的最大的保护。就像当年他保护她一样。两清了。

"大娘!"梁灵瓒抱着她,发出一声痛号,满殿寂寂,眼睁睁看着这场迟到了二十一年的死亡。

三

春水大娘下葬那天,天气晴好。

李静言给她选的地方在西郊,越过一座山坳,可以望见陈氏墓园。

"我不知道她愿不愿意见着大哥,若是不愿意,有这山挡着,若是愿意,这山也挡不住。"

李静言在墓前种下两株海棠树，隆冬，枝丫上光秃秃的，一片叶子也没有。但是无妨，只等春天一来，一定是繁花满枝。

　　春水大娘在入宫前给自己的后事做了详尽的安排，绣坊交给捧香打点，金银分赠给李静言与梁灵瓒，首饰送给魏大家，身边旧仆赠以重金遣散，其余物件全部在坟前焚尽。

　　严安之和张松将东西一件一件搬下马车，梁灵瓒和捧香跪在墓前，一件一件烧。

　　烧一件，哭一件，两个人都哭成了泪人。烧到最后，剩一只长匣，匣中有两幅画。

　　其中一幅梁灵瓒认得，正是她初识春水大娘那一日为春水大娘画下的。另一幅画的也是春水大娘，画得虽不如她，但画上的人明媚鲜妍，眼角眉梢的笑意好像要从纸上流泄下来，显然十分开心。

　　梁灵瓒忍不住握紧了画卷，不想松手。李静言却一点一点将画卷抽了出来。

　　"不要，不要！"梁灵瓒徒劳地想阻止他，"让我们留点儿东西做念想吧！"

　　"她想留的已经留给你们了。"画卷被送进火堆，转眼被火舌舔食干净，李静言凝望着墓碑，轻声道，"这是她的交代，我已经答应过她了。"

　　而他答应的从来没有反悔过。

　　梁灵瓒的眼泪止不住地流，捧香更是放声大哭。她已经有五个多月的身孕了，张阳扶着她，一脸担忧。

　　李静言道："你们先回城吧，我还想在这里陪陪她。"

　　梁灵瓒不肯走，固执地盯着眼前的灰烬，泪水聚拢又滑落，视线清晰了又模糊。

　　严安之拍了拍她的肩，想拉她起来，她没有反应。

　　还是捧香先缓过来，道："我身子有些难受，小瓒你陪我回去。"

　　这句话让梁灵瓒回了神，连忙扶着她上马车，捧香向梁灵瓒道："我们心里都不好受，可李司业比我们更不好受，我们就别打扰他，让他清清静静地陪一陪大娘吧。唉，他真是太可怜了……"

　　梁灵瓒从马车里望过去，只见李司业的背影立在寒风中，身形笔直，微微低头，仿佛在和春水大娘说着些什么。

　　那年在天上居，他和春水大娘相偕而行的背影仿佛还在眼前，可春水大娘的身影像在光影里如烟一般消失，只剩他一个了。

　　梁灵瓒的指尖深深陷进掌心里。

　　严安之忽然道："李大人不可怜。能在万千人之中遇到让自己喜欢的人，已经是一种幸福。真正可怜的，是终其一生都不知心动为何物的人吧。"

梁灵瓒没想到这样的话会从大表哥嘴里听到，微感意外。

捧香则看了严安之一眼，马车驶动之后，轻轻拉了拉梁灵瓒的衣袖："我忽然想起来，严公子从一开始就对你特别好，当年还时常照顾咱们家，是后来爹再三不让他送东西来，他才停了。以前不懂事，没觉得。现在看看，他对你好像很不一般啊。那个陈玄景背信弃义，咱们不理他，要不要考虑考虑严公子？"

梁灵瓒才哭得脑仁疼，心里堵得慌："这种事情，想想就头疼……"

"头疼什么呀，这可是大事，就算你是女官，也得找丈夫吧？如今大事已了，你也该想想了。"

四

到家时梁天年和闵长泽已经在等着了，闵长泽一脸的激动之色："小瓒！刑部行文下来了，南宫平被判斩立决，南宫季友被判流放，崔子皓被判充军，瞿县悉达和陈玄景被贬官！哈哈哈，天网恢恢，疏而不漏，丧尽天良的人总要受报应！"

说着，他揽着梁灵瓒："我已经让老吴备了酒菜，晚上咱们好好喝一盅！"

梁灵瓒点点头，却无法像闵长泽一样开心，她向梁天年望去。

她终于懂了爹当初不让她报仇的心情——只要身边人一个个都好好的，报不报仇有什么要紧？

此时此刻，大仇得报的开怀并不能驱散失去亲人的怅惘，若是师父和大娘能活回来，她宁愿不报这个仇。

严安之还有公务，告辞离开，梁灵瓒送他。

冬日的黄昏，积雪未化，霞光照在雪光上，有种异样灿烂的艳色。

一步一步，脚下积雪踩得吱吱作响，严安之道："有件事，我想你也许想知道。"

"唔？"

"关于崔子皓。崔子皓不是我查到的，是被人送进来的。罪名是在赌场出老千斗殴伤了人，被苦主扭送过来。但那苦主是长安城有名的游侠，单凭崔子皓根本伤不了他。我觉得这是有人先我一步找到了崔子皓，然后故意将他送到我的面前。你猜会是谁？"

陈玄景。梁灵瓒听到了心里的声音。她知道她的心一定会这样想。然而理智也告诉她，不可能。

"也许是老天爷吧。"

严安之看出她不想细究，道："外面冷，你回去吧。"

梁灵瓒点点头，看着他转身离去，忽然唤："大表哥。"

严安之回头，眉峰清峻，眸子向来是带着一股冷意的，但在她面前，这片冷意总是化开的。

"你说，如果春水大娘心里的人不是陈玄理而是李司业，她会不会过得很幸福？"

她不会再回到长安，不会见到南宫平，前尘对她来说仅仅是前尘，她是幸福的李夫人，儿女环绕，夫妻和美。那一定是很美好的一生吧？

严安之不知该如何回答这个问题，他望着梁灵瓒，她的眸子里全是认真，澄明的认真。

"我和捧香以前总替李司业抱怨大娘，说大娘对李司业实在不公平。现在我才明白，春水大娘若是真答应和李司业在一起，才是真的对他不公平。"梁灵瓒眼中清明，微微有一丝辛酸，一字字道，"因为一直在她心中的，是另一个人。"

不管那个人好不好，不管那人喜不喜欢自己。心这个东西，全无道理可讲。那个人走进了心里，便一直在心里。赶也赶不走，剜也剜不掉。

霞光转瞬即逝，雪上的光只余清冷，严安之站在渐浓的暮色中，良久良久，开口道："你说得对。"

梁灵瓒深深一鞠："这么久以来，辛苦大表哥了，小瓒在此谢过。"

严安之静静地看着她。这是相识以来，她第一次以女子身份向他行礼。

夜色覆盖住整个长安城，灯光一盏盏亮起，用微弱的光照亮庞大的黑暗。

他抱拳还礼："不必客气。"

能够相逢，便是幸运。他从来都心甘情愿。

五

集贤院里，先是一行身逝，再是南宫平被斩，然后瞿昙悉达被贬，一时间群龙无首，就在大家议论皇帝会派谁来坐镇的时候，一道圣旨下到了梁家。

"太史令？"送走宣旨太监后，闵长泽第一个跳了起来，"天呐，太史令！"

他抓着梁天年的双肩："二师兄，你听到了吗？小瓒当了太史令！太史令啊！"

梁天年也微笑了。他们看中的都不是太史令的官衔身份，而是这曾是师父的官职。现在回到小瓒手中了。

天上仿佛真的有一双洞明一切世事的眼睛，循着某种神秘恢宏的规则，让万事万物周而复始。

这道圣旨一下，梁宅顿时宾客盈门，门槛被踏平了三寸不止。

宋其明早已自率性堂结业，在宋璟的安排下被外放去边关小县当了一年县令，今日刚回京，就被这一连番的消息轰得头昏眼花，跑过来围着梁灵瓒转了三四圈，一面转着看，一面摇头叹："我的天！你竟然是个女人！天呐，哪里有半点儿像女人！还当了太史令！天呐，女太史令，前无古人，后无来者啊！"

长叹一番，连灌了三杯茶水，兀自不能平静："你还有什么底牌没有揭的？快快掏出来，不要再吓兄弟我了！"

小瑛子和小潘子也从宫里出来道贺，还奉上太子的贺礼，梁灵瓒接过贺礼，跪下道："臣谢太子殿下赏赐。"

小瑛子笑道："太子殿下又不在这里，你也太认真了，别拘礼，快起来吧。"

梁灵瓒便起身，低眉垂眼的，远没有平时的亲昵热络："臣遵命。"

小瑛子扶她的手僵在半空，僵了半天，瞪向宋其明。

"不关我的事，我一句话也没说！"宋其明捧着肚子，死命忍着笑，"太子殿下，几年前您装一装小太监也就罢了，现在您长这么高，喉结都出来了，嗓子也不对了呀，小瓒要是还看不出来，那可就太瞎啦！"

小瑛子哭丧着脸问梁灵瓒："真的吗？"

梁灵瓒真诚地摇头："不是。"她是真瞎，只觉得小瑛子长高了，别的全没在意。

"那你是怎么发现的？"

"是臣听说太子殿下您为臣跪在殿前求情的时候。"梁灵瓒认真地道，"殿下您在宫中谨慎存身，从来不多走一步，却为臣在陛下面前跪了一夜。臣想来想去，想不出臣有何德何能令太子殿下如此。"

李瑛越发哭丧着脸："就是不想你'臣'来'臣'去的，我才不想说破身份！"

"容我再认真一会儿。"梁灵瓒说着，恭恭敬敬地向李瑛鞠躬，"这次的事，多谢太子殿下了。若不是太子殿下派来徐冲徐大人，明年此时，臣的坟头草就有三尺高了。"

"徐冲？"李瑛一怔，"谁？"

梁灵瓒也怔住："太史局的少监徐冲，不是太子殿下的人吗？"

"你也说了我在宫中不过谨慎存身而已，哪里有能耐在太史局安插人？徐冲这名字我今日是第一次听见。"

梁灵瓒完全地愣住了。

梁灵瓒不说话，她的眼睛是直的，全身是僵的，仿佛被人施了定身法，一动不动。

宋其明忍不住拿手在她眼前晃了晃，她蓦地大叫一声："我明白了！我明白了！我明白了！"

她脸上一阵狂笑，猛地跑了出去。若是再快一些，身后只怕能激起一道烟尘。

厅上，宋其明一脸呆滞："这是……悟道了？"

六

梁灵瓒打马冲向胜业坊。

她从来没有骑得这么快过，马儿撒开四蹄，行人如潮水一般分开。

这马儿仿佛被神仙施过仙法，神行急速，梁灵瓒只觉得清风微微拂面，转眼便拐进街口，陈宅就在前面。

朱红大门紧闭，黄铜门环锃亮。守卫站得笔挺，人数不少，气势挺盛。

"吁——"她提起缰绳，勒住马。她怎么忘了？她可是在这里吃过亏的。她掉转马头，抽鞭便走。

陈家的门人只隐约瞧见街那头来了一匹快马，转瞬又折回去了，什么也没瞧清。

不一时，街头又传来响动。

这次的响动比较引人注目，乃是一队歌伎。歌伎们面系轻纱，只露出一双妙目，身上着天魔乱舞之服。肩上、臂上、腕上皆有珠链环绕，珠琏上坠着金铃，每一下动作，铃声便发出清脆声响，摄人魂魄。

守卫眼珠子与下巴掉了一地。

"大爷有礼。"为首的歌伎盈盈开口，"源重叶源公子请我等来为陈二公子歌舞一曲，以悦公子。"

源重叶喜欢什么，陈家上上下下的人都再清楚不过，但像这样把歌伎召上门还是头一回。守卫当中有个年长些的，道："我们二公子不喜欢这样的……"

话没说完，莺莺燕燕们顿时娇声道："啊，被讨厌了……"

"好伤心啊……"

"人家真是来献舞的……"

"奴婢们初来长安，要是就这样被赶出去，哪里还有脸面在平康坊立足？"

"大爷们行行好，放我们进去吧，只要见了陈二公子，跳一支舞便好。"

"对呀对呀，只要能进陈二公子的门，姐妹们就算即刻回去，也不会被笑话了。"

说也就罢了，偏偏她们一个个都不好好说话，围着几个人，腰肢轻摆，香肩微晃，铃声清脆，香风阵阵，娇语盈盈，别说是几个门人，就算是大罗金仙都撑不住。

几个门人也不知道自己是怎么打开门的，晕头转向地就将她们领到二公子的院门前，才清了清嗓子准备通报，女孩子们已经一把将他们推开，一拥而入："二公子呀……"

苍伯原要阻挡，奈何实在没见过这种阵仗，只怔了一怔，莺莺燕燕们便闯进了书房，将陈玄景围了个水泄不通。

陈玄景正提笔临摹，不提防有此，其中一个还不顾廉耻地一把将他抱住。陈玄景不悦："放开！"

"不放！"

声音闷闷地从胸前传来，陈玄景僵了一下，抬起胸前那颗脑袋。

"梁灵瓒！"陈玄景的眸子里全是震惊。

梁灵瓒笑了。这些日子以来，每一次见到的他都是毫无情绪，神情冷凝，仿佛一座冰雕，拒她于千里之外，现在可总算有点儿人气了。

女孩子们见此计得逞，纷纷出去掩上门，喜滋滋地彼此打气："大功告成！姐妹们，替梁画师好生守住，咱们的画像就有啦！"

"梁大人这是在干什么？"可这点儿人气转瞬就不见了，陈玄景冷下脸，"步步高升之后兴致颇佳，来奚落被贬职的对手？玩得可还高兴？"

梁灵瓒的目光一寸寸从他脸上巡睃，一丝细节都不放过，最终发现，他连每一根睫毛都是冷的。

她点头，由衷佩服："演得真像，难怪把我骗得这么惨，我是真看不出来。只有先骗过我，才能骗过南宫平那只老狐狸，嗯，你骗人的本事一向是很高明的。"

陈玄景淡淡道："我不懂梁大人在说什么。"

"我问你，徐冲是不是你派来的？"

"不是。"

"崔子皓是不是你找到的？"

"不是。"

"你错了，"梁灵瓒真诚地建议，"如果真的不是你，你应该先惊讶一下，然后再否认。还有，别逼我出绝招，有个法子我只要一试，你一准玩完。"

她的目光坚决有力，让陈玄景脑中警钟长鸣，他试图掰开她的手。

梁灵瓒有备而来，岂会让他得逞？她十根手指扣得死死的，脑袋撞进他的怀里，耳朵贴在他胸前，声音里带着一丝笑意："你知不知道，有一个地方是骗不了人的？"

陈玄景几乎是屏住了呼吸。

可她说得对，那个地方是骗不了人的。只要她靠近，他的心跳便剧烈起来。

"咚，咚，咚……"

"我发现，只要我抱你，你的心就会跳得特别快。"梁灵瓒她的手抚上他的胸膛，隔着丝绸衣料，皮肤底下那一团温热轻轻撞击着她的掌心。它蓬勃、有力、狂盛，像一头被束缚在血肉之躯里的小小猛兽，"以前我以为是你不喜欢我抱，后来我就明白，这是你喜欢，很喜欢。"

她仰起头，看着他："对不对？"

他用力咬了咬牙："你从前还是要聪明些，讨厌就是讨厌，哪里来的喜欢？梁大人，你的记性当真这么糟糕？上一回的话难道都忘了？千星都还回来了，我还当你有几分骨气，没想到这会儿还想倒贴……"

他的话没能说完。梁灵瓒一把拉下他的脸，踮起脚尖，堵住他的嘴。

这张嘴太讨厌了，黑的能说成白的，白的能说成黑的，堵住他，这个世界就清静了。

然后呢？她思索，回忆，运用当初考太学的钻研精神，仔细地重复记忆中他对她做过的步骤。

可任何时候都能清晰明净的大脑，在这趟回忆上却遇上了困难，她只想起急促的呼吸、深深的眩晕以及快要喘不过气的感觉……

好像要含住？好像要咬一咬？好像还要动用舌头？

这感觉好比拿起考卷才发现题目都看过答案却忘了！

就在她心慌慌的时候，陈玄景的手扣在了她的脑后，另一手揽住了她的腰，她整个像藤蔓一样贴向了他，再没有一丝距离。

那种仿佛飘上云端的晕眩感又来了，除了紧紧抱着他外，她什么也做不了。

只有一个念头在脑海中升起——原来这招更好用，嗯，一定要好好学。

七

很多年后，陈玄景偶尔还会回想起那天。

那天，他被拦在紫宸门外，看着梁灵瓒踏上大殿的台阶。她那一天真美，披帛长长，随风轻飞，像从云端里降下的仙子。可她要去的却是地狱，而且是独自一人。

他永远也忘不了那一刻，看着她一步步走向危险，而自己却什么也做不了。

神魂没有嗓音，它在肉身内痛苦嘶吼，外面却什么也看不出来，只有他自己知道那种滋味，并且发誓，永不再尝。

他答应过一行大师要照顾好她，他也发自内心地想照顾好她，可是在这庞大深邃的长安城，在这无边无际的皇宫，他才发现自己错了。

她选了世间最狭窄最凶险的路，他若要走在她的身边，只会同她一道变成别人的靶子，还会把她的路挤得更窄更凶险。

若想保护她，他只有走上另外一条路。站到她的对面，成为她的敌人。这样才能网罗所有想要对付她的人，然后将他们一个一个收拾掉。

他将自己祭献给陈家，祭献给权谋，只有这样，才能为她扫清所有的障碍。

他再也不能站在她的身边，终其一生，他都会在黑暗中隔着遥远的距离仰望她，就像仰望天上的星辰。

她就是他心中最亮的那颗星。星辰是自由的，他又何必摘下？

就在这个决定做出的一瞬间，他仿佛听到心被重重包裹的声响，胸膛里那颗会跳动的东西，再一次坚若铁石。

然而很快他就发现，他高估自己了。光是在她面前保持冷淡的神情，几乎就要耗尽全力。那日在大门口，他几乎是逃进了门内，背靠着大门，全身虚脱，软软地靠着门坐下来。

他听到了车轮声，听到了脚步声，听到了严安之说话，听到了她笑着说自己傻，然后，一个被衣袖包裹的东西被塞进了门缝，他捡起来，看到了一块丝帕，以及裹在丝帕里的千星。

丝帕真柔软。这样的丝帕他不知道有多少，往往用过一次之后便更换，每一块都是崭新的，他从来不知道它旧了之后会这样软，微微磨起了毛边，摸上去，软茸茸，微温。这是她的温度。

他握着它，心里清晰地知道，这将是他最后一次碰触到她的温度，从今往后，再也不会有了。可是寒风无情地吹过，连这仅剩的余温都要带走。他留不住，怎样都留不住。他在风中痛哭出声，仿佛回到了小时候，发现父母再也不会回来的那一年。他知道他失去她了。

他也准备好失去她了。只是他不知道，原来会这样痛，这样痛……

可这一切都是值得的。看着她在大殿上的样子，他心中既骄傲又怜惜。

往前走吧，梁灵瓒。

你会踏上更高远更明亮的道路，也会遇见更强大更可怕的对手，但是别怕，我会在你身后，永不离开。

八

可他没想到的是，他扛住了她的眼泪，却没扛住她的吻。

在她的唇吻过来的一瞬，脑子里"嗡"的一响，理智还没反应过来，神魂就已经丢盔弃甲。

待到抬起头来，梁灵瓒已经揽着他的脖子问："还要装吗？"

陈玄景心中几乎是一声悲叹，简直想拿面镜子给她照照，让她知道自己在干什么。

她的脸色绯红，胜过春日里开得最好的那朵桃花，声音低而腻滑，带着点儿沙哑，更要命的是呼吸尚未平顺，娇喘细细。

"你完了。"陈玄景咬牙，"就凭着你这一根筋的脑子，以后还能哄得过谁？还怎么在朝堂上混下去？"

"我就知道，你是为了帮我才故意这样做。"梁灵瓒抬起头来，看了他半晌，忽然在他臂膀上咬了一口。

陈玄景吃痛，倒吸一口冷气。然而下一瞬，梁灵瓒便又重新扑进了他怀里："我不要哄谁，我谁也不哄。长安城一点儿也不好玩，我不玩了。陈玄景，我们走吧，我们去一个不用演戏的地方，我们想做什么就做什么，想说什么就说什么。我喜欢你，你喜欢我，我们天天在一起，谁也不用离开谁，好不好？"

一直在一起，永远不分开？这几乎是梦境里才有的幻想啊！

陈玄景深深吸了口气："你舍得离开集贤院？"

"我有什么舍不得？陛下天天瞪着我，一双眼睛跟乌鸡眼似的，不知道哪天就要把我吃了。"

陈玄景给这话逗得一笑，轻轻抚了抚她的头发，沉吟："陛下和前些年确实有点儿不一样了，也许真是上了年纪……"他握着她的肩，将她拉开一点儿，正视她的眼睛，"可你要想好了，若要钻研天文，再也没有比宫中更好的地方。"

"也没有比宫中更危险的地方。"梁灵瓒看着他，眸子里全是温柔，以及细细的心疼，"玄景，我不想你为我受苦。我不要你板着脸，一副冷冰冰的样子。面上冷，心里更冷，我不要你那样。"

——我想要你笑。因为你笑起来的样子，是那样好看。再不然生气也好，你生起气来，眸子格外黑亮。

这视线一定有实质，它包含着梁灵瓒所有没说出口的话，化作一道暖流，进入陈玄景

第十四章·太史令

的心中，再从心中汩汩而出，流经之处，黑暗退散，冷硬溃败，生命中所有的杂质都被涤清，身与心只剩下暖与温柔。

"我知道了。"他轻轻拥住她，很轻很轻，像拥着一朵花或者一朵云，"我们走。"

九

梁婆婆第一个知道了这个消息，大乐："我就知道小景这孩子是不错的！走，咱们回洛阳去，成亲的东西我都备好啦！"

梁天年含笑，不住点头。

闵学录最是兴奋："我在这长安真他娘的待够了，我跟你们一道走！"说着就要去收拾东西。

梁灵瓒忙拦下他："我才上任，总不能说走就走，且有些日子呢，慢慢收拾吧。"

再者搬家也不是件简单的事，偌大宅院，诸多奴仆，该怎么安排还得细细商量。幸好有长辈们在，帮梁灵瓒揽去了这项杂事。梁灵瓒先去了趟宋府，拜见宋璟，将自己的打算说了。

宋璟点头道："你是女子之身，久留朝廷，恐怕陛下心中有芥蒂，无错还好，一旦有错，陛下发作起来，你就难办了。"又叹道，"而今是多事之秋，后位空悬，东宫不稳，各地节度使又都拥兵自重，天下看上去锦绣繁华，可单看你一身才华却不能容于朝廷，就知道咱们大唐未来会如何了。"

这些家国大事，梁灵瓒不是很清楚，但看宋璟颇为忧心，安慰道："我是自己要走，不是陛下不容。陛下在位这么多年，大唐是太平盛世，老百姓都说他是明君，大人不要太过担心了。"

宋璟叹息不语。

在梁婆婆的操持下，搬家的事进行得有条不紊，一车车细软运往洛阳，梁灵瓒让他们三人先回洛阳安置，首先要去看一所新宅子，才住得下这么多人。

梁婆婆遥想梁灵瓒成亲之后，七八个小团子滚地乱爬，确实非要个大宅子不可，还得大大的庭院才行，连忙催着梁天年与闵长泽上路了，临走前再三叮咛梁灵瓒速速回洛阳。

梁灵瓒点头："婆婆放心，我辞官的奏折都写好了，明天一早就递上去。"

可第二天，百官在大殿等了半天都没有等来皇帝，勤政多年的皇帝破天荒地罢朝了。

再一看，不单是皇帝没来，几位重臣也没来，远远的倒见几位宗室耆老扶着太监颤巍巍入宫了。

大家互相看了一眼，都在彼此脸上看到了不安——这是出大事了。

会有什么大事？昨天诸官离宫时都好好的，也没听闻外面有什么消息，看来，是宫中的事。

片刻后，内侍出来宣皇帝口谕，命百官退朝。

梁灵瓒只好把奏折揣回袖子里。

就在出宫的路上，就已经有消息灵通的打探出了情况——就在昨天晚上，太子李瑛、鄂王李瑶、光王李琚三兄弟披甲入宫，意图兵变，皇帝震怒，已经将三人逮捕，准备就地处死。

"嗒"，梁灵瓒一个失手，奏折自袖中滑出，跌在地上。

十

"武惠妃唤鄂王、光王入宫，说是宫禁中有盗贼。可当太子打开宫门，二王披甲入宫时，武惠妃却对陛下说三人兵变，合谋逼宫，已经杀入宫内。陛下大怒，将三人废为庶人，立即赐死，现被重臣与宗亲劝住，不知道具体情形如何。"天上居的雅间里，陈玄景说完便一口饮尽杯中茶水，气息犹不稳定，他是快马加鞭而来的。

"这怎么可能？"梁灵瓒不敢相信，"鄂王和光王是傻的吗？怎么会相信武惠妃？小瑛子也从来不敢多走半步，怎么会擅自打开宫门？"

"据说鄂王李瑶与咸宜的驸马杨洄从小私交甚好，是杨洄居中传话，李瑶才信了真有其事，所以联合兄弟入宫，又恳求太子开了宫门，这才被武惠妃一网打尽。"

梁灵瓒在屋中来回踱步，眉头紧得能夹死苍蝇。

"梁灵瓒，别告诉我你想管这事。"陈玄景看着她，神情是难得的严肃，"这事干系太大，即便是我……不，即便是任何一个人，都不敢把手伸进去。你和太子走得亲近，现在只能速速辞官，以求自保。明日陛下也不一定会上早朝，你把奏章递到宋璟宋大人手中，他是吏部尚书，由他转呈，名正言顺，合情合理。"

梁灵瓒脚步顿了一下："……我知道。"

陈玄景看着她僵硬的背脊，心底轻轻叹了口气，上前几步，轻轻从后面抱住她："我知道，太子帮过你不少，要你这样一走了之，你心里放不下。可是小瓒，争权夺位是世上最残酷最血腥的战争，人命与亲情在那里什么都不算。你别说插手，单是靠近一步，就能叫你尸骨无存，知道吗？"

第十四章·太史令

梁灵瓒没有说话，转过身，环住他的腰，将整个人靠在他的胸前。

情绪仿佛看不见的水流，脉脉在两人之间流淌，他感觉得到她的紧张，她也感觉得到他的担忧。只是她抱他抱得太紧了，仿佛要将全身力气用尽似的。陈玄景心中掠过一丝不祥，抬起她的脸，审视。

梁灵瓒避开他的眼神，深深吸了一口气："走吧。"说着，她取过几案上的奏折和一卷文书，转身就要走，陈玄景顺手便接了过来。

梁灵瓒吃了一惊，就要夺回。陈玄景原本只是想替她拿着，见她这样，皱起了眉头。

梁灵瓒也意识到自己失态："也没什么，只是一份记录，不能给旁人看，给你看是不妨的。"只盼他随便翻翻就算了。可惜晚了，她的语气装得再轻松，在陈玄景眼里也是破绽百出。他瞪了她一眼，翻开那卷文书。

太史局每月分三次记录汇总呈给皇帝，若有重大天象，则单独记录呈献。今日并不是三旬之期，也就是说里面有什么重大天象要上禀。

"五天后将有日食？"陈玄景看了她一眼，慢慢地问道，"像这种公文应该在下朝时交给殿中监，你为什么带回来？"

梁灵瓒的脑袋快埋到胸口，低声："我……我第一次碰见罢朝，一时就忘了……"

头顶没有声音，只有笙歌远远传来，愈发显得这寂静分外迫人，她再也说不下去了，悄悄抬起一只眼睛，瞄了陈玄景一眼。

不瞄还好，一瞄吓一跳，陈玄景脸色铁青，难看至极。

"梁、灵、瓒！"他咬牙，"你还想瞒我到什么时候？"

"不是不是不是！"梁灵瓒知道他真动了怒，也自知理亏，"我没想瞒你，我只是想着也许这是个机会，或许能用上，可到底怎么用，我没想好……我，我怕跟你一说，你又不让我去……"

"所以你就想一个人去，就像上回一样？"

"不会不会，我想好了一定告诉你，我要不告诉你，我天打雷劈，我不得好死，我——"

她的话没说完，被陈玄景一把捂住了嘴。手底下的脸只有巴掌大，唯有一双眼睛露在外面，大而明亮，看着他，半带怯意半带讨好。

陈玄景心中生出久违的想掐死她的冲动，被这双眼睛一瞧，先去了三分，她再眨巴眨巴眼，另外三分也烟消云散，再剩三分郁结心中，用力弹了一下她的脑门："梁灵瓒啊梁灵瓒，我上辈子造了多少孽，这辈子才会遇上你？"

梁灵瓒摸摸脑门，已经从他的头发丝里看出他的气已消了大半，于是大着胆子拿脑门在他怀里蹭了蹭："不是，是我上辈子、上上辈子不知修了多少福，才会遇上你。"

俗话说千穿万穿，马屁不穿，也不知道是马屁拍得好，还是这脑袋蹭得陈玄景心里微微酥麻，那剩下的三分气彻底没了。他揉着怀里的小脑袋，沉吟半晌："天子即日，有日食，天子当忧。朝中大臣与宗室都不想看到三王就戮，我们或许可以联合他们上书直谏，让陛下知道他杀子失常，上天降下日食作为警示，或许能让陛下回心转意……"

梁灵瓒没命地点头："这主意好！"

拍马屁拍得太厉害了，陈玄景在她头上拍了一记："但武惠妃一党也不是吃闲饭的，她是铁了心要将寿王李瑁推上太子位，绝不会坐视此役功败垂成。群臣前朝奏对，她定会在后宫吹风，到底是谁输谁赢，还是未知之数。"

"那怎么办？"梁灵瓒握拳，"要不然，咱们干脆把小瑛子偷出来！"

"偷出来？"陈玄景好笑，"你当太子是什么猫猫狗狗吗？这也能——"一语未了，他顿住了。

偷出来……倒也不是不行。

十一

《后汉书》有云："夫至尊莫过乎天，天之变莫大乎日蚀。"

《左传》则曰："不善政之谓也。国无政，不用善，则自取谪于日月之灾。"

皇帝是天子，天子不用善，得罪于天，所以上天降下日食作为警示。梁灵瓒的日食预测呈上，皇帝与百官俱惊。皇帝命拟罪己诏，宋璟趁机进言详审三王入宫之事，尤其是太子位处东宫，同样上应天命，请皇帝三思。

皇帝沉吟半晌，终于做出让步，命三人各自闭门思过，等日食之后再提审。

又命打扫偏殿，预备将早朝设在偏殿，再命礼部准备往宗庙祭祀事宜，然后命宫人准备锣鼓等物驱赶天狗。

梁灵瓒第一次在皇帝脸上看到这种惶恐之色，心中想起了那一年陈玄景在太学馆藏书楼里的话——天子要听上天的。也是在这一刻，才明白了陈玄景当初的野心。

如果不是因为遇见她，他是不是早已经站在了这里，以臣下之位，行上天之威，明里暗里，左右着皇帝，左右着天下？那将是一个什么样的陈玄景？

一时出神，半晌才回，皇帝已经准备散朝，她连忙出列启奏："臣身为太史令，当为陛下分忧。请陛下准许臣在宫中挑选年月日时四柱皆虎命者一百二十八人，代行二十八星

第十四章 · 太史令

宿大阵，穿行宫中，驱除天狗。"

宫中多有禳命祈福的法事，皇帝闻言点头，立刻准奏。

梁灵瓒又道："到时请各宫关门闭户，不得在外走动，免得影响阵法灵效。"

星阵之法十分奥妙，伴有种种秘密规矩，皇帝自然是知道的，点头允准。

梁灵瓒再道："此阵极耗神志，臣年纪不足，修为尚浅，经此一阵，恐灵识耗尽，再无力执掌太史局，请陛下及早选拔贤能，为臣之继任。"

皇帝微微动容："竟会如此？"

梁灵瓒按照陈玄景所教，诚诚恳恳道："臣毕竟是女子之身，女子属阴，日属阳，以阴赎日，两相侵蚀，故不能久。"

"梁卿忠心，朕知道了。"皇帝难得地对她露出一片和颜悦色，"你只管去办，太史令一职的去留到时再说。"

梁灵瓒叩头："谢陛下。"她的声音十分恭敬，实际上已经在底下撇嘴——果然和陈玄景猜得一样，听到她要走，皇帝心情很好。

十二

瞿昙悉达知道后，急得跺脚："天文预测，能得十之六七就不错了，我们往常遇到这种事情，都是说'有可能'！哪像你，连怎么驱赶天狗都说出来了！我问你，万一那天没有日食，你怎么办？"

梁灵瓒挠了挠头："应该会有的。"

"应该！应该！应该！谁答应你的应该？老天爷吗？"瞿昙悉达抓狂，恨不得抓起砚台给她一下子。

陈玄景笑。瞿昙悉达瞪他："你还笑！你这小子一向是个聪明人，瞧着她犯傻怎么也不知道拦着点儿？还跟她一块儿犯？"

陈玄景叹气："拦不住，只好一起了。"

梁灵瓒道："您为了给我师父讨回公道，连太史令的位置都丢了，也是傻的。"

瞿昙悉达想了想，也是："哎，人生太长了，知己难得，不傻着点儿也是无趣。"

这是一个晴朗的午后，才下过一阵雨，院中的泥土发出湿润的清气。两人在瞿昙悉达家吃过饭，起身告辞。

这已是最后的辞行，瞿昙悉达送二人到大门外："若是还会回长安，别忘了过来看看。"

陈玄景道："就怕我们来了，大人却没时间接见。"

"我大闲人一个，旁的没有，时间花不完。"

陈玄景摇头微笑："大人的清闲恐怕享不了多久了。"

瞿昙悉达一怔，转即便苦了脸："去去去，乌鸦嘴。"

两人走向马车，梁灵瓒问："你怎么知道？"

陈玄景浅笑："我掐指一算便知道。"

梁灵瓒抱着他的胳膊："说嘛，为什么？"

陈玄景声音懒洋洋的："不说给笨蛋听。"

两人拉拉扯扯闹了一路，上了马车才开始说正事，梁灵瓒问道："法衣和信都送进去了吗？"

"放心。小叶虽然入不了东宫，但往里头送点儿东西还是可以的。"

梁灵瓒点点头，喃喃道："但愿明天别出什么事才好……"

陈玄景握住了她的手："一切按计划而行，定当顺利。"

他的手修长温暖，梁灵瓒把脸贴上去，心里面有点儿紧张："我很怕……很怕连累你……"

还没说完，脑门就被弹了一记，陈玄景的声音从头上飘落："梁灵瓒，你只有一件事会连累我。"

梁灵瓒忍不住抬起头："什么事？"

"若你死了，会连累我活不下去。"陈玄景盯着她，眸子里是前所未有的认真，"所以，你绝不能出事，知道吗？"

梁灵瓒无法形容这一瞬心里的滋味，好像谁塞了一样东西到心窝里，又沉又重又暖又软，还酸酸烫烫，让她有点儿想哭，又有点儿想笑。她扑上去搂住他的脖子："知道了！我会好好的，一定会好好的！"

十三

到了日食这一日，宫中一百二十八人已经选出，全部穿着法衣，提着锣鼓，自辰时起，从永安门入，自南向北，自西向东，沿路吟唱绕行。

这个所谓的二十八星宿大阵，是陈玄景从书里找出来给她的。具体阵法十分繁复，每七人为一小阵，每七小阵为一大阵，四大阵合为星宿阵，原则上至少得操练几个月。但给梁灵瓒去繁就简，大伙儿排成七条长队，每绕一道宫门，便停下来将前阵调到后阵，如此就算完成变阵了。

这么多人，你不认识我，我不认识你，又不停变阵，谁也不记得谁。大伙儿都有些提心吊胆，因为据说他们是对抗天狗的主力，全靠他们来护卫天上的太阳。

根据测算，日食大约会在未时与申时之间，再具体的时间便无法确定。梁灵瓒只有掐着时辰，在未时左右绕行至东宫。

东宫不大，即便梁灵瓒刻意放慢脚步，还是快绕完了，而天上的太阳兀自明晃晃的，丝毫不见要被谁吃掉的样子。梁灵瓒暗暗心急，再绕就要离开东宫了！

"哎哟……"她整个人晃了晃，扶着柱子，做晕厥状。

有几个消息灵通的，听说了这位梁大人在殿上说此阵伤灵识的事，吓得连忙扶的扶，喂水的喂水，还有人准备招魂。好一通忙碌，梁大人也不见好转，就在大伙儿准备去找御医的时候，天空仿佛暗了暗，一团阴影无声无息地出现，光耀不可直视的太阳就此缺了一角。

"天……天狗来了！"有人尖声大喊。

"快！快敲锣！"有人叫嚷，但更多的人吓得两股战战，直往宫室里钻。

梁灵瓒默许了这片混乱，直到混乱中有两名穿法衣的男子推开一道门缝，从东宫里溜进了队伍中。

梁灵瓒连忙扯着嗓子大喊："所有人给我听着，捡起你们的锣鼓，驱逐天狗，保卫宫城！"

跟着大叫："变阵！走西南亢宿，从延熹门出！"

西南亢宿是什么东西，大伙儿都听不懂，延熹门却是晓得的。只是天色越来越暗，大伙儿人心惶惶，拼命敲锣打鼓，没命地往延熹门冲。

昏天黑地中，延熹门的守卫只见一片锣鼓喧天而来，梁灵瓒跑在最前面，大声道："逐天狗！开宫门！逐天狗！开宫门！"

守卫们手忙脚乱地打开了宫门，梁灵瓒领着一百多人冲出，复又沿丹凤门进入大明宫，绕行一周从重玄门绕出。就在众人踏出重玄门的那一刻，昏暗的天空渐渐开始明亮起来。阴影退散，太阳重新露出了脸颊。

"天狗走了！天狗走了！天狗走了！"众人欢喜不尽，奔走相告。

梁灵瓒也和他们一起大笑起来——就在冲出延熹门的那一刻，队伍里有两人上了路边一辆马车。

天昏地暗，所有人只顾往前冲，谁也没有发现队伍里何时多了两个人，又在何时消失了。

成功了。她带着人回宫复命，有机灵的宫人向皇帝讲述梁大人如何吃力昏倒之事，梁灵瓒趁机提出辞官："臣元气已伤，更兼泄露天机，若是再做测算，恐要折寿，望陛下开恩，准臣归乡。"

天狗如约而来，又应阵而走，皇帝龙心大悦，岂有不允之礼？当即准了梁灵瓒所请，还赏赐了不少东西。梁灵瓒谢恩而出，退出大殿，然后才转身离开。

比之上殿的艰辛，下殿显得格外轻松。太阳重见天日，益发卖力，将阳光洒满琉璃瓦，灿灿生光。皇宫是很美的。只是，表面上有多美丽，骨子底下就有多危险。

梁灵瓒长长地朝蓝天吐出一口气。再见了，皇宫。再见了，长安。

可还没等她踏出紫宸门，就见一名金吾卫校尉如飞来报，声音自她身后传来，全是惊惶："陛下不好了，太子不见了！"

梁灵瓒变了脸色。这么快就发现了？

日食，驱天狗，星阵，宫门……皇帝早晚会疑心到她身上，现在只有拼了命抢时间，看是她跑得快，还是皇帝的疑心来得快！

她三步并作两步，急急出了紫宸门，转过拐角，立刻加速，朝宫外飞奔。

皇宫太大，太大了，每一条甬道都长得看不到尽头，每每遇到巡逻的金吾卫还得缓下脚步以免被看出异样。梁灵瓒的心狂跳，仿佛要蹦出喉咙。

宫门已然在望，身后却响起了马蹄声。皇宫禁止骑马，除非要传急讯！

梁灵瓒顾不得四品大员的行止，撒腿就朝宫门跑。

背后已经传来了喝令声："陛下有令，封闭宫门！陛下有令，封闭宫门！"

第一个字还在她身后，最后一个字落地，一队人马已经蹿出了宫门，如飞而去。

"等等——等等——"

梁灵瓒恨不得长出四条腿，跑得耳旁生风，大喊："等等——"

然而守门的金吾卫既已得令，两人一组，缓缓将宫门推拢。不要——

她不要被关在宫里，皇帝就算现在没找上她，一旦回过味来，她就别想走了！

就在两扇宫门快要合拢的时候，蓦地出现了一只手，生生将宫门推开几寸，来人冷冷喝道："这位是奉旨归田的梁大人。梁大人驱逐天狗，劳苦功高，现在神志劳顿，要寻灵山休养方能保得住一命。你们紧闭宫门，是要困死梁大人？"

陈玄景！一看见他，梁灵瓒就精神大振。只要有陈玄景在，就没有过不去的坎！

果然，金吾卫们都一顿，毕竟方才天狗食日的动静是有目共睹。趁此之机，陈玄景将门再推开一线，梁灵瓒拼了老命疾冲过来，撞进他的怀中，来势太快，将他撞得连退了两步。

"哐当"，沉沉一响，宫门在她身后闭拢，严丝合缝。

"我出来了，出来了！"梁灵瓒狂喜，紧紧抱着他，"我出来了，我好好的，我答应你

第十四章·太史令

的，做到了！"

"做得好。"陈玄景将她深深一抱，"只是传令卫已经出宫，看来陛下不单要封宫门，还要封城门。"

若这是一场与时间的赛跑，那么现在还远远没完。

陈玄景牵过两匹快马，梁灵瓒不敢耽误，翻身上马。陈玄景一抖缰绳，策马南奔。

梁灵瓒一愣，一面跟上，一面问："怎么不走春明门？"春明门就在西边，离这里最近。

"春明门太近，传令卫只怕已快到了，等我们赶到，城门必定已经关闭。南面明德门进来就是朱雀大街，最是人多车杂密集之处，传令卫跑不快，咱们还有机会。"

果然，朱雀大街上人头攒动，马儿没跑多远就看见一名传令卫身陷其中，虽有鸾铃加上鞭喝，但老百姓挪动让路也需要时间。

两人互相看了一眼，梁灵瓒从衣摆里摘下太子那块蟠龙玉璧，递给陈玄景。陈玄景遥遥一掷，掷到离传令卫身边不远的一位货郎担子里。

货郎只见一样东西从天而降，一块莹然美玉落到自己面前。周围的人也都看见了，纷纷围到一处。有贪心的，张嘴就说是自己的，便要来夺。你争我夺间，一团混乱，越发吸引了人流，传令卫正要打马往前，忽瞥见那块玉非同寻常，大吃一惊："给我拿过来！"

在他的喝声里，陈玄景和梁灵瓒的两匹快马扬长而去，很快将他抛在了身后。

皇帝封城只为捉拿太子，谁也不知道太子早已被苍伯带出了城。传令卫拿到太子玉璧，必定自以为立下奇功，肯定要回去禀告。

这一来一回间，足够他们从容出城。

两人相视一笑。马蹄踏过长街，直奔城门。

然而就在两人快到城门的时候，背后响起了马蹄声。不同于传令卫的单枪匹马，这阵马蹄声连绵成片，犹若滚雷，大地仿佛都为之颤抖。

梁灵瓒回头看了一眼，只一眼，差点儿魂飞魄散。

身后烟尘滚滚，金吾卫们甲胄鲜明，旌旗猎猎，当先一人手按长刀，竟是陈玄理。

"陛下急令，关闭城门！关闭城门！"烟尘中，传令卫的声音自大队人马后传来，虽远却依然清晰尖厉。

"快快快快快快……"梁灵瓒话都不会说了，只有这一个字在嘴里辘轳转。

快什么？逃吗？陈玄理已经追了过来，他们跑不了了。就算跑得出城门，也逃不出禁卫大将军的手掌心。

陈玄景瞳孔微微收缩，忽然转过脸，一把揽过梁灵瓒。梁灵瓒急忙稳住缰绳，还来不及开口，便已被吻住。他的吻从来都极尽温柔，即使再灼热也带着三分克制。可这一吻却深沉无边，甚至有些粗鲁。他吻得这样用力，这样狂放，好像要把一世的吻都在这一刻用尽。

梁灵瓒完全不能呼吸，脑子还来不及分析反应，一股悲怆和绝望却涌上心头。这不是她的情绪，这是他的。

雷鸣般的马蹄声已到身前，陈玄景抬起头，放开她，抚了抚她的面颊："苍伯带着太子在城门外三十里外的村子里接应，他会带你离开。你答应过我，要好好的，记得吗？"

恐惧像一只无形的大手，扼住梁灵瓒的咽喉，梁灵瓒的胸膛里全是寒意，几乎要将她整个人冰到麻木。她知道他要做什么了。她死死抓着他的衣袖，从来没有这么恐惧过，恐惧得全身每一块骨头都在颤抖："不要……陈玄景，不要……"

陈玄景一笑，这笑容像极在西郊雪地那一次，浅淡而温暖。

他抽出千星，一刀划断自己的衣袖，甩开梁灵瓒的手，一刀划向梁灵瓒的马臀。

马儿吃痛，一声长嘶，箭一般蹿出城门，疾驰而去，转瞬奔远。

他掉转马头，面对自家兄长，淡淡唤："大哥。"

陈玄理凝望着他，目光深深，沉沉不语。

传令卫在后面看不见前面光景，不停催促："关城门！陛下有令，关城门！陈将军，快关城门呐！"

跟着朱雀大街上又一次传来鸾铃声响，一队新的传令卫疾奔而来："陛下有令，速速封闭城门，捉拿废太子李瑛、前太史令梁灵瓒，若有所获，重重有赏！"

陈玄理打马上前，迎向陈玄景，兄弟俩在日光下彼此相望，清俊的面庞如此相似，所不同的只有眼神。一者冷峻深沉，一者清明冷冽。

"掉头。"陈玄理道。陈玄景一怔。

"你敢一个人留下来，连死也不怕吧？还怕掉个头吗？"陈玄理拔出了刀，"掉头！"

陈玄景缓缓掉转马身，面向城门，低声道："大哥，我最后再叫你一次，若我——"话没说完，刀风划过空气，座下马儿几乎是惊跳起来，疯了一样往前蹿出去，转瞬冲出城门。

"大哥！"声音还飘在空气中，人已经去得远了。

"傻小子。"陈玄理喃喃道，拭去刀上血迹，缓缓收刀。

去吧，带着心爱的人去吧，去向远方，去过我未能过成的人生。不要像我，等到她死后，才知道后悔。

"关城门！"心中有微微的虚弱与酸楚涌上眼睑，他大吼一声，声如狼虎，把那点属于陈玄理的软弱压下去，这一刻，他又成了禁卫大将军，坚不可摧，牢不可破。

第十四章·太史令

"关闭城门，捉拿逃犯，见者有赏！"

十四

轰隆，巨大的城门缓缓关上，两扇相对，发出一声巨响。

陈玄景勒住缰绳回望。

"陈玄景！"一人跌跌撞撞向他跑来，满头草屑，一身泥痕。

"梁灵瓒！"陈玄景滚落马鞍，扶住她。

梁灵瓒不待他扶，扑进他怀里，紧紧将他抱住："你没事？你没事？！"她几乎不敢相信，松开了瞧一瞧，又抱住，眼泪哗哗流，一脸泪，一脸泥，糊成大花脸，"陈玄景！呜呜呜呜，我恨你，我恨你，我恨你！我恨你！"

"恨吗？"陈玄景也是百感交集，"很好。好好体味，你时常便是这么可恨的。"

梁灵瓒顿时怔住："是……是吗？"

陈玄景用袖子替她擦了擦脸："怎么弄成这样？"

"那马疯了似的只知道往前跑，怎么都掉不了头，我只好自己跳下来了。"梁灵瓒到处摸索，见他通体无碍，只有马臀上有一道细细的伤口，比自己马上那道浅而长，不像是千星所划，"这是……"

陈玄景望向紧闭的城门，城头上，有一道修长人影。

"你大哥？"

"嗯。"

隔得太远，虽然瞧不见，但他知道，大哥必定在看着他，看着他们。

放心吧，大哥。我会连同你那份，一起幸福下去。

他收回目光，翻身上马，手伸向梁灵瓒："走吧。"

梁灵瓒手伸过去，才发现一手都是泥，想着他素性爱洁，正要往身上擦一擦，已被他一把攥住，轻轻一拉，带上马鞍，稳稳坐在了他身前。

"驾！"他一声清喝，马儿迈开四蹄，沿着笔直的官道，向前方奔去。

那儿，天大地大，一往无前。

第十五章 五星二十八宿真形图

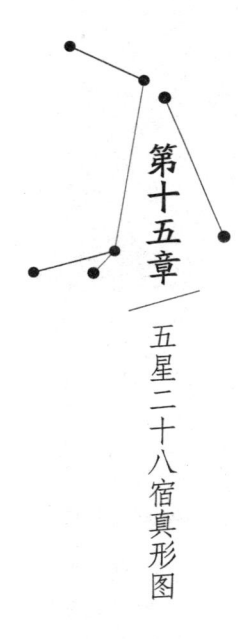

一

这一年，皇帝在日食之后封宫封城，据说是废太子潜逃。但几日后，宫中又传出废太子与鄂王、光王一起被赐死的消息。

民间深以为冤，有不少人私下祭奠，呼为"三庶人"。

不管皇家有多少纷争与变迁，百姓照旧是四季衣裳，一日三餐。

就好比峰顶风云变幻冰寒彻骨，丝毫不妨碍山脚下暖日融融顺便还能晒个干菜。

梁家的宅子买在青要山脚下，宅子本来不大，梁婆婆又加盖了十来间，围出一个巨大的院落，又在屋子后头圈出好几亩地，种了菜蔬养了鸡鸭，过了几年还拟将养牛羊若干，这时梁灵瓒和陈玄景回来了。

梁灵瓒和陈玄景当年为免朝廷缉拿，索性带着李瑛一路南下，春天时恰好到了江南。江南风软草青，美人如玉，梁灵瓒一住就是数年，后来打听到忠王李亨坐稳太子位，武惠妃逝世，这才往回赶。

李瑛改姓梁，对外只说是梁灵瓒的远房亲戚。后来梁灵瓒才发现全无必要，因为在这只有十来户人家的乡下，农人们根本不问世事。

捧香第一个得了消息，带着孩子赶过来。她头两个都是儿子，这次终于得了个女儿，才五个月大，粉雕玉琢，看得梁婆婆的心都快化了，抱在手里不肯放，梁天年也慈眉善目地拿着一枚橘子逗她玩。

闵长泽瞧着梁灵瓒："看到了吧看到了吧？看看这两位都馋成了什么样，你们还不抓紧着些！"

话说梁灵瓒一回来，差点儿认不出闵长泽。他帮着梁婆婆种地种菜，闲了就上山和尹观主采药论道，在山上山下历练得身轻如燕，肥大肚腩如冰雪般消融，脸腮紧致，鼻梁挺直，竟出落成一个英俊大叔。据梁婆婆说，他引得方圆十里的女子有事没事都从门前过两趟。

梁灵瓒有些支吾："其实我……"

"哈哈哈哈，没有才好！"宋其明听了半截，从门外踏进来，身上还穿着官服，"你们要都有了，我家老爷子更不放过我了！"

梁灵瓒瞧了瞧他身后："你一个人来的？"

"可不？我一听说消息，下了公堂就来了，衣裳都没来得及换。大表哥出去缉盗了，一时半会儿回不来，反正你们是长住，以后有的是机会。"

话音才落，门外有人道："好啊，你小子当了洛阳府尹，架子摆得这样大，专程去见你都让人扑了空。"

"小叶子！"宋其明又惊又喜，迎到门口。

只见源重叶正翻身下马，从马鞍上抱下一个三岁大小的娃娃，这娃娃穿着男孩服色，肌肤却比捧香的女儿还要白嫩，在阳光下几乎是半透明的。

"你的孩子？你成亲了？"宋其明捶了源重叶一拳，"你不是说，不寻着天下第一美人，不成亲的吗？"

梁灵瓒寓居江南后，想起从前在源重叶面前食过的言，连画了数幅美人图寄往京城。三个月后，源重叶就出现在江南了。

他的原话是："有如此美人，我要不来，岂不白活一世！"

但看这娃娃的相貌，母亲就算不是天下第一，只怕也离不远了……等等，这居高临下神情淡淡的样子怎么这么像某人呢？

源重叶抱着孩子进了屋，孩子下了地，先走到陈玄景面前，规规矩矩喊了声"爹"，然后身子一歪，滚到梁灵瓒怀里，像是没生骨头似的，抱着梁灵瓒的脖子，娇滴滴拖长了

第十五章·五星二十八宿真形图

声音："娘……"

这两声一出，满堂俱静。

梁灵瓒脸上有些发红，她一直不好意思跟家里说这事儿，这会儿抱着孩子走到梁婆婆与梁天年身前，期期艾艾："婆婆，爹……这是玉儿，快三岁了，那个……小瓒不孝，在江南已经和陈玄景私定了……"

"终身"两个字还没出口，梁婆婆已经一把把玉儿抱过去，热泪盈眶，老泪纵横："好，好，好，天可怜见，我总算等到这一天了！玉儿是吧？玉儿好，玉儿乖，玉儿，我是太婆婆呀，你饿不饿呀？想吃什么？婆婆给你做！"

梁天年也忍不住眼眶通红，喃喃："雅然，雅然，你看到了吗？这是玉儿，咱们的玉儿……"

她已经看到自己的身影从两人的瞳仁里"嗖"地一下飞走了，取而代之的是一个大大的、清晰无比的玉儿。

她默默地回头，看到了陈玄景微微带笑的脸。

他早就告诉过她了，只要把孩子抱出来，谁还会管他们私定还是公定。

宋其明掩面："完了，我家老爷子知道了，又要催我成亲了……"

源重叶道："无妨，我陪着你。"

宋其明问："你还没找着第一美人？"

源重叶展齿一笑："美人各擅胜场，个个都是第一。"

你就是太花心才会到现在都是光棍啊兄弟！

二

梁灵瓒一家三口回来后，梁宅起了很多变化。

首先是梁天年与闵长泽将家里所有家具的棱角一律磨得浑圆，生怕小玉儿走路撞着。

梁婆婆还嫌不满意，用布缝了棉花，将被磨圆的地方再包了一层。这样，即使撞着，宝贝小玉儿也能安然无恙。

陈玄景上山转了一圈，看中了玄都观里的那棵大梨树，让尹观主狠狠敲了一笔竹杠，带着几个道士，将树移栽到书房窗前。

第二年春天，梨花开了满树，洁若冰雪，耀眼生花，一株枝丫恰好伸到窗前，梁灵瓒没事也要上去三两回。

这日晚上，陈玄景睡到半夜，只觉怀里空空，起来一看，只见室中寂寂，大的小的俱无。

他揉了揉眉心，披衣起身，直往书房来。

还未走近，柔和的春风就送来清润的花香，以及那把熟悉的嗓音："……你看那三四颗星连在一起，像什么？像不像一包书简？右手像在执笔，再看他头上是不是还戴个冠？"

"像……像外公。"

"哈哈，对，像外公！他脚踩云靴，袍袖及膝，腰带飘飞。这就是南方七宿之一，叫井宿。"

"我知道了，井宿就是外公！"

陈玄景站在树下，脚尖踢到一物，是一枚小小的弹弓。虽然小，但从弓身到弹片无一不精致到极点，自然是那位做浑天仪如家常便饭的某人所做。

他弯腰拾起弹弓，捡起一枚小石子，就在树下，对准半躺在枝丫上的人。

那人身形小巧，整个人就像是长在了树上。多少年过去，这份功力不退反进，比猴儿还像猴儿。

"啪"，小石子流星般飞去，那人"啊"一声惊呼，直从树丫间坠落。

陈玄景伸展双臂，伴着花落如雨，稳稳地将她接住。

"又来这招，会吓死人的！"梁灵瓒先发制人，气势，气势很重要。

陈玄景不为所动，睥睨她："是谁答应过，观星不得超过寅时，更不得带着小玉儿熬夜？"

"我……我一时睡不着……"气势什么的，顿时被狗吃了，梁灵瓒脑袋歪在他肩上，装模作样地打了个哈欠，"啊，不知怎的，这会儿有点儿困了，我们去睡觉，去睡觉。"

陈玄景抱着她转身。树上，一个小身影凄凉地道："爹，我呢？"

"自己下来。"陈玄景头也没回，抱着怀里的人回了房。

纱帐轻垂，微微轻晃，不知是风动，人动，还是心动？

三

一室星光似水，照出桌案上画到一半的星宿图。

那是梁灵瓒近年所绘制的漫长画卷，为五星及二十八星宿各作一图。

满天星辰在她的笔下，或成为骑牛的老人，或成为乘鸟的女子，或成为执书的男子……它们有了各自的面貌与性情，不再冰冷，也不再遥远，亲切得如同任何一位触手可及的朋友。

星光穿过不可计数之距离，抵达此处，仿佛专程来赴一场友人的邀约。

如此轻盈，如此温柔。

——全文完——

番外

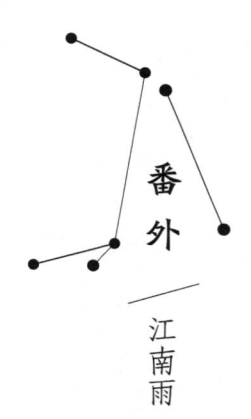

江南雨

一

梁灵瓒喜欢江南。江南的风轻、水软、人美、点心好吃，只有一样不好。——江南多雨。一下便是淅淅沥沥，没完没了。

雨水沿着茅草往下滴，天空雾气沉沉，星星一颗也看不见。梁灵瓒在檐下站了半天，对着天空长长地叹了口气，她已经记不清这场雨下了多少天了。

陈玄景走出来，端了碗汤递给她。汤里只有几片菜叶子，半点儿油花都没有，好在热腾腾的，一碗下去，周身的阴冷劳乏都解了。

他们离开京城时闹出的动静不小，沿路风声颇紧，每逢城门必然张贴着他们的通缉令。以梁大画师的眼光看，通缉令的画像当然是十分欠火候，最多只有五分相似，但只这五分也够麻烦的，所以他们沿途都是避开大路，只挑小路走。

这一天借住在一处小村落，村子里十分穷苦，连间像样的瓦房都没有，大多都是茅草屋子。他们借宿的主人家姓刘，家中只有兄妹两人相依为命，哥哥银虎高大消瘦，一直沉着脸，梁灵瓒求问借宿的时候，话还没说完，他就粗声粗气道："没地方住！你们往前头去，我这里偏，前头多的是人家！"

　　要的就是你们这里够偏！梁灵瓒心说，这样就遇不上旁人。

　　她拿脚挤进银虎快要关起来的门，掏出一锭银子递出去："大哥，行行好！我们一路走来实在是累了，衣裳都湿了！还有老人家，万一着凉生病了可怎么办？"

　　陈玄景看了苍伯一眼。队伍里的武力值担当、身体最为健壮的苍伯非常不在行地咳了咳。

　　小潘子则扶着李瑛，声音都带上了哭腔："好心人，求求你了，我家少爷真的撑不住了，就算不能留宿，给碗热水也行！"

　　自打上路以来，小潘子的两条眉毛就紧紧地揪在了一起，再没松开过，风餐露宿的日子对李瑛来说是一种磨难，李瑛自己咬牙没说什么，小潘子却是心疼坏了。

　　"哥哥，让他们进来吧。"妹妹银铃同哥哥全然相反，生得纤细精致，白生生，一双眼睛圆溜溜，看着银子，咽了口口水，"他们有银子，我们就可以去买种子了。"

　　"买来又怎样？反正种不了。"银虎咕哝着，但到底还是依了妹妹，让他们进来。

　　银铃给他们端来热水，带他们进房间换上干净衣裳。

　　梁灵瓒动作一向快，头一个换好出来，陈玄景在屋内穿衣裳的时候，听她在檐下一边帮银铃择菜，一边聊天，问银铃几岁了，家里几口人，这村子叫什么，有多少人之类的。

　　银铃一五一十答了，也照样问梁灵瓒，从哪里来的，往哪里去，做什么。

　　刚离京的时候，梁灵瓒想着他们一行有老有少，原想扮成行商，在南来北往的人群中最常见，最不起眼。奈何陈玄景一身气质摆在那里，不管怎么打扮都不像一个做买卖的，李瑛也是一瞧就知道是大户人家的娇贵公子哥儿，总之梁灵瓒自己都说不出"我们是来做生意的"这种话，只得改变计划，让他们俩扮作南下游历的公子，而她和小潘子则扮成小厮，苍伯是打点一切的管家，看起来倒更加似模像样一点儿。

　　银铃恍然大悟点点头："那个大哥哥就是你家公子？他一定读过很多书吧？"

　　梁灵瓒由衷点头："很多很多很多。"

　　银铃眼里全是赞叹，忽地，一只手劈空将菜篮子拿走了，银虎冷着脸道："择个菜要这么久，哪儿来么多话说？女孩子家家快进屋去，不是告诉你不要随便出来吗？"

　　乡间倒少见这样的男女大防，尤其银铃尚未及笄，这位哥哥看来是护妹妹护得挺紧，梁灵瓒不愿银铃挨骂，悄悄道："银虎大哥，你别怪银铃。实不相瞒，我其实是我们公子的侍女，为了路上方便，所以才扮成小厮。"她整个人巧巧秀秀，头发乱蓬蓬地挽着一个髻儿，几缕未擦干的发丝贴进颈子里，那颈子又细又白。不说还不觉得，一说破，银虎整

番外·江南雨

311

个人顿时愣了一下，慢慢涨红了脸，扔下菜篮子便走了。

银铃睁大了眼睛："小梁哥哥你真是姐姐啊？真的一点儿都看不出来！"

梁灵瓒心说要给你都能看出来，哥哥我在国子监那些年岂不是白混了吗？

不知是不是顾及他们当中有一位女孩子，银虎的眉头虽然还是锁得死紧，但至少声音不再恶声恶气了。

梁灵瓒在檐下喝完了汤，拿着碗进来，银铃悄悄向她道："小梁姐姐，你家公子待你真好。"

梁灵瓒微微一笑："是，他从前脾气大得很，不过现在好多了。"

陈玄景抬手，在她脑门弹了一记："吃饭。"

所谓饭，就是他们随身带的肉脯和干饼，外加银铃煮的菜汤。

梁灵瓒对银铃的手艺感到了一丝担忧，她把汤里的菜捞出来，将肉脯切碎，放进锅里煮，煮到肉脯酥烂，肉香盈室，再把干饼撕碎了泡下去，菜叶最后下锅。

这样盛出来一碗，肉脯粉红，面饼莹白，菜叶碧绿，光是看着就赏心悦目。

小潘子一脸感动，觉得殿下总算能吃到一点儿人吃的东西了。

吃完饭，梁灵瓒同银铃收拾碗筷，看着油灯下银铃的小模样，不由想起了捧香。

她最初在宋家遇见捧香的时候，捧香也差不多这么大。

跟捧香比起来，银铃可太爱说话了，开始的时候还有些认生，到此时已经跟梁灵瓒叽叽呱呱说个不停，不知怎的说到外面的田地上，梁灵瓒问道："谷雨都过了，怎么你们家的地还空着？买种子要多少钱？"

"哥哥已经买了许多趟种子了，可是还没浸出苗，就——"

"银铃。"银虎走进灶间，沉着脸道，"洗完碗就早些睡。"银铃乖乖了应了一声。

银虎等银铃离开，沉默了半晌，问道："你们家公子还要不要侍女？"

梁灵瓒愣了一下："你……不会想卖了银铃吧？"

银虎像是被针扎了一下："不，不是卖，不要钱，只要你们肯带她走就好。"

白送？那不是比卖还不如吗？

梁灵瓒有点儿来气："银铃多好的小姑娘，又乖又听话又懂事，你这么大一条汉子，外面的田地荒废着，照顾不了自己妹子就算了，竟然还想把她送人，有你这么当哥哥的吗？"

银虎脸颊肌肉微微抽动，全身紧绷，眼睛瞪得像铜铃那样大。

梁灵瓒也瞪着他。怎样？对就是对，错就是错，瞪眼谁不会？

终于还是银虎败下阵去，他转身就走，走到门边时，回头扔下一句："明天天一亮，你们就给我走！"

二

　　这家除去前厅后灶，只得两间房屋，银虎看在银子的份上，把自己的屋子让出来给他们，自己抱着铺盖去银铃屋子里打地铺。

　　屋子虽然破败，好在能遮风挡雨，比什么山洞啊大树底下已经好上很多。

　　梁灵瓒和陈玄景肩并肩靠在墙角，共盖一条被子。黑暗中虽然什么也瞧不清楚，但单凭想象，梁灵瓒也知道他安稳合目的模样。

　　"还不睡？"陈玄景忽然开口。梁灵瓒怀疑他眼睛开过光，这么黑竟然也瞧得见。

　　梁灵瓒忍不住把事情都告诉了他。

　　陈玄景听完，道："快睡。"

　　梁灵瓒："……然后呢？"

　　"然后明天早点儿起，走人。"

　　好吧。梁灵瓒吐出一口气，确实，他们只是个过路人，还是逃犯，又不能真的把银铃带走，不早点儿走人还能干什么？留下来过年吗？

　　"这里不对劲。"陈玄景低声道，"江南富庶，即便是偏僻山野，农人一季种两稻，好歹能自给自足，衣食无忧。可你看这里，谷雨已近，所有的田地都一片荒芜，看起来好像无人耕种，但从炊烟的数量上看，村子里的人其实不在少数。"

　　梁灵瓒只注意到家门外这片地，远处烟雨蒙蒙的，着实没细看："为什么？总不会全是懒的吧？"

　　"反常即为妖。"陈玄景将被子往她肩上搭着些，"我们现在自身难保，你不许多管闲事。"

　　梁灵瓒老老实实点头："那，明天我们走的时候，给银铃留点儿银子？"

　　陈玄景点点头："行。"

　　睡到半夜，梁灵瓒忽然被推醒。

　　窗外有淡淡的月光照进来——雨已经停了，陈玄景脸色肃然，又去推醒李瑛和小潘子。

　　苍伯掏出了包袱里的钢刀，脸上是一种格外凝重且冰冷的神情，是杀气。

　　"苍伯说有人来了，还不少。"陈玄景低声道，"收拾东西——"

　　一语未了，房门"砰"的一声被银虎推开，苍伯的刀瞬间搁到了他的颈间，把他的话切成了两半："你们快走……"

　　"你不要杀我哥哥！"银铃瞧见这一幕，吓得扑上来，想推开苍伯，"不要杀我哥哥！"

陈玄景打了个手势，苍伯收刀。

银虎看着屋内已经将东西收拾停当的众人，眼中迸出明亮的光彩："你们不是什么出门游历的读书人吧？！"

被发现了！确实没有哪个游历的读书人听到一星半点儿动静就连夜爬起来收拾东西随时准备跑路的。现在再编什么借口好像也来不及了，梁灵瓒硬起头皮："银虎大哥……"

没等梁灵瓒解释，银虎忽然把银铃往梁灵瓒身边一推："带她走！只要你们带她走，我就当没见过你们！"梁灵瓒一呆。

喧闹声远远传来，还隐隐有火光晃动，像是有不少人往这边来了。

"好，一言为定。"陈玄景迅速道，一手拉住银铃，带着众人从后门离开。

银铃一路挣扎："我不要！我不要走！我要和哥哥在一起！"

梁灵瓒捂住她的嘴："祖宗别嚷嚷！"

他们一路上也遇到了行迹险些败露的时候，但一是苍伯警觉，二是陈玄景当机立断，最后往往都能化险为夷。可银铃要是再这么闹下去，他们还有没有从前的好运可就难说了。

陈玄景忽然站住脚，问银铃："他们是来抓你的，对不对？"

从后门出来是片小山坡，从这个角度往下看，只见田埂上来的不是捕快，而是几十号农人，有人举着火把，有人拿着绳子，有人拿着斧头，有人拿着扁担。

梁灵瓒回忆之前逃脱的那几次追捕，好像没有这一种的。

银铃哭得满面泪痕："天机法师要我去当弟子，才肯让我们播种，我不想去，我哥也不想去，可是全村的人都播不了种，种不了地……"

在后山的一处山洞里，梁灵瓒等人总算从哭哭啼啼的银铃嘴里搞清了事情的来龙去脉。

十年前，这里多了一个姓陈的外地人，据说他得了仙缘，学会了夜观天象，祈雨求风无所不至，自号"天机法师"，在十里八乡拥有了许多信徒，每回历书出来，都是由天机法师择定播种下苗的日子。

往年每家每户送些钱财就行，近两年天机法师开始收女弟子，这一年就点名要银铃。

"前两年的弟子都没回来，有人说她们都死了，我不敢去……"银铃哭得满面泪痕，"可是我不去，天机法师就不让大家播种……"

梁灵瓒急道："你们该播就播，怎么还要听他的？历书由太史局刊印，由县衙发卖，买一本便知道时节，有那狗屁法师什么事？"

陈玄景道："历书虽说不算贵，但寻常务农人家也不会户户都买，刊印数量历来有限。向来是各地乡绅采买，然后向当地百姓宣读，这个天机法师便是趁此机会胡作非为。"

银铃哭道：“起初也不是人人都听他的，也有老一辈人自己种自己的，可他预知过几次天象，不是大旱就是大涝，甚至连前段时日的天狗都算出来了。大家都不敢得罪他，怕他让老天爷降灾……我哥哥播了几回种，都让村人们给毁了。他们天天来劝我哥，让我哥不要连累乡里乡亲，早点儿把我送到天机法师那里，以前就是说说，没想到这下竟然动手了。"

梁灵瓒皱眉，时空流转，万物候时而生，错过了播种的季节，一年的收成便坏了一半，这帮农人也是狗急跳墙了。

"你们就没有报官吗？"李瑛开口道。

"县太爷和他好着呢，没用的。"银铃抹了抹眼泪，"他们说法师还有一大家子亲戚在京城当大官，当大将军，县太爷还要求着他呢，谁也不敢惹他。"

有亲戚在京里当大官……当大将军……姓陈……梁灵瓒和李瑛的视线都落到陈玄景身上。

"假的，我从来不知道有这么一号亲戚。"陈玄景淡淡道，"不过天文之学，很难无师自通，这人断不可能是凭空出现，定然是有点儿来历，若是有人手，一查便知。"

"那现在怎么办？"梁灵瓒问。虽然是疑问的语气，但陈玄景已经看到她在咬牙切齿，蠢蠢欲动。能预知旱涝，还算得出有日食，这个天机法师显然是懂天文的。用她最爱的天文为非作歹，她绝不原谅！

李瑛也握拳："我们不能袖手旁观，那法师可恶，不能为民做主的县令更加该死。"

陈玄景叹了口气。二位，你们要替天行道可以，能不能先拿面镜子照一照自己？我们现在是逃犯啊！

三

村人们冲进屋子，才发现屋内只有银虎一个人："银铃呢？"

"走了。"银虎冷冷道，"我早说过，我不会让我妹妹去送死的。"

"干什么要死要活的？"村人劝他，"给法师当弟子，那是天大的福气！"

"哼，你让前头两个女弟子出来给我看看，只要她们好端端活着，我马上送我妹妹过去。"

"你这娃娃怎么就这么不识大体呢？"年长的村人怒道，"再不下秧，今年的收成就毁了！"

"毁就毁吧，咱们种地干活，原本是看老天爷赏饭吃，现在竟然要由着一个法师赏饭吃，我不干了，死就死吧。"

银虎油盐不进，村人们喝骂了一阵子，也无计可施，拿绳子将银虎捆了起来，派了三五个人守着,说:"那丫头一个人跑不远,定然还会回来,一旦抓着她,马上送到法师府上。"

那三五个人正准备靠在墙角打瞌睡,忽然听得细细的一嗓子:"哥哥……"

他们一下子清醒了过来,一下子抓住了银铃。

"走!"银虎挣扎着大吼,"快走!"

可银铃像是完全傻了,不知道跑开也不知道挣扎,愣愣地由他们将她同银虎绑到一处。

"你为什么要回来?我不是让你走吗!你为什么——"银虎的声音猛然截断。

屋子里只点着一盏昏暗的油灯,到了近前,他才看清面前的女孩子。散乱头发底下,一样是明亮的眼睛,一样是巴掌大的小脸,但不是银铃。是那个扮成小厮的侍女。

她向他眨了眨眼睛。银虎反应得快,口里接着喝骂:"你跑回来做什么?有没有脑子!"

口气凶得狠,看上去要不是被绑着,他能跳起来去打人。

那几个村人反劝他:"你妹子是个有良心的,不忍心叫咱们这么多人一起受苦,好孩子,你乖乖去给法师当弟子,我们全村的人都感激你。"

"银铃"垂着脑袋不说话。

到了第二天,天色大亮,大家才发觉不对劲。

"这是银铃?"

同在一处村子,大家都是看着银铃长大的,怎么一夜之间,就完全换了一张脸?

"呜呜呜,我也不知道……"梁灵瓒一脸柔弱地拭泪,"昨天晚上哥哥让我逃,我就躲进了后山,忽然来了一个白胡子老爷爷,他让我不要怕,只管去见天机法师,见完法师之后,我的脸自然就会恢复成原本的样子。"

大家将信将疑,银虎道:"乡亲们若觉得她不是银铃,那更好,法师要的是银铃,你们去找银铃吧。"

大家找这个"银铃"已经费了这么大功夫,哪里还有力气再找?当即连连摇头:"都说女大十八变,长着长着换了个样子也是常事。"

且众人对那位白胡子老爷爷都十分好奇,围着梁灵瓒问个不休。

梁灵瓒一编谎话就舌头打结,陈玄景教给她一个法子——说话时带着哭腔,一边说一边抽泣,别人便听不出来了。

然后,陈玄景让她记住三点。一、老爷爷来无影去无踪。二、老爷爷让他们多叫点儿人送她,越多越好。三、老爷爷有话要对天机法师说。除了这三点之外,无论问什么,全部摇头,只说不知。梁灵瓒完美地执行了他的全部交代,村人们商议一阵,一致认为,这定然是位老神仙呐！

神仙的交代能不照办吗？再说给天机法师送弟子原本就是一件大事，眼下银铃又愿意配合，十里八乡的人自然都会来看热闹。于是村人一面给自己的亲朋好友送信，一面把家中最好的衣料拿出来装扮梁灵瓒，把梁灵瓒风风光光地往天机法师府里送。

天机法师的府邸距离这里有几十里路，村人一路敲锣打鼓，每路过一处村子，便有无数的人涌过来看热闹，队伍越来越长。

行至某片山林，一道笛声忽然从空谷中发出，悠扬、婉转、嘹亮，像是凤鸟拖着长长尾翼，拍打着华丽翅膀，翱翔于九天之上。

村人们谁也没有听过这么好听的笛声。

"这是仙乐啊！"人群里年纪最大的老人巍巍道。

是陈玄景在吹《云门》。他是在告诉梁灵瓒，他一直在她身边。

梁灵瓒仿佛回到了在乐坊学乐的旧时光，嘴角忍不住微微翘起来。

四

天机法师的府邸在山上。

这座山耸立在一片大碧绿的田野中，是拔地而起的一座孤峰，四周无遮无挡，用来观星真是再好不过——梁灵瓒近乎垂涎地想。

"让天机法师出来！"到门口的时候，梁灵瓒大声道。在这片地方，农人们对天机法师敬若神明，一般都只称"法师大人""老法师"以及"法师他老人家"，还没有人敢直呼这四个字。守卫又惊又怒。

村人们连忙把昨夜老神仙的事情说了，守卫将信将疑，不住打量梁灵瓒，身后送行的人数众多，大家七嘴八舌的，都是请法师大人出来聆听神谕，守卫扛不住，进去禀报了。

不多时，他簇拥着一个人走出来。

那是个四五十岁上下的男子，脸色苍白，身形消瘦，眯着一双眼睛，眼下一片青黑。

梁灵瓒眯起眼睛仔细观摩了一下他这黑眼圈的严重程度——要么是纵欲过度，要么就是同行。当然还有一个可能就是，一个纵欲的同行。

不过干瘦的身形配上宽大的羽衣，看上去确实有几分飘飘欲仙的样子，难怪能唬人。

"你当真遇上了仙友？"天机法师威严地开口，"仙友要你传什么话？"

厉害啊，当真把自己当成神仙了。

"神仙爷爷要我问你，天狗还会不会来吃月亮？"

"什么？"天机法师一愣。

"你不是说，他们要是不把我送来，你就要让天狗来吃月亮吗？那现在他们把我送来了，天狗还来不来？"这也是村民们十分关心的大事，大家纷纷道："是啊法师，人我们已经送来了。"

"求法师让我们播种吧。"

"再不播种就要错过农时了。"

"可不能让天狗来啊……"

"肃静！"天机法师双手虚按，"若是此女虔诚，天狗自然不会来，若是此女不虔诚，天狗必然如期而至！"

梁灵瓒算是明白了，这些年来他玩的大概就是这一套：算准了就是他预言成真，神明附体，算错了就是事出有因。

"天机法师，咱们以三日为限，赌一赌天狗到底来不来，何时来，怎么样？"梁灵瓒朗声道，"输的人从此不能再传神谕，如有违反天打雷劈，如何？"

天机法师道："胡说，岂能拿天意来打赌？"

"这便是老神仙的交代！"梁灵瓒祭出这面大旗，然后问道，"你是不是不敢？"

天机法师当然不敢。天文数据庞杂而纷繁，谁也不敢说一定能算得精准，天狗会不会来尚且是未知之数，何时来他根本无从算起。

他自己装神弄鬼，自然不相信有什么老神仙传话。他去年见过银铃一次，只留一个清秀机灵的大概印象，但再怎么机灵，一个乡野间的小女孩无论如何也不该有这种笃定从容的气度，仿佛她曾经站在过很高的地方，做过很艰险的事，此时今日面对的人与事对她而言好像算不得什么。

被轻视了。天机法师毫无阻碍地感受到了这一点，这些年来他在这里呼风唤雨，说一不二，即使是县令也要看他的眼色行事，他很久没有感觉到被轻视的滋味。

"既然是仙友有命，我自然奉陪。"天机法师咬牙道，"就以三日为限！"

五

天空只晴朗了半日，午后又开始阴雨绵绵。

昨天晚上苍伯已经悄悄潜入天机法师的府邸，偷出了厚厚一本观测记录。

"我就知道是同行。"梁灵瓒谢绝了天机法师请她入府的邀约，借住在山脚下的农舍里，翻看着手里的笔记。笔记做得颇为翔实，天机法师府里头一定有观星的器械。

自从离开京城，她已经很久没有摸过那些东西了。看着这些熟悉的数据，心中涌起一阵阵温柔的感慨。每个人来到世上，都要做点儿什么吧？人的一生只有几十年，和天地比起来太渺小太短暂，可对于人们自己来说，一生就是长长的一生啊，这长长的一生要花在什么事情上？对梁灵瓒来说，这不是个问题。因为在很早很早的时候，她就有了答案，那就是天文，天文，天文。

她一旦开始测算，便进入一种六亲不认的状态，陈玄景将饭塞到她手上，她才胡乱扒拉几口。到了睡觉更是麻烦，陈玄景强行灭灯，抱她进房间，然而梁灵瓒还是睡不着，一双眼睛在黑暗中闪闪发亮，不能用笔算，全在心算。

"蠢货。"陈玄景往她脑门弹了一指甲，"那个天机法师半靠天文之术，半靠坑蒙拐骗，在此地积下不小的声望，明明没有把握还敢答应和你比，恐怕是另有后招。你不留着点儿力气，到时候逃命都来不及。"

"我知道，可就是忍不住。"梁灵瓒在黑暗中抓住陈玄景的衣袖，"离开京城的时候，我以为我再也不能做测算了，可没想到现在又可以了！我很开心啊！我会睡的，等我算好就睡，好不好？"

陈玄景叹了口气。每当她拉着他的衣袖问他"好不好"时，除了"好"以外，永远不会有第二种答案。于是房中重新点起灯，在窗前测算的人影从一个变成了两个，他们仿佛又回到了当初编《大衍历》的时光。

陈玄景偶尔抬头，看向桌子对面的梁灵瓒。梁灵瓒神情专注，整个人好像在发着光。

他曾经想过，到江南寻一处花红草绿的地方，买一所宅院，种几盆花草，养几个小孩，和梁灵瓒就此一生一世，白头到老。现在看来，他好像错了。

她的人生中，最重要的好像不是宅院与花草，也不是他，更不会是小孩。她此生最最热爱的东西此时正在她的手中，单是靠近这些数据，她便像是枯木逢春，重新活了过来。

陈玄景给心中那座院落悄悄地画了个叉。是时候做一个新的计划了。

六

神仙与天机法师打赌的事情在三天之内传遍了整个县城，三天之后，无数人向这座山头涌来。

起先陈玄景他们是打算用民意来抵抗天机法师的势力，以免梁灵瓒话还来不及说完，就给送进了天机法师的府邸。

现在来的人越来越多，其中不乏看过他们通缉令的，对于一群逃犯来说，再也没有什么比这更糟的了。

"不怕！"李瑛和小潘子怀里抱着胭脂水粉过来，李瑛道，"女孩子换个妆，旁人便很难认得出来了。每次一有什么新妆容风行，我就要花几天才认得清宫里那些娘娘们。"

小潘子道："您就交给我吧，我有个好兄弟，就是尚饰局的，我从前天天见他摆弄这些，看都看熟了！"

李瑛道："我也来帮忙！"

小半个时辰后，两人收手，你看看我，我看看你，相顾无言，一片寂静。

梁灵瓒拿镜子过来，一瞧，嚯，镜子里好一只山魈。脸雪白，唇鲜红，眼皮子上还有些蓝汪汪的不知是什么的东西，色彩鲜艳饱满，十分吸睛。

"很好。"梁灵瓒点点头，"果然不会有人认得出我了。"

就算是婆婆和爹也不能。陈玄景见了，也惊了好一会儿。

但梁灵瓒说得对，能掩盖真容就行，山魈就山魈吧。

他们要掩盖面目则简单得多，每人一顶斗笠，躲在人群中便好。

梁灵瓒收起桌上厚厚的算纸。

两个人在三天之内算出月食的具体日期，基本上是不可能完成的任务。但早在《大衍历》编制之初，师父便粗略推算过三年之内的日月异相，在这个基础上再进行推算，事情就变得简单得多。梁灵瓒有种感觉，好像是师父陪着她一起完成了这次测算。

山顶上人头攒动，天机法师还专门搭建了看台，看台最中央的位置，坐着本县县令。

除了县令，四周还有捕快和衙役。

李瑛在宫中当了多年的惊弓之鸟，对危险的嗅觉格外敏锐，一见这场面，立即拉住梁灵瓒："小瓒，不能去！有陷阱！"

梁灵瓒环顾四周，看到涌动的人群，此时还有些小雨，人们或打着伞，或戴着斗笠，全都在交头接耳，讨论接下来的输赢。

"我想去。"梁灵瓒道，"我有话想跟他们说。"

李瑛摇头："可是——"

"殿下，"陈玄景轻声开口，斗笠下，他的神情温和，"让她去吧。"

李瑛不得不松手。

梁灵瓒朝他和陈玄景点了点头，人群自动让出一条道路，她深吸一口气，走向看台。

天机法师看着她，脸上带着一丝隐秘的笑意："你测算好了？"

"对。"梁灵瓒道，"今日半夜，当有天狗食月。你的测算结果呢？"

天机法师哈哈一笑："好厉害，天意也敢测算，真不愧是前太史令！"

此言一出，梁灵瓒心里一凉。他知道了！

"诸位！你们不要被这人蒙骗了，她不是银铃，而是前太史令梁灵瓒！大家这几日若是去过城门口，一定见过她的通缉令，她可是逃犯啊！"天机法师大声道，"你们到底是信我，还是信一个逃犯？"百姓们你看看我，我看看你，即便有见过通缉令的，也无法从梁灵瓒那诡异的妆容底下辨别出那张脸。

"梁灵瓒，你不会以为将脸弄成这样，就没人认得出你了吧？"天机法师阴阴一笑，"你敢跟我赌天文测算，又是个女子，天下间不作第二人想，我一猜便猜着你是谁了，问县令大人要来通缉令一看，果然就是你！"

梁灵瓒怒道："所以你根本没有做测算，我们的赌约你打算要赖？"

"你一个朝廷钦犯，我跟你打什么赌？那只不过是引你入彀的妙计罢了！"天机法师说着向县令道，"大人，只要洗去她脸上的脂粉，马上就可以验明正身！"

"无能就是无能，还要找什么借口？"梁灵瓒轻蔑道，"你懂点儿天文，有点儿天分，可惜你的天分全没用在正途。你用天文之术招摇撞骗，不单骗取钱财，还想骗取美色，手上甚至还沾上了人命，县令大人，你去搜一搜此人的府邸，定能搜出不少罪证。"

"你血口喷人！"天机法师被梁灵瓒眼中那点轻蔑刺痛了，"大人，她就是梁灵瓒，绝对错不了——"

"对，我就是梁灵瓒，前太史令梁灵瓒！我和师父一行大师编修了《大衍历》，我推算得出天狗食月的具体日期，而这个天机法师不过是个骗子！"梁灵瓒面对百姓，大声道，"天地运转自有法则，从来不会因为人意而改变。这法则就在历法之中，你们去买本历书，按时播种，按时收成，顺应天时，就是顺应了天地的法则！不要相信他的屁话，无论天狗食日还是食月，同他都没有半点儿关系！不信今天晚上你们看看，食月之后天照样是天，地照样是地，你们照样是你们，不会有任何改变！天意没那么玄妙，它就是可以被测知的！"

终有一天，人类会知道得更多，更多……多到，有一天能掌控天地的地步。

也许要一千年，也许要一万年，也许要无穷无尽的时光，但，一定会有那样一天。

在长长的时光里，每一代研究天文的人，都在为后世铺路。

终有一天，那条路将通往宇宙最深处的秘密。

番外·江南雨

到那时，人们再也不会被天狗食月的谎言所蒙蔽了。

"你胡说些什么？"不让这些人信天命，岂不是断了他的财路？天机法师气得跳脚，"你胆大妄为，冒犯天意，难怪陛下会下令通缉你！县令大人，快将她拿下！"

县令是早就跟他商量好的，闻言一挥手，四周的捕快齐齐拔刀，围向梁灵瓒。

"住手。"人群当中传来一声暴喝，一人摘了斗笠，擎出令牌，"长安府严安之，奉命前来捉拿逃犯！"

大表哥！梁灵瓒吓了一大跳，大表哥怎么会在这里？难道真是千里迢迢来捉拿他们的？

长安是天子脚下，比寻常州府不同，更何况是偏远一处小县城？县令验明令牌之后，连忙客客气气问道："严捕头是来缉拿梁灵瓒的吗？"

"我来拿他。"严安之一步步走向天机法师，"陈安生，万年县人，十年前官至太史局少监，因妄言天机装神弄鬼讹骗钱财入狱，后买通狱卒潜逃至此，仍旧作恶，瞒骗官员，欺凌百姓，论罪当诛。"

他声音冰冷，眸沉如水，天机法师心机深沉，这么多年来在谁面前也没有露出过一丝马脚，可严安之每进一步，他便情不自禁后退一步，声音无法控制地颤抖："你……你说什么？你一定是认错了人……"

说着便想逃，严安之一个箭步上前扭住了他的手臂，冷声道："有没有认错，审一审便知了。"

严安之手下毫不容情，天机法师的胳膊当场脱臼，疼得哇哇大叫，恶狠狠地盯着梁灵瓒："都是你！要不是你这场赌约，我也不会被发现！梁灵瓒，我倒霉了，你也没有好果子吃！你一样要被押回去论罪！"

严安之道："放心，只要是人犯，我自然会一并带回去。"

"咳咳，"县令清了清嗓子，"严捕头，案子虽然是在京城的，但人既是本县抓的，自然该由本县关押。"

严安之眯了眯眼，知道县令这是生怕从天机法师嘴里审出什么和他有关的东西，想要先下手为强。

县令接着道："还有这梁灵瓒，本县一定会多派些人手，与严捕头一道将她押回长安。"

梁灵瓒心说不好。大表哥押她回去，还有可能找个借口放了她，一旦县令的人掺和进来，就算严安之有心放水，都不一定放得成了。

严安之道："不敢劳动大人，我一人即可。"

县令道："那怎么行？本县责无旁贷。"

两人显然都不想让步。

就在这个时候，人群中再一次起了骚动，一队人马越过人群，上山来。

县令一见领头那人，立即诚惶诚恐，离了看台迎接："知府大人！您怎么来了？"

"本府正在周边巡查，听闻有要犯在此，所以过来看看。"知府大人大致问了问情况，然后道，"案犯既然都已经供认不讳，本府便带回去关押了。"

顶头上司在前，县令半个"不"字也不敢说。

梁灵瓒只觉得事情变化太快，让人无暇反应，却见陈玄景远远地站在人群中，向她点了点头。

于是逃犯梁灵瓒被转了几趟手，落进了知府大人手里。

这一天对于当地的百姓来说，显然是极其跌宕起伏的一天。天机法师是逃犯！被老神仙选中的"银铃"也是逃犯！京城捕头来了！本州知府也来了！而到了半夜，雨收云散，天空露出闪烁的星辰，一轮明月一点一点被黑影所吞没，不一时又一点一点被吐了出来。真的有天狗食月！

"梁灵瓒说得一点儿都不错！"人们纷纷这样说。

银虎和银铃站在檐下，也和大家一样看着天空。

她帮了他们这么大的忙，他是直到此时才知道她的名字。

梁灵瓒。前太史令，梁灵瓒。人们都这样说。

"你说，一个女孩子，怎么能当太史令呢？"银虎喃喃问。他头一次觉得自己懂的东西实在太少了。

"太史令是什么？"比他懂得还少的银铃问。

"一个大官，"银虎摸着妹妹的头，轻声答，"很大很大的官。"

她是怎么当上这样的大官，又怎么成为逃犯的，那就是他永远也无法想象的故事了。

七

深夜，火把闪动中，李瑛和小潘子解开了梁灵瓒手上的绳子。

车队前方，陈玄景正在同知府说话，末了深施一礼。

知府拍拍他的肩，带着人马离开。

梁灵瓒目瞪口呆："这是怎么回事？"

"知府是我大哥的人。"陈玄景道，"三日之前，你订下约定，我便冒充我大哥的笔迹写了封信给他。"

"还刻了个印章。"小潘子说着，掏出一块用油纸精心包起来的萝卜，底下字迹宛然，还残余着鲜红的印泥。

梁灵瓒愣住了，这也行？

李瑛捏了捏鼻子，道："都要霉烂了，小潘子你还留着？"

"小的这不是见这萝卜有奇效嘛，你看一个知府说召来就召来，比念咒还灵！"

"快给我扔了！要用再刻就是了！"

"殿下您是不知道，这些农人都被天机法师蛊惑，一个个连地都不种，这块萝卜我跑了好久才找到的……"

他们两个在那边叽叽咕咕，梁灵瓒低头拉了拉陈玄景的衣袖："对不起，又给你惹麻烦了……"

"你知道就好。"陈玄景替她将一脸的浓妆卸了，洁净的肌肤重新露出来。

"她要做傻事，你该拦着些。"严安之走来，道。

"她要是不做傻事，也就不是梁灵瓒了。"陈玄景道，"既然拦也拦不住，那便替她善后吧。"

严安之看着他，他也看着严安之，两个人的目光都很沉静，让梁灵瓒很想拿手在两人中间晃一晃。

良久，严安之收回了视线："照顾好她。"

"我会。"

严安之没有再多说什么，转身就走。

"大表哥！"梁灵瓒唤住他，"谢谢你。"

能让严安之从长安追到江南的，不是一个从十年前便失踪的逃犯陈安生。

捉拿陈安生只是顺手吧？他应该是……为她而来的。

"我会好好的！"梁灵瓒大声朝着他的背影道，"替我告诉婆婆，告诉我爹，等风头过了，我就回洛阳！"

严安之始终没有回头，背对着她，挥了挥手。

他终究是放心不下，所以一路追到江南。但现在发现，她被照顾得很好。

那便好。他可以放心地离开了。

尾声

知府不单放了他们,还给了他们一辆马车,几匹马,并几份通关文书。

也就是说,他们现在有了官方身份,可以走大路了。

"现在去哪儿?"再也不用风餐露宿的小潘子一脸期待地问。

江南有无数座美丽的城池,扬州、苏州、杭州……无论哪一处,都是人间天堂。

"回山上。"陈玄景道。

"回哪里?"小潘子不敢相信自己的耳朵。

"对,回山上!"梁灵瓒喜气洋洋地答,"拿东西!"

天机法师那架观星器械,这三天里,她无一时不在垂涎。

好在这么乱了一场,百姓们都下山了,捕快们趁机将府邸扫荡了一遍,值钱的东西估计都拿走了,一架游仪孤零零地翻倒在一片狼藉之中。

游仪是铜铸的,她使出了吃奶的力气也没搬动。

一双手托住底座,帮着她一起将游仪抬起来。隔着一只游仪,梁灵瓒看到了陈玄景的脸。

和从前一样完美无瑕,又有和从前不一样的温柔坚定。

梁灵瓒从来没有哪一刻,像此时此刻这样清晰地意识到一件事——她手中同时拥有两样东西——她最爱的事,她最爱的人。

窗外又下起了雨,在这片雨后面,星辰悬在高空,永恒灿烂。

呐,师父,你说得对,跟星辰的寿命比起来,人的一生多么短暂。

可在短暂的人生当中,也有永恒的幸福。

——完——

番外·江南雨

后记

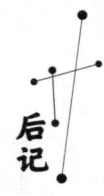

一

我是个偏科偏到外婆家的文科生，大好的青春年华，全活在了被数理化统治的恐惧中。

所以，如果你穿越回我十几岁的时候，告诉我，我将来会写一本和天文、机械、历法相关的小说，我想我应该会为你告诉我"将来会写小说"这个喜讯饶你一命，但也一定会为你告诉我的这个题材把你揍个半死。

毕竟那个时候的我，人生最大的梦想就是希望所有的数字、线条以及化学反应离我远一点儿，最好远到外太空。

然而时间来到2018年，我真的写了这样一本书。

时隔两年，我已经想不起来是谁给我勇气让我去挖这个坑的，光是查资料就花了大半年的时间，每天都在资料的海洋里游到头秃，并被猪油蒙了心，试图搞懂历法的计算数据，想试试我能不能推算出来……

当然，既然你已经看到这里，就已经知道我失败了……

虽然很想把数据与方法全部详写出来，但是，臣妾真的做不到嘤嘤！

怎么可能做得到嘛，掀桌！

现在想想，大概是被小璎附体。

有时候我觉得，不是我构思了小瓒，而是小瓒突然抓住了我，于是我就像被附体一样，奋不顾身，在各种资料与数据中被撞得头破血流，依然不思悔改，硬着头皮写，于是就有了这个故事。

这是一个，当我隔了近两年时间回头看，会发出"哇哦"一声的故事。

真的是我写的吗？

怎么可以写得那么厉害！

二

写这本书的过程，是我被古人智慧暴击的过程。

愚蠢如我，一直以为古代历法就是给农人种地用的，古代天相就是给神棍观天用的，司天监当然就是官方神棍的产出地，太史局则是编史书的，毕竟太史公那么有名！

看看，思路是不是十分清晰有条理？

我猜，看到这里的人们当中，一定也有智商像我一般感人的存在吧？

（说是，快，不能让我一个人孤单！）

中国古代天文学在大部分人心中，估计都会被当成一种玄学，玄之又玄，神秘莫测，离现代科学意义上的"天文"非常遥远。甚至有种说法，说中国古代是没有科学的，科学是近代才从西方传入中国的，年幼无知的我之所以抱着这种印象，就是因为受到过这种说法的荼毒。

然而不是的。

早在帝尧时代，便设有专门的天文官"火正"，专司观测火星，时间大约在公元前2300年左右，距今四千多年。

殷代甲骨文中，也有"七日己巳夕，有新大星并火"的记载，这也是世界上关于新星爆炸的最早记录，时间大约在公元前1600年左右，距今三千多年。

古人讲究天人感应，将星辰对应上人世种种，于是天文学不可避免染上了玄学的色彩，为统治者所用，这就是陈玄景想走的那条路。

正如陈玄景所说，玄学的部分正是历代统治者重视天文的原因，正是因为得到了统治者的重视，古代对于天文的观测从来没有停止过，给后世留下系统且完整的古代天象记录，并流传至今。

但也有一群人，在天地之间，在时光之中，目光所注视的始终都是宇宙的真相，有许多个我们耳熟能详的名字，比如汉代的张衡，比如唐代的一行，比如南北朝的祖冲之……他们就是中国古代科学史上一颗又一颗的明珠，用自己的聪明才智在史书上留下了精彩的篇章。

我想我永远不可能成为那样夺目的人了，但能记录那些篇章，也是一种幸福。

《可摘星》里提到的一切历法与仪器，全部来自史实。

举几个例子。

开元十一年，公元723年，中国在世界上第一次发现了恒星的运动，而欧洲差不多在一千年后才有了同样的发现；

开元十二年，公元724年，距今一千多年，中国子午线的测量值已经非常接近现代值；

开元十三年，公元725年，水运浑天仪上的报时装置是世界上最早的机械时钟，比西方的威克钟要早六个世纪；

……

只是节取了短短三年，在中国古代漫漫历史长河中微不足道的小小一片，其中闪耀的智慧光辉，就足以闪瞎我的狗眼。

于是我跪着写完了这本书。

三

2018年11月1日，《可摘星》开始在网上连载，这是我写了多年实体之后，第一次正儿八经地写网文。

我觉得写网文像一场聚会。我是聚会的主人，你是前来赴会的客人。我写你看，宾主尽欢，大家一起开心嗨皮。

写网文最大的好处是有人陪伴，这可比单机幸福一百倍啊！而且因为有着不断更的执念，克服了我写写停停的拖延症，催生出巨大的倾诉欲，马不停蹄地把脑海里的故事倒出来，感觉真的非常痛快啊！想去吃上三四个冰激凌庆祝一下。

也有不好的地方。

比如几处地方，如果能停下来养一养笔力，也许可以写得更好一些，或者回头再看看，或许可以呼应得更流畅一些，但当时没有时间停，一口气就那么写下去了，只能等到完稿以后来修改。

可是当我结束了连载、吃完了冰激凌之后，拖延症大魔王卷土重来，重新把我压得死死的，直到这次出版。

这真是一个超赞的机会呀是不是，想不修都不行呢，编辑会拿着鞭子在后面监工的！

四

如果说网文对我来说是办一场宴会，那出版就像是精心准备一份礼物。

我用漫长的时间将文字精雕细琢，每一个字都收拾得干干净净，在编辑的帮助下将它打磨了又打磨。希望送到你手上的时候，它能温柔明亮、光彩夺目，让你一眼就喜欢上。

拿到这本书的你，如果是曾经追过连载的老朋友，就让我抱一个吧！谢谢你在网上陪伴过我之后，还愿意把这个故事带回家。

如果是第一次拿起它的新朋友，也抱一个吧，这是我很喜欢的一个故事，就像小瓒喜欢星辰那样喜欢。

希望你也能喜欢。

看文愉快哦！

可摘星 ㈡

作者
一两

封面设计
杨小娟

内文版式
邹子欣

图片总监
杨小娟

特约编辑
罗长敏

出版社
中国致公出版社

总出品
湖北知音动漫有限公司

制作出品
知音动漫图书·漫客小说绘

图书在版编目（CIP）数据

可摘星. 贰 / 一两著. -- 北京：中国致公出版社，2021

ISBN 978-7-5145-1706-4

Ⅰ. ①可… Ⅱ. ①一… Ⅲ. ①言情小说－中国－当代 Ⅳ. ①I247.5

中国版本图书馆CIP数据核字(2020)第183423号

本书由一两授权湖北知音动漫有限公司正式委托中国致公出版社，在中国大陆地区独家出版中文简体版本。未经书面同意，不得以任何形式转载和使用。

可摘星. 贰/一两 著

出　　版	中国致公出版社
	（北京市朝阳区八里庄西里100号住邦2000大厦1号楼西区21层）
出　　品	湖北知音动漫有限公司
	（武汉市东湖路179号）
发　　行	中国致公出版社　（010-66121708）
作品企划	知音动漫图书·漫客小说绘
责任编辑	徐慧　罗长敏
装帧设计	杨小娟　邹子欣
印　　刷	崇阳文昌印务股份有限公司
版　　次	2021年3月第1版
印　　次	2021年3月第1次印刷
开　　本	710mm×1120mm　1/16
印　　张	21
字　　数	390千字
书　　号	ISBN 978-7-5145-1706-4
定　　价	42.80元

版权所有，盗版必究（举报电话：027-68890818）
（如发现印装质量问题，请寄本公司调换，电话：027-68890818）